DAVID SAFIER, 1966 geboren, zählt zu den erfolgreichsten Autoren Deutschlands. Seine Romane, darunter «Mieses Karma», «Jesus liebt mich» und «Miss Merkel», erreichen Millionenauflagen im In- und Ausland. Aber auch sein preisgekröntes Buch über den Aufstand im Warschauer Ghetto, «28 Tage lang», wurde von der Presse hochgelobt. Als Drehbuchautor erhielt David Safier sowohl den Grimme-Preis als auch den International Emmy. Er lebt und arbeitet in Bremen, ist verheiratet und hat zwei Kinder.

«Ein berührendes Plädoyer gegen das Vergessen.» *Die Presse*

«Eine packende, emotional tief berührende Lektüre.» *NDR Kultur*

David Safier

SOLANGE WIR LEBEN

Roman

Rowohlt Taschenbuch Verlag

Veröffentlicht im Rowohlt Taschenbuch Verlag, Hamburg, Dezember 2024
Copyright © 2023 by Rowohlt Verlag GmbH, Hamburg
Die Nutzung unserer Werke für Text- und Data-Mining
im Sinne von § 44b UrhG behalten wir uns explizit vor.
Covergestaltung Hafen Werbeagentur, Hamburg
Coverabbildung Bilder vom Autor; Svetoslava Madarova/Trevillion Images
Satz Cardea OTCE bei Dörlemann Satz, Lemförde
Druck und Bindung CPI books GmbH, Leck
ISBN 978-3-499-00701-9

In Liebe

1997

«Soll ich ihn ins Grab schubsen?», fragte meine betrunkene Mutter schwankend. Mit *ihn* war der alte Rabbiner gemeint, der gerade das Totengebet sprach, und mit *Grab* das offene meines Vaters.

«Soll ich ihn ins Grab schubsen?», wiederholte sie, als hätte ich sie nicht gehört, dabei war ihre Frage selbst dem Rabbiner nicht entgangen, der deshalb nun etwas lauter wurde. Er betete auf Hebräisch, einer Sprache, die weder meine Mutter noch ich verstanden. Vermutlich auch nicht die aus der ehemaligen Sowjetunion stammenden Männer, die alle ein paar Mark bekommen hatten, damit zehn erwachsene Juden den Minjan für das Kaddisch bilden konnten. Die meisten hielten mit Einkäufen gefüllte Lidl-Tüten in der Hand.

«Soll ich? Soll ich?», meine Mutter trat kichernd hinter den Rabbiner. Vermutlich dachte sie, mein Vater hätte das ebenfalls lustig gefunden. Ein Rabbi, der ins Grab fällt, das wäre genau sein Humor gewesen. Obwohl er ein Urenkel eines Wunder-Rabbiners aus Brzesko war und im Vorstand der Jüdischen Gemeinde Bremens gesessen hatte, war mein Vater nicht sonderlich religiös gewesen. In Jerusalem hatte er 1946 sogar mal einen Rabbiner verprügelt. Dennoch hätte er es bei seiner eigenen Beerdigung nicht amüsant gefunden, wenn die Ehefrau den Rabbi in sein Grab gestoßen hätte. Und über die Lidl-Tüten hätte er sich aufgeregt.

Der Rabbi wurde in seinem Vortrag schneller. Anscheinend schätzte er die Gefahr, in ein Scharmützel mit meiner Mutter zu geraten, als hoch ein. Zu Recht. Ich nahm ihre Hand und führte sie ein paar Schritte weg. Meine Frau Marion ergriff die andere Hand. Ich tat es, um meine Mutter zu kontrollieren, meine Frau, um ihr Trost zu spenden. Dabei konnte niemand meine Mutter trösten. Seit dem Tod meiner Schwester vor vier Jahren war etwas in ihr zu Bruch gegangen. Und nun hatte mein Vater sich auch noch das Leben genommen. Aus Liebe zu ihr.

Der Rest der Beerdigung verlief ohne Zwischenfälle. Der Rabbi verließ das Grab mit ernster Miene, ohne ein Wort des Trostes für uns. Die angeheuerten Sowjet-Juden schlurften mit ihren Lidl-Tüten davon. Und so standen wir nun zu dritt am Grab, das von zwei Friedhofsgärtnern zugeschüttet wurde. Meine Frau und ich wollten zurück zu unserem zweijährigen Sohn, auf den eine Babysitterin vom ‹Oma-Hilfsdienst› aufpasste. Der eigentlichen Oma bestellte ich ein Taxi und versprach ihr, am nächsten Morgen um zehn vorbeizukommen, einer Uhrzeit, in der sie lediglich ein oder zwei Dosenbier intus hatte.

«Man sollte keine Kinder in die Welt setzen», sagte sie plötzlich.

Ich verstand, aus welchem Schmerz heraus sie die Worte sprach. Und auch meine Frau, immerhin die Mutter eines kleinen Kindes mit dem Wunsch nach einem zweiten, nahm es ihr nicht übel. Wir ließen den Satz unkommentiert und geleiteten meine erschöpfte Mutter zum Ausgang. Das Taxi war bereits da. Doch sie stieg nicht ein. Stattdessen sagte sie leise zu mir: «Dein Vater hatte zwei uneheliche Kinder. Eins in Wien. Und eins in Israel.»

Es traf mich nicht, kam mir nur unwirklich vor.

«Seine erste Frau und er waren in Haifa sehr eng befreundet mit einem Paar. Alle konnten sehen, dass deren Baby von Joschi stammte.»

Es war das erste Mal, dass meine Mutter mir gegenüber die erste Ehefrau meines Vaters erwähnte. Von deren Existenz wusste ich nur von meinem Onkel Charlie, der mir erzählt hatte, was für ein feiner Mensch Dora gewesen war und dass er nie hatte verstehen können, warum mein Vater sie für meine Mutter verlassen hatte.

Ich dachte nach: Mein Vater hatte 1939 gerade noch rechtzeitig aus Wien fliehen können. Ein dort geborenes Kind von ihm müsste etwa 30 Jahre älter sein als ich, und vermutlich, wie so gut wie alle in der weitverzweigten Familie meines Vaters, wäre es im Holocaust umgekommen.

Meine Mutter stieg ohne ein weiteres Wort ins Taxi. Ich wiederholte, dass wir uns morgen sehen würden, schloss die Tür und schaute dem Wagen nach, wie er auf dem Kopfsteinpflaster der kleinen Straße am Friedhof davonruckelte.

Gab es diese Kinder überhaupt?

Meine Eltern hatten mir nie von ihrem Leben vor meiner Geburt erzählt. Mein Vater hatte seine Eltern nicht mal mit einem Wort erwähnt. Mir wurde sogar bis zu meinem zwanzigsten Geburtstag verheimlicht, dass meine Schwester nicht die Tochter meines Vaters war. Allerdings hatte ich das schon selbst mit elf Jahren herausgefunden, als ich im Kleiderschrank meines Vaters einen Schuhkarton mit Postkarten aus aller Welt entdeckte, die mein zur See fahrender Vater geschrieben und an Waltraut und Gabi Kampe adressiert hatte. Der Mädchenname meiner Mutter war Behrens, das wusste ich.

Hatte mein Vater ihr die unehelichen Kinder gebeichtet? Oder hatte sie die Information von meiner Tante und meinem Onkel? Oder hatte sie sich das Ganze nur ausgedacht, wie so viele Geschichten, die sie im Laufe ihres Lebens mit einer solchen Intensität erzählt hatte, dass sie nach einer Weile selbst daran glaubte, allen voran jene, dass sie aus einem Adelsgeschlecht stammte?

Was wusste ich schon über das Leben meiner Eltern? Außer dass es oft grausam war? Und manchmal wundervoll? Und dass sie sich liebten?

1937–1938

Am Abend, an dem die kleine Waltraut in einem Bremer Arbeiterhäuschen ihre ersten Schritte machte, saß Joschi als junger Mann im Theatersaal des Hotel Stefanie in der Wiener Taborstraße und sah sich eine Aufführung des Jüdisch-Politischen Cabaret an. Seine Schwester Rosl moderierte auf der Bühne gerade das letzte Lied des Abends an: «Der ideale Nazi ist blond wie Hitler, schlank wie Göring, schön wie Goebbels und heißt Rosenberg.»

Die Zuschauer lachten, und das Sextett begann zu der schmissigen Melodie von ‹Habanera› aus der Oper ‹Carmen› ihren Evergreen ‹An allem sind die Juden schuld› zu singen: «Ob das Telefon besetzt ist, die Badewanne leckt, ob dein Einkommen falsch geschätzt ist ...»

Die fünf Männer und die rothaarige Rosl trugen Frack und Fliege wie die ‹Comedian Harmonists›, die Joschi um so vieles lustiger fand als die politischen Witze der Gruppe auf der Bühne, in der seine Rosl durch Stimme und Schönheit herausragte. Er war nur zu dem Auftritt gekommen, weil er seine Schwester mal wieder sehen wollte. Seit sie vor einem Jahr ihren viel älteren Wasserballer geheiratet hatte und aus der kleinen Wohnung der Familie Safier in der Rotensterngasse 23 gezogen war, hatte sie sich rar gemacht. Joschi hätte früher nie gedacht, dass er Rosl einmal vermissen würde, so oft hatten die beiden sich in dem gemeinsamen kleinen Zimmer gestritten.

«Dass der Schnee so furchtbar weiß ist, und dazu, was sagt man, so kalt, dass dagegen Feuer heiß ist ...»

Joschi gab der Ehe mit dem Wasserballer keine zwei Jahre. Entweder würde Rosl hinter dem Verkaufstresen seines Sportgeschäfts Lamberg nahe des Naschmarkts vor Langeweile meschugge werden oder der Wasserballer sie erwürgen, weil sie ständig etwas zu meckern hatte. Vermutlich sogar beides. Joschi war der Einzige, der ihr Gestänker ertrug. Weil er sie liebte. So wie er seine Eltern liebte. Seine Mutter Scheindel, die mit Strenge und dem Wunsch nach Bildung für ihn seinem Leben eine Richtung gegeben hatte, auch wenn er den von ihr vorgesehenen Weg nicht gerade flotten Schrittes beschritt. Und seinen Vater Israel, der sich schon vor Ewigkeiten damit abgefunden hatte, dass seine Frau, Rosl und er nicht auf ihn hörten.

Joschi liebte seine Familie, wie er bisher noch kein Mädchen geliebt hatte. Und Rosl, davon war er überzeugt, würde niemals im Leben einen Mann mehr lieben können als ihre Träume von der Bühne und von einem Leben in Palästina.

«Und glaubst du's nicht, sind sie dran schuld. An allem, allem sind die Juden schuld!»

Das Lied war zu Ende, die Vorstellung auch, und das Publikum klatschte. Am lautesten Joschi. Nicht etwa, weil er das Lied so mochte. Nein, er war einfach gut im Klatschen. Er bekam in Theatern und Cabarets oft freien Eintritt, wenn er sich als Claqueur verdingte. Deshalb verbrachte er viele Abende auf diese Weise. Obwohl er einige Texte berühmter Kabarettisten wie Karl Farkas oder Fritz Grünbaum schon fast auswendig konnte, schüttete er sich selbst noch beim zehnten Mal über die albernsten Wortspiele aus, wie zum Beispiel das über den Staatsvertrag von Locarno: «Der Locarno-Pakt». «Er packt? Wo will er denn hin?»

Als die Gäste den Hotelsaal verließen, ging Joschi zu seiner Schwester. Sie strahlte ihn an. Cabaret war ihr Leben, der Applaus ihr Elixier. Wenn sie strahlte, war Rosl noch schöner als ohnehin. Für Joschi war es kaum zu glauben, dass sie die Tochter der kleinen, dürren Mutter und des blassen Vaters war, der so wenige Haare besaß, dass keine Kippa groß genug war, die kahle Platte zu bedecken. Mama Scheindel hatte sich spät im Leben dazu entschlossen, Mutter zu werden, und zu diesem Zweck den fünf Jahre jüngeren Israel Safier geheiratet. Für einige in der polnischen Heimat, aus der die beiden vor dem Ersten Weltkrieg nach Wien geflohen waren, war dieser Altersunterschied zwischen Frau und Mann unerhört gewesen.

Es gab Momente, in denen Joschi selbst nicht glauben konnte, dass er von diesen beiden Alten abstammte, war er doch ein fescher Junge. Davon war er überzeugt, aber das zeigte auch sein Erfolg bei den Frauen. Mit dem perfekt sitzenden Anzug, den sein Vater ihm genäht hatte, der exakt richtigen Menge an Pomade im Haar und dem langen Trenchcoat, den er außer an heißen Sommertagen wie diesen trug, wirkte Joschi nicht wie der arme Jude, der er war. So dachte er jedenfalls.

«Was macht das Studium, Joschi?», fragte Rosl. Während die Geschwister mit den Eltern hauptsächlich Jiddisch redeten, sprachen sie untereinander ausschließlich Deutsch. Sie verstanden sich als Juden einer neuen Generation.

«Keinen Spaß», antwortete er.

«Es soll auch keinen Spaß machen.»

«Wäre aber schöner.»

«Du musst aufhören, so faul zu sein.»

«Wer sagt denn, dass ich faul bin?»

«Bist du es etwa nicht?»

Joschi hätte jetzt gerne tausend Argumente hervorgebracht, warum er nicht faul war, aber die Wahrheit war, dass er nie Bauingenieur hatte werden wollen. Es war halt ein besseres Schicksal, als Schneider zu sein wie der Vater. Und er hatte seine Eltern mit der Entscheidung glücklich gemacht. Ganz besonders die Mama, deren Vater Henoch Klapholz in Brzesko sogar Bürgermeister gewesen war, während der Vater von Papa Israel ein Leben als Vagabund geführt hatte. Letzteres hätten die beiden Kinder nie erfahren, wenn Mama Scheindel es ihrem Mann nicht mal in einem Wutanfall an den Kopf geworfen hätte.

Beide Großväter hatten Joschi und Rosl nie kennengelernt, genauso wenig wie die 18 Tanten und Onkel, die noch in Polen lebten, und deren unzählige Kinder. Bei den weiteren Verzweigungen der Familie - allein Großvater Henoch hatte sieben Geschwister - wurde es für alle Beteiligten unübersichtlich. Nur jene Verwandten, die ebenfalls vor den Wirren des Ersten Weltkriegs nach Wien geflohen waren, und deren Sprösslinge kannten Joschi und Rosl. Und das war immer noch genug Mischpoke.

Die Eltern waren nur so lange glücklich über Joschis Studium, bis sie sich zu sorgen begannen, wie sie die hohen Gebühren zusammenkratzen sollten. Joschi selbst trug nur wenig dazu bei, er lieferte lediglich die Hosen und Anzüge aus, die sein Vater in der Küche der winzigen Wohnung schneiderte oder ausbesserte, wofür er ein kleines Trinkgeld kassierte. Die Gebühren waren besonders hoch, weil der in Wien geborene Joschi nicht als österreichischer Staatsbürger galt, sondern als Pole wie Rosl und seine Eltern. Und das, obwohl der Landstrich, aus dem die Familie stammte, zur Zeit der Flucht noch zu Österreich-Ungarn gehörte.

Wenn sie Österreicher gewesen wären, wären sie alle gewiss glücklicher gewesen.

«Ich bin nicht faul.»

Rosl verzog verächtlich das Gesicht, wie es nur eine andere Person auf der ganzen Welt sonst tun konnte.

«Jetzt siehst du aus wie Mama», sagte Joschi und wusste, dass er damit seine Schwester auf die Palme bringen konnte.

«Ich bin nicht wie Mama!», protestierte sie von der Palme hinab.

Es war ein Phänomen. Joschi liebte seine Schwester, und er war sich auch ziemlich sicher, dass sie ihn liebte, und dennoch brauchten sie beide in der Regel weniger als eine Minute, um in einen Streit zu geraten. Wenn sie sich früher bei ihrer Mutter - nie beim Vater - über den jeweils anderen beschwerten, hatte die nur geantwortet: «Pack schlägt sich, Pack verträgt sich», und die beiden hatten sich tatsächlich vertragen oder besser gesagt verbündet, um gemeinsam gegen die Mutter zu protestieren, dass sie alles andere wären als ein Pack!

«Hast du eine Freundin?», änderte Rosl das Thema und versetzte damit, vermutlich absichtlich, den nächsten Nadelstich.

«Gerade nicht.»

«Du brauchst mal eine, mit der du länger als eine Woche zusammen bist.»

«So wie du mit dem alten Wasserballer?», versuchte nun auch Joschi sie zu piesacken.

«Der Wasserballer heißt Paul. Und er ist erst 37. Ein bisschen Ernsthaftigkeit in deinem Leben würde dir guttun.»

«Du bist wirklich wie Mama.»

Rosl stieg die Zornesröte ins Gesicht. Joschi erwartete,

dass sie wie ein Schwarm Rohrspatzen zu schimpfen beginnen würde, doch sie sagte nur: «Servus, ich muss mich umziehen.» Ohne eine Antwort von ihm abzuwarten, ging sie hinter die Bühne. Es war in der Tat wie immer: Er freute sich auf sie, und am Ende trennten sie sich im Streit.

Als Joschi auf die bunt erleuchtete Taborstraße trat, wurde seine Laune gleich wieder besser. Auf den Straßen war viel los, insbesondere junge Menschen tummelten sich, aber auch ein paar fromme Juden palaverten miteinander auf dem Gehsteig. Die drückende Junihitze des Tages war einer angenehmen Brise gewichen. Sie roch nach den Bergen, in denen Joschi noch nie war. Er zog sein Jackett aus, warf es lässig über die Schulter und ging langsam die Straße in Richtung Rotensterngasse. Seine Eltern, die in ihren jeweiligen Heimatorten Brzesko und Dębica ohne fließend Wasser und Strom gehaust hatten, waren unendlich dankbar für diese Wohnung, die sie mit ihren Kindern bewohnen durften. Wenn Rosl als Heranwachsende gemeckert hatte, dass der Goi von der Etage unter ihnen das Klo am Ende des Gangs zu lange besetzte, verwies Mama Scheindel stets auf die vielen aus dem Osten geflüchteten Juden, die nahe am Prater in Bretterbuden hausten. Und darauf, dass Rosl sich glücklich schätzen konnte, zur Schule gehen zu dürfen, und dass Joschi sogar das Gymnasium besuchen konnte. Dass Rosl sich für wesentlich klüger hielt als ihren Bruder und statt seiner auf das Gymnasium hätte gehen wollen, hatte sie nur einmal im zarten Alter von elf Jahren gewagt auszusprechen. Danach hatte Mama Scheindel ihr eine Tracht Prügel verabreicht.

Im Gymnasium war Joschi zwar nicht sehr eifrig gewesen, aber helle genug, um ohne großen Aufwand zu bestehen. Beinahe wäre er allerdings ein Jahr vor der Matura wegen wiederholtem Schwänzen von der Schule geflogen – der Hausmeister hatte ihn einmal sogar zufällig im Schwimmbad erwischt –, doch Scheindel hatte dem Rektor auf Jiddisch klargemacht, dass ihr Sohn zwar ein Depp war, aber eine Ohrfeige der Mutter besser sei, als ihm das Leben zu verbauen. Sie hatte Jiddisch gesprochen, weil sie in ihrer Muttersprache viel besser fluchen konnte, was die halbe Rotensterngasse alle paar Tage bezeugen konnte. Ihre Stimme trug mindestens bis Haus Nummer 9, in dem die böhmischen und tschechischen Nutten mit Schweinen hausten, echten und menschlichen.

«Lass mi gehn, du Oasch!», hörte Joschi von der anderen Straßenseite eine Frau rufen. Sie sah dümmlich aus und war sehr dick. Vor ihr ein Bär von einem Mann mit groben Pranken.

«Wia host mi gnannt?», fragte der Bär drohend.

«Oasch, du Voidepp!»

Ansatzlos verpasste er der Frau eine Ohrfeige.

Joschi überkam der Zorn. Eine Frau schlug man nicht! Egal, ob sie einen ‹Oasch› nannte oder ‹Voidepp› oder ‹Fetzenschädel›.

Die Dicke stürzte zu Boden, schlug sich das Knie auf und jaulte. Joschi sah sich um. Keiner der Passanten kam der Frau zu Hilfe. Im Gegenteil, wer in der Nähe war, wechselte die Straßenseite. Der Bär beugte sich über die Frau, packte sie am Kragen und sagte: «Oide, steh auf oder i prack da no ane!»

Wenn Joschi der Frau nicht half, würde ihr keiner helfen. Dass er gegen einen so großen Kerl kaum eine Chance hatte, kam ihm durchaus in den Sinn. Doch was hatte er für eine Wahl, er konnte ja nicht einfach zuschauen. So rannte er über die Straße, stürzte sich auf den Mann und riss ihn zu Boden. Der Bär war so überrascht, dass er erst einmal gar nicht reagierte. Dafür tat es die Frau, trotz ihres blutenden Knies rappelte sie sich blitzschnell auf: «Lass mein Mann in Ruah!», und schlug mit beiden Händen auf Joschi ein. Er versuchte, die Schläge der Frau abzuwehren, und hielt sich die Arme vors Gesicht. Dabei entging ihm, dass der Bär, der inzwischen wieder auf den Beinen war, zu einem gezielten Faustschlag ausholte. Joschi wurde schwindelig. Er versuchte sich auf den Beinen zu halten, doch ein weiterer Schlag traf ihn, diesmal gegen das Jochbein. Darauf ging er zu Boden, und die Frau trat ihm ein paarmal in den Bauch. Anschließend schimpfte sie: «Gö, jetzt hoast a Gsicht wia a eingehaute Wiatshaustür», und spazierte mit ihrem Kerl davon.

Pack schlägt sich, Pack verträgt sich – dachte Joschi, als er sich noch auf den warmen Gehsteigplatten krümmte.

«Du bist ja ein echter Held», hörte er eine junge Frauenstimme freundlich spotten. Er versuchte hochzublicken. Aber alles tat noch zu weh, um die Augen richtig öffnen zu können.

«Komm, ich helfe dir hoch.»

Verschwommen erkannte er eine ausgestreckte Hand und ergriff sie. In diesem Moment berührte er zum ersten Mal seine erste große Liebe.

Es war eine junge Brünette, die ihm aufhalf, und Joschi fand, dass sie aussah wie der Filmstar Hedy Lamarr, die schönste Jüdin Wiens. Auch wenn Rosl die Ansicht vertrat, dass die Lamarr nicht halb so hübsch war, wie alle glaubten, und zudem, dass sie eine Verräterin war. Lamarr war zum katholischen Glauben übergetreten, um einen Waffenhändler zu heiraten, in dessen Haus auch Mussolini und

Hitler ein und aus gingen. Dennoch war sie Joschis Traumfrau. Und das schon, seit er sich mit fünfzehn Jahren heimlich ins Kino gemogelt hatte, um den Skandalfilm ‹Ekstase› zu sehen, in dem die Lamarr sich selbst befriedigte. Rosl vertrat im Übrigen auch die Ansicht, dass einen Jungen wie Joschi und Männer ganz allgemein solche weiblichen Aktivitäten nichts angingen.

Nun hielt also ein bezauberndes Wesen seine Hand, das der Lamarr in Schönheit in nichts nachstand. Sie hatte wunderschöne, lebendig strahlende braune Augen, das linke wurde sogar von einem leichten Grünstich veredelt. Das Kinn war spitz, was ihr Gesicht besonders markant machte. Ihr blaues Sommerkleid war aus feinstem Stoff und ihre schlichte Kette mit Davidstern aus Gold. Und wie sie duftete, nach Rosen, oder waren es Orchideen? Erst letzte Woche hatte er im botanischen Garten der Universität an Orchideen geschnuppert. Alles an ihr strahlte Wohlstand aus, und mit einem Mal wurde Joschi bewusst, dass er eben doch wie ein armer Jude aussah.

«Tut es noch weh?», fragte die Brünette, die Joschi in Gedanken bereits Hedy nannte. Sie lächelte ihn halb mitfühlend, halb amüsiert von seiner ‹Heldentat› an. Dann löste sie ihre Hand. Am liebsten hätte Joschi sie sofort wieder ergriffen.

«Hab schon Übleres weggesteckt», antwortete Joschi, der noch nie auch nur im Ansatz so einen Schlag hatte wegstecken müssen.

«Dann ist ja gut», lächelte Hedy und wandte sich zum Gehen.

«Du willst schon gehen?», der Gedanke entsetzte Joschi zu seinem eigenen Erstaunen sehr.

«Gut beobachtet.»

«Ich kann dich begleiten.»

Hedy lachte.

«Was gibt es da zu lachen?»

«Willst mich beschützen?»

«Selbstverständlich.»

«So wie die Frau eben?»

Das traf Joschi.

«Ich kann schon allein auf mich aufpassen», sagte Hedy und machte sich auf den Weg in Richtung Donau. Joschi schloss sofort zu ihr auf: «Aber das musst du nicht.»

«Du bist ein hartnäckiger Jude.»

«Ein galanter.»

«Ich bin mit einem Mann hier», sagte Hedy.

«Ich sehe keinen.»

«Dennoch ist es so.»

«Und wo ist er dann?»

«Zu einer Autorufsäule, um ein Taxi zu holen. Ich wollte noch eine rauchen, aber dazu kam ich nicht. Wegen dir.»

Hedy holte eine Zigarette aus ihrer roten Handtasche. Joschi hatte das Rauchen nie attraktiv gefunden, außerdem war es teuer. Aber nun hätte er gerne eine Zigarette dabeigehabt, um gemeinsam mit diesem Wunder von Frau zu rauchen. Oder wenigstens Streichhölzer, um ihr Feuer zu geben.

Natürlich besaß sie ein edles, goldenes Feuerzeug.

«Ich würde dich nie allein lassen», sagte Joschi großspurig.

Hedy sah ihn an, als ob ihr das Versprechen gefiel, und sagte fast schon zärtlich: «Du bist wirklich ein galanter Jude.»

Joschi lächelte.

«Oder einer, der falsche Versprechungen macht.»

«Ich mache nie falsche Versprechungen!», empörte sich Joschi.

Jetzt sah Hedy wieder amüsiert drein.

Neben den beiden hielt ein Taxi, die hintere Tür ging auf und ein blonder Mann in teurem Anzug rief von der Hinterbank: «Steig ein, Ruth.»

Joschi fand, dass Hedy ein viel besserer Name für dieses wunderbare Wesen war. Ruth klang zu sehr nach alter Jungfer.

«Servus, galanter Jude.»

«Sehen wir uns wieder?»

«Du willst mich wiedersehen?»

«Morgen Abend um sieben am Pratereingang?»

«Ruth!», rief der Mann.

«Weißt was, du tapferer Held, irgendwann, an einem Abend in diesem Sommer, steh ich um sieben am Pratereingang.»

Sagte sie, stieg ins Taxi und brauste davon.

Joschi schaute ihr nach. Bis das Taxi über die Donaubrücke fuhr. In die Welt der Christen und der reichen Juden. Und er fragte sich, wie viele Abende er wohl am Eingang des Praters warten müsste.

Am letzten Sommertag ging Joschi mit Dubravka zum Prater, einer Böhmin, die nicht so anmutig wie Hedy war, dafür aber einen großen Busen besaß. Zwölf Tage in Folge hatte er um sieben Uhr abends auf Hedy gewartet, dann war es ihm zu dumm geworden. Nichtsdestotrotz war er noch an einigen weiteren Tagen um diese Uhrzeit am Prater vorbeispaziert und hatte versucht, sich einzureden, er würde nur einen Umweg machen, um ein bisschen frische Luft zu schnappen. Nun also war der Sommer vorbei, das Semester hatte wieder begonnen und das Studium schien noch öder zu werden als bislang. Joschi sehnte sich nach Ablenkung. Dubravka schenkte in einem Heurigen in Oberlaa aus und hatte Joschi gleich vom ersten Augenblick an fesch gefunden, wie er da bei einem Ausflug mit seinem Studienkollegen Otto auf der Holzbank saß und ihr Komplimente machte, die sie noch nie gehört hatte – ‹Du hast die schönsten Grübchen der Welt› –, und ihr ein großzügiges Trinkgeld gab. Rosl fand immer, Joschi könne nicht mit Geld umgehen. Joschi antwortete ihr auf diesen Vorwurf stets: «Ich gebe es für das aus, was das Leben ausmacht.» Und heute war das eben eine böhmische Kellnerin.

Dubravka deutete gerade voller Vorfreude auf das Riesenrad, als Joschi Hedy am Eingang entdeckte. Was dachte die Kuh sich? Dass er die Böhmin stehen lassen und fröhlich auf sie zustürmen würde, auf ewig dankbar, dass ihre Hoheit sich bequemte, dem armen Juden eine Audienz zu erweisen?

Mit unterdrücktem Groll ging er auf Hedy zu, fest entschlossen, haarscharf mit Dubravka am Arm an ihr vorbeizuschlendern, sie dabei nicht zu beachten und einen wunderbaren Abend ohne sie zu verbringen. Doch just, als er sie passieren wollte, sagte Hedy: «Ich war schon dreimal um sieben hier. Wo warst du, Held?»

Joschi sah Dubravka nicht einmal mehr an.

Anstatt irgendwo einzukehren und Geld auszugeben – Hedy war sichtlich darauf bedacht, sich nicht von Joschi aushalten zu lassen –, flanierten die beiden nebeneinander, und Joschi erzählte seine besten Prater-Geschichten: Wie er als Kind auf dem Riesenrad versucht hatte, auf die vorbeigehenden Menschen zu spucken, und es ihm ausgerechnet bei dem Riesenradbetreiber gelang. Wie er im Frühjahr eine der Damenkapellen mit einer Brezel dirigierte, ohne natürlich auch nur ein bisschen Ahnung von Musik zu haben, die Damen aber den Spaß mitmachten und der ganze Biergarten tanzte, bis sein Studienfreund Otto vom Tisch fiel und sich dabei den Knöchel brach, was die gute Stimmung ein wenig trübte. Selbstverständlich erzählte Joschi auch seine Lieblingsgeschichte, wie er als Vierzehnjähriger ein schwarzes Zelt sah, auf dem in großen scharlachroten Lettern stand: WIEN BEI NACHT. So wie jeder normale Knabe in diesem Alter wollte Joschi die hoffentlich nackten, gewiss aber halb nackten Frauen sehen. So zahlte er Eintritt und ging mit klopfendem Herzen in das stockdunkle Zelt hinein. Nach den ersten Schritten hörte er eine Stimme rufen: «Imma weida!» Joschi tat, wie ihm geheißen, immer wieder angetrieben von der Stimme. Bestimmt drei Minuten lang. Aber es blieb dunkel, keine einzige nackte oder auch nur halb nackte Frau wurde angeleuchtet. Nicht einmal Musik wurde von einem Grammofon gespielt. Da sah Joschi auf einmal Licht. Nicht von einer Lampe, unter der sich eine Dame räkelte, sondern einfach nur Tageslicht, das durch einen Schlitz im Zelt fiel. Die Stimme rief: «Weida, weida!» Joschi ging auf das Licht zu, begriff enttäuscht, dass der Schlitz der Ausgang war, drückte die Plane zur Seite und trat wieder ins Freie. Dort stand ein fast zahnloser Mann, der ihm im breitesten Wienerisch zuraunte: «Ned plappern und Goschn hoidn. Des is a gueter Schmäh für alle Burschis – gö? Du wüst jo ned dastehn wia a Depp.»

«Aber du», lächelte Hedy Joschi nun an der Stelle an, auf der einst das Zelt und jetzt eine Schießbude stand, «erzählst mir davon?»

«Bin ja keine vierzehn mehr.»

«Gott sei Dank, sonst bekäme ich auch Ärger mit der Polizei.»

Joschi musste über den Scherz lachen. Die einzige Frau, die ihn sonst zum Lachen bringen konnte, war Rosl.

Ach, hoffentlich war Hedy nicht so streitsüchtig wie seine Schwester.

Nachdem Joschi seine Prater-Anekdoten verfeuert hatte, fand er, dass es an der Zeit war, Hedy ein Kompliment zu machen. Aber was für eins? Sie war so anders als alle anderen Frauen, da konnte er ihr wohl kaum mit ‹Du hast die schönsten Grübchen der Welt› kommen. Obwohl sie die besaß. Wie auch die schönsten Augen, Haare, Beine ... Auf den Busen traute Joschi sich nicht zu schauen. Er entsann sich des besten Ratschlags, den Rosl ihm im Umgang mit Mädchen gegeben hatte: «Besser, als ihnen Komplimente zu machen, ist, ihnen zuzuhören.» Natürlich fand Rosl so etwas gut, sie wollte immer, dass man ihren Ergüssen lauschte, und ihr Wasserballer musste sich sicher mehr davon anhören, als ihm lieb sein konnte. Joschi hatte im Laufe der Jahre aber festgestellt, dass Mädchen es in der Tat schätzten, wenn man sich für sie interessierte. Oder es auch nur vorgab. So hatte er Dubravka beim Spaziergang von der Tramstation zum Prater nach ihren Träumen gefragt, die Frage aber schnell bereut, weil sie von einer großen Familie mit mindestens fünf Kindern sprach. Ein weiterer Grund, warum es richtig war, die Böhmin stehen zu lassen.

Hedy wirkte nicht wie jemand, die Kinder haben wollte.

«Was sind deine Träume?», fragte Joschi.

«Na, du bist ja neugierig.»

«Frage ich halt etwas anderes: Was machst du so?»

«Nichts.»

«Nichts?»

«Nach der Matura war ich ein Jahr lang reisen. Paris, London, Boston ... Was schaust du so?»

Joschi kam sich mit einem Mal klein vor. Aber er riss sich zusammen, machte aus der Not einen Scherz: «Auch ich war schon auf Reisen.»

«Ach ja?»

«Zum Schulausflug in den Wienerwald.»

«Zwei Weltenbürger schlendern über den Prater», lachte Hedy. Joschi lachte mit und fragte dann: «Was hast du jetzt vor, immer weiter nichts zu machen?»

«Meine Mutter will, dass ich Ärztin werde wie mein Vater.»

«Und?»

«Mein Vater will auf keinen Fall, dass ich Ärztin werde.»

«Sondern?»

«Dass ich gut heirate.»

«Den Blonden im Taxi?»

«Den schätzt mein Vater gar nicht.»

Das gefiel Joschi.

«Warum nicht?»

«Arbeitet als Sekretär für Kanzler Schuschnigg.»

«Da hat dein Vater wohl Angst, dass er bald von Hitler arbeitslos gemacht wird.»

«Haben wir das nicht alle?»

Joschi dachte nicht gerne an Politik, das verdarb die Laune.

«Ich will Bücher schreiben», sagte Hedy.

«Oh.» Joschi musste an Esther aus seiner Matura-Klasse der Zwi-Perez-Chajes-Schule denken. Die hatte Geschichten über Palästina geschrieben und wie dort ein jüdischer Staat entstehen würde. Doch obwohl sie immer vom Auswandern geredet hatte, lebte Esther noch in der Leopoldstadt und arbeitete in einem Schreibwarengeschäft. Joschi konnte sich nicht vorstellen, dass auch Hedy Geschichten über Zionisten schrieb, die den Wüstenboden fruchtbar machten.

«‹Oh›, sagst du? Traust du mir das nicht zu?», Hedy lächelte, als ob ihr seine Reaktion nichts ausmachen würde.

«Ich trau dir alles zu», sagte Joschi wahrheitsgemäß.

«Und du tust gut daran», lachte sie und gab ihm einen Kuss auf die Wange.

Der erste richtige Kuss folgte, als die beiden sich eine Zuckerwatte teilten. Joschi hatte ein wenig der klebrigen Masse am Lippenrand, und Hedy bot sich an, ihn davon zu befreien. Gegen sie, fand Joschi, war Blücher bei der Schlacht an der Katzbach ein Zauderer ersten Ranges gewesen.

Als die Sonne unterging, betraten sie eine noble Wohnung in der Ringstraße. Hedys Eltern waren zu einem Ärztekongress nach Salzburg gefahren. Im Herrenzimmer, das aus der Familie eigentlich nur ihr Vater betreten durfte, führte Hedy ihrem Besuch vor, wie man einen Cognac schwenkte und eine kubanische Zigarre rauchte. Joschi musste viel husten und sie noch mehr darüber lachen.

Kurz vor Mitternacht zeigte sie ihm ihr Zimmer.

Was für ein wunderbares Ende des Sommers.

Ausgerechnet an Joschis Geburtstag wollte Hedy ihn endlich ihren Eltern vorstellen. Die Aussicht, den Abend auf diese Weise zu verbringen, ließ Joschi nicht gerade in Jubelstürme ausbrechen. Zumal er deswegen nicht wie üblich den gemeinsamen Geburtstag mit seinem Vater – beide waren am ersten Februar geboren – im Café Central bei leckeren Palatschinken verbringen konnte. Außerdem ahnte er, dass er in den Augen dieser wohlhabenden Menschen nicht bestehen würde, wenn schon der Kanzlersekretär, den Hedy nach dem zweiten Schäferstündchen mit Joschi abserviert hatte, nicht gut genug war. Hedy hatte ihn vorgewarnt, dass ihr Vater mittlerweile über nichts anderes als Politik sprach und ihre Mutter ein Nervenbündel war, seit jemand «Jude» an die Tür der Praxis geschmiert hatte.

Joschi war in der Hinsicht so einiges gewöhnt. An seiner Technischen Universität sangen Burschenschaftler immer öfter antisemitische Hasslieder, und obwohl Joschi sich deswegen am liebsten mit ihnen geprügelt hätte, folgte er, wie so viele jüdische Studenten, dem Rat der Eltern und versuchte, nicht aufzufallen. Rosl hingegen fand, dass dieser Ratschlag den Juden noch nie geholfen hatte, und engagierte sich in der Betar, in der junge Juden für das zukünftige Leben in Israel trainierten. Sie lernten dabei nicht nur Hebräisch – Joschi hatte es bereits auf dem Gymnasium gelernt – oder wie man das Land bestellte, sondern auch, wie man Waffen benutzte. Von seiner Schwester würde Joschi Hedys Eltern jedenfalls nicht erzählen, denn in der Regel verachteten jene Juden, deren Familien schon seit Generationen in Wien lebten, die Zionisten.

Wenn es nach Joschi gegangen wäre, hätte er seinen Geburtstag allein mit Hedy begangen. Aber es half ja nichts, er liebte diese Frau, und er ging davon aus, dass sie ihn auch liebte, obwohl sie es noch nie gesagt hatte. Irgendwann würde sie es tun, auf ewig konnte man Liebe nicht für sich behalten. Er musste durch diesen Abend nun mal durch. Außerdem würde der ein Zuckerschlecken im Vergleich zu der Herausforderung, Hedy irgendwann seiner Mutter vorzustellen, denn kein Mädchen konnte in ihren Augen gut genug für ihn sein, während der Wasserballer, der Rosl geheiratet hatte, ein Gottesgeschenk für sie gewesen war.

Als Joschi im nasskalten Wetter in der Ringstraße ankam, fror er trotz des Trenchcoats, in dem er wie ein Gangster aus einem amerikanischen Film und nicht wie ein Schneider aussah, oder präziser, wie der Schneiderssohn, der er war. Hedy wartete vor dem Haus auf ihn. War er zu spät? Er blickte auf die Armbanduhr, ein Geschenk seiner Eltern zur Matura, damit er wenigstens zur Universität nicht immer zu spät kommen würde. Es war liebenswert, dass seine Eltern dachten, das hinge von einer Uhr ab. Er lag gut in der Zeit. Er war sogar fünf Minuten zu früh, damit er noch eine Beruhigungszigarette rauchen konnte. Hedy hatte ihn zu diesem Laster nach einem Stelldichein im Wienerwald verführt, seitdem war jede Zigarette auch eine Erinnerung an jenen wundervollen Waldbesuch.

Als Joschi zu ihr trat und sie gerade fragen wollte, warum sie bei dem Wetter ohne Mantel vor der Tür stand, steckte Hedy sich eine Fluppe an und rückte von ihm ab. Es war, als ob sie nicht wollte, dass er sie überhaupt berührte. Sie wirkte fahrig, und Joschi befürchtete mit einem Mal das Schlimmste, ohne eine Idee davon zu haben, was das sein könnte.

«Was ist?», fragte er.

Hedy antwortete nicht.

Er wollte sie in den Arm nehmen. Sie wich aus.

«Was ist los?»

«Ich bin schwanger.»

Sein Magen zog sich zusammen. «Schwanger?»

«Das wollte ich mit schwanger ausdrücken.»

Da redete ganz Wien, wie sich das Leben ändern würde,

wenn – nicht mal mehr ‹falls› – die Nazis kämen, und seins war bereits in diesem Augenblick ein anderes geworden.

An das Abendessen mit Hedys Eltern war nicht mehr zu denken. Sie drückte die Zigarette aus, erklärte, dass sie ihren Eltern sagen würde, Joschi habe eine Magenverstimmung, und verschwand ohne ein weiteres Wort ins Haus. Wenn Joschi nicht so überfordert gewesen wäre, hätte er wohl erkannt, dass sie es noch viel mehr war. So aber stand er nur wie betäubt da: Er brauchte Hilfe. Jemanden, der ihm aus dieser Situation, der er nicht gewachsen war, irgendwie heraushalf. Oder einen Menschen, mit dem er sich betrinken konnte. Studienfreund Otto war immer für den Suff zu haben, aber der würde nur alle Einzelheiten zum Verkehr mit Hedy erfahren wollen, die ihm Joschi vorenthielt – im Gegensatz zu den Details seiner früheren Liebschaften.

Mit Papa reden?

Am gemeinsamen Geburtstag?

Schöne Feier. Und was sollte der ihm für Ratschläge geben, er war so viel älter gewesen, als Rosl sich ankündigte, und hatte in einem kleinen polnischen Schtetl gelebt, nicht in einer Metropole, die Gefahr lief, den Nazis in die Hände zu fallen. Und Mama würde ihm nur Vorwürfe machen, da er nun sein Studium würde abbrechen müssen und alle Mühe, ihm ein besseres Leben zu ermöglichen, damit vergebens war. Ein angesehener Bürger Wiens hätte er werden können, wie es ihr Vater Henoch in Brzesko gewesen war. Nun, vielleicht nicht ganz so angesehen, aber immerhin.

Joschi spürte, wie sich nicht nur sein Magen zuschnürte, sondern auch der Hals. Er musste mit jemandem reden. Mit wem nur? Mit wem? Mit wem?

Rosl.

Wenn alles nicht half, dann eben Rosl.

Sie würde seine Angst vor so viel Verantwortung verstehen. Der Wasserballer bedrängte sie, endlich ein Kind zu bekommen, und sie zeigte ihm stets den Vogel.

Joschi rannte zum Sportgeschäft des Schwagers, weil es näher lag als deren Wohnung. Es musste zwar schon geschlossen sein, aber vielleicht machte Rosl noch die Kasse.

Joschi rannte und rannte, bis er nicht mehr konnte und atemlos weiterging. Über den Naschmarkt, von da in eine Nebenstraße zum Sportgeschäft Lamberg, wo noch Licht brannte. Die Tür war schon geschlossen, aber er klopfte an die Scheibe. Rosl, die gerade Tennisschläger aufhängte, sah in seine Richtung, beendete trotz seines energischen Hämmerns seelenruhig ihre Tätigkeit und öffnete erst dann die Tür.

«Es ist was passiert», keuchte Joschi.

«Doch nicht mit Papa?»

«Nein, nein ...»

Rosl war erleichtert. Sie war zwar ein harter Knochen und zeigte nur Emotionen, wenn sie diese theatralisch zelebrieren konnte, doch wenn es um die Gesundheit des Papas ging, machte sie sich stets Sorgen. Dabei hatte der, bis auf den einen Schwächeanfall im letzten Jahr, nie dazu Anlass gegeben. Das Asthma der Mama hingegen hatte bei ihr nie auch nur eine einzige mitfühlende Reaktion ausgelöst.

«Ist dein Wasserballer da?», fragte Joschi, nun schon weniger außer Atem.

«Paul», Rosl betonte den Namen laut und deutlich, «trainiert die erste Mannschaft.»

«Gut.»

«Also, was hast?»

Joschi erzählte ihr von Hedy, von deren Existenz Rosl bisher noch nichts wusste, dann von der Schwangerschaft und endete damit, dass nun sein Leben zu Ende sei. Auch Joschi hatte einen Hang zur Theatralik, ohne sich, im Gegensatz zu seiner Schwester, dessen bewusst zu sein.

Rosl sah ihn ernst an. Joschi erwartete eine Standpauke, dass er Trottel eben hätte aufpassen sollen, und machte sich bereit, ihrem Geschimpfe mit einem eigenen Ausbruch zu begegnen. Er sah sich schon türeschlagend das Sportgeschäft verlassen, um sich doch mit dem Studienfreund zu betrinken, als Rosl im ruhigen, ernsten Ton sagte: «Du bist nicht der Erste, dem das passiert. Dein Leben ist auch nicht vorbei. Also reiß dich verdammt noch mal zusammen, übernimm Verantwortung und mach das Beste daraus! Das haben schon ganz andere als du hinbekommen.»

«Mit andere meinst du Papa?»

«Wen denn sonst?», grinste Rosl.

Joschi musste lachen. Es war die beste Standpauke seines Lebens.

Joschi stand inmitten der Menge, die im strahlenden Sonnenschein dem Führer Adolf Hitler auf seinem Weg zum Heldenplatz zujubelte. Männer saßen in noch kahlen Bäumen, Kinder schwenkten Hakenkreuzfähnchen, und es schien, als ob ganz Wien, mal abgesehen von den Juden, sich herausgeputzt hatte. Der Goi in ihrem Haus in der Rotensterngasse trug schon seit der Rücktrittserklärung des Kanzlers Schuschnigg eine Hakenkreuzbinde und grüßte die Familie Safier im Treppenhaus nicht mehr.

Während sich alle Juden, die Joschi kannte, in ihren Wohnungen versteckten, hatte er sich vorgenommen, Hitler zu sehen. Hedy hatte ihn für verrückt erklärt, ihr war allerdings zu speiübel, um den Vater ihres Kindes, der ihr bisher keinen Antrag gemacht hatte, zurückzuhalten. Joschis Hoffnung, Hedys Vater würde sie bis zum Ende seines Studiums unterstützen, war von dem stolzen Mann zerschlagen worden. Hedys Mutter hatte ihm zwar versprochen, dass er sich keine Sorgen machen solle, sie würde ihren Benjamin schon weichklopfen, aber das war bereits einige Wochen her.

Für Rosl war die Angelegenheit klar: Der Alte wollte einfach nicht daran erinnert werden, dass er für die Österreicher genauso ein Jude ist wie sie. Der Gedanke, dass ein Enkelkind von ihm ein halber Pole sein würde, nachdem er, seine Eltern, Großeltern und Urgroßeltern sich mühsam in die feine österreichische Gesellschaft hochgearbeitet hatten, war ihm schlicht unerträglich.

Joschi war egal, was für Hedys Vater unerträglich war oder nicht. Der Mann verbaute ihm einen Ausweg aus dem Dilemma, das ihm mehr und mehr die Kehle zuschnürte. Tagsüber konnte Joschi sich einreden, dass er schon einen Weg finden würde. Doch es gab schlaflose Nächte, in denen er sich angsterfüllt wünschte, Hedy würde das Kind verlieren. Dann würde der Druck wie weggeblasen sein und er wieder frei atmen können. Für diese Gedanken schämte er sich zutiefst. Und er verachtete sich dafür, dass er sie dennoch in seinen dunkelsten Stunden nicht verdrängen konnte.

Als Hitlers offene Limousine vorbeifuhr, konnte Joschi keinen Blick auf ihn erhaschen. Er stand einfach zu weit hinten, auch hörte er weder die vorbeimarschierenden Truppen, noch sah er deren Fahnen und Standarten. Die Männer um ihn herum brüllten jedoch ausgelassener als bei jedem Fußballspiel, die Frauen waren in Ekstase, wie er es sonst nur einmal erlebt hatte, als Willi Forst bei der Premiere von *Königswalzer* Kusshände werfend über den roten Teppich geschritten war. Allerdings wirkten die Frauen hier bedrohlicher. Als ob sie Joschi auf Befehl hin in Stücke reißen würden. Dennoch ertappte er sich dabei, wie er am liebsten mitgejubelt hätte. Mitgetragen von der Masse. Wie wundervoll wäre es, ein Teil von dieser Menge zu sein. Das unermessliche Glück über den Anschluss, das die Wiener empfanden, herausschreien zu können. Noch nie hatte Joschi sich so sehr gewünscht dazuzugehören. Und noch nie hatte er sich in seinem Wien so allein gefühlt.

Joschi und Hedy saßen rauchend auf den Treppenstufen vor ihrer Haustür. Es nieselte an diesem warmen Frühlingstag. Aber selbst bei strahlendem Sonnenschein hätten sie innerlich gezittert. Die Nazis hatten Hedy und ihre Eltern gedemütigt. Mit Zahnbürsten musste die Familie gemeinsam mit anderen wohlhabenden Juden das Kopfsteinpflaster in der Nebenstraße putzen, begleitet vom Gejohle und den Beschimpfungen der Nachbarn, des Metzgers, der Bäckersfrau und sogar einiger Patienten des Vaters. Einem von ihnen hatte der Arzt nach einem Infarkt das Leben gerettet. Jetzt wurde er von ihm bespuckt.

Joschis Familie war es seit dem Anschluss nicht so übel ergangen. An das Sportgeschäft Lamberg hatte bisher noch keiner eine Parole geschmiert. Vielleicht, so hatte Rosl gescherzt, war den Nazis mittlerweile die Farbe ausgegangen. Selbst der Goi im Haus trug zwar stolz seine Hakenkreuzbinde, hatte aber noch niemanden beleidigt oder gar geschlagen. Als Österreicher durfte man inzwischen ungestraft seine jüdischen Nachbarn verprügeln. Mama Scheindel und Papa Israel gingen im Treppenhaus mit gesenktem Blick an dem Nachbar vorbei, und auch Joschi vermied es, ihn anzusehen. Nicht aus Angst, sondern weil er nach dem, was die Nazis Hedy und ihren Eltern angetan hatten, dem Kerl sonst eine geschmiert hätte.

«Meine Eltern und ich gehen nach Paris», sagte Hedy zwischen zwei Zigarettenzügen. Bis zu diesem Zeitpunkt hatten die beiden kaum ein Wort gewechselt.

«Ihr habt Visa?»

«Kosteten die besten Ringe meiner Mama.»

«Könnt ihr noch mehr besorgen?»

«Papa sagt, wir brauchen allen Schmuck, um in Paris zu überleben.»

«Hast du ihn denn gefragt?»

«Ich könnte ihn mit Mama dazu bringen, dass du mitkommen kannst.»

«Dann tu es.»

«Würdest du denn deine Eltern zurücklassen?»

Joschi wusste nicht, was schäbiger war: seine Familie in Wien allein zu lassen oder seine Zukünftige und das gemeinsame Kind in Paris. Er zog tief an seiner Zigarette. Spürte dem Rauch bis tief in die Lungen nach, in der vergeblichen Hoffnung, die richtige Antwort zu finden.

«Es gibt auch», sagte Hedy leise, «eine andere Lösung.»

«Und was für eine?»

Hedy antwortete nicht.

«Sag schon.»

Sie hielt ihr Gesicht dem feinen Regen entgegen. Wollte sie sich etwa von ihm trennen? Liebte sie ihn nicht mehr? Hatte sie es je getan? Rosl dachte, Hedy hätte sich nur mit ihm eingelassen, um ihren Vater zu provozieren.

Rosl konnte manchmal einen solchen Schwachsinn reden!

Liebte er Hedy?

Joschi spürte in sich hinein.

Ja, er liebte sie. Die Schwangerschaft und die Nazis hatten seine Gefühle für sie überlagert, aber sie waren noch da. Sollte er sie überzeugen, in Wien zu bleiben? Bei ihm? Hier? Ohne ihr etwas bieten zu können? Ohne sie beschützen zu können? War das die andere Lösung, die sie meinte? Das konnte man doch keiner Frau antun, die man liebte.

Er wollte Hedy einen Kuss auf die Wange geben, da erklärte sie: «Ich lass das Kind wegmachen.»

Joschi ging wie benommen durch die Taborstraße, vorbei an den Theatern, in denen Juden nicht mehr auftreten durften. In welche Kabaretts und Theater sollte man noch gehen, wenn man etwas Gutes sehen wollte? Sollte Hans Moser etwa auf der Bühne Selbstgespräche führen? Wie erging es dem eigentlich, der Schauspieler hatte ja eine jüdische Frau? Der Filmstar Heinz Rühmann hatte seine verlassen. Joschi mochte nicht denken, dass der Moser auch so ein feiger Hund war wie der Deutsche.

Dabei war, dachte Joschi, er doch selbst einer. Er hatte Hedy nicht gebeten, das Kind zu behalten. Ihr nur angeboten, sie zu dem Freund ihres Vaters, der die Abtreibung vornehmen würde, zu begleiten. Als ob dies eine Kavalierstat wäre.

Sie hatte abgelehnt.

Die beiden hatten noch eine Weile stumm dagesessen. Dann musste Joschi heim, bevor es dunkel wurde, zu gefährlich sonst für einen Juden. Sie hatten sich nicht wie früher voneinander verabschiedet. Nicht mit einem Kuss. Sie hatten sich lediglich umarmt. Wie Schicksalsgefährten, deren Wege sich trennen würden. Sie vereinbarten ein letztes Treffen für Ende der Woche vor Hedys Abreise nach Paris.

Sollte er ihr zum Abschied etwas schenken, fragte er sich. Abschied.

Von Hedy, die ihn nicht liebte. Und einem Kind, das sie beide nicht liebten.

Joschi blieb stehen. Diesmal war es nicht der Magen, der sich zusammenzog, wie an jenem Tag, als er von Hedys Schwangerschaft erfuhr, auch nicht der Hals, sondern das Herz.

Sie beide verwehrten einer Seele das Leben.

Es war Hedys Entscheidung, aber er hatte nichts getan, um sie umzustimmen. War sogar, schäbiger Hund, der er war, kurz erleichtert gewesen.

Henoch.

Dieser Name für das Ungeborene, das für ihn bislang unwirklich war, schoss ihm durch den Kopf. Mama Scheindel, die nichts von dem Kind wusste und nun auch nie mehr davon erfahren würde, hätte sich über ihn gefreut.

Wenn er jemals einen Sohn bekommen würde, würde er ihn Henoch nennen.

Und eine Tochter Rosl.

Am Wochenende suchte er, wie verabredet, Hedy auf. Zur Erinnerung an ihn wollte er ihr das beste Feuerzeug schenken, das er in den Trafiken der Leopoldstadt hatte finden können. Jedenfalls das Beste, das er sich hatte leisten können.

Joschi klingelte an der Tür. Niemand öffnete. Er klingelte noch einmal. Und noch mal. Er beschloss zu warten. Nach einer halben Stunde kam eine Nachbarin, verscheuchte ihn von den Stufen und mahnte ihn, seine drei Kippen einzusammeln. Am liebsten hätte er sie gefragt, ob sie zu den Schweinen gehörte, die gejohlt hatten, als Hedy auf den Knien die Straße putzen musste. Aber er fragte stattdessen, ob sie die Familie gesehen habe, und bekam zur Antwort, dass sie schon vor zwei Tagen mit Sack und Pack ihre Wohnung verlassen habe.

Hedy hatte ihm offensichtlich ein falsches Datum gesagt. Gab es noch mehr Lügen? In Bezug auf die Abtreibung? Nein, gewiss nicht. Und dennoch hoffte ein kleiner Teil von Joschi zu seiner eigenen Überraschung, dass das Kind noch lebte.

Drei Wochen später kam eine Postkarte aus Paris. Zwei Zeilen. Hedy ging es gut. Und die Prozedur war erfolgreich gewesen. Alles Gute. Bring dich in Sicherheit.

Er legte die Postkarte in die Schublade seines Nachttischs und sah sie nie wieder an.

Wie?

Wie sich in Sicherheit bringen?

Rosl hatte sie alle überzeugt, Anträge zur Ausreise zu stellen. Nach Panama. Dabei hatte sie stets nach Palästina gewollt. Doch die Engländer würden in ihrem Mandatsgebiet nie im Leben freiwillig Juden aufnehmen. Ob die Deutschen die Anträge ins neue Gelobte Land bewilligen würden? Womöglich. Sie wollten ja die ‹Parasiten› loswerden, und da wäre es doch großartig für sie, wenn die Panamarer ihnen die abnehmen könnten. Oder hießen die Menschen dort Panamaer? Rosl meinte, es hieße Panamesen wie Chinesen. Sie alle wussten rein gar nichts über Panama, außer dass es da diesen Kanal gab.

Joschi wollte nicht nach Panama. Genauso wenig wie

nach Palästina. Oder sonst wo hin. Nicht mal nach Paris. Er wollte in Wien bleiben. Vielleicht würde es sich mit den Nazis doch irgendwie leben lassen. So wie mit dem Goi im Haus.

Vielleicht würde Hitler auch beim nächsten Reichsparteitag auf der Bühne Charleston tanzen.

Wenn er nach Panama käme, müsste er sich ein neues Leben aufbauen. Wie immer das auch aussehen mochte. Dafür wäre es klug, etwas von dem alten Leben in der Hand zu haben. Sein Maturazeugnis zum Beispiel. Und Studienbescheinigungen. Er hatte die Bestätigung, dass er sein Studium aufgenommen hatte. Besser noch wären möglichst viele Dokumente über bestandene Prüfungen, aber er hatte bisher lediglich ‹Mathematik I› und ‹Mathematik II› gerade so geschafft. Doch noch war die Universität für Juden nicht geschlossen. So lernte Joschi Tag und Nacht für die drei nächsten Prüfungen. ‹Hochbau I› bestand er, ‹Darstellende Geometrie› ebenfalls. Die dritte war ‹Baustoffkunde›. Für seine Verhältnisse exzellent vorbereitet, war Joschi auf dem Weg zur Technischen Universität. Bereits aus einigen Hundert Metern Entfernung hörte er das Gejohle. Gewiss wieder die Burschenschaftler. Er müsste versuchen, einen großen Bogen um sie zu machen und dann den Prüfungsraum zu erreichen.

Als Joschi auf den Vorplatz trat, sah er, wo sich die johlenden Studenten befanden: Der Lärm drang aus den offenen Fenstern eines Raums im zweiten Stock. Gut so, das würde es ihm einfach machen, den Kerlen nicht zu begegnen. Der Prüfungsraum lag in einem weit entfernten Trakt.

Joschi ging weiter in Richtung Eingang, da hörte er: «Und eins! Und zwei! Und drei! Und Judenschwein!»

Bei dem Wort schaute er nach oben. Und sah, wie die

Burschenschaftler einen Menschen aus dem Fenster warfen. Samuel, ein jüdischer Student höheren Semesters, mit dem Joschi sich vielleicht dreimal unterhalten hatte. Er schrie. Bis er auf dem Kopfsteinpflaster aufschlug.

Joschi drehte sich erst weg, dann zwang er sich hinzuschauen: Samuel lag mit blutendem Schädel auf dem Pflaster. Die Beine standen in einem seltsamen Winkel vom Körper ab. Aber er atmete noch. Für wie lange?

Joschi wollte ihm zu Hilfe kommen. Da hörte er wieder: «Und eins! Und zwei! Und drei! Und Judenschwein!»

Ein weiterer Student wurde aus dem Fenster geworfen – ihn kannte Joschi nicht.

Dieser Mann gab keinen Laut von sich. Er war paralysiert vor Angst. Als er aufschlug, sah Joschi nicht hin. Hörte nur sein Röcheln.

Joschi konnte dem Kommilitonen nicht helfen, ohne den Mob auf sich aufmerksam zu machen. Er sah zu ihnen hoch, wie sie an den offenen Fenstern lachten und geiferten. Am äußersten Fenster stand sein Studienfreund Otto.

«Und eins! Und zwei ...!»

Joschi drehte sich um und rannte los ...

«... und drei! ...»

... besann sich jedoch schnell eines Besseren. Das Laufen würde ihn verraten, er wechselte in einen eiligen Schritt.

«... und Judenschwein!»

Er hörte den Schrei.

Er hörte den Aufschlag.

Er hörte das Johlen.

Meinte sogar Ottos Lachen herauszuhören.

Joschi drehte sich nicht um.

Ging davon.

Und nie wieder in die Universität.

1939–1945

In dem Sommer vor Kriegsbeginn, als die Safiers in Wien nur für das Nötigste die Wohnung verließen, ging die drei Jahre alte Waltraut in Bremen jedes Wochenende mit der Familie zum Waller See. So auch an diesem heißen Augusttag. Papa Hinrich lag in der prallen Sonne, seine Haut bereits gefährlich gerötet. So erholte er sich am liebsten von den harten Schichten auf der Deschimag-Werft, die für ihn und seine Tischlerkumpanen nur ‹Use Akschen› hieß und auf der sie Holz für die vielen neuen U-Boote zurechtsägten. Ab und zu richtete Hinrich sich auf, um eine Flasche Bier mit den Zähnen zu öffnen, was die kleine Waltraut und ihren fünf Jahre älteren Bruder Klaus immer wieder zum Lachen brachte.

Diesmal lachte auch Friedrich mit. Er war so alt wie Waltraut, wirkte aber zarter als sie. Er war mit Tante Brigitte zu Besuch in Bremen, die eigentlich keine echte Tante war, sondern die Base von Waltrauts Mama Henriette.

Während Tante Brigitte im blauen Badeanzug dasaß und sogar eine neumodische Sonnenbrille aufgesetzt hatte, trug die blasse Mama einen Schlapphut und ein langärmeliges Kleid. Sie mochte die gleißende Sonne nicht und wollte eigentlich immer, dass die Familie ihr Lager im Schatten aufschlug. Doch sie konnte sich nie gegen ihren Hinrich durchsetzen, der sie wegen ihrer Sonnenallergie einmal vor den Kindern Nosferatu genannt hatte. Als Waltraut daraufhin fragte: «Was ist Nosssferratuuu?», verbat Henriette ihrem Mann, den Kindern zu erklären, was ein Vampir ist. Die Kleinen sollten keine Albträume bekommen.

Tante Brigitte hörte bei mitgebrachtem Filterkaffee nicht auf, Henriette davon zu erzählen, wie das Leben in deren beider Heimatstadt Essen jährlich besser wurde, seitdem die Nationalsozialisten das Ruder übernommen hatten und ihr Schorsch bei der Stern-Brauerei Arbeit gefunden hatte. Schorsch erhielt die Kästen sogar zum Vorzugspreis.

«Dann soll er mal», lachte Hinrich, «ein paar mitbringen!» Er richtete sich auf und sagte zu seinen Kindern: «Wir gehen jetzt baden.»

«Au ja!», rief Klaus, der sich über jede gemeinsame Aktion mit seinem Papa freute, waren sie doch so selten.

Die kleine Waltraut war weniger begeistert. Sie mochte es nicht, dass Papa die Kinder gerne in die Höhe warf und oft sogar auch ins Wasser. Klaus konnte schwimmen, aber sie musste vom Vater dann immer herausgezogen werden, damit sie nicht ertrank.

«Friedrich bleibt bei den Handtüchern», sagte Tante Brigitte, «mein Kleiner ist noch zu schwach nach der Lungenentzündung.»

«Der Knabe fängt sich aber auch ständig etwas ein», antwortete Papa ohne Mitgefühl.

«Hinrich!», schimpfte die Mama, aber Papa ging nicht darauf ein und rief seinen Kindern zu: «Der Letzte im Wasser ist ein Friedrich!»

Papa rannte los. Klaus folgte. Die kleine Waltraut aber blieb bei den Handtüchern und sah Friedrich an. Er verstand anscheinend nicht, dass ihr Papa ihn gerade gemein behandelt hatte, und dennoch hätte sie am liebsten seine Hand genommen, um ihn zu trösten. Stattdessen setzte sie sich hin und nuckelte. An ihrem Zeigefinger. Sie war das einzige Kleinkind in Bremen-Walle, das dafür nie den Daumen benutzte.

Nach einer halben Stunde rief Mama Henriette mit ihrem zarten Stimmchen: «Zeit für die Stullen.» Aber Hinrich und Klaus hörten sie nicht, der Vater warf den Sohn gerade besonders weit ins Wasser. Daher stellte sich Tante Brigitte auf und brüllte, so laut sie konnte: «Hinrich! Klaus! Stullleeen!»

Der kleine Friedrich hielt sich neben ihr die Ohren zu. Mama Henriette reichte ihm ein Brot mit Leberwurst; Waltraut, die auf einem kleinen Handtuch neben ihm saß, fand, das Brot roch eklig. Kein Wunder, der Essenskorb lag doch schon seit einer Weile in der Sonne, nur bedeckt mit einem weißen Handtuch.

«Wer als Letzter bei den Handtüchern ist», rief Hinrich, «ist ein Friedrich!»

Waltraut fand ihren Vater so gemein.

Sie sah zu Friedrich, der an der Wurststulle mehr lutschte als aß. Sie schmeckte ihm nicht, aber er traute sich nicht, etwas zu sagen.

Waltraut nuckelte wieder am Zeigefinger.

Hinrich und Klaus liefen aus dem Wasser. Dabei wartete der Papa nicht auf seinen vom Schwimmen erschöpften Sohn. Der sollte sich ruhig anstrengen, um mitzuhalten. Wie sollte sonst ein Mann aus ihm werden?

Klaus bemühte sich nach Leibeskräften, aber schon nach den ersten Schritten war der Rückstand zu groß. Das ärgerte ihn. Er wollte so sein wie Papa! Dem Kleinen schossen die Tränen in die Augen. Er hörte auf zu laufen und schlurfte nur noch durch den Sand. Hinrich rief ihm zu: «Mach nicht schlapp, kleiner Mann!»

Klaus rannte wieder los, vielleicht könnte er doch noch aufholen, aber Hinrich lief sogar noch schneller und warf sich lachend auf das Handtuch. Klaus trottete daraufhin beschämt und mit den Tränen ringend zu den anderen. Als er ankam, fragte Friedrich ihn mit vollem Mund: «Wollen wir nachher Ball spielen?»

Tante Brigitte wandte sich zu ihrem Sohn: «Du solltest dich nicht so anstrengen, du solltest lieber ...»

Bevor sie weitersprechen konnte, trat Klaus voller Wut gegen Friedrichs Ball. Der flog weit weg. Vor Schreck fing Friedrich an zu weinen.

Waltraut hörte auf zu nuckeln, sie erhob sich, nahm sich eine Stulle aus dem Korb und warf sie ihrem großen Bruder an den Kopf.

Hinrich lachte, als die Unterseite mit der Leberwurst an Klaus' Stirn klebte, während die andere Hälfte über seine Nase rutschte und zu Boden fiel. Brigitte musste sich ebenfalls ein Grinsen verkneifen, nur Mama Henriette schimpfte: «Waltraut!» Im Gegensatz zu Hinrich hatte sie ihrer Tochter nie den Spitznamen Traudel gegeben, sondern sie immer nur Waltraut genannt. Mal lieb, mal streng wie jetzt. Sie hatte den Namen damals ausgesucht, weil sie dachte, dass er für eine starke und mutige Frau stand: die, die sich in den Wald traut! Dass der Name sich aus den Worten ‹waltan› und ‹trud› herleitete – stark und Herrscherin – und deswegen für eine starke, mutige Frau stand, wusste Henriette nicht. Wie auch? Sie war nur sechs Jahre in der Schule gewesen, bevor sie in der Bäckerei der Eltern mit hatte anpacken müssen. Aber stark sollte Waltraut sein. Musste sie sein! Nicht so wie Karla, die 1933 im Alter von nur fünf Monaten an dem, was die Ärzte ‹Epidemische Genickstarre› nannten, gestorben war.

Klaus' Kopf wurde knallrot. Er wischte sich das Brot von der Stirn und pfefferte Waltraut eine Ohrfeige.

Waltraut war noch nie geschlagen worden.

Ihr kamen die Tränen, aber sie wollte auf gar keinen Fall heulen. Nicht vor allen anderen. Nicht vor Klaus. Schon gar nicht vor Friedrich, der vor lauter Schreck über die Ereignisse aufgehört hatte zu weinen. Waltraut machte die Augen zu, um die Tränen zurückzuhalten. Sie spürte, wie sie hinter den Lidern brannten.

«Deine Kleine», sagte Tante Brigitte zu ihrer Mama, «ist keine Heulsuse.»

«Die ist eine Löwin», lachte Papa Hinrich.

Löwin – das gefiel Waltraut.

Und besonders, dass ihr Papa stolz auf sie war.

Kein Safier ging nach Panama. Alle Anträge auf Ausreise waren abgeschmettert worden. Aber Rosl bekam überraschend die Möglichkeit, nach Palästina zu gehen. Weil sie in der Betar war und Dr. Perl, Rechtsanwalt und langjähriges Mitglied der zionistischen Organisation, es wie durch ein Wunder geschafft hatte, für 386 junge Juden Visa für Griechenland zu erhalten. Von einer Insel bei Athen sollte es weiter ins Gelobte Land gehen mit einem Schiff namens ‹Artemissia›. Die letzten Kilometer müssten die jungen Menschen schwimmen, um illegal einzuwandern – keine Reise für Alte.

Rosl hatte gejubelt, als sie davon erfahren hatte. Dass sie ihren Ehemann verließ, betrübte sie kaum. Auch schämte sie sich nicht, die Eltern allein zu lassen, wie Joschi es getan hätte. Mama und Papa freuten sich über Rosls Fluchtmöglichkeit. Als sie sich von ihnen in der Rotensterngasse 23 verabschiedete, umarmten sich alle und es flossen Tränen. Dann ließ Rosl sich von ihrem Paul zum Wiener Bahnhof kutschieren, mit Joschi auf der Rückbank.

Von überallher strömten junge Juden zum Bahnhof.

Jeder nur mit einem Rucksack, mehr durften sie nicht mitbringen. Die Rucksäcke hatten die Eltern mit allem Sinnigen und Unsinnigen bis zum Bersten gefüllt. Mama Scheindel hatte für ihre Tochter einen mäßig genießbaren Kuchen gebacken, den sie an die Mitreisenden verteilen würde.

Rosl stieg aus dem Wagen, gab Paul noch einen Kuss, und die beiden versprachen sich gegenseitig, dass sie sich wiedersehen würden. Sie drückte Joschi an sich und versprach ihm ebenfalls, ihn wiederzusehen. Er vermochte nicht daran zu glauben.

Rosl ging, wie Hunderte Betar-Mitglieder auch, beschwingt in das Bahnhofsgebäude. Joschi beschloss, ihr zu folgen, um die Abreise zu beobachten. Es war ihm zwar verboten, den Bahnhof zu betreten – die Nazis hatten zur Bedingung gemacht, dass die Operation unter dem Radar lief –, aber wenn einer geschickt darin war, sich ohne Befugnis irgendwo Zutritt zu verschaffen, dann war das ja wohl er.

Joschi sah, wie ein Pressefotograf abgefangen wurde. Die Polizisten nahmen dem Mann die Kamera ab, und Joschi nutzte das Durcheinander, um unbemerkt vorbeizuhuschen.

Im Bahnhof stand der Zug für die Betar zur Abfahrt bereit. Die aufgekratzten jungen Menschen stiegen ein und suchten sich Plätze. Joschi versteckte sich auf einem anderen Bahnsteig hinter einer Werbewand, auf der eine gemalte blonde Frau einen weißen Pelz in der Hand hielt und ‹Global› anpries, das Motten und Mottenbrut tötete. Von hier aus konnte er die ganze Szenerie gut überblicken.

SS-Leute betraten das Gleis und stiegen auf ein extra für diesen Anlass erbautes Podest. Joschis Atem stockte, als er ihren Anführer erkannte. Es war Adolf Eichmann. Der

Mann, in dessen Händen das Schicksal eines jeden Juden in Wien lag.

Mit einem Mal rief eine Stimme auf Hebräisch: «Amdu Dom!» - Achtung. Und gleich darauf «Tzeh hachutza!» - Tretet heraus.

Die Juden kamen aus den Wagen.

«Amdu be'arba Schurot!»

Die jungen Menschen bildeten Viererreihen. Wie Soldaten. Das hatten sie trainiert. Für den Kampf um Israel.

Die Deutschen schienen von dem Vorgang verblüfft zu sein. Juden, die militärische Disziplin an den Tag legten, passten nicht in ihr Weltbild.

Joschi suchte in der Menge nach seiner Schwester und fand sie schließlich. Sie stand ganz hinten in einer der Reihen. Irgendwann, so schoss es ihm in den Sinn, würde sie vielleicht ganze Einheiten führen.

Dr. Perl, der sein Werk ‹Operation Aktion› getauft hatte, wagte es, eine kurze Ansprache zu halten, obwohl doch Eichmann und seine Männer hinter ihm auf dem Podest standen: «Ihr geht, aber ihr werdet gleichzeitig zu Hause ankommen. Ihr verlasst das Land, in dem ihr eine Minderheit seid, mal besser behandelt, mal schlechter, aber immer eine Minderheit. Ihr geht heim in das Land, das Gott uns versprochen hat. Ihr werdet stolze Menschen sein in einem stolzen Land. Und eines Tages werdet ihr einen Jüdischen Staat errichten. Wenn ihr die Station hier verlasst, werdet ihr ein Land und eine Bevölkerung zurücklassen, die euch nicht wollen, auf dem Weg zu Brüdern und Schwestern, die sich nach euch sehnen. Ein glückliches Nachhausekommen! Eine glückliche Alija!»

Alija - Joschi wusste, dass es Rückkehr bedeutete, aber auch Aufstieg. In diesem Fall in eine andere Welt.

Es war das erste Mal, dass Joschi sich nach Palästina sehnte.

Einen Moment lang war alles still. Gewiss war es noch nie in einem Bahnhof so still gewesen.

Und dann begann ein Mädchen glockenhell die ‹Hatikvah› zu singen – die Hoffnung. In Sekunden stimmten alle mit ein. Laut. Schmetternd. Vom Dach des Bahnhofs zurückschallend. Und die Nazis erschütternd. Selbst Eichmann. Joschi sang leise mit.

Als der Gesang endete, bestiegen die jungen Menschen wieder die Wagen. Eichmann tupfte sich die Stirn ab und verließ mit seinen Männern das Gleis, noch bevor der Zug sich in Bewegung setzte. Fast so, als würden sie fliehen. Dr. Perl ging erst weg, nachdem der Zug den Bahnhof verlassen hatte. Nur Joschi, nun ganz allein in dem Gebäude, blickte seiner Schwester noch lange nach, selbst als nichts mehr von dem Zug zu sehen war.

Hatikvah. Joschi hatte wieder Hoffnung.

Waltraut kritzelte bei leichtem Herbstwind und wolkenverhangenem Himmel mit Kreide auf dem Gehweg herum, zusammen mit Hilde aus der Nachbarstraße, die im Gegensatz zu ihr schon schöne Sonnen malen konnte.

Ein Lastwagen brauste an den kleinen Arbeiterhäuschen vorbei. Auf seiner offenen Laderampe standen Männer, die für Waltraut alle wie Zwillinge aussahen: Sie trugen die gleichen Stiefel, Hosen, Hemden und Mützen. Die rot-weißen Armbinden waren das einzig Bunte an ihnen. Der Wagen hielt etwa zwanzig Meter weiter auf der anderen Straßenseite. Waltraut und Hilde hörten auf zu malen. Die Männer sprangen von der

Ladefläche und der Fahrer mit seinen beiden Sitznachbarn aus dem Führerhaus. Sie liefen auf das Haus von Herrn und Frau Lange zu.

Die kleine Frau Lange war eine liebe Frau, sie schenkte Waltraut, Hilde, Klaus und den anderen Kindern immer mal wieder Süßigkeiten, anstatt sie anzumeckern wie der alte Herr Schuster. Einmal hatte sie Waltraut sogar eine Babbelerstange gegeben, an der Waltraut so lange lutschen konnte, dass sie darüber für mehr als eine Stunde ihren Zeigefinger vergaß. Papa Hinrich störte sich zunehmend daran, dass sie mit fast vier Jahren noch immer nuckelte, und verlangte von seiner Frau, dem Kind die schlechte Angewohnheit endlich abzugewöhnen, sonst würde er es tun.

Die Männer bildeten vor dem Haus einen Pulk, und zwei von ihnen hämmerten gegen die Tür. Niemand öffnete. Sie hämmerten lauter und riefen «Aufmachen!». Niemand öffnete. Einer trat gegen die Tür. Einmal. Zweimal. Dreimal. Da wurde sie von innen aufgemacht, und Frau Lange wirkte im Windfang noch viel kleiner als sonst. Sie schien Angst zu haben. Genau wie Herr Lange, der neben sie trat und ganz bleich im Gesicht war.

Waltraut begann an ihrem Zeigefinger zu nuckeln.

«Wo ist er?», brüllten gleich einige der Männer die Langes an.

Die zitterten.

Einer der Männer schlug Frau Lange ins Gesicht. Sie taumelte, konnte aber von ihrem Mann gestützt werden.

Hilde stand auf und lief nach Hause. Waltraut aber blieb auf dem Gehweg sitzen und beobachtete, was vor sich ging. Sie war halt eine Löwin.

Herr Lange deutete stumm ins Haus und sagte dabei etwas, das Waltraut nicht verstehen konnte. Die Männer stürmten ins Haus, nur ein paar zerrten die Langes zum Laster und befahlen ihnen, auf die Ladefläche zu klettern.

Waltraut bemerkte, dass in den Nachbarhäusern Menschen an ihren Fenstern standen, um zuzuschauen. Da hörte sie aus dem Haus der Langes Schreie. Und hinter ihr, wie sich die Tür öffnete und die Mama herauslief.

Die Männer zerrten einen blutenden Mann auf die Straße. Seine Kleidung und sein Gesicht waren fast ganz schwarz. War das der Schornsteinfeger, der immer Glück brachte, wenn man ihn anfasste, und Waltraut auch mal mit seinem Finger einen schwarzen Fleck auf die Nase gepinselt hatte?

«Der Scheißjude hat sich im Kamin versteckt!», brüllte einer der Männer. Andere versetzten dem Mann Schläge mit dem Knüppel.

Mamas Hand legte sich von hinten über Waltrauts Augen. Die Mama hob sie hoch und trug sie ins Haus. Dabei hörte Waltraut die Schreie des Mannes, bis auch die verklangen und nur noch die Knüppelschläge zu hören waren. Mama schloss hinter ihnen die Tür und trug sie die schmale Treppe hoch in das kleine Zimmerchen mit den Schrägen, in dem sie und Klaus ihre Betten hatten. Auf der Kommode stand ein kleines gerahmtes Bild von Waltrauts im Säuglingsalter verstorbener Schwester Karla.

«Kommen die Männer», Waltraut hatte so große Angst, dass sie kaum weitersprechen konnte, «auch zu ... uns ...?»

«Nein, nein, nein. Das verspreche ich dir», sagte Mama, setzte Waltraut auf ihr Bettchen und gab ihr den kleinen grauen Teddy, an dessen Ohren Waltraut immer herumknabberte, wenn Papa ihr verbot, am Zeigefinger zu nuckeln.

«Was wollten die von dem Mann?», nuschelte Waltraut mit dem Teddy-Ohr im Mund.

Mama antwortete nicht, schien zu überlegen. Waltraut

schaute sie ängstlich an. Schließlich sagte die Mama: «Ich verrate dir ein Geheimnis.»

«Was die mit dem Mann machen?», Waltraut knabberte weiter an dem Teddy-Ohr.

«Nein, ein ganz anderes Geheimnis.»

«Was für eins?» Waltraut ließ vom Teddy ab.

«Du und ich sind Adelige.»

«Was sind Adelige?»

«Du kennst doch König, Königin, Prinz und Prinzessin.»

«Ja.»

«Und wir beide sind so was Ähnliches.»

«Ich bin eine Prinzessin?», staunte Waltraut.

«Fast. Eine Gräfin.»

Waltraut lächelte unsicher.

«Eine Gräfin lebt auch in einem Schloss.»

«Aber ich lebe doch gar nicht in einem Schloss.» Waltraut hatte Schlösser, Burgen und Prinzessinnen auf den Bildern in ihrem Märchenbuch gesehen, aus dem Mama ihr so gerne vorlas.

«Dass wir nicht in einem Schloss leben, liegt an mir.»

«Wieso?»

«Mein Papa ist ein Graf. Er lebt auf einem Schloss in der Nähe von Essen ...»

«Da, wo Friedrich wohnt», unterbrach Waltraut ihre Mama.

«Genau.»

«Wohnt Friedrich in einem Schloss?»

«Nein, er nicht. Aber mein Papa.»

«Und warum du nicht?»

«Mein Papa hat mich verstoßen.»

«Er hat dich gestoßen?», staunte Waltraut.

«Verstoßen. Das bedeutet, er will mich nie wieder sehen und ich darf nie wieder auf das Schloss.»

«Warum?»

«Weil ich mich in einen Mann verliebt habe, der kein Adeliger ist.»

«Papa?»

«Papa», lächelte die Mama. «Ich musste mich entscheiden zwischen einem Leben im Schloss und der Liebe. Und ich habe mich für die Liebe entschieden.»

«Vermisst du das Schloss nicht?»

«Nein, ich habe doch euch.» Mama drückte Waltraut an sich.

«Können wir mal zu dem Schloss fahren?»

«Ich habe dir ja gesagt, ich bin verstoßen worden. Mein Vater lässt mich nie wieder rein.»

«Aber vielleicht mich», hoffte Waltraut.

«Nein, dich auch nicht.»

Waltraut war enttäuscht. Aber bevor sie wieder an dem Ohr des Teddys knabbern konnte, sagte Mama: «Aber du musst dennoch daran denken: Du bist etwas ganz Besonderes.»

«Eine Löwin ...?», fragte Waltraut.

«Das auch», lachte Mama. «Aber vor allem eine Adelige. Du bist etwas Besseres als die anderen. Und du bist stark», ihr Blick wanderte zu dem Säuglingsfoto von Karla.

«Ich bin stark», fand auch Waltraut.

«Weil adeliges Blut in dir fließt.»

«Ich bin die Prinzessin unter den Löwen», sagte Waltraut, und Mama lachte erneut: «Die Gräfin.»

«Gräfin unter den Löwen», bestätigte Waltraut.

«Du musst mir aber eins versprechen.»

«Was denn?»

«Dass das unser Geheimnis bleibt. Papa darf nie erfahren, dass ich meinen Adelstitel und mein altes Leben für ihn aufgegeben habe. Und Klaus darf es auch nicht erfahren, sonst sagt er es sofort Papa.»

«Ich sage nichts.»

«Schwöre es.»

«Ich schwöre es!», versprach Waltraut mit dem heiligen Ernst eines knapp vierjährigen Mädchens.

Joschi sah vom Fenster aus, wie jüdische Männer von Polizisten mit Hakenkreuzbinden aus den Häusern der Rotensterngasse heraus- und in einen der Arrestwagen, im Volksmund grüner Heinrich genannt, hineingetrieben wurden. Er erkannte Stoppelmann, den Schuster. Grünwald, der beim ‹SC Hakoah Wien› Tore geschossen hatte, als man das noch durfte. Kurtzberg, der stolz darauf war, seit über dreißig Jahren keine Synagoge mehr von innen gesehen zu haben …

Selbstverständlich dachte Joschi darüber nach zu fliehen. Über den Hinterhof, von da über den Zaun, ins Haus gegenüber und von dort wieder heraus auf die Odeongasse. Und wohin dann? Außerdem: Sollten die Polizisten ihn bei dem Versuch erwischen, würden sie ihn gewiss einbuchten oder gar erschießen. Bliebe er aber, bestand immerhin die Möglichkeit, dass nur seine Personalien festgestellt wurden und sie ihn am gleichen Tag wieder auf freien Fuß setzen würden. Schließlich war er, im Gegensatz zu Rosl, nie Mitglied irgendeiner politischen Organisation gewesen.

Joschi trat vom Fenster weg in den Flur. Papa hatte bereits seinen besten Anzug angezogen. Wenn die Polizei ihn mitnahm, wollte er nicht wie ein armer Jude aussehen, sondern wie ein respektabler Bürger. Joschi brachte es nicht übers Herz, seinem Vater zu erklären, dass sie beide sich kleiden konnten, wie sie wollten: Respektable Bürger sahen nicht aus wie die Safiers, sondern wie Hedys Vater. Und selbst der wurde nicht von den Nazis respektiert.

Joschi ging in das kleine Zimmer, das er sich früher mit Rosl geteilt hatte, und zog sich seine Anzugjacke über. Da trat Mama Scheindel zu ihm und sagte: «Gib akhtik oif dayn tatte.»

Joschi antwortete nicht. Auf den Vater aufpassen – so eine Bitte hatte sie noch nie formuliert. Seine Welt hatte sich verkehrt: Nicht mehr der Vater war es, der auf den Sohn aufpassen sollte. Der Sohn sollte seinen Vater beschützen.

Joschi nickte. Ihr aber reichte das bloße Nicken nicht als Bestätigung. Sie nahm seine Hand fest in die ihre und sah ihm tief in die Augen.

«Ikh vel gebn akhtik oif im», versprach Joschi auf Jiddisch. Im Gegensatz zu seiner Schwester hatte er nie etwas dagegen gehabt, dass die Eltern mit den Kindern in der Heimatsprache redeten.

Vom Treppenhaus her hörte man Schritte.

Scheindel umklammerte seine Hand so fest, dass es Joschi schon wehtat. Ihm war klar, dass es ihr dabei nicht mehr um Papa ging, sondern sie ihn einfach nicht loslassen wollte, in der Hoffnung, dass die Polizisten ihren Sohn dann nicht mitnehmen würden.

«Zey kimen!», rief der Vater aus dem Flur. Joschi löste sanft ihren Griff und ging zu seinem Vater, dessen Gesicht ganz bleich war.

Die Polizisten hämmerten an die Wohnungstür. Joschis Vater war vor lauter Angst nicht in der Lage, sie zu öffnen. Scheindel machte einen Schritt Richtung Tür – wie immer, wenn der Vater nicht weiterwusste, nahm sie die Dinge in die Hand. Doch Joschi ließ nicht zu, dass seine Mutter sich in Gefahr brachte: «Bleyb!», sagte er streng und öffnete die Tür.

«Mitkommen!», befahl ein Gestapomann im Trenchcoat, hinter dem drei Polizisten standen.

Joschi wollte der Aufforderung ohne Zögern nachkommen. Je mehr er kooperierte, so dachte er, desto besser standen seine Chancen, heute Nachmittag wieder zu Hause zu sein. Er ging zu den Männern, doch sein Vater stand wie paralysiert da.

«Seid ihr taub? Mitkommen, habe ich gesagt!»

Joschi nahm seinen Vater an die Hand, und die beiden Safier-Männer verließen die Wohnung.

Beim grünen Heinrich angekommen, keimte in Joschi die Hoffnung auf, dass sie gar nicht mitfahren müssten: Der Wagen war schon voll.

«Rein da!», befahl einer der Polizisten.

«Aber ...», begann Joschi mit einem zaghaften Protest, doch der Polizist hob seinen Knüppel. Joschi sagte nichts mehr und quetschte sich mit aller Macht in das Fahrzeug. Kaum hatte er sich den Platz erkämpft, half er seinem Vater. Die Tür wurde ihnen vor der Nase zugeschlagen und der grüne Heinrich brauste los.

Die zusammengepferchten Männer schwiegen. Vielen, insbesondere den älteren, stand der Schweiß auf der Stirn. Der von Joschis Papa roch beißend – Angstschweiß.

‹Gib akhtik oif dayn tatte.›

Joschi nahm seine Hand. Sie fühlte sich zerbrechlich an.

«Nicht in die Wälder, nicht in die Wälder», murmelte Kurtzberg, der etwas weiter hinter im Wagen stand, vor sich hin. Die Wälder. In ihnen wurden Juden mit Maschinenpistolen erschossen.

‹Ich war nie in einer politischen Organisation›, versuchte sich Joschi in Gedanken zu beruhigen, ‹Ich war nie in einer politischen Organisation, sie werden mich nicht in die Wälder bringen und erschießen ...› Und als sein Blick auf seinen Vater fiel, korrigierte er sich: ‹ ... uns beide nicht in die Wälder bringen, wir waren beiden nie in einer politischen Organisation ...›

Als sie nach kurzer Zeit an einer Polizeistation aus dem Wagen herausgetrieben wurden, war Joschi kurz erleichtert, keinen Wald zu sehen und nicht an einen Baum gestellt zu werden. Beim eiligen Gang in das Gebäude hielt er die Nähe zu seinem Vater. Für einige Schritte schaffte er es sogar, erneut die Hand des verstörten Israel zu ergreifen. Doch kaum waren sie die Treppe hinab in den Zellentrakt gegangen, wurde Papa von ihm getrennt und mit den meisten anderen Männern in eine Zelle gepresst. Joschi wollte ihm folgen, doch ein Polizist machte die Metalltür vor seiner Nase zu und schloss ab.

«Da ist mein Vater drin ...», protestierte Joschi. Aber der Polizist schubste ihn voran. Gemeinsam mit dem Atheisten Kurtzberg und einem glatzköpfigen Mann, den Joschi nie zuvor gesehen hatte, ging es für ihn in die Zelle gegenüber. Auch diese war bis zum Bersten voll. Als die Tür verriegelt wurde, stand Joschi keine fünf Zentimeter von ihr entfernt. Er konnte das Metall riechen. Durch das kleine Gitterfenster versuchte er, die Zelle gegenüber zu erspähen, in der Hoffnung, sein Vater würde ebenfalls durch das Fenster blicken.

Er tat es nicht.

‹Gib akhtik oif dayn tatte.›

Es vergingen Stunden, ohne dass etwas geschah. Joschis Beine taten weh. Sich hinzusetzen, war unmöglich, da es so eng war. Etwas weiter hinter ihm nässte sich ein Mann ein und begann zu weinen. Auch Joschi musste dringend.

Kurz darauf fiel ein alter Herr in Ohnmacht. Es gab nicht genug Platz, um ihn auf den Boden zu legen, so hielten ihn zwei Männer aufrecht.

Hoffentlich hatte Papa noch Kraft, hoffentlich musste er nicht weinen.

Von draußen hörte Joschi, wie sich die Stiefelschritte eines Polizisten näherten. Würde er etwas zum Essen bringen? Oder wenigstens Wasser? Oder ihnen die Möglichkeit geben, sich zu erleichtern? Nein, natürlich würde der Polizist jemanden zum Verhör holen.

‹Ich war nie in einer politischen Organisation, ich war nie in einer politischen Organisation ...›

Würden sie ihm das glauben?

Oder ihn schlagen, bis er nicht einmal mehr das sagen konnte?

Besser ihn als Papa.

Die Schritte kamen genau vor Joschis Zellentür zum Stehen. Der Mann war nur noch durch die Metalltür von Joschi getrennt. Der Schlüssel wurde ins Schloss gesteckt, gedreht und die Tür geöffnet. Ein Polizist mit müden Augen zeigte auf Joschi, Kurtzberg und den Glatzkopf: «Ihr drei! Raus!»

Sie taten, wie ihnen geheißen.

Der Polizist schloss die Tür wieder ab. Es war unheimlich still in dem Gefängnisgang, obwohl gewiss alle Zellen voll waren mit Männern.

«Es merkt keiner, wenn ihr drei fehlt», sagte der Polizist.

Worauf wollte der Mann hinaus?

Sollten sie etwa in den Wald gebracht werden?

Nur weil sie vorne in der Zelle gestanden hatten?

«Ich bring euch raus, und dann rennt ihr davon.»

Erst jetzt fiel Joschi auf: Der Polizist trug keine Hakenkreuzbinde. Er wollte sie retten.

Joschi wollte fragen, ob er nicht auch die Zelle gegenüber öffnen konnte. Das letzte Mal, als er seinen Vater gesehen hatte, stand er doch auch ziemlich weit vorne. Der Polizist schien zu erraten, was Joschi dachte, und zischte: «Mehr als drei fallen auf.» Er ging eiligen Schritts voran. Kurtzberg und der Glatzkopf hinterher. Joschi zögerte kurz, dann schloss er auf.

Auf dem ganzen Weg bis zur nächsten Straßenecke wurden die Männer und der Polizist nicht aufgehalten. Dort angekommen, verabschiedete sich der Retter hastig, und die drei Juden gingen getrennte Wege. Zum Abschied sagte Kurtzberg noch: «Gut, dass wir vorne standen.»

Joschi verbrachte die Nacht im Prater unter einer Bierbank. Er dachte an seinen Vater. Wie er sein Versprechen an die Mutter nicht hatte halten können. Er dachte auch an Hedy und ihren ersten gemeinsamen Abend, erst hier auf dem Pratergelände und anschließend in der Wohnung am Ring. An das nicht geborene Kind, das er in seinen Gedanken Henoch genannt hatte. Es gab so viel, wofür er sich schämte. Zum ersten Mal seit seiner Kindheit betete er außerhalb einer Synagoge. Dafür, dass auch sein Papa freigelassen würde.

Noch vor Tagesanbruch stahl Joschi sich nach Hause. An Mama Scheindels Blick erkannte er, dass Papa noch nicht nach Hause gekommen war. Sein Gebet war nicht erhört worden.

Den Winter über versteckte Joschi sich im Keller und wurde von Mama Scheindel mit Nahrung und Decken versorgt. Eine Woche, in der er hohes Fieber hatte, auch mit Medikamenten. Jedes Mal, wenn ein Nachbar nach unten kam, hielt er den Atem an. Es wohnten immer mehr Gojim im Haus.

Eines Vormittags kam Scheindel zu ihm herunter, keine Stunde nachdem sie ihm das Frühstück – eine Semmel mit frischer Marmelade – gebracht hatte. Dabei war doch auch für sie jeder Gang in den Keller ein Risiko. Ihr Gesicht war aschfahl, und sie trug eine Urne in der Hand. Zwei Beamte hatten die Überreste des Vaters gebracht. Er war im Konzentrationslager Buchenwald gestorben. Sie hatte auch ein Schriftstück erhalten, auf dem stand: ‹Der Jude Israel Safier, geboren zum 1.2.84 zu Dębica, eingeliefert am 2.10.39, ist heute um 2:10 Uhr an Herzschwäche bei Herzfehler gestorben.› Unterzeichnet war es vom 1. Schutzhaftlagerführer, einem SS-Obersturmbannführer, dessen Unterschrift man nicht entziffern konnte.

Herzschwäche.

Bei Herzfehler.

Im Alter von 55 Jahren.

Joschi mochte sich nicht ausmalen, was der wahre Grund war.

Die Beamten hatten auch einen Kostenbescheid dabei. Für die Einäscherung, Urne, Überführung und Verwaltungskosten. Mama hatte ihn nicht vollständig bezahlen können. Ab jetzt musste sie Schulden bei der Verwaltung abstottern.

‹Gib akhtik oif dayn tatte.›

Und er konnte nicht mal seine Mutter zum Begräbnis auf dem Wiener Zentralfriedhof begleiten.

❖❖❖

Waltraut wollte nicht mit nach Essen. Sie hatte keine Lust auf eine lange Bahnfahrt, obwohl sie gar nicht wusste, was genau eine lange Bahnfahrt war. Nur, dass Essen nicht zu Hause war. Aber Mama hatte gesagt, dass ihre Base Gesellschaft brauchte, jetzt wo ihr Mann an der Front und sie allein mit dem kleinen Friedrich war.

Auf der Fahrt wurde Waltraut prompt schlecht. Am liebsten hätte sie gespuckt, doch ihr Bruder Klaus zog sie so sehr damit auf, dass sie es sich bis hinter Dortmund verkniffen hatte. Irgendwann jedoch wird so ein Geruckel selbst einer Löwin zu viel.

Abends bei Brigitte angekommen, mussten die Kinder dann brav am Tisch sitzen und Schnitzel mit Bratkartoffeln essen, bis der Teller leer war und Waltraut am liebsten wieder gespuckt hätte. Da half es auch nichts, dass Mama ihr das Fleisch ganz klein geschnitten hatte. Zum Essen tranken die Frauen Bier aus der Brauerei, in der Friedrichs Vater vor dem Krieg gearbeitet hatte, und Brigitte plapperte, wie stolz sie auf ihren Mann war, der in Polen als Soldat das schöne Silberbesteck, mit dem sie aßen, Juden günstig abgekauft hatte. Henriette erzählte von ihrem Hinrich, wie er sich auf der Werft kaputtarbeitete. In der Tat kam Papa immer später nach Hause, aber Waltraut und Klaus hatte er erzählt, dass man nach harter Arbeit nun mal mit den anderen von der Schicht noch einen heben ging. Das hatte man sich verdient.

Nach dem Abendbrot durften die Kinder noch ein wenig aufbleiben. Waltraut sah zu, wie die beiden Jungs mit drei Spielzeugautos ‹Einmarsch› spielten. Zwei Autos fuhren nach Paris und hauten dem anderen Auto auf das Dach. Klaus hämmerte besonders doll. Friedrich hatte anfangs noch Spaß, doch als

Klaus einem Polizeiauto das Rad abschlug, gab es zwischen den Jungs ein Gerangel, bei dem Klaus eins der Autos so wegschleuderte, dass eine große Bodenvase umfiel und auf dem Dielenboden zersprang. Klaus wurde bleicher als Waltraut im Zug. Brigitte schimpfte erst die Kinder aus und dann Henriette, sie solle gefälligst das teure Ding bezahlen. Gleich darauf wurden alle Kinder zum Schlafen geschickt.

Als Waltraut mit ihrer Mama im Bad war, um sich bettfertig zu machen, merkte sie, wie traurig die Mama war.

«Was hast du, Mama?»

«Papa wird wütend sein wegen der Vase.»

«Aber das war doch Klaus und nicht du ...»

«Aber wir werden das bezahlen müssen.»

«Warum fragst du nicht deinen Papa, ob er eine neue kauft?»

«Ich habe dir doch erklärt, dass er mich verstoßen hat, weil ich deinen Papa geheiratet habe.»

«Aber dein Papa ist doch ein Graf ...»

«Nichts aber.» Mama gab Waltraut einen Kuss auf die Stirn, der ihr bedeutete, sie solle aufhören zu reden. Im Flur wartete Brigitte: «Friedrich will nicht, dass Klaus mit in seinem Bettchen schläft.»

«Wir passen aber nicht alle zusammen in euer Ehebett: Waltraut, Klaus, du und ich.»

«Dann schläft eben die Traudel bei Friedrich.»

Und so lag Waltraut neben Friedrich. Gemeinsam unter einer großen Decke.

Brigitte machte das Licht aus. Die Mütter gingen in den Flur, und kaum hatten sie die Tür hinter sich zugemacht, fing Friedrich leise an zu weinen. Nach einer Weile fragte Waltraut: «Bist du noch traurig wegen dem Auto?»

Friedrich antwortete nicht.

«Klaus ist eben doof.»

Friedrich schluchzte.

«Morgen hauen wir ihm ein Auto auf den Kopf.»

«Es ist nicht Klaus ...»

«Was denn?»

«Ich will meinen Papa wiederhaben.»

Waltraut wusste nicht, was sie darauf antworten sollte.

Friedrich schluchzte weiter.

«Weißt du, was ich spiele, wenn ich traurig bin?»

«Nein», brachte Friedrich hervor.

«Schloss.»

«Schloss?»

«Ich setze mich hin und ziehe mir die Decke über den Kopf.»

Genau das tat sie mit der großen Decke, sodass Friedrich ohne dalag.

«Komm mit drunter.»

Friedrich krabbelte zu ihr, und die Decke bedeckte sie wie ein Zelt.

«Und nun leben wir in einem Schloss.»

Friedrich hörte auf zu weinen. Und die beiden spielten leise Graf und Gräfin, bis sie einschliefen.

Endlich konnte Joschi den Keller verlassen. Rosl hatte mit ihren Verbindungen von Palästina aus dafür gesorgt, dass auch er mit der ‹Operation Aktion› aus Wien fliehen konnte. Seine Schwester war eine Wunderwerkerin, ein Teufelsweib!

Joschi stand vor Mama Scheindel im Flur und überprüfte zum wohl zwanzigsten Mal, ob er das Visum für Griechenland auch wirklich in der Innentasche seines Jacketts verstaut hatte.

«Ti akhtik oif dir», bat Scheindel ihn, auf sich aufzupassen. Nie hatte sie ihm vorgeworfen, dass er beim Vater versagt hatte. Er selbst hatte den Tag der Verhaftung tausendfach in Gedanken durchgespielt und sich gefragt, was er anders hätte machen können. Oft hatte er sich ausgemalt, wie er einen Aufstand der jüdischen Männer, die in den grünen Heinrich gepfercht wurden, angezettelt hätte. Sie waren doch so viel mehr als die Polizisten gewesen. Diese Fantasien endeten stets damit, dass sie alle im Wald erschossen wurden.

«Hast gehört, Joschi?», sprach sie nun bemüht auf Deutsch, um ihrem Wunsch Nachdruck zu verleihen.

«Ja, ich passe auf mich auf, Mama.»

Beim Abschied von Rosl hatte Mama Scheindel noch geweint. Jetzt stand sie nur da. Müde. Zerbrechlich.

«Mir veln zikh vider trefn», sagte Joschi und glaubte dabei selbst nicht an ein solches Wiedersehen. Er ließ seine Mutter zurück in der Stadt der Ungeheuer. Ungeheuer, die im Begriff waren, Europa zu erobern. Und wer wusste schon, wozu sie noch alles fähig waren? Sie hatten schon seinen Papa ins Lager gesteckt und dort vermutlich zu Tode geprügelt. Oder ihn verhungern lassen. Oder ihn erst so gut wie verhungern lassen und dann zu Tode geprügelt. Die Ungeheuer machten auch vor Frauen nicht halt.

Joschi wollte seine Mutter beschützen. Er konnte es nicht. Würde er sie nun umarmen, um ihr Halt zu geben, wäre dies nur ein weiteres falsches Versprechen.

Scheindel streichelte ihm über die Wange und sagte: «Leb a git leben.»

Ein gutes Leben. Joschi lächelte. Seine Mama dachte nie an sich. Lebte für die Kinder. Manchmal hatte sich Joschi gedacht – und Rosl hatte es sogar gelegentlich ausgesprochen –, dass seine Mama den Vater nur geheiratet hatte, weil sie Kinder haben wollte und der einfache Mann für sie, die sechs Jahre älter war als er, die letzte Gelegenheit war, noch welche zu bekommen.

Kinder.

Hedy.

Henoch.

Vielleicht würde er in Palästina Kinder haben.

Vielleicht würde das Land dann auch schon den Namen Israel tragen.

Und ein Sohn von ihm würde dann nicht wie sein Großvater Henoch heißen, sondern ebenfalls Israel, wie der neue Staat. Wie sein Vater. Vielleicht würde der Kleine gar am gleichen Tag Geburtstag haben wie Joschi und sein Papa. Er hätte diesen geliebten Sohn gemeinsam mit einer Frau, die das Kind liebte, so wie Mama Scheindel ihn und Rosl. Das wäre ein gutes Leben.

«Ikh hob dir lib, mame», sagte Joschi. Er hatte das nicht mehr zu ihr gesagt, seit er ein Bub war.

In Scheindels fahles Gesicht kam ein wenig Farbe und in ihre Augen etwas Leben. Sie lächelte sogar, als sie sagte: «Ikh hob dir oykh lib.»

Joschi trat aus der Tür und blickte sich nicht mehr um. Er wollte seine Mutter lächelnd in Erinnerung behalten.

Im Gegensatz zu Rosl verließ Joschi Wien nicht mit dem Zug, sondern mit der ‹Donaudampfschifffahrtsgesellschaft›. 1090 Juden verteilten sich auf zwei Schiffe, die mit Hakenkreuzfahnen beflaggt waren. Als Joschi auf dem Anleger zu der bereits überfüllten ‹Minerva› stand, protestierten die Juden, dass sie auf das zweite Schiff, die ‹Grein›, wollten. Als Antwort brüllte ein SS-Mann: «Entweder ihr fahrt über die Donau oder ihr landet in der Donau.» Joschi quetschte sich mit den anderen auf das Deck. Dort endeten, trotz der Beflaggung, die Regeln der Nazis und es galten die der ‹Operation Aktion›: Alle Flüchtlinge wurden in Gruppen von 50 Personen eingeteilt und mussten den Anweisungen des jeweiligen Zugführers folgen – in Joschis Gruppe war das eine lockige Schwarzhaarige mit riesengroßer, dicker Brille namens Sarah. Sollte jemand sich widersetzen oder Frauen belästigen oder andere Mitreisende attackieren oder gar eine Waffe an Bord schmuggeln, würde es harte Strafen setzen bis hin zum Aussetzen an Land. Aber wie alle an Bord fühlte Joschi sich mit dem Betreten des Schiffes frei, und das, obwohl sie sich noch in Österreich befanden. Das Schiff legte ab, und wie bei Rosls Abreise sangen viele der jungen Juden die ‹Hatikvah›. Joschi sang die ersten Zeilen mit, brach aber wieder ab. Er schämte sich dafür, seine Freude herauszuschmettern, obwohl er seine Mutter zurückließ.

Während der Donaufahrt sah Joschi idyllische Flusstäler, hohe Wälder und Schlösser. Immer wieder dachte er, dass die Welt offenbar auch jenseits von Wien schön war. Doch jedes Mal, wenn er davon tagträumte, in so einem idyllischen Tal, so einem Wald oder so einem Schloss zu leben, wurde der Ort von Männern gestürmt, die ihn und seinen Vater festnahmen und ihn zu Tode prügelten.

Joschi sah auch Städte, von denen er bisher nur gehört hatte: Pressburg, Budapest, Belgrad ... und zahlreiche Städte, deren Namen er nie noch gehört hatte: Komárno, Paksch, Vukovar ... An jeder der Anlegestellen jener Städte, die noch nicht von den Nazis unterjocht waren, standen Hunderte von Juden und jubelten den Reisenden auf ihrem Weg ins Gelobte Land zu.

«Arme Schweine», hörte Joschi an der Anlegestelle von Paksch eine Stimme hinter sich sagen. Er drehte sich um und erblickte den größten Juden, dem er je begegnet war. Der Kerl war zugleich auch der kräftigste. Und der rothaarigste. Er sah aus, als hätte sich in den Zweigen seines Stammbaums ein Wikinger befunden. Von der Erscheinung war Joschi so verblüfft, dass er nicht einmal eingeschüchtert sein konnte. Der Goliath sagte: «Besser die bleiben an Land als wir.»

Es klang hartherzig. Und dennoch war es genau das, was Joschi beim Anblick der jubelnden Juden empfand. Er war davon überzeugt, dass es nur eine Frage der Zeit sein konnte, bis auch sie gedemütigt, geschlagen, gar getötet wurden.

«Wie heißt du?», fragte der Goliath.

«Josef Safier.»

«Isaak Berg.»

«Es gibt unpassendere Namen.»

«Isaak?»

«Berg», lächelte Joschi und dachte, dass seine neue Bekanntschaft offenbar nicht die hellste Kerze im Chanukkaleuchter war.

«Ich weiß. Hab dich auf den Arm genommen. Bist wohl nicht die hellste Kerze im Chanukkaleuchter.»

Joschi musste laut lachen. Das hatte er seit Monaten nicht getan. Und es machte ihn so dankbar, dass er dem Rothaarigen anbot: «Willst du ein Stück Kuchen? Ich hab noch was übrig.»

«Essen ist immer gut.»

«Der Kuchen ist es allerdings nicht.»

«Wieso bietest du ihn mir dann an?»

«Meine Mutter hat ihn mir eingepackt.»

«Dann ist es mir eine Ehre, ihn zu essen», antwortete Isaak aufrichtig. In diesem Augenblick wusste Joschi, dass er einen Freund gefunden hatte.

Die Schiffsreise auf der Donau mit der ‹Donaudampfschifffahrtsgesellschaft› endete im rumänischen Galatz. Dort stiegen die Flüchtlinge in die extra für die Reise umgebauten Frachter ‹Draga II› und ‹Ely›. Im Bauch der Schiffe waren Drei-Stock-Betten aufgestellt, dabei wurden für jeden Mitreisenden 75 Zentimeter Breite einkalkuliert. Um den Platz perfekt auszunutzen, gab es nur wenige Gänge zwischen den Betten. Joschi und Isaak mussten in der ‹Draga II› über sechs andere, mit grauen Decken belegte Holzplatten klettern, wenn sie von den bereits nach einem Tag stinkenden Toiletten zurückkehrten. Die Mitreisenden waren davon nicht begeistert, insbesondere wenn sich Isaak über sie wälzte. Nur Sarah, die Anführerin von Joschis Zug, kicherte jedes Mal, wenn er bei ihr vorbeikam. Denn Joschi machte ihr immer charmante Komplimente: ob sie mit ihrer Schönheit schon mal über eine Karriere beim Film nachgedacht hatte. Dass ihr wunderbarer Duft den fürchterlichen Gestank im Schiff vergessen ließ. Wie sehr er sich wünschte, er wäre ein großer Sänger, dann würde er ein Lied über ihre schönen Beine singen.

Nichts davon meinte Joschi ernst, Sarah war höchstens als hübsch zu bezeichnen, wenn sie die dicke Brille absetzte, und im Vergleich zu Hedy nicht einmal dann. Isaak zog ihn sogar auf: «Hör auf, so zu lügen, sonst biegen sich noch die Balken und das Schiff geht unter.»

Doch Joschi hörte nicht damit auf. Es gefiel ihm, eine Frau zu becircen und damit ihr und sich selbst Freude zu bereiten.

Wie fast alle Juden im Schiffsbauch war auch Joschi noch nie auf Hoher See gewesen. Im Gegensatz zu den meisten wurde er jedoch nicht seekrank. Hätte Joschi nicht oben in dem Dreistockbett gelegen, wäre er von Isaaks Erbrochenem mehr als einmal getroffen worden. So bekam es vor allem Raffa ab, ein tausendprozentiger Zionist, der im Nachbarstockbett schräg unter ihnen lag.

Da Joschis neuer Freund bei Weitem nicht der Einzige war, der sich übergab – Sarah zum Beispiel stand ihm in nichts nach –, stank es im schwankenden Frachtraum bestialisch, was das Spucken wie eine Krankheit um sich greifen ließ.

Joschi, der selbst über sich erstaunt war, wie gut er alles wegsteckte, sah es als seine Aufgabe an, Isaak aufzumuntern und die Umliegenden gleich mit. Er erzählte ihnen von Palästina, von der Freiheit, die sie erwartete, und dass es nicht mehr lange dauern würde, bis sie diese genießen könnten. Doch Joschi munterte damit niemanden auf, weil er zwar eine vage Vorstellung vom Gelobten Land hatte, aber eigentlich keine Ahnung, was sie dort erwarten würde. Genauso schlecht hätte er von China fabulieren können. Als ihm nichts mehr einfiel, beschloss Joschi, Witze zu erzählen: «Moskowitz sitzt beim Kartenspiel im Café. Der Ober sagt: ‹Herr Moskowitz, Ihre Frau lässt Sie ans Telefon bitten.› Moskowitz antwortet: ‹Lässt bitten? Das kann nicht meine Frau sein.›»

Oder: «‹Ich mach jetzt eine Hormonkur›, erzählt Moskowitz. ‹Das ist doch für die Katz›, meint Gebirtig. Und Moskowitz antwortet: ‹Nein. Ich mach sie für meine Alte.›»

Oder: «Moskowitz erzählt: ‹Ich habe Goebbels gesehen. Er sieht aus wie Apol...› Gebirtig unterbricht und schimpft:

‹Bist du wahnsinnig? Wie Apollo? Der Krüppel?› Aber Moskowitz beschwichtigt: ‹Lass mich ausreden! Er sieht aus wie *a pol*nischer Jud.›»

Die Witze linderten das Leid mehr, als es die Schilderungen von Palästina je hätten tun können.

Joschis Zug war gegen Mittag an der Reihe mit dem Deckgang. Von den fünfzig Männern und Frauen der Einheit waren nur neun in der Lage aufzustehen, und davon nur drei, inklusive Joschi, frei von Übelkeit. Oben angekommen, sah er zum ersten Mal das Meer, dessen Farbe von Dunkel- bis Hellblau changierte, je nach Wetterlage. Die Weite, der Geruch, der Wellengang – all dies ließ Joschi ruhig werden. Er dachte an nichts mehr. Nicht an Wien. Nicht an Rosl. Nicht an Mama Scheindel. Nicht an den ermordeten Vater Israel. An rein gar nichts.

Es tat so gut.

Nach einer Weile vermischte sich ein weiterer wunderbarer Geruch mit dem des Meeres: der einer Zigarette. Als Joschi sich bewusst wurde, was er da roch, sah er zur Seite: Etwa zehn Meter entfernt qualmte ein Mann. Er hatte ein vernarbtes Auge und gehörte zu einer kleinen Gruppe, die in Dachau gewesen war und von den Nazis auf diesen Transport gesetzt wurde.

Jetzt musste Joschi doch wieder an seinen Vater denken. Er kramte sich eine Zigarettenpackung aus der Hosentasche. Es war nur noch eine Kippe drin, und Joschi hatte sich eigentlich vorgenommen, sie erst nach der Landung in Palästina zu rauchen. Er steckte sie an, nahm einen tiefen Zug, noch einen und noch einen, bis er von Rauch erfüllt war, und dankte Hedy, dass sie ihm dieses wundervolle Laster beigebracht hatte.

Hedy.

Wie es ihr wohl erging? Hatte sie von Paris aus mit ihren Eltern weiterfliehen können? Doch wohin? Amerika nahm niemanden mehr auf. Das Meer nach England wurde von den Nazis kontrolliert.

Joschi ertappte sich bei dem Gedanken, dass es gut gewesen war, dass Hedys Vater ihn nicht hatte mitnehmen wollen. Und wohl auch, dass sie das Kind hatte wegmachen lassen.

Joschi musste an jenen Augenblick zurückdenken, als ihm Hedy von dem Entschluss dazu erzählt hatte. Er versuchte sich daran zu erinnern, ob sie dabei Tränen in den Augen gehabt hatte. Egal wie sehr er seine Erinnerung bemühte, er konnte es nicht sagen. Das entsetzte ihn, denn er hatte diese Frau so sehr geliebt, und dennoch verblasste die Erinnerung an sie. Er wusste noch, wie wunderbar ihr Parfüm roch, und auch, wie er sich bei ihren Begegnungen gefühlt hatte – im Prater, bei der ersten gemeinsamen Nacht bei ihr zu Hause, im Wienerwald –, doch er konnte sich nicht mehr entsinnen, ob ihr linkes oder ihr rechtes Auge einen Grünstich besaß. Und wie spitz ihr Kinn gewesen war? Und ob das Kleid bei ihrer ersten Begegnung so hellblau war wie das Meer vor ihm, wenn die Sonne es traf, oder doch dunkler?

Joschi sah auf die Gischt der Wellen: Wenn Hedy wirklich die große Liebe gewesen war, müsste er dann ihr Gesicht nicht wie ein Foto vor Augen haben? Wann würde die Erinnerung an Hedy ganz verblasst sein? Und er nahm sich vor: Wenn er in Palästina eine Frau treffen würde, bei der er sich an alles erinnern könnte, selbst wenn er Tausende Kilometer von ihr getrennt sein sollte, würde er diese Frau heiraten!

In der Nacht hielten die Schiffe zwei Kilometer von der Küste entfernt, außerhalb des Seeterritoriums des britischen Mandatsgebiets Palästina. Ein Landungsschiff fuhr jeweils fünf Gruppen à fünfzig Personen über das von Mond und Sternen beschienene Meer an den Strand von Netanja, von dem es hieß, dass er nicht von englischen Soldaten bewacht wurde.

Der Zug mit Joschi, der von Sarah befehligt wurde, die sich immer noch kaum auf den Beinen halten konnte, gehörte zu den letzten sechs Gruppen, die sich noch an Bord der ‹Draga II› befanden – die ‹Ely› hatte schon die Rückreise angetreten. Die Kommandantur beschloss, die 340 verbliebenen Personen mit einer Fahrt herüberzubringen statt mit zweien. So quetschte sich Joschi mit Isaak und all den anderen auf das Landungsschiff, wobei sein massiger Freund ihm mehr als einmal auf den Fuß trat. Joschi kommentierte dies mit: «Für dich hätte es eine Einzelfahrt geben müssen.»

Das Landungsschiff hatte keine Scheinwerfer an, man musste sich darauf verlassen, dass der Kapitän auch ohne Sicht nicht auf einem Felsen lief. Während der Fahrt schwiegen alle aus Angst, dass ein Wort von ihnen vielleicht ein englisches Patrouillenschiff auf sie aufmerksam machen würde.

Joschi war nervös, am liebsten hätte er eine Zigarette geschnorrt, aber auch er traute sich nicht, etwas zu sagen. Isaak wippte leise mit dem Oberkörper vor und zurück, als ob er betete. Joschis Freund war ihm bisher nicht als sonderlich religiös aufgefallen. Isaak hatte zwar einen Kantor als Vater gehabt, aber war nicht in dessen Fußstapfen getreten. Nach etwa zwanzig Minuten schweigender Fahrt erkannten sie in der Ferne einen Lichtkegel.

«Eine Patrouille», entfuhr es Isaak leise.

Der Lichtkegel schwebte über das Wasser hin und her, traf das Landungsschiff jedoch nicht. Noch nicht. Es war allerdings nur eine Frage der Zeit, bis die englische Marine sie entdecken würde. Der Kapitän entschied, die Weiterfahrt zu wagen, anstatt die Juden wieder zur ‹Draga II› zu bringen, die außerhalb des englischen Seeterritoriums auf die Bestätigung wartete, dass auch die letzten Flüchtlinge sicher an Land gegangen waren. Jeden Schweif des Lichtkegels verfolgten die Menschen an Bord atemlos. Joschis Herz klopfte bis zum Hals.

Etwa fünfhundert Meter von der Küste entfernt stellte der Kapitän die Maschinen ab und ließ das Boot treiben. Dann trat er an Deck und erklärte, dass alle, die es sich zutrauten, an Land schwimmen sollten. Einer nach dem anderen kletterte hastig über eine Strickleiter von Bord und sprang ins Wasser. Isaak zögerte und fluchte: «Ich bin ein mieser Schwimmer.»

«Noch mieser ist es, wieder zurückzukehren», sagte Joschi.

«Ich mag dich nicht, wenn du recht hast», seufzte Isaak und stieg ebenfalls die Strickleiter hinab. Joschi sah sich nach Sarah um. Sie war von der Seekrankheit, die sie seit Beginn der Reise plagte, zu schwach zum Schwimmen. Neben ihr kletterte der Über-Zionist Raffa vom Schiff. Joschi hätte es lieber gesehen, wenn er statt Sarah hätte zurückbleiben müssen. Oder jemand anderes. Alle außer Isaak. Und natürlich Joschi selbst. Wieder ließ er einen Menschen zurück.

Nun war Joschi an der Reihe, kletterte die wackelige Leiter hinab und sprang ins Wasser. Es brannte höllisch in den Augen, die er offen gelassen hatte, da er keine Erfahrung mit Meerwasser hatte. Als er wieder auftauchte, versuchte er sich zu orientieren: Vor ihm waren die anderen Schwimmer auszumachen. Ihnen folgte er ins Gelobte Land. Dabei konnte er an nichts anderes denken als daran, wie gut er daran getan hatte, im Sommer so viele Schulstunden zu schwänzen, um ins Freibad zu gehen. Beinahe hätte Joschi, trotz allem, laut losgelacht.

Friedrich war wieder zu Besuch in Bremen. Und wieder spielten er und Klaus mit den Autos. Diesmal Feldzug nach Russland. Ein Spiel, das Waltraut nicht verstand. Sie nahm aber sehr wohl wahr, dass Friedrich traurig war. Er sagte kaum etwas. Selbst Klaus erkannte, dass es dem anderen Jungen nicht gut ging, und versuchte ihn aufzumuntern, indem er anbot, er dürfe diesmal die Wehrmacht spielen. Tante Brigitte weinte leise vor sich hin. Warum genau, wussten Klaus und Waltraut nicht. Es musste etwas Schlimmes passiert sein.

Mama schenkte der Tante Korn ein. Der schien sie zu trösten, denn sie hörte auf zu schluchzen und nahm gleich noch einen. Bevor sie weitertrank, wollte Mama die Kinder ins Bett schicken. Doch da kam Papa nach Hause.

«Du bist spät», sagte Mama.

«Ich war noch mit den Männern einen heben.»

Mama sagte nichts. Papa wandte sich an die Base seiner Frau und sagte: «Mein Beileid.»

Brigitte nickte stumm.

«Scheißrussen», sagte Papa und schenkte sich auch einen Korn ein, «Scheißrussen!»

Die Großen schwiegen eine Weile. Klaus deutete auf seine Autos und sagte zu Friedrich: «Scheißrussen.»

Friedrich sagte nichts. Hatte er das gar nicht gehört?

«Ich kenne einen guten Witz», sagte Papa.

«Hinrich!», rief Mama tadelnd.

«Vielleicht muntert das Gitte ja ein wenig auf.»

«Hinrich ...»

«Lass ihn», sagte Tante Brigitte.

«Also», hob Papa an, «drei Schweizer unterhalten sich über Urlaub in Deutschland. Der eine sagt, ich mache ihn in München. Der nächste sagt, ich mache ihn in Wien. Der dritte sagt: ‹Ich in Kairo.› Da sagt der erste: ‹Kairo liegt doch gar nicht in Deutschland.› Da antwortet der dritte: ‹Ich mach meinen Urlaub erst im Frühjahr.›»

Tante Brigitte verzog kein Gesicht. Mama sagte: «Brigitte mag sicher keine Witze über Feldzüge hören.»

«Na, dann vielleicht der hier: Ein Gauleiter besucht eine Schulklasse. Die Antworten auf seine Fragen sind vorbereitet. Er fragt den kleinen Walter: ‹Wer ist dein Vater?› ‹Adolf Hitler!› ‹Wer ist deine Mutter?› ‹Großdeutschland.› Dann kommt eine unvorbereitete Frage: ‹Und was willst du werden?› ‹Vollwaise.›»

«Für so einen Witz», sagte Brigitte scharf, «kannst du ins Gefängnis kommen.»

Mama und Papa erschraken. Genauso wie Waltraut und Klaus. Nur Friedrich spielte weiter mit den Autos.

«Aber nur, wenn es jemand weitererzählt», sagte Papa leise, und seine Stimme zitterte dabei. Waltraut hatte ihren Papa noch nie ängstlich gesehen. Fürchtete er sich etwa vor Tante Brigitte?

Die schwieg.

Auch Klaus sah nun zu den Großen.

Friedrich spielte weiter Feldzug.

Mama krallte Papas Hand fest.

Und Waltraut hatte Angst um ihre Eltern, obwohl sie nicht wusste, warum.

Schließlich sagte Tante Brigitte: «Sollen ja nicht noch mehr Kinder ihren Vater verlieren.»

Die Eltern sahen erleichtert aus. Und das beruhigte auch Waltraut.

«Noch einen Korn?», fragte Papa.

«Besser als noch ein Witz», antwortete Tante Brigitte.

«Viel besser», fand auch Mama und schenkte allen dreien ein. Sie tranken hastig, und dann rief Brigitte: «Noch einen!»

Von nun an Brigitte. Waltraut wollte diese fiese Kuh, die ihren Eltern so viel Angst eingejagt hatte, nie wieder Tante nennen!

Die Kinder wurden schlafen geschickt. Waltraut und Friedrich teilten sich auch in Bremen das Bettchen. Das war für beide schon normal. Nachdem Mama, wie immer beim Zubettgehen der Kinder, eine Weile das Foto des verstorbenen Schwesterchens angesehen hatte, knipste sie das Licht aus und verließ das Zimmer. Kaum war die Tür zu, fragte Klaus leise: «Kämpft dein Papa gegen die Russen?»

Friedrich antwortete nicht, und Klaus fragte nicht weiter. Waltraut machte die Augen zu, konnte aber nicht einschlafen. Sie war noch so wütend auf Brigitte.

Nach einer Weile ging die Tür wieder auf und Papa trat ein: «Klaus? Traudel? Seid ihr noch wach?»

«Ja, Papa», sagte Klaus.

«Ja», sagte Waltraut.

Er ließ das Licht aus und setzte sich zu Waltraut auf die Bettkante. Er stank ganz schrecklich nach Korn, aber zugleich auch nach dem Holz von seiner Arbeit. Papa nahm ihr Händchen, was er sonst nie tat, und sagte: «Ihr müsst keine Angst haben. Die schicken mich nie an die Front. Die brauchen mich auf der Werft.»

So recht begriff Traudel nicht, was er damit meinte. Nur, dass es ihm sehr wichtig war, es zu sagen. Papa gab ihr einen Kuss auf die Stirn, was er ebenfalls sonst nie tat. Er stand auf und gab sogar Klaus einen Kuss auf die Stirn. Beide Kinder wussten nicht, was sie sagen sollten.

Papa wandte sich an Friedrich: «Du bist jetzt der Mann im Haus. Du musst auf die Mama aufpassen.» Papa wirkte dabei traurig, das konnte Waltraut erkennen, da das Licht von der Straßenlaterne genau in seine Augen fiel. Jetzt erst verstand sie, warum Friedrich so schweigsam war.

Papa ging hinaus. Keins der Kinder sagte mehr ein Wort, aber es dauerte lange, bis sie einschlafen konnten.

In der Nacht wurde Waltraut von Tritten geweckt. Friedrich strampelte im Schlaf und winselte. Er träumte schlecht. Waltraut blickte zu Klaus. Der schlief tief und fest, und sie wollte ihn nicht wecken, um ihn um Hilfe zu bitten. Am liebsten hätte sie Friedrich zurückgetreten, damit er aufhörte. Aber das wäre gemein gewesen. Sein Papa war tot. Und ihrer lebte. So tat sie etwas, was ihre Mama immer machte, wenn sie von einem dieser fiesen Albträume aufgeschreckt wurde, in denen sie von bösen Männern träumte, die sie holen wollten: Sie nahm Friedrich fest in den Arm.

Er wachte davon nicht auf, strampelte aber nicht mehr so wild und winselte leiser. Und er hörte endgültig auf, als sie ihm ein liebes Küsschen auf die Wange gab.

Drei Monate dauerte es, bis Rosl ihren Bruder Joschi im Kibbuz Ma'abarot nördlich von Netanja besuchte, in dem er und Isaak gestrandet waren. Drei Monate, in denen seine Haut in der Sonne bei der Arbeit an den Orangenbäumen so lange verbrannte, bis sie langsam, aber sicher eine braune Farbe angenommen hatte. Drei Monate, in denen er beim Pflücken, Bewässern und Umgraben an Gewicht erst ab- und dann dank der Muskeln wieder zugenommen hatte. Drei Monate, in denen er anfangs von Durchfällen und später von nahezu unerträglichem Heimweh geplagt worden war: Wien war das wahre Gelobte Land. Diese Wüste hier hingegen, die sich heftig weigerte, urbar gemacht zu werden, war die Hölle, die Joschi jedem Nazi von Herzen wünschte.

Das neue Leben wäre in diesen ersten Wochen und Monaten unerträglich gewesen, wenn es Isaak nicht gegeben hätte. Der Rothaarige litt zwar noch mehr unter der unbarmherzigen Sonne, aber er sprang immer ein, wenn Joschis Kräfte schwanden und er sein Pensum nicht erfüllen konnte. Joschi half seinem Freund hingegen bei der Kommunikation mit den Kibbuz-Bewohnern, von denen die meisten aus Rumänien, Bulgarien und Bessarabien stammten. Mit einigen von ihnen konnte sich Joschi auf Hebräisch verständigen. So vermittelte er seinem Freund sogar eine heiße Nacht mit einer Rumänin.

Joschi charmierte zwar auch die ein oder andere Kibbuz-Frau, er ging allerdings nicht weiter. Selbst nicht, als sich eines Nachts eine Bulgarin unbekleidet zu ihm legte. Es war nun schon zweieinhalb Jahre her, dass er mit Hedy zusammen gewesen war, aber er wollte sich dieser fast völlig Fremden nicht hingeben. Nicht auszudenken, wenn er ausgerechnet hier, an diesem verfluchten Ort, einer Frau ein Kind machte.

Rosl stieg in einem roten Kleid mit schwarzen Arbeiterschuhen, die sie in Wien nie getragen hätte, aus einem schwarzen Ford. Sie war schöner als je zuvor, durch ihre gebräunte Haut entstand ein faszinierender Kontrast zu ihren rötlichen Haaren. Während Joschi noch benommen dastand, weil ihm seine Schwester in der flirrenden Hitze so unwirklich erschien, rannte Rosl auf ihn zu. Sie umarmte ihn so fest, dass er zwischenzeitlich keine Luft bekam. Tränen liefen ihr über das Gesicht.

Joschi hatte seine Schwester bisher nur weinen sehen, wenn sie als Kind oder Jugendliche etwas nicht bekam, was sie unbedingt haben wollte. Dass sie nun aus Rührung, sogar aus Liebe weinte, ließ sie fast noch unwirklicher erscheinen.

Rosl küsste ihn überall: Wange, Stirn und Mund. Immer wieder. Es dauerte eine Weile, bis sie sich etwas beruhigt hatte und von ihm abließ. Jetzt erst ergab sich Raum für Joschis Gefühle. Er betrachtete seine Schwester, deren Augen immer noch voller Freudentränen waren, und begann nun, nach all den schweren Jahren, selbst zu weinen.

Um seinen Vater.

Um seine Mutter.

Um sein eigenes, aus der Bahn geworfenes Leben.

Und vor lauter Glück, dass er noch Rosl hatte.

Bruder und Schwester saßen in der Abendsonne bei saurem Rotwein auf einer Holzbank, von der aus sie den Orangenhain überblicken konnten. Sie hatten schon über Joschis Flucht geredet, auch über die von Rosl, ihre Arbeit als Buchhalterin in einem Hotel in Jerusalem und dem Besitzer, der in sie verknallt war, den sie aber nicht an sich ranließ. Er war es auch, der ihr das Auto geliehen hatte. Die Geschwister unterhielten sich über Rosls Ehemann Paul, über dessen Verbleib beide nichts wussten. Rosl sagte eher pflichtschuldig als überzeugend, dass sie krank vor Sorge um ihn war. Über eins sprachen die beiden jedoch nicht: über den Tod des Vaters und das Schicksal der Mutter. Joschi nicht, weil er seiner Schwester nicht erzählen wollte, wie er seinen Vater im Gefängnis zurückgelassen hatte. Rosl schwieg, weil sie ganz offensichtlich Angst davor hatte, dass ihre schlimmste Vermutung bestätigt wurde. Erst nach dem dritten Glas Wein traute sie sich zu fragen: «Und Vater ...?»

Joschi sagte nichts, ging stattdessen zu seinem Rucksack, holte das Schreiben des Konzentrationslagers Buchenwald hervor und legte es seiner Schwester zum Lesen hin: Todesdatum, angebliche Herzschwäche, unleserliche Unterschrift des Obersturmbannführers.

Rosl betrachtete es. Sie weinte nicht. Stattdessen stählte sie sich, drückte ihren Rücken durch und sagte: «Ich habe auch eine schlechte Nachricht.»

«Welche?»

«Die Deutschen deportieren alle Juden aus Wien.»

«Deportieren wohin?»

«In Ghettos nach Polen. Werden alle wie Vieh in Waggons gepfercht und hingefahren. Mit dem Zug sind die Eltern nach Wien gekommen. Mit dem Zug wird Mama wieder rausgekarrt.»

Joschi erschütterte die Nachricht. Seine alte Mutter in Polen. Ganz allein. In einem Ghetto. Wer würde ihr beistehen, während ihre Kinder in Palästina nichts anderes tun konnten, als sich bei einem Glas schlechten Rotweins Sorgen um sie zu machen?

«Unsere Verwandten aus Wien», sagte Rosl, als ob sie seine Gedanken lesen konnte, «werden auch dort sein.»

«Jedenfalls die, die nicht im KZ sind», erwiderte Joschi bitter.

«Vielleicht helfen sie Mama.»

«Wir hatten doch kaum Kontakt.»

«Vielleicht dennoch», widersprach Rosl, doch es klang, als ob sie selbst keine großen Hoffnungen hatte, dass Mutter Scheindel Unterstützung erfahren würde. Die Geschwister schwiegen eine Weile, dann sagte Rosl: «Aus Papas Heimatort haben sie auch ein Ghetto gemacht.»

«Da sind also auch ein Haufen unserer Verwandten.»

«Die wir nie kennengelernt haben», stellte Rosl fest, als ob dies ein Trost wäre. Joschi nahm einen weiteren Schluck Wein, um den Schmerz zu betäuben.

«Pack deine Sachen. Ich nehm dich mit nach Jerusalem.»

«Kann ich da überhaupt Arbeit finden?»

«Ich hab dir schon eine besorgt.»

«Und was für eine?»

«Du kannst in der Rezeption des Hotels als Nachtportier anfangen.»

Der Besitzer musste wirklich von Rosl verzaubert sein, wenn er bereit war, zwei Illegale einzustellen.

«Gibt es da auch Arbeit für meinen Freund?»

«Deinen Freund?»

Joschi zeigte auf Isaak, der sich mit seiner kleinen Rumänin gerade eine Orange teilte: «Ohne ihn wäre ich hier vor die Hunde gegangen.»

«Der sieht für mich nicht so aus, als ob er hier wegwollte.»

Joschi beobachtete, wie innig sich das ungleiche Paar ansah: Der rothaarige Goliath hatte beneidenswert schnell einen neuen Lebenssinn gefunden. «Du hast recht, für mich sieht es auch nicht danach aus.»

«Dann fahren wir ohne ihn», sagte Rosl.

Joschi seufzte. Da hatte er seit langer Zeit wieder einen Menschen ins Herz geschlossen und musste sich schon wieder von ihm verabschieden. Vielleicht war es besser, so eine Nähe in Zukunft nicht mehr zuzulassen.

Schule, Schule, endlich Schule!

Den ganzen Sommer schon hatte sich Waltraut auf den ersten Schultag gefreut, ach was, schon das ganze Jahr. Der große Bruder Klaus war Papas Liebling. Er konnte schneller laufen als Waltraut, war stärker als Waltraut, lauter als Waltraut, gemeiner als Waltraut. Ständig ließ Klaus sie spüren, dass er überlegen war. Er schubste sie, trat sie, ärgerte sie. Papa war es egal. Mama schimpfte Klaus zwar aus, aber das änderte nichts. Selbst als er Waltrauts Puppe die Haare abgeschnitten hatte, wurde er nur mit einem Tag Hausarrest von Mama bestraft. Nur bei einer Sache waren die Eltern mit dem Bruder unzufrieden: Er war schlecht in der Schule. Und wenn Waltraut dort gut sein würde, dann gäbe es endlich, endlich, endlich etwas, bei dem sie ihrem Bruder überlegen wäre. Dann würde er doof dastehen, und sie könnte ihn ärgern!

Zwanzig Kinder waren in der Klasse. Waltraut unter ihnen die Älteste. Die Eltern waren der Ansicht gewesen, sie solle erst mit sieben in die Schule kommen, weil Waltraut mit sechs noch genuckelt hatte. Sie war dennoch nicht die Größte. Im Vergleich zu den anderen Mädchen wirkte sie sogar schmächtig. Egal, sie wusste, dass sie eine gute Schülerin sein würde. Die Beste!

Frau Scharper betrat den Klassenraum. Eine große, bullige Frau mit Riesenpranken. So musste die Frau eines Riesen im Märchen aussehen, dachte Waltraut.

Frau Scharper erzählte, was alles auf die Mädchen zukommen würde: lernen, lernen, lernen! Und wer frech würde, bekäme auf die Finger. Dabei schlug Frau Scharper mit dem Holzlineal auf das Pult. Der laute Knall erschreckte Waltraut. Aber nicht so sehr wie ihre Tischnachbarin Inge mit den langen blonden Zöpfen. Oder alle anderen Mädchen. Sie war halt die Gräfin unter den Löwen.

«So», verzog Frau Scharper das Gesicht zu etwas, das vermutlich ein Lächeln sein sollte, «wer kann mir eine Geschichte aus den Sommerferien erzählen?»

Kein Mädchen traute sich etwas zu sagen.

Außer der Löwin.

Sie hatte eine spannende Geschichte. Nicht von diesem Sommer. Vom vorigen, als Friedrich das letzte Mal zu Besuch war. Jetzt kam er nicht mehr nach Bremen. Warum, wollte Mama ihr nicht sagen. Papa auch nicht. Es hatte wohl damit zu tun, dass die blöde Brigitte den Eltern Angst gemacht hatte. Papa hatte den Kindern gesagt: «Die ist ein Barsch ohne B». Waltraut konnte daher das Wort Barsch ohne B buchstabieren, bevor sie ihren eigenen Namen schreiben konnte. Der war ja auch viel länger.

«Ich kann!», schnipste die Löwin mit den Fingern. «Ich kann was erzählen!»,

«Nicht schnippen», hob die Riesin drohend das Holzlineal. Zopf-Inge zuckte zusammen. Die Löwin nicht.

«Also», trat die Riesin auf die Löwin zu, «was ist deine Geschichte?»

Die Löwin sprudelte los: «Ich war am See mit meinen Eltern, mit Klaus, Brigitte und Friedrich ...»

«Und wer sind die alle?», unterbrach die Riesin.

«Klaus ist mein Bruder, Brigitte ist ein Barsch ohne B ...», kaum hatte die Löwin das ausgesprochen, bekam sie es auch schon mit der Angst zu tun: Das hätte sie doch nicht sagen dürfen! Sie sah zum Lineal. Aber die Riesin hob es nicht. Sie lachte sogar. Jedenfalls dachte die Löwin, dass die Geräusche, die die Riesin machte, ein Lachen waren.

«Erzähl weiter ...», befahl die Riesin, als das Geräusch verebbt war.

«Friedrich ist ...», begann die Löwin, um sogleich wieder innezuhalten.

«Ja?»

Was war Friedrich? Kein Vetter. Aber ein Verwandter. Was genau war man nur, wenn man der Sohn der Base der Mama war? Das hatten ihr Mama und Papa nie gesagt. Und die Löwin hatte nie gefragt.

«Was ist er?», die Riesin wurde ungeduldig.

«Mein bester Freund», antwortete die Löwin und staunte selbst über ihre Worte. Sie lauschte deren Hall nach und fand, dass sie wahr waren. Friedrich war ihr bester Freund!

Die Löwin lächelte glücklich, da hörte sie in den hintersten Reihen einige Mädchen kichern. Eine flüsterte sogar: «Waltraut ist verliebt.»

Die Löwin wollte das Mädchen schütteln. Sie war nicht verliebt! Sie hatte Friedrich nur lieb!

«Ruhe!», befahl die Riesin. Die Mädchen wurden schlagartig still. Die Löwin hoffte, dass die Riesin jetzt das Lineal gegen das fiese Mädchen schwingen würde. Sie tat es aber nicht, sagte nur: «Erzähl weiter.»

«Also», die Worte sprudelten jetzt nur so aus der Löwin heraus, «wir waren am Waller See schwimmen, und da schrie Friedrich plötzlich, und ich rannte zu ihm und sah eine Biene. Die Biene hatte ihn ins Bein gestochen», die Löwin redete immer schneller und schneller, «und sie flog um ihn herum und setzte sich wieder auf ihn und wollte noch mal stechen, diesmal in den Arm. Und ich nahm ein Handtuch, und dann habe ich die Biene damit von seinem Arm geschlagen», wie stolz war die Löwin auf ihre Heldentat, «und die Biene fiel tot zu Boden und ...»

«Du lügst», sagte die Riesin.

Die Löwin sah sie erschrocken an.

«Du lügst», sagte die Riesin noch mal und ging auf sie zu. Das Lineal fest in der Hand.

«Nein, nein, ich lüge nicht ...»

«Oh doch!»

Wie kam die Riesin darauf? Wie nur? Wie? Die Löwin hatte doch die Biene weggeschlagen und den armen Friedrich vor einem zweiten Stich bewahrt.

«Eine Biene kann nicht zweimal stechen.»

«Das wollte sie aber!»

«Eine Biene stirbt nach dem ersten Stich.»

«Aber ...»

«Du hast uns alle angelogen.»

Die Löwin war verzweifelt. Es war doch eine Biene gewesen, die Friedrich gestochen hat, ein gelb-schwarzes Tier.

«Ich dulde keine Lügen in meinem Unterricht.»

Die Riesin schaute finster drein.

Wespe? War es eine Wespe? Biene? Hummel? Wespe? Wespe? Biene? Wespe?

«Leg deine Hand auf den Tisch.»

«Es war keine Biene, es war ...»

«Sei still.»

«Es war eine ...»

«Wenn du nicht sofort still bist, bekommst du noch mehr Schläge mit dem Lineal.»

«Es war ...»

«Hand auf den Tisch!», herrschte die Riesin die Löwin an.

Dabei verzerrte sich ihr Gesicht zu einer Fratze. Zopf-Inge neben ihr zitterte, sie hatte so viel Angst, dass sie sich nicht einmal traute zu weinen. Andere Kinder wagten nicht zu atmen. Die Angst in der Klasse konnte die Löwin riechen. Sie stank.

Tapfer legte sie ihre Tatze auf den Tisch. Entschlossen, nicht zu weinen. Nicht mal ein bisschen. Die Löwin wusste da noch nicht, was Schläge sind. Die Eltern hatten sie nie gezüchtigt.

Die Riesin holte mit dem Lineal aus.

Nicht weinen.

Die Riesin ließ das Lineal sausen.

Nicht weinen!

Das Lineal traf die Hand. Nicht die Tatze. Waltraut war keine Löwin. Nur ein kleines Mädchen, das weinen musste.

Lauter als Wien. Dreckiger als Wien. Heißer als Wien. Und viel mehr religiöse Irre als in Wien. Joschi hatte sich auch nach Wochen noch nicht an Jerusalem gewöhnt. Und auch nicht daran, dass Rosl und er sich als Erwachsene im Hotel Yehuda wieder ein Zimmer teilen mussten. Diesmal eins, das noch spärlicher war als jenes aus Kindertagen. Stockbett, ein Schrank, kein einziges Bild an den Wänden. Wenigstens hatte er durch seine Arbeit als Nachtportier andere Schlafenszeiten als seine Schwester. Wobei an Schlaf kaum zu denken war in dieser lärmenden Stadt, in der alle Menschen - bis auf die Engländer - laut waren. Selbst die europäischen Juden hatten sich der allgemeinen Lautstärke angepasst, damit sie gehört wurden. Allen voran seine Schwester, die schon in Wien kein stilles Mäuschen gewesen war. Wie laut sie Joschi Vorwürfe machte, wenn er mal wieder schwermütig wurde, wie laut sie Männer zurechtwies, die es wagten, sie anzutatschen, wie laut sie den glatzköpfigen Hotelbesitzer Mosche anwies, Flüchtlinge zu verstecken. Letzteres tat sie in ihrer Eigenschaft als Verbindungsfrau der jüdischen Untergrundorganisation Hagana. Die Widerstandskämpfer der Betar-Irgun-Koalition fand sie zu militant. Sie töteten palästinensische Zivilisten als Vergeltung für Anschläge auf Juden. Juden sollten keine Mörder sein wie ihre Feinde.

Joschi war ein Staat Israel zwar nicht egal, er würde sich freuen, wenn es ihn wirklich einmal geben sollte. Er fand auch, dass ein eigener Staat einen Kampf wert war, und würde sich gewiss auch bald der Hagana anschließen – wie seine Schwester ihn drängte –, aber sein Herz sehnte sich so sehr zurück nach Wien: leiser als Jerusalem. Sauberer als Jerusalem. Kühler als Jerusalem. Und viel weniger religiöse Irre als in Jerusalem. Wenn nur die mordenden Irren dort nicht wären.

Eines Mittags wachte Joschi auf, weil zwei Palästinenser der Ansicht waren, sie müssten ihren Streit genau vor seinem Fenster austragen. Da er ohnehin schlecht geträumt hatte – Hedy hatte ihn wegen irgendetwas angebrüllt und dann eine Zigarette auf seinem Arm ausgedrückt –, zog Joschi sich an und beschloss, nach einem anständigen Kaffee zu suchen. Zwei Straßen weiter hatte vor Kurzem ein Café aufgemacht, das einem Deutschen gehörte. Vielleicht würde er da, wenn schon nicht wienerisches, dann doch wenigstens deutsches Stimmengewirr hören.

Die Straßentische im Royal befanden sich alle in der Sonne, man hätte Spiegeleier auf ihnen braten können, innen erinnerte das Café vage an die Heimat, als wäre es einer verschwommenen Erinnerung entsprungen. An einem Klavier saß ein blonder Mann mit strahlend blauen Augen. Er spielte ein flottes Lied und sang dazu:

> *Some get a kick from cocaine*
> *I'm sure that if I took even one sniff*
> *That would bore me terrifically, too*
> *Yet, I get a kick out of you*

Joschi wippte mit den Füßen, und je länger der Mann sang – «I get no kick in a plane» –, desto leichter fühlte er sich.

Als die Melodie endete, applaudierte Joschi, und der Pianist lachte: «Das passiert mir in diesem Furzfleck an Erde zum ersten Mal.» Er sprach Hebräisch, aber Joschi hörte den deutschen Akzent und redete daher in seiner Muttersprache weiter: «Ich habe das noch nie gehört.»

«Ist von Cole Porter aus dem Film ‹Anything Goes›.»

«Nie gesehen.»

«Kein Wunder, kam nicht nach Deutschland.»

«Ich bin aus Wien.»

«Hört man», lachte der Pianist.

«Ich vermisse amerikanische Filme.»

«Fünfzehn Minuten von hier gibt es ein Kino, da zeigen sie diese Filme für die Engländer.»

Keine dreizehn Minuten später saß Joschi schon in der frühen Nachmittagsvorstellung. Chaplin, ‹The Circus›. Joschi lachte befreit auf. Wieder und immer wieder. Im Kino war die Welt ein besserer Ort. Und nach der Vorstellung war Jerusalem zwar immer noch stinkend, laut, heiß und voller religiöser Irrer, aber nicht mehr ganz so übel.

Auf der anderen Straßenseite ging eine Brünette im gelben Sommerkleid. Sie war nicht schön, aber was für ein Hintern! Joschi dachte daran, wie lange er nicht mehr bei einer Frau gelegen hatte. Es wurde Zeit. Er würde sich die schönste Frau im Café Royal suchen. Die allerschönste!

Als Joschi wieder ins Café kam, musste er feststellen, dass der Pianist die Schönste, eine edelblasse mit langen Beinen, charmierte. Dem netten Kerl, der Joschi mit seinem Spiel und dem Hinweis auf das Kino das Leben versüßt hatte, wollte er nicht in die Parade fahren. Er blickte sich um: War die Kellnerin die zweitschönste Frau hier? Oder eine der drei Frauen am Fenstertisch, die sich beim Tee miteinander unterhielten? Oder die in der Ecke mit der Narbe am Kinn? Sie war definitiv nicht die schönste im Café, aber die faszinierendste. Konzentriert zeichnete sie mit einem Bleistift in einen Block. Joschi ging auf sie zu und erkannte die angefangene Zeichnung einer Meerjungfrau. Halb nackt. Mit Flosse. Das Bild überraschte ihn, erregte ihn auch, aber am meisten beeindruckte es ihn. Es war das Zauberhafteste, das er je im Entstehen beobachten durfte. Am Gymnasium hatte es Mädchen gegeben, die malen konnten. Aber entweder bannten sie Äpfel, Stühle und Pferde auf die Leinwand, oder sie machten Kunst, die Joschi eindeutig zu abstrakt war und nicht mal den Humor von Dada besaß.

«Gaffen Sie immer ungefragt andere Menschen an?», fragte die Frau auf Hebräisch, ohne einen Hauch von Wut oder Ablehnung in der Stimme, dafür aber mit leisem Spott und tschechischer Sprachfärbung.

«Verzeihen Sie, aber Sie sind sehr begabt», Joschi meinte es aufrichtig.

«Danke», nickte sie wie jemand, der um sein Talent wusste, und zeichnete konzentriert weiter. An der Brust der Meerjungfrau. Wollte sie ihm damit etwas sagen? Nein, sie hatte schon daran gearbeitet, als er an ihren Tisch getreten war. Sie schien ihn schon wieder vergessen zu haben.

«Ich habe auch eine Begabung», sagte Joschi.

«Ach ja?», sie drehte sich wieder zu ihm, «und welche?»

«An jedem Ort, an dem ich bin, finde ich die anmutigste Frau», sagte er und setzte dabei sein charmantestes Lächeln auf.

Die Zeichnerin sah ihn ungläubig an.

«Sie sind eine anmutige Frau», diesmal lächelte Joschi nicht. Er meinte, was er sagte.

Die Zeichnerin schüttelte als Antwort nur abwehrend, aber auch ein wenig geschmeichelt den Kopf.

«Darf ich Sie auf einen Kaffee einladen?», fragte Joschi.

Nach kurzem Zögern antwortete sie: «Sie dürfen.»

Aus dem einen Kaffee wurden vier. Mit Schlagobers trank sie ihren. Joschi nahm ab dem zweiten einen kleinen Schuss Rum hinzu. Die Zeichnerin hieß Eliska, stammte aus Prag, hatte Malerei studiert und ihre Eltern und zwei jüngere Schwestern zurücklassen müssen. Sie lebte jetzt mit drei anderen Frauen in einem kleinen Zimmer, und alle vier verdienten sich ihr Geld mit Putzen in der englischen Kaserne. Woher die Narbe am Kinn stammte, erzählte Eliska nicht, und Joschi fragte auch nicht danach. Von seiner eigenen Vergangenheit mochte er auch nicht berichten, denn das würde ihn nur an Mama und Papa erinnern, und dann würde er traurig. Stattdessen erzählte Joschi Witze, seine Anekdoten vom Prater, und er machte der Zeichnerin charmante Komplimente, bis sie mit ihm, nachdem auch sie Rum in ihrem letzten Kaffee genommen hatte, in sein Zimmer ins Hotel ging, das er – sehr zu Rosls Ärger – von innen abschloss. Er lag seit langer Zeit wieder bei einer Frau. Er liebte sie nicht. Und sie ihn nicht. Wie auch? Sie kannten sich kaum. Aber die Nähe der Körper tat beiden gut.

Cole Porter, Chaplin, die Wärme eines anderen Menschen – das Leben in Palästina fühlte sich an diesem Tag gar nicht so schlecht an.

❖❖❖

Bombenalarm.

«Raus!», rief Papa.

Sirenengeheul.

«Raus, raus, raus!»

Papa und Mama rannten mit Waltraut auf die Straße. Klaus war mit der Hitlerjugend in der Lüneburger Heide. Plötzlich hielt Mama inne und lief wieder zurück.

«Wo willst du hin?», rief Papa.

«Das Foto von Karla holen!»

«Scheiß auf das Foto! Wir müssen in den Bunker!»

«Wenn das Haus abbrennt, haben wir gar nichts mehr von ihr», rief Mama und verschwand im Eingang.

«Verfluchtes Foto», schimpfte Papa.

Waltraut bekam noch mehr Angst als ohnehin schon: Konnte ihr Haus wirklich abbrennen? Mit Mama darin?

Ein Knall war aus der Ferne zu hören.

«Scheißfoto!»

Mama kam mit dem Foto zurück, und alle drei rannten los.

«Schneller! Schneller!», trieb Papa sie an.

Ein weiterer Knall. Diesmal lauter. Und die Sirenen heulten, als ob sie nie mehr damit aufhören wollten.

«Schneller, Traudel!»

Waltraut konnte nicht schneller.

Mehr Knallen.

Papa packte sie und trug sie. Mama konnte kaum mithalten. Atemlos erreichten sie den Bunker. So viele Menschen wollten hinein. Waltraut, die sich fest an den Papa klammerte, konnte in dem Gedränge nur den Bäcker erkennen. Sie hatte Angst, dass auch Frau Scharper da sein würde.

Im Bunker waren noch mehr Menschen, kaum Platz für alle. Aber keine Frau Scharper. Gut! Viel dumpfes Knallen war zu hören. Die Menschen fürchteten sich. Auch Mama. Sogar Papa. Sie gingen vorbei an Stockbetten, jeweils ein Paar von dem nächsten durch Vorhänge getrennt. In der Ferne konnte Waltraut Kloräume sehen, die keine Türen hatten. Schließlich erreichte die Familie ein leeres Stockbett und setzte sich darauf.

Schweigen.

Nur atmen.

Bis ein Säugling hinter dem Vorhang brüllte. Und noch einer weiter weg. Und noch einer viel weiter weg. Als ob sie sich ansteckten. Ein Mann blaffte hinter dem Vorhang die Frau an: «Bring dein Gör zum Schweigen.» Ein zweiter schnauzte: «Red nicht so mit meiner Frau!» Ein dritter ging dazwischen: «Ruhe jetzt! Alle beide.» Papa rang mit seinen Händen. Die Knöchel wurden dabei weiß. Mama nahm Waltraut in den Arm.

Ein Knall.

Warten.

Noch ein Knall.

Warten.

Säuglingsgeschrei.

Es wurde stickig.

Ein enorm lauter Knall.

Der Bunker erzitterte.

Menschen schrien. Mama hielt Waltraut fest. Und Papa Mama. Putz bröselte von der Decke.

«Die Straße muss getroffen sein», rief einer.
Alle hielten inne. Lauschten. Ob noch ein Knall folgte.
Ja.
Aber ein leiserer. Von weiter weg.
Alle schwiegen.

Noch mehr Angstgeruch im Bunker als bei Frau Scharper in der Klasse, wenn sie das Lineal schwang. Viel mehr. Und von den eigenen Eltern. Waltraut hoffte, dass Frau Scharper da draußen irgendwo getroffen würde. Dann müsste sie keine Angst mehr haben, in die Schule zu gehen.

Mama drückte sie noch mehr an sich und sagte leise: «Wenn wir hier rausgehen, fahren wir zu meinem Vater.»

«Dem Graf?», fragte Waltraut leise zurück.

«In diesen schlimmen Zeiten wird er uns bestimmt zu sich lassen.»

Waltraut fand den Gedanken schön. Sie wusste, dass der Opa auf einer Burg lebte und es da auch einen Stall gab mit viel schöneren Pferden als die von der Beck's-Brauerei, die die Fässer Bier zu den Kneipen brachten. Ihre Mama hatte ihr davon erzählt, als sie im letzten Monat mit den Masern das Bett hüten musste. Wie gerne wollte sie Reiten lernen. Auf einem weißen Pferd.

«Erzähl dem Kind nicht so einen Quatsch», zischte Papa, und Mama hörte auf zu reden. Während Papa auf seine Hände starrte, die er noch stärker als zuvor knetete, zwinkerte Mama Waltraut zu. Sie zwinkerte zurück. Waltraut wusste ja, dass Papa nichts von Mamas Geheimnis ahnte. Und auch nicht, dass der Graf Mama eigentlich verstoßen hatte, weil sie mit Papa einen gewöhnlichen Mann geheiratet hatte. Aber jetzt, wo es so schlimm war in Bremen, würden Mama und Opa sich bestimmt versöhnen. Eine Löwin war Waltraut vielleicht nicht, aber bald schon könnte sie eine Art Prinzessin sein. Auf einem weißen Pferd! Dieser Traum lenkte sie so gut ab von dem Knallen, der stickigen Luft und dem Geschrei, dass sie auf Mamas Schoß einschlafen konnte.

Als Waltraut von Papa wach gerüttelt wurde, fiel ihr Blick als Erstes auf das Foto der verstorbenen Schwester. Mama hatte es ebenfalls in den Schoß gelegt.

«Komm, Traudel», sagte Papa, «wir gehen heim.»

Es dauerte, bis die Familie an der Reihe war, den Bunker zu verlassen. Beißender Rauch wehte durch die Straße. Etwas weiter entfernt brannten Häuser, und Feuerwehrmänner versuchten verzweifelt, sie zu löschen.

Papa sah in die Ferne: «Unsere Straße ist wohl verschont.» Dann sah er in die andere Richtung: «Aber sie haben die Werft bombardiert.»

«Solange wir am Leben sind», legte Mama ihm eine Hand auf die Schulter, «und ein Dach über dem Kopf haben, ist alles gut.»

Papa nickte. Dann gab er ihr einen Kuss. Und Waltraut auch. Und dem Foto von Karla.

Neun Monate später wurde auch das kleine Haus der Familie zu Schutt und Asche gebombt. Und das Foto von Karla verbrannte in den Trümmern.

Papa und Klaus mussten zum Volkssturm. In einer halben Stunde sollten sie sich bei ihrer Einheit im Hafen melden. Mama rang mit den Tränen, als sie zum Abschied zusammen vor dem Eisenbahnwagen standen, in dem die Familie nun lebte und in diesem Winter jämmerlich fror, auch wenn Papa einen Kamin aus einem zerstörten Haus geholt und eingebaut hatte, den sie mit den Holzbänken der Zugwagen und anderen Brettern aus den Trümmern befeuerten. Kein Leben auf dem Schloss. Der Graf, so hatte Mama Waltraut erzählt, hatte nicht auf ihren Brief geantwortet. Waltraut begann den unbekannten Opa zu hassen.

Papa sah zu Klaus, der im Wintermantel zitterte, halb vor Kälte, halb vor Angst. Anders als seine Freunde Peter und Wolle, die es in den letzten Tagen kaum abwarten konnten, gegen den Feind zu kämpfen, hatte Klaus sich in der Hitlerjugend nie wohlgefühlt. In dem Lager in der Lüneburger Heide hatten die älteren Jungs die Jüngeren gequält, sie angepinkelt. Klaus hatte diese Scham, nach einem nächtlichen Albtraum, nur Waltraut anvertraut. Sie hatte ihn getröstet, als er weinte. Dabei bat er um Verzeihung, dass er ihrer geliebten Puppe vor Jahren die Haare abgeschnitten hatte. Waltraut nahm die Entschuldigung an – die Puppe war ohnehin mit dem Haus verbrannt. Als seine Tränen getrocknet waren, erzählte sie ihm, wie sehr Frau Scharper die Kinder in ihrer Klasse quälte und wie sehr sie sich vor ihr fürchtete. Klaus versprach seiner Schwester, dass er, wenn er erwachsen wäre, Frau Scharper dafür mit Prügel bestrafen würde. Da empfand Waltraut zum ersten Mal in ihrem Leben Liebe für ihren großen Bruder.

«Hab keine Angst», sagte Papa zu Klaus. Schneeflocken begannen auf sie zu rieseln. Klaus zitterte noch mehr.

«Hab keine Angst», sagte Papa noch mal, und es klang eher wie ein Befehl.

«Er ist noch ein Kind», begann Mama zu weinen. Und weil sie es tat, trieb es nun auch Klaus die Tränen ins Gesicht

«Warum kann Klaus nicht bleiben?», fragte Waltraut.

«Man wird ihn dann holen», schluchzte Mama.

Waltraut musste an die Männer denken, die bei der Familie Lange den Mann aus dem Kamin gezogen hatten. Und daran, dass diese Männer auch die Langes mitgenommen hatten und kurz darauf der Polizist Meyerdirks mit seiner Familie dort eingezogen war. Man hatte dem Polizisten, so hatte Mama es ihr erklärt, das Haus geschenkt. Waltraut fand es ungerecht, dass nicht dieses Haus von den Bomben zerstört worden war, sondern ihres.

«Und wenn wir», schlug sie vor, «Klaus richtig gut verstecken?»

«Wenn sie ihn finden, töten sie ihn», antwortete Mama, und der Gedanke erschrak sie so sehr, dass ihre Tränen aufhörten zu fließen.

«Das tun sonst die Briten», sagte Papa leise, fast unhörbar.

Klaus liefen die Tränen über das Gesicht. Für Papa war der Anblick kaum zu ertragen. Er wandte sich von seinem Sohn ab, dachte nach, dann drehte er sich wieder zu ihm, packte ihn an beiden Armen und sagte: «Du bleibst hier. Ich mach hinten im Wagen ein paar Holzbretter vor die Tür. Das wird aussehen, als ob wir damit Einbrecher abwehren wollen, es wird aber Platz genug sein, damit du dich dort verstecken kannst, falls jemand kommt. Ich hämmere auch noch welche vor das Fenster, damit dich von der anderen Seite niemand sieht.»

«Du musst doch jetzt zum Sammelpunkt», sagte Mama.

«Die werden mich schon nicht erschießen, wenn ich eine Stunde später komme. Und vorher kommen sie uns bestimmt auch nicht suchen.»

«Sie werden dich in die erste Linie stellen ...», Mamas Stimme brach.

«Besser mich als ihn.»

Papa machte sich in Windeseile an die Arbeit. Klaus und Waltraut waren gleichermaßen erleichtert, dass der Junge zu

Hause bleiben durfte – ja, der Wagen war schon ein Zuhause, auch wenn sich die Familie ihn mit Ratten teilen musste.

Als der Verschlag fertig war, wischte Papa sich den Schweiß von der Stirn und sagte: «Klaus, du verlässt nicht mehr den Wagen. Keiner darf wissen, dass du noch hier bist. Und ihr Frauen müsst Ausschau halten, ob Soldaten auf das Gelände kommen. Falls ja, muss Klaus sofort in den Verschlag. Verstanden?»

Mama nickte. Waltraut nickte. Mama umarmte Papa noch einmal, und damit sie nicht wieder weinte, hastete sie mit Klaus an der Hand in eine andere Ecke des Wagens zu dem Elternbett. Papa beugte sich zu Waltraut runter: «Du musst mir auf die beiden aufpassen.»

Waltraut war erstaunt, dass er mit ihr sprach, als ob sie die Erwachsene wäre.

«Mama hat zu viel Angst, um noch klar zu denken, und Klaus muss sich verstecken. Deshalb ist es deine Aufgabe, das ganze Gelände zu beobachten wie ...»

«Eine Löwin?», fragte sie.

Papa musste, trotz allem, lachen. Als ob er nicht wusste, dass er sie vor vielen Jahren selbst einmal so bezeichnet hatte: «Ich wollte sagen: wie ein Luchs. Aber wie eine Löwin ist sogar noch besser.»

Er gab ihr einen Kuss und wandte sich zum Gehen.

«Kommst du wieder?», fragte Waltraut.

«Sicher!», antwortete er.

Papa ging zum vorderen Ausgang des Waggons. Waltraut folgte ihm. Er ging über die Schienen des zerstörten Abstellgleises davon. Waltraut schaute ihrem Papa nach, wie er im Schneetreiben verschwand. Sie hätte so, so gerne geglaubt, dass er wiederkam.

❖❖❖

Joschi und der Pianist namens Amos waren die dicksten Freunde weit und breit. Gemeinsam tranken sie, gemeinsam lachten sie, gemeinsam charmierten sie die Frauen. Amos spielte Klavier, Joschi erzählte Witze, und sie kamen sich bei dem weiblichen Geschlecht nie in die Quere, da sie beschlossen hatten, dass der lange Amos alle Frauen über 1,60 becircen durfte und Joschi die kleineren. Es gab so viele Frauen, die die wahre Liebe suchten, sich für die aber auch nicht aufsparen wollten – wer wusste schon, wie lange man am Leben blieb?

Die beiden Männer verstanden sich so gut, dass Amos Joschi bei seiner Arbeit als Nachtportier im *Hotel Yehuda* besuchte und mit ihm gemeinsam trank und über die Zukunft redete, bei der ein Staat Israel zwar intensiv in all seinen Facetten diskutiert wurde, für Amos persönlich aber keine große Rolle spielte: Joschis Freund wünschte sich nichts sehnlicher, als eigene Lieder zu komponieren und in Berlin – er war sich sicher, dass es Berlin auch nach dem Krieg geben würde und man als Jude dorthin zurückkehren könnte – ein Star zu werden. Davon träumte er schon, seitdem er 1929 im Alter von 12 Jahren von seinen Eltern mit ins Berliner Theater genommen wurde, um Hans Albers und Rosa Valetti in ‹Zwei Krawatten› singen zu hören. Und Marlene Dietrich. Oh, Marlene Dietrich! Sie hatte sich in Amos' Hirn genauso eingebrannt wie der Wunsch, wunderbare Lieder zu schreiben. Am besten für die Dietrich. Noch war er dafür nicht zu alt, und falls die Alliierten so weitermachten, würde er es auch bei der Rückkehr in seine Heimatstadt nicht sein. Wenn Amos so redete, malte Joschi sich aus, wie es sein mochte, wieder nach Wien zurückzukehren. Und er hoffte dabei – und betete sogar innerlich –, dass er dort Mama Scheindel in die Arme würde schließen können.

Doch stets, wenn er ein wenig weiterdachte, fragte er sich, was er in Wien mit seinem Leben anfangen sollte. Nach all den Jahren mit Ende zwanzig noch mal Bauingenieur studieren? In der Uni, aus deren Fenster seine jüdischen Kommilitonen geworfen wurden?

Amos' Begeisterung für Berlin und seine Zukunft dort konnte Joschi keinen anderen Ort entgegensetzen. Ihm fiel nur ein, wie viel Frieden er auf der ‹Draga II› verspürt hatte, als er auf Deck gestanden und auf die Weite des Meeres geblickt hatte. Vielleicht sollte er nach dem Krieg zur See fahren?

Als er Rosl am Ende seiner Schicht im gemeinsamen Zimmer von diesem Gedanken erzählte, blaffte sie ihn an: «Hör auf zu träumen. Es ist Zeit, erwachsen zu werden.»

«Erwachsen?», fragte Joschi, der sich, trotz all dem Erlebten, oder vielleicht auch gerade deswegen, wie ein Kind fühlte, das sich in der Welt nicht zurechtfinden konnte.

«Ich bin 31, du 29. Zeit für uns beide, dass wir jemand Festes finden.»

«Jemand Festes?», Joschi war verwirrt. Ihm bereitete es Freude, viele verschiedene Liebschaften zu haben. Und Rosl interessierte sich doch gar nicht für Männer, ließ alle abblitzen. Allein schien sie zufriedener zu sein als in der Ehe. Außerdem war sie noch verheiratet, und auch wenn man nichts über Pauls Schicksal wusste, konnte man doch nicht völlig ausschließen, dass er noch am Leben war. Hatte sie ihn abgehakt? Weil sie kalt wie ein Fisch war? Oder weil sie zu sehr darunter litt, um ihn zu bangen?

Amos hatte mal darüber sinniert, Rosl zu verführen,

doch da hatte Joschi seinem Freund klargemacht, dass a) er die Freundschaft mit ihm vergessen könnte, wenn er die Schwester überhaupt nur anlächelte, b) seine Zähne gleich mit, c) Rosl niemals mit ihm ins Land der Nazis zurückkehren würde, selbst wenn es dort gar keine Nazis mehr geben sollte, und d) sie unter 1,60 groß war. Er hätte die Aufzählung bis z) fortführen können, aber Amos hatte gelacht: «Mann, du und deine Schwester liebt euch ja mehr, als andere euch jemals lieben könnten.»

Der Gedanke hatte Joschi erstaunt. Doch als er genauer darüber nachdachte, stellte er fest, dass Rosl tatsächlich der einzige Mensch auf Erden war, den er bedingungslos liebte – Mama Scheindel ausgenommen, wenn sie denn noch lebte.

«Du kannst nicht», machte Rosl mit ihrer Standpauke weiter, «ständig herumhuren.»

«Ich hure nicht herum!», protestierte Joschi.

«Du brauchst eine Ehefrau», ließ sie sich nicht von seinem Protest beirren, «damit du dich von den kommenden Aufgaben nicht ablenken lässt.»

«Welchen Aufgaben?»

«In der Hagana.»

Joschi hatte sich mittlerweile ebenfalls der Untergrundorganisation angeschlossen. Während seine Schwester in deren Hierarchie schnell aufgestiegen war, wurde er in der Wüste paramilitärisch ausgebildet.

«Wir haben eine echte Aufgabe für dich.»

«Wir?»

«Hans Blum ...»

«Der Hans Blum aus dem Theater in der Leopoldstadt?»

«Er hat mich seinem Kommando unterstellt.»

«Weil er in dich verliebt ist?»

«Weil ich gut bin.»

Joschi sagte nichts.

«Und», grinste Rosl, «natürlich auch, weil er schon damals nicht die Augen von mir nehmen konnte. Was soll ich sagen: Der Mann hat halt Geschmack.»

«Dann willst du Blum heiraten?»

«Einen Künstler? Ich bin doch nicht verrückt! Wenn es ein Israel in Frieden gibt, brauche ich jemanden, der mich versorgen kann. Ich werde doch nicht ewig hier für Mosche arbeiten.»

«Die Männer werden Schlange stehen.» Joschi meinte dies aufrichtig.

«Davon gehe ich aus.»

Joschi grinste.

«Und für dich finden wir eine gute, anständige Frau. Und weil du kein Gespür für so was hast ...»

«Moment mal!»

«Ich sage nur: Hedy.»

«Du hast sie doch noch nicht mal kennengelernt.»

«Von nun an werden sich alle deine Liebschaften bei mir vorstellen.»

«Du traust mir wirklich nicht zu, dass ich für mich selbst eine gute Wahl treffen kann?»

«Traust du es dir zu?», fragte Rosl provokant.

Joschi dachte nun auch an Hedy und sagte dann: «Na ja, vier Augen sind besser als zwei.»

«Und meine sehen besser als deine.»

«Aber nur, wenn du mir auch die Männer vorstellst, die als Ehemann für dich infrage kommen.»

«Selbstverständlich, du bist ja mein Bruder.»

Damit war der Pakt der Geschwister besiegelt.

❖❖❖

Es war ein regnerischer Tag. Es war der schönste Tag! Waltraut saß im vorderen Abteil am Fenster. So wie jeden Morgen, jeden Nachmittag, jeden Abend, bis sie von der Mama ins Bett befohlen wurde. Was hätte sie auch sonst tun sollen, als den Auftrag des Vaters auszuführen und auf Klaus und Mama aufzupassen? Die Schule hatte schon seit Wochen zu, und Mama hatte ihr streng verboten, sich weit vom Waggon zu entfernen.

Bisher war kein einziger Soldat gekommen. Auch kein Polizist. Oder sonst wer, vor dem Klaus sich hätte verstecken müssen. Doch jetzt ging eine Gestalt über das tote Gleis auf den Waggon zu, und obwohl der Regen prasselte, konnte Waltraut genau erkennen, um wen es sich handelte.

Sie rannte aus dem Abteil zum Ausgang, schlüpfte in ein kaputtes Paar Schuhe – alle anderen waren verbrannt –, drückte die schwere Tür auf, und obwohl sie sich bemühte, über die riesengroße Pfütze, die vor ihr lag, hinwegzuspringen, landete sie mit dem rechten Fuß doch darin. Der Schuh durchweichte sofort, die Füße wurden nass. Aber Waltraut merkte es nicht. Sie rannte auf ihren Papa zu.

Hinter ihr hörte sie, wie Mama und Klaus aus dem Wagen stiegen und ihr folgten. Aber so schnell wie Waltraut war an diesem Morgen keiner!

Papa packte sie an den Armen, hob sie hoch und wirbelte sie im Regen um sich herum – es war wie das Kettenkarussell auf dem Freimarkt. Waltraut lachte und lachte. Dann drückte Papa sie an sich. Und ebenso Mama und Klaus. Nie zuvor hatten sich alle vier Behrens' in den Armen gelegen.

Abends saß die Familie in der Mitte des Ganges vor dem brennenden Kachelofen und spielte Mau-Mau. Papa schummelte so offensichtlich, dass die Kinder immer wieder in Gelächter ausbrachen. Von dem, was er erlebt hatte, erzählte er kein Wort. Auch nicht, als Klaus nach seinen beiden Freunden Peter und Wolle fragte. Stattdessen drückte Papa Klaus fest an sich, als ob er ihn nie wieder loslassen wollte. Tränen rannen über seine Wangen, und er sagte mit gebrochener Stimme: «Ich liebe dich so!»

1946–1951

«Am 23. April 1942 im Ghetto Litzmannstadt», sagte Rosl.

«Weiß man, woran sie gestorben ist?»

«Hunger? Typhus? Es steht nichts in den Unterlagen der Nazis.»

«Dabei sind die doch sonst so genau», sagte Joschi bitter.

«Bei Mama nicht.» Rosls Stimme klang fast schon mechanisch. Sie saß angespannt auf einem Barhocker an der Mahagonitheke des Luxushotels King David. Seit einigen Wochen mixte Joschi hier Drinks und servierte Cocktails. Seine Aufgabe für die Hagana bestand darin, die englischen Offiziere zu belauschen, deren Mandatsverwaltung sich im südlichen Flügel des Hotels befand. Wenn sie in langen Nächten an seiner Bar tranken, konnte er manchmal Wertvolles über ihre Transporte und Truppenbewegungen erfahren, aber auch über ihre Moral, sich weitab von der Heimat in einem scheußlichen Land mit irren Juden und mindestens genauso irren Palästinensern herumplagen zu müssen.

An diesem frühen Nachmittag im Herbst 1946 saßen nur wenige Briten in den gepolsterten Sesseln, deren braune Farbe so gut zum weißen Marmorboden passte. Einige gafften Rosl an, die sich nie im Leben für einen von ihnen interessieren würde. Für sie, wie für Joschi auch, kamen nur Juden beziehungsweise Jüdinnen als Partner infrage. Nur ihnen konnte man auf dieser Welt vertrauen. Und da auch nicht jedem.

Bruder und Schwester sahen sich immer seltener, seit

Joschi in einem der Angestelltenzimmer des King David wohnte, das auch nicht viel komfortabler war als jenes im Hotel Yehuda, aber immerhin wurden in seinem nicht, wie in Rosls Zimmer, Waffen für den Widerstand gelagert.

Winston, der stets gepflegte Engländer, mit dem Joschi sich die Schichten an der Theke teilte, war als Zimmergenosse weniger anstrengend als Rosl und auch mehr um Ordentlichkeit bemüht. Anfangs hatte Joschi befürchtet, dass der schwule Winston sich in der Nacht über ihn hermachen würde, aber schon bald war ihm klar, dass der Kollege das nicht nötig hatte. Dank der Hotelgäste gab es für Winston viele Gelegenheiten.

Rosl wohnte weiterhin in Mosches Hotel, das auf ihr Drängeln hin immer mehr Flüchtlinge aus Europa in seinen Zimmern beherbergte, manchmal sechs pro Zimmer. Es war ein mittleres Wunder, dass die Engländer die Absteige noch nicht geschlossen hatten. Aber die Mandatsherren hatten, nachdem die Hagana die Internierten aus dem Lager Atlit befreit hatten, ohnehin keine echte Chance mehr, gegen den Flüchtlingsstrom anzukommen.

«Besser Litzmannstadt als eins der Lager wie Paul», sagte Rosl.

Joschi sagte nichts. Wo lag da der Trost? Dass Mama Scheindel nicht wie Rosls Wasserballer in die Gaskammer gegangen war?

«Wir wussten es doch schon lange», sagte sie.

«Nein», widersprach Joschi.

«Doch, wir wussten es.»

Joschi schenkte sich selbst einen doppelten Whiskey ein und trank ihn in einem Zug aus. Er bot Rosl ebenfalls einen an. Sie mochte nicht. Er trank auch den. Sein Verstand hatte ihm immer schon gesagt, dass Mama Scheindel tot sein würde. Besonders nach dem Ende des Krieges, als man nach und nach das ganze Ausmaß der Gräueltaten der Nazis durch die Flüchtlinge erfuhr. Vor ein paar Monaten hatte Joschi zum ersten Mal einen Menschen mit eintätowierter Nummer auf dem Unterarm gesehen. Dennoch hatte der Gedanke bis jetzt Joschis Herz nicht erreicht. So war die Nachricht über Mama Scheindels Tod fast so ein Schock für ihn, als wäre sie aus heiterem Himmel gekommen.

«Wir sind Waisen», stellte Rosl fest und hielt sich dabei an der Theke fest, als ob sie all ihre körperliche Kraft darauf verwenden musste, Trauer nicht aufkommen zu lassen.

Joschi trank einen dritten Doppelten, dann wandte er sich an Winston und bat ihn, die Nachmittagsschicht allein zu übernehmen. Winston nickte, für ihn war es selbstverständlich, hatte Joschi ihn doch schon so manches Mal vor dem Hotelmanager gedeckt, wenn er kurz für ein Stündchen zu einem Stelldichein verschwand. Er schien sich sogar darüber zu freuen, seinem Kollegen einen Gefallen tun zu können.

«Wo willst du hin?», fragte Rosl.

«Das Kaddisch für unsere Eltern sprechen.»

«Das kannst du doch überall machen.»

«Ich will es aber in einer Synagoge tun. Ein Grab haben wir ja nicht für Mama.»

«Nein, ein Grab haben wir nicht», antwortete Rosl voller Schmerz.

Rosl begleitete ihren Bruder nicht, sie war noch weniger religiös als Joschi. Er war immerhin als junger Mann mit dem Vater in den Leopoldstädter Tempel gegangen, weil er wusste, wie viel es seinem alten Herrn bedeutete, mit dem

Sohn dort gesehen zu werden. Rosl aber hatte das letzte Mal bei ihrer Bat Mizwa ein Gotteshaus von innen gesehen. Da hatte sie sich darüber aufgeregt, dass die Frauen woanders sitzen mussten als die Männer, auf den «billigen Plätzen».

Joschi betrat eine der kleineren Synagogen der Altstadt, deren Namen er nicht kannte, obwohl er schon oft an ihr vorübergegangen war. Sie lag dem King David am nächsten. Er nahm aus einer Schale eine Kippa für Besucher, setzte sie auf sein Haupt und betrat den leeren Saal, der nach feuchtem Stein roch und in dem simple, etwas schäbige Holzbänke standen. Er blickte an die weiß gemauerte, aber durch Schmutz und Staub graue Gewölbedecke und sehnte sich in den Leopoldstädter Tempel zurück. Eine Erinnerung an seinen Vater kam ihm in den Sinn. Manchmal nahm er mitten im Gebet seine Hand und hielt sie eine Weile fest. Die Hand des Vaters war von den täglichen Schneiderarbeiten rau und voller Hornhaut.

Joschi sah eine kleine Holztür seitlich vom Altar aufgehen. Ein Rabbiner trat ein und ging direkt auf ihn zu. Erstaunlich jung war er, etwa Anfang dreißig, wie Joschi. In einem normalen Leben hatte man also, dachte sich Joschi, in diesem Alter seinen Platz im Leben gefunden. Er selbst würde das vermutlich nie mehr schaffen.

Der Rabbi trug einen schwarzen Talar, eine schwarze Kippa, einen weißen Gebetsschal, er hatte einen Bart und Schläfenlocken, die fast auf das Brustbein fielen.

«Was wollen Sie hier?», fragte er. Dabei war er weder freundlich noch unfreundlich. Eher geschäftsmäßig. Als ob man bei einem Arzt wäre, der wissen wollte, wo es wehtut, ohne ein überflüssiges Wort zu dem Thema hören zu wollen.

«Ich möchte das Kaddisch sprechen.»

«Wir haben keinen Minjan.»

«Ich will nicht bis zu einem Gottesdienst warten. Ich kann es auch ohne die fehlenden Männer sprechen.»

Dem Rabbiner schien der Gedanke zu missfallen, für das Kaddisch benötigte man streng genommen zehn im religiösen Sinne erwachsene Juden. Dennoch sagte er nicht gleich Nein, sondern fragte: «Für wen?»

«Für meine Mutter und meinen Vater.»

Der Gottesmann hatte keine Worte des Trostes. Das überraschte Joschi nicht. Sein Leid war nichts Besonderes, jeder hatte Menschen verloren, die meisten, wie Joschi auch, fast ihre gesamte Verwandtschaft – sowohl von der Wiener Mischpoke als auch von den in Polen weitverzweigten Safiers und Klapholzes schien niemand überlebt zu haben. Nur Rosl und er. Und dennoch, fand Joschi, hätte der Rabbiner sein Beileid ausdrücken können. Stattdessen sagte der Rabbiner schlicht und ergreifend: «Sie können hier leise beten.»

«Ich bräuchte noch einen Gebetsschal», sagte Joschi, erleichtert, dass der Gottesmann so freundlich war einzulenken.

«Den bekommen Sie.»

«Danke.»

Der Rabbiner bewegte sich nicht. Sollte Joschi sich den Schal selbst holen? Er sah sich um: Auf dem Altar lag keiner, auf den Holzbänken auch nicht. Der Rabbi brauchte den seinen selbst. Ratlos sah er den kühl wirkenden Mann an, und der sagte: «Sie haben etwas vergessen.»

«Vergessen?» Joschi dachte nach, was er meinen könnte? Irgendein Ritual, bevor er den Schal bekommt? Aber was sollte das sein?

«Ja, Sie haben etwas vergessen.»

Der Rabbi sah ihn an wie einen begriffsstutzigen Schüler. Joschi machte das wütend: Der Kerl war so alt wie er, und da könnte er hundertmal Rabbi sein, den Blick könnte er sich sparen! Die doppelten Whiskeys flossen noch in Joschis Adern, aber er wünschte sich einen weiteren, um sich, wenn schon nicht zu beruhigen, wenigstens von der aufkommenden Wut abzulenken. Er wollte nun mal etwas von dem Rabbi, da musste er kühlen Kopf bewahren. So ruhig wie möglich fragte er: «Bitte, was habe ich vergessen?»

«Eine Spende.»

«Eine Spende?» Joschi konnte kaum glauben, was er da hörte.

«Wie Sie sehen», der Rabbi deutete mit der Hand einmal halbrund durch den Raum, «braucht unsere Synagoge jeden Pence.»

In Joschi kochte die Wut hoch.

«Also bitte», hielt der Rabbi die Hand hin.

«Ich darf das Kaddisch nur beten, wenn ich spende?»

«Sie können das Kaddisch immer beten.»

Na also, dachte sich Joschi, und die Wut in ihm kochte wieder etwas runter. Bis sie wieder von dem Rabbi angeheizt wurde: «Es gibt viele Synagogen in der Stadt, wo Sie dies tun können.»

Blut und Whiskey begannen in Joschis Adern zu brodeln. Zornig sagte er: «Sie lassen mich jetzt beten.»

«Sicher», die Stimme des Rabbis wurde noch sachlicher und kühler, «wenn Sie spenden.»

Joschi schoss durch den Kopf, dass der Kerl einen guten Nazi abgegeben hätte. Der Gedanke ließ ihn nun vor Wut sogar beben.

Der Rabbi streckte die Hand noch ein Stück weiter aus, und Joschi dachte in wütender Verzweiflung, dass der Drecksack doch kein Geld nehmen durfte für das Totengebet für seine Eltern. Vor seinem geistigen Auge sah Joschi, wie der Vater einst seine Hand beim Gebet hielt, wie Joschi ihn im Wiener Gefängnis hatte zurücklassen müssen, wie er sich von Mama Scheindel verabschiedete: ‹Ti akhtik oif dir.› Sie mischten sich mit anderen, diffuseren Bildern: wie sein Vater in Buchenwald von einem SS-Mann zu Tode geprügelt wurde, wie seine Mama in einem schäbigen Bett in einem Keller in Litzmannstadt an Typhus verendete oder auf einer mit Schneematsch bedeckten Straße bis auf die Knochen abgemagert erfror.

Joschi schlug zu.

Der Rabbi ging sofort zu Boden.

Joschi stürzte sich auf ihn. Er schlug und schlug und schlug. Die Augen des Rabbis waren vor Schreck weit aufgerissen, aus Mund und Nase floss Blut. Der Rabbi verschluckte sich und hustete. Doch Joschi ließ nicht von ihm ab. Er war wie im Rausch, und während er zuschlug, sagte eine kleine Stimme in seinem Kopf, dass die Gewalt, die er ausübte, eigentlich den Mördern seiner Eltern galt und nicht dem Rabbi und dass er aufhören musste. Aber die Stimme konnte sich erst so richtig Gehör verschaffen, als das Opfer murmelte: «Wir können ... ohne Spende beten ...»

Joschi richtete sich auf. Er half dem Rabbi nicht auf. Er hatte kein Mitleid für ihn, nur Verwirrung und Scham darüber, was da aus ihm herausgebrochen war. Ans Beten war nicht mehr zu denken. Er keuchte. Der Rabbi weinte. Da rief eine Stimme: «Hilfe ...»

Joschi drehte sich um und sah einen alten orthodoxen

Juden aus der Synagoge laufen. Gewiss würde er die Polizei rufen.

Auf keinen Fall durfte er von einer englischen Patrouille verhaftet werden, erst recht nicht von einer palästinensischen. Die eine würde ihn nur wegsperren. Die andere ...

Joschi rannte los, ohne den blutenden Rabbi noch einmal anzublicken. Er sah, wie der alte Mann vor einen Polizeiwagen sprang. So aufgeregt war er, dass ihm offensichtlich nicht in den Sinn kam, wie sehr er sich damit in Gefahr brachte. Der Polizeiwagen kam keinen Meter von ihm entfernt zum Stehen. Zwei Polizisten stiegen aus. Erleichtert nahm Joschi wahr, dass sie beide eine Kippa trugen: Es war eine jüdische Patrouille.

Joschi brauchte nicht lange, um den Polizisten zu erklären, warum er den Rabbi geschlagen hatte, und er wurde noch aus dem Wagen heraus auf freien Fuß gesetzt. Nicht ohne dass einer der beiden, ein arabischer Jude mit Falten wie Pflugfurchen im Gesicht, zu ihm sagte: «Du musst mit dem Alkohol aufpassen, mein Freund.»

Hungerwinter.

Waltraut rang mit dem Leben. Seit einer Woche hatte sie schon hohes Fieber und ihr dürrer Körper kaum noch etwas zuzusetzen. Mama saß Tag und Nacht bei ihr am Bettchen. Sie hatte ihren dicken Wintermantel an, so wie Waltraut unter der Decke ihren. Klaus hatte sich am ersten Tag des Fiebers getraut, ins Abteil hineinzulinsen, doch Mama hatte ihn sofort wieder rausgeschickt, er solle sich ja nicht anstecken. Papa war nie gekommen, um nach Waltraut zu schauen. Sich um kranke Kinder zu kümmern, war nicht seine Aufgabe.

Mama machte Waltraut Wadenwickel, kühlte ihre Stirn, erzählte ihr Märchen und immer, immer wieder auch von der Burg ihres Vaters. Davon, dass Waltraut durchhalten sollte, damit sie den schönen Schimmel reiten konnte, über die Wiesen, die der Familie gehörten, vorbei an den vielen Äckern, die die Bauern für den Grafen bewirtschafteten, durch den Buchenwald, in dem sie selbst als Kind gespielt hatte, hin zum See, in den nur die Adeligen schwimmen durften.

Waltraut war mittlerweile elf Jahre alt. Und nach einer besonders schweren Hustenattacke zu schwach, um ihrer Mama noch weiter den Gefallen zu tun, an den adeligen Opa zu glauben. Leise keuchte sie: «Bitte Mama, erzähle das nicht mehr.»

Von 41 Cousins und Cousinen hatten nur Joschi und Rosl überlebt. Und eine Klapholz aus Brzesko. Marjem hieß sie. Sie war mit vier Jahren aus dem Konzentrationslager Auschwitz befreit worden.

Jetzt war Marjem sieben. Sie hatte schwarzes Haar, ihr Körper war für ihr Alter zu klein und ausgemergelt – man hatte Joschi und Rosl vorgewarnt, dass sie Schwierigkeiten hatte zu essen.

Marjem stand vor den beiden Geschwistern im Verwaltungsbüro des Waisenhauses in Javne und blickte zu Boden. Die Leiterin, eine erstaunlich korpulente Frau mit flötender Stimme, die Rosl sichtlich auf den Wecker fiel, sagte: «Schau, Marjem, das sind deine Verwandten.»

Rosl setzte sich ein Theaterlächeln auf. Joschi rang sich ebenfalls eins ab. Verwandte – sie hatten diese kleine Cousine noch nie gesehen.

«Hallo, liebe Marjem», sagte Rosl, und ihr Lächeln wurde

dabei so breit, dass man es selbst im Burgtheater noch in den hintersten Reihen hätte sehen können. «Ich bin Rosl. Das ist Joschi. Unsere Mütter waren Schwestern.»

Marjem antwortete nicht.

«Scheindel und Gustava.»

Marjem antwortete nicht.

Joschi fragte sich, ob die Kleine sich nach all dem Schrecken, den sie erlebt hatte, überhaupt an den Namen ihrer Mutter erinnern konnte. Oder an die Mutter selbst.

«Die beiden liebten sich», schwindelte Rosl. In Wahrheit hatte Mama Scheindel für die fünf Kinder aus der zweiten Ehe ihres Vaters nichts übriggehabt. Milde gesagt.

Marjem antwortete nicht.

«Wenn du nicht sprichst, können wir nicht miteinander reden», wurde Rosl bereits ungeduldig. Mit Kindern umzugehen, war nicht ihre Stärke. Geduld ebenso wenig.

Marjem antwortete nicht.

«Joschi», wandte Rosl sich an ihren Bruder, «sag du auch mal was.»

Joschi tat, wie ihm geheißen, beugte sich zu Marjem runter und fragte: «Wollen wir etwas spielen?»

Die Kleine schüttelte kaum merklich den Kopf. Die Leiterin des Waisenhauses legte sanft die Hand auf ihre Schulter und sagte: «Lauf einfach zu den anderen.»

Marjem lief nicht. Sie schlich.

«Das Kind ist noch nicht so weit», sagte die Leiterin. Rosl sah sie mit einem giftigen Blick an, als ob sie erwidern würde: ‹Ach ja? Darauf wäre ich selber gar nicht gekommen.› Aber sie hielt sich zurück und fragte: «Wie können wir die Kleine finanziell unterstützen?»

«Alle Spenden werden gleichmäßig auf alle Kinder verteilt.»

«Wir wollen sie aber direkt unterstützen.»
«Tut mir leid, das sind die Regeln.»

Joschi erkannte, dass seine Schwester kurz davor war, einen Streit vom Zaun zu brechen, legte daher seinen Arm auf ihre Schulter und sagte: «Komm, lass uns gehen.»

Rosl schnaufte, ließ sich aber von Joschi, der sich noch mit «Auf Wiedersehen und vielen Dank für die Hilfe» verabschiedete, herausführen. Die ganze Fahrt in Mosches klapprigem Ford nach Hause schimpfte Rosl noch über die Leiterin des Waisenhauses.

Abends hinter der Bar des King David konnte Joschi das jämmerliche Bild von Marjem auch nicht mit noch so viel Alkohol verdrängen. Er nahm sich vor, ab jetzt die Hälfte seines Trinkgeldes für das Waisenhaus zu spenden.

Zu Weihnachten tanzten Rosl und Joschi ausgelassen miteinander im Café Royal zu Jazztönen, die Amos wie ein Wilder auf dem Klavier spielte. Es war seine Abschiedsparty. Er würde Palästina verlassen, um endlich ein Star zu werden. Aber nicht in Berlin! Seit den Bildern aus den Konzentrationslagern sprach Amos nicht mal mehr Deutsch. Er wollte Amerika erobern. New York! Dass dort bereits der jüdische Rest der ‹Comedian Harmonists› gescheitert war, wie ihm Rosl unter die Nase gerieben hatte, war für Amos noch mehr Ansporn.

Während Joschi seine Schwester nicht sonderlich elegant, dafür aber umso schwungvoller umherwirbelte, fragte er sich, ob sie beide für die anderen Tänzer, Gäste und das Personal wie ein Pärchen wirkten. Sowohl Winston als auch Amos hatten unabhängig voneinander ebenso frech wie ehrlich gemeint, dass die Geschwister ein außerordentlich schönes Paar abgeben würden und ohnehin einen anderen Partner niemals zulassen würden. Und so war es bisher ja auch gewesen: Rosl hatte alle Frauen, die Joschi ihr vorgestellt hatte, unter die Lupe genommen und sie samt und sonders für nicht ehetauglich befunden. Dagegen, dass ihr Bruder sich mit ihnen vergnügte, hatte sie nichts einzuwenden. Solange er sich dabei nichts einfing. Oder, schlimmer noch, eine schwängerte.

Joschi seinerseits hatte im alkoholisierten Zustand dem ein oder anderen Kerl klargemacht, dass er seiner Schwester nicht würdig war. Wobei Joschi nicht definieren konnte, wie ein Mann beschaffen sein müsste, der es war.

Als der Tanz zu Ende war, rief Amos: «Für alle Liebenden!», und spielte ‹Cheek to Cheek›. Dabei sang er mindestens genauso gefühlvoll wie Fred Astaire:

> *Heaven, I am in heaven*
> *and my heart beats so*
> *that I can hardly speak ...*

Joschi und Rosl blickten sich an, dann lachten sie gleichzeitig und ließen voneinander ab. Rosl ging zur Bar, um sich einen Wein zu holen. Joschi überlegte kurz, ob er ihr folgen sollte, aber sein Schmacht nach einer Zigarette war sogar noch größer als nach einem Whiskey. Er trat hinaus auf die Straße, ließ sich den leichten Wüstenwind um den verschwitzten Körper wehen, steckte sich eine Zigarette an und blickte zum Vollmond, der ihm größer erschien als sonst. Es war, als ob man lediglich eine riesengroße Brücke bauen musste, um hinüberzugehen. Vielleicht sollten die Juden dahin auswandern?

... and I seem to find
the happiness I seek,
when we're out together
dancing cheek to cheek.

Joschi füllte seine Lungen mit Zigarettenrauch und verspürte eine tiefe Sehnsucht. Nicht wie sonst danach, dass der Schmerz in ihm nachließ. Oder dass er auf dem Deck eines Schiffes stehen würde. Oder nach etwas so Simplem wie einer Welt ohne Krieg. Joschi sehnte sich nach einer Liebe, mit der er zu ‹Cheek to Cheek› tanzen konnte.

Waltraut war die meiste Zeit allein. Papa arbeitete wieder auf der Werft, Mama in der Werftkantine, und Klaus hatte nach dem Abgang von der Schule schnell Arbeit gefunden: Säcke entladen im Hafen. Schleppen tagein, tagaus. Und mit Vater anschließend in der Hafenkneipe oder im Waggon ein oder vier Gute-Nacht-Bierchen trinken.

Vater hatte Waltraut vor ein paar Tagen Bier mit Korn zum Kosten gegeben. Es schmeckte ekelhaft, und Vater hatte sie gemeinsam mit Klaus wegen der Grimasse, die sie gezogen hatte, ausgelacht. Obwohl Waltraut den beiden die Zunge rausgestreckt hatte und so tat, als ob die beiden die Trottel wären und nicht sie, traf sie das Gelächter. Es erinnerte sie an ihre bisher schlimmste Erniedrigung, die gerade mal einige Wochen zurücklag: Mit anderen Mädchen aus ihrer Klasse war sie an einem Laster vorbeigekommen, auf dem amerikanische Soldaten saßen. Darunter auch viele schwarze Männer, die so gar nicht aussahen wie die Mohren von den Bildern.

Zopf-Inge, die sich schon wie eine junge Frau gab, obwohl

sie mit 12 sogar ein Jahr jünger als Waltraut war, machte ihnen schöne Augen. Die schwarzen Männer nahmen das aber noch weniger ernst als Waltraut, die das Verhalten ihrer Schulkameradin geradezu lächerlich fand. Einer fragte: «Wanna have a banana?»

Zopf-Inge rief: «Yes!»

Der Mann warf eine Banane, aber nicht Zopf-Inge fing sie auf, sondern Waltraut. Sie wollte das fremdartige gelbe Ding an Inge weiterreichen, aber der schwarze Soldat rief ihr zu: «Eat! Eat!»

Waltraut verstand nicht.

«Eat! Eat!», der Mann tat so, als ob er sich etwas in den Mund stopfte.

«Du sollst essen», zischte Zopf-Inge, der es offensichtlich nicht gefiel, dass Waltraut nun die Aufmerksamkeit der Soldaten hatte.

Waltraut sah sich die Banane an und biss hinein.

Es schmeckte widerlich.

Alle lachten. Die Schulkameradinnen. Die Soldaten. Und Zopf-Inge legte den Arm um ihre Schultern und sagte: «Du musst sie erst schälen, Dummerchen.»

Seitdem schwänzte Waltraut die Schule.

Es gab nur einen Menschen, der Waltraut in jenen Tagen besuchen kam. Es war Wolle, der Freund von Klaus, der begeistert in den Volkssturm gezogen und versehrt wieder zurückgekehrt war. Die Tellermine, auf die Peter vor ihm getreten war, hatte Wolle sein linkes Bein gekostet und seinem Freund das Leben.

Waltraut saß gerne mit Wolle auf dem Dach des Eisenbahnwagens, interessierte er sich doch als einziger Mensch auf der Welt für das, was sie bewegte: wie sehr sie die Schule hasste, wie widerlich sie es fand, wie Zopf-Inge sich herausputzte, und wie sehr sie sich wünschte, in einem Haus zu leben statt in einem Eisenbahnwagen. Andere Ausgebombte bauten sich in Parzellengebieten kleine Häuser, nur Vater war der Ansicht, dass so ein Waggon doch viel geräumiger sei, der hätte sogar so viele Zimmer wie ein Palast. Und Mama, die gegenüber Waltraut nie aufhörte, so zu tun, als ob sie wüsste, wie es bei den Adeligen aussah, stimmte ihm dabei auch noch zu!

«Du denkst viel zu viel über Materielles nach», sagte Wolle, als die beiden in der Frühlingssonne mal wieder auf dem Waggondach ihre zusammengezählt drei Beine baumeln ließen. Waltraut störte sich nie daran, dass Wolle nur einen Stumpf besaß. Vermutlich kam er deswegen so oft zu den zerstörten Gleisen, um sie zu besuchen.

«Was heißt Materielles?»

«Sachen, die man sich für Geld kaufen kann.»

«Über was soll ich denn sonst nachdenken?»

«Darüber, dass alle Menschen gleich sind.»

«Zopf-Inge ist hübscher als ich.»

«Ist sie nicht», sagte Wolle. Nicht etwa in einem romantischen Ton, sondern in einem ganz sachlichen.

«Nicht?»

«In einem Jahr wird sich jeder Junge nach dir umdrehen. Und keiner mehr nach ihr.»

Machte Wolle sich über sie lustig? Und falls nicht, wie würde sie es finden, wenn Jungs sich für sie interessieren würden?

«Aber auch darüber solltest du dir keine Gedanken machen.»

«Nein?»

Waltraut machte sich gerade ganz gerne Gedanken darüber, wie sehr sich Zopf-Inge ärgern würde, falls sie tatsächlich die Hübscheste der Klasse würde.

«Nein, solltest du nicht.»

«Über was denn dann?»

«Über Marx.»

«Wer ist das?»

«Schon mal was von Kommunismus gehört?»

«Natürlich, ich bin ja nicht blöd. Das machen doch die Scheißrussen.»

«Die Russen haben uns die Nazis vom Hals geschafft», erwiderte Wolle in einem fast schon belehrenden Tonfall.

Waltraut kam in den Sinn, dass die Russen doch den Papa von Friedrich getötet hatten. Wie es dem wohl in Essen ging? Wie er jetzt wohl aussah?

«Im Kommunismus sind alle gleich», wurde Wolle wieder etwas ruhiger. «Alle!», betonte er noch mal.

«Was soll das heißen?», fragte sich Waltraut. Jeder Mensch war doch anders. Und am meisten anders war Wolle.

«Keiner wohnt in der Sowjetunion mehr in Palästen.»

Hätte es den Grafen-Opa wirklich gegeben, würde er dies nicht gerne hören. Bei dem Gedanken musste Waltraut kichern.

«Was gibt es da zu lachen?», wollte Wolle wissen.

«Nicht wichtig», wiegelte Waltraut ab. Sie wollte nicht von den albernen Geschichten ihrer Mama erzählen. Sie nicht bloßstellen. Und damit auch sich selbst – wer wollte schon, dass alle wissen, dass ihre Mama spinnt?

«Aber viel wichtiger ist», redete Wolle weiter, «keiner muss mehr in einem Eisenbahnwagen wohnen.»

Und so hörte sich Waltraut von Wolle die Geschichte einer neuen Welt an, die ihr Herz so erfüllte wie früher die Geschichten ihrer Mutter von der Burg mit den schönen Pferden.

❖❖❖

Ein irres Gekreische. Es klang, als würde jemand einer Katze das Auge auskratzen. Vermutlich weil tatsächlich einer Katze das Auge ausgekratzt worden war. Sie war klein, hell und sehr jung. Eine größere hatte sie im Kampf um einen kleinen toten Vogel, der auf dem Bürgersteig gegenüber dem Café Royal lag, attackiert und verletzt. Joschi saß im Schatten an einem der Außentische und trank nach seiner Nachtschicht einen Kaffee. Es lohnte sich nicht, schlafen zu gehen, in weniger als einer Stunde würde er in die Wüste fahren, um Kämpfer auszubilden.

Aus dem Café erklang kein Piano, das das Kreischen der Katzen übertönen könnte. Wie Isaak hatte Joschi nun auch Amos verloren. So gab es in Joschis Leben wieder nur Rosl, die ihm nahestand. Immer nur Rosl. Und ein ganz kleines bisschen Marjem. Auch wenn er es aufgegeben hatte, die Waise zu besuchen. Sie war so scheu, dass es unmöglich für ihn war, eine Verbindung zu ihr aufzubauen.

Die große Katze fauchte. Die kleine jaulte kläglich. Vielleicht sollte er mal rübergehen und die kleine retten. Aber er wusste ja aus Wien, was es bedeutete, sich in einen Kampf einzumischen. Gut, er hatte Hedy dabei kennengelernt ...

Hedy. Ihren Namen hatte er in den Totenlisten von Treblinka gefunden. Wie die ihrer Eltern.

Hätte sie das Kind ausgetragen, wäre es keine vier Jahre alt geworden.

Die große Katze lief mit der Beute davon. Die Kleine bot ein Bild des Jammers, saß nur da und strich immer wieder mit der Pfote über ihr verletztes Auge. Armes Ding.

Joschi überlegte sich, einen Cognac zu bestellen, da sah er, wie eine kleine Frau, die vielleicht so alt wie Joschi war, auf das Kätzchen zuging und es hochhob. Die Frau trug, trotz der Hitze, eine helle Jacke über ihrem blauen Kleid. Sie hatte schwarzes Haar, das ihr bis auf die Schultern fiel, und war so zierlich, dass man denken könnte, ein Windstoß würde sie über die Dächer der Altstadt bis nach Bagdad tragen.

Die zierliche Frau wog das Kätzchen hin und her, damit es sich beruhigte. Wie eine Mutter ihr Baby.

Wie eine gute Mutter, dachte Joschi.

«Hallo», rief sie zu ihm herüber, «gibt es in dem Café Desinfektionsmittel und Verbandszeug?» Sie hatte eine angenehme Stimme. Und trotz der Situation ein freundliches Lächeln im Gesicht.

«Ich weiß nicht», sagte Joschi und stand auf, während die Frau mit der Katze im Arm auf ihn zuging.

«Dann werden wir es herausfinden», lächelte sie noch freundlicher und trug das wimmernde Wesen ins Café. Joschi folgte ihr neugierig, er hatte völlig vergessen, dass er eben noch einen Cognac bestellen wollte.

Nachdem die Frau am Tresen die Wunde am Katzenauge desinfiziert hatte, verband sie es mit einem Pflaster. Die Kellnerin sah angewidert weg, Joschi hingegen fasziniert zu. Nicht nur, weil die Handbewegungen der Frau so geschickt waren, sondern weil er sich fragte, was für ein Mensch man sein musste, um so viel Mitgefühl für ein verwundetes Tier aufzubringen. Er selbst hätte die Katze ihrem Schicksal überlassen. Rosl hätte gemeckert, dass es viel zu viel von diesen streunenden Viechern gab. Doch diese Frau hier unterbrach, was immer sie auch vorhatte, um dem kleinen Wesen zu helfen.

Wie viele Menschen gab es, die so etwas taten? Einer von tausend? Einer von zehntausend? Waren sie noch seltener?

«So, mein Liebes», sagte die Frau und hob die Katze hoch, «hast Glück gehabt. Ein bisschen weiter links, und du hättest dein Auge verloren.»

Joschi sah nicht mehr zur Katze. Er sah auf den linken Unterarm ihrer Retterin, der Ärmel ihrer Jacke war hochgerutscht.

340744.

Joschi kannte die Nummer der Frau, bevor er ihren Namen erfuhr.

Sie war in Auschwitz gewesen. Und benahm sich wie ein Engel.

Im Vergleich zu dem Schmerz, der in ihr wohnen musste, war sein Schmerz nichtig. Nichts wollte Joschi von diesem Moment an mehr, als ihren zu lindern.

Wolle wollte sie küssen.

Waltraut war neugierig. Und sie hatte Mitgefühl mit ihm.

Der Kuss war merkwürdig, feucht, aber auch schön.

Immer wenn die beiden fortan auf dem Waggon saßen und ihre drei Beine baumeln ließen, küssten sie sich.

Nicht mehr. Aber auch nicht weniger.

Es war ein schöner Sommer.

Nacht und Tag. In der Nacht wälzte sich Dora wimmernd, manchmal schreiend neben Joschi im Bett hin und her, ohne dabei aufzuwachen, und beruhigte sich erst, wenn er sie in die Arme nahm. In jenen Momenten hatte Joschi das Gefühl, sein Leben hätte einen Sinn.

Er fragte Dora nie, was sie in Auschwitz erlebt hatte, und sie erzählte es ihm auch nicht, erwähnte nicht einmal den Namen des Lagers. Die Vergangenheit sollte für sie Vergangenheit sein, auch wenn sie in der Nacht zur Gegenwart wurde.

Am Tag verzauberte Dora Joschis Gegenwart mit ihrem Wesen, und er fragte sich, wie es sein konnte, dass sie ihn so sehr liebte. Er hatte kein Geld, keine besonderen Zukunftsaussichten, und sie fand seine Witze nicht so lustig wie die anderen Frauen, sondern lächelte nur höflich. Vielleicht passte sein Wiener Humor einfach nicht zu ihrem ungarischen. Dora stammte aus der Nähe von Budapest, wohin sie nie wieder zurückkehren wollte, da ihre Nachbarn das Versteck der Familie verraten hatten.

Joschi wollte mit ihr unbedingt noch ein paar schöne freie Tage verbringen, bevor die Engländer in einigen Wochen das Land aufgeben würden und er seine Einheit in den Krieg führen musste. Die beiden fuhren erst nach Javne zu Marjem. Und als sie mit ihr auf einer Bank vor dem Waisenhaus saßen und die wortkarge Kleine, die ein wenig größer geworden war, wie immer auf keine der Spielideen von Joschi einging, zog Dora auf einmal ihren Schuh aus.

«Ist da ein Stein drin?», fragte Joschi.

«Nein, ich möchte Marjem nur meine beste Freundin vorstellen.»

Joschi verstand nicht. Aber Dora hatte Marjems Aufmerksamkeit und zog ihre grüne Socke aus.

«Dora», fragte Joschi, «was machst du?»

«Das hier», sagte Dora zu der Kleinen, ohne auf Joschi einzugehen, «ist meine beste Freundin.»

«Eine Socke?», staunte Marjem. Was immer Dora da auch tat, es lockte das Mädchen aus der Reserve.

«Das ist keine Socke», sagte Dora.

«Doch!»

«Nein, ist es nicht!» Dora zog die Socke über ihre Hand und wand sie so hin und her, dass sie wie die Handpuppe einer grünen Schlange wirkte. Dazu sagte sie mit einer Kiekstimme: «Halloooooo, mein Name ist Madame Socke. Und wiiieeeee heisssst du?»

«Marjem», lachte das Kind.

«Hast du Aaaaangst vor miiiiir?»

«Nein», kicherte Marjem.

«Ich bin aber gaaaaaanz füüürchterlich», sagte Dora so ganz und gar albern, dass die Kleine nur noch mehr kicherte. «Glauuubst duuu mir nicht?»

«Nein!», Marjem konnte sich kaum noch halten.

Joschis Herz ging auf, seine kleine Cousine so zu erleben.

«Aber ich biiiin essss. Und weisssst duuu auch wiiieso?»

«Nein.»

«Weil iiich stiiinke!»

Dora, oder besser gesagt Madame Socke, schnappte sich Joschis Nase und hielt sie fest. Der war davon völlig überrascht.

«Riiiech!»

Marjem lachte. Und eben weil er sie lachen hörte, spielte Joschi mit und rief: «Ah, ah, das stinkt ja fürchterlich!»

Marjem lachte immer lauter.

«Verschon mich, Madame Socke!», rief Joschi noch lauter, sprang von der Bank auf und rannte los.

«Ich deeenke gaar niiicht daran», sprang nun auch Dora auf und lief Joschi hinterher: «Du wiiirst miiich riiiechen!»

Marjem kugelte sich vor Lachen.

Joschi lief hinter die Bank, tat so, als würde er hinter Marjem Schutz suchen, und rief ihr zu: «Rette mich!»

«Niiieemand kann euch retten», rief Madame Socke und versuchte sich Marjems Nase zu schnappen. Die sprang nun ebenfalls von der Bank auf und lief gemeinsam mit Joschi, ihrem einzigen Verwandten außer Rosl, die nie vorbeikam, vor der füüürchterlichsten Socke der Welt davon. Und Joschi, der beim Laufen immer wieder zu Dora sah, dachte sich: Mit dieser Frau möchte ich eines Tages Kinder haben.

Joschi und Dora fuhren weiter in den Kibbuz Ma'abarot und tranken dort mit dem rothaarigen Isaak die ganze Nacht hindurch Rotwein. Sie saßen an einem von zwei Kerzenlaternen beschienenen und daher von Insekten umschwirrten Außentisch, und Dora konnte mit den beiden Männern beim Trinken mithalten. Sie machte gerne mit ihnen die Nacht zum Tag, so musste sie nicht in die Welt ihrer Albträume reisen.

Isaak hatte mittlerweile das Kunststück fertiggebracht, fünf Kinder in die Welt zu setzen. Von zwei Frauen. Von denen keine die Kleine war, wegen der er im Kibbuz geblieben war. Da die Kinder von allen Bewohnern mit aufgezogen wurden, sah er auch kein Problem darin, dass er keine der Mütter geehelicht hatte.

Als Isaak kurz in einem Busch austreten ging, legte Dora Joschi die Hand auf seinen Unterarm und sagte: «Wenn ich Kinder habe, will ich, dass der Mann bei mir und ihnen bleibt.»

Die beiden fuhren weiter nach Netanja. Joschi zeigte Dora die Stelle, an der er vor sieben Jahren an Land gekommen war, damals noch nicht ahnend, dass er nicht nach Wien zurückkehren sollte. Sie hatten Handtücher dabei, zogen sich bis auf die Unterwäsche aus und schwammen im salzigen Wasser. Anschließend schlief Dora in der Sonne ein. Sie lag friedlich da. Joschi musste sie nicht im Schlaf beschützen. Er sah auf das Meer, und der Anblick verlieh ihm erneut innere Ruhe. Wenn er nur einen einzigen Augenblick für ewig in seinem Herzen tragen durfte, dann würde er sich für diesen hier entscheiden.

In der Ferne sah Joschi einen Delfin aus dem Wasser springen. Noch nie hatte er einen gesehen. Er sah zu Dora, überlegte, ob er sie wecken sollte, entschied sich aber dagegen und beobachtete weiter den Delfin. Der war nicht allein. Waren es drei? Vier? Gegen die Sonne war das auch mit der Hand über den Augen kaum auszumachen. Vielleicht kein ganzer Schwarm, aber doch zumindest eine Familie.

Familie.

Er sah erneut zu Dora, die mit ihm Kinder haben wollte, wie er mit ihr. Womit hatte er so ein Glück verdient? Nach dem Krieg würde er sie heiraten. Falls sie ihn überlebten. Es war für Joschi klar, was die Araber mit den Juden tun würden, falls sie den Krieg gewannen. Was sie mit Dora tun würden. Mit Rosl. Und Marjem.

Wolle kam Waltraut im kommenden Sommer nicht besuchen, dafür sie ihn. Er hatte eine Arbeit als Fahrstuhlfahrer im Hertie-Kaufhaus angenommen – dort stellte man für das Auf- und Abfahren Versehrte ein, die acht Stunden in ihrem Käfig saßen, jeden Kunden fragten, in welchen Stock es denn gehen sollte, und dann den Hebel umlegten. Wolle kommentierte seinen Beruf mit: «Ich bin ein Straßenbahnfahrer ohne Straßenbahn.»

Waltraut fuhr im Sommer so gut wie jeden Nachmittag zu ihm in die Bremer Innenstadt. Nicht nur, um mit Wolle über den Kommunismus zu reden, sondern auch, weil sie es liebte, in dem Kaufhaus zu sein. Seit der Einführung der D-Mark war es voller schöner Sachen, die Waltraut sich zwar nicht leisten, aber ab und an mal mitgehen lassen konnte. Wie den roten Lippenstift. Oder die hübsche grüne Haarklammer aus Kunststoff. Das war ihre Art der kommunistischen Umverteilung.

Und es gab noch etwas, das Waltraut in der Innenstadt gefiel: Wolles Prophezeiung war wahr geworden – die Jungs drehten sich nach ihr um. Und nicht nur das: Die Mädchen wollten plötzlich mit ihr befreundet sein, da sie bemerkten, wie Waltraut auf Jungs wirkte, und sie von ihrem Glanz etwas abbekommen wollten. Selbst Zopf-Inge mochte nun ihre Freundin sein. So zog Waltraut mit ihren «Mädels» immer wieder in die Innenstadt, brachte ihnen das Klauen bei und auch, wie man am besten den Jungs die Augen verdrehte. Und je mehr sie etwas mit den Mädchen unternahm, desto weniger fuhr sie mit Wolle bei Hertie Fahrstuhl. Bis sie am Ende des Sommers gar nicht mehr hinging.

Joschi stand mit dem Fallschirm an der offenen Flugzeugtür, der Wind umtoste seine Ohren. Die Männer der Einheit, die er als Oberleutnant der israelischen Armee befehligte, standen hinter ihm. Er sollte mit ihnen über dem Kampfgebiet südlich des Sees Genezareth abspringen. So gerne hätte er eine geraucht. Und einen Cognac getrunken.

Er sprang.

Im Fall konnte er vor lauter Angst nicht einmal mehr an Dora denken.

Bereits am nächsten Tag erschoss Joschi in einem Gefecht, bei dem er hinter einem Felsen Feuerschutz suchte, den ersten Syrer. Als das Feuer endete, die Gegner sich zurückzogen und er die drei toten Männer seiner Einheit sah, übergab er sich.

Monate später dachte Joschi, sein Magen wäre gestählt. Wie viele Menschen hatte er in diesem Krieg schon getötet? Dreizehn? Fünfzehn? Wie viele seiner eigenen Männer verloren? Fast ebenso viele. Zwei wurden vor seinen Augen von Minen zerfetzt. Einer von ihnen, Zvi, war gerade mal siebzehn Jahre alt. Doch als er mit seiner Einheit in eine kleine Siedlung kam, deren Namen er nicht einmal kannte, wurde ihm klar, dass er dafür nicht gemacht ist. Die verstümmelten Leichen der Bewohner und der israelischen Soldaten lagen offenbar schon seit Tagen in der Sonne, sie stanken bestialisch und die Fliegen umschwirrten sie. Die Frauenkörper waren nackt und geschändet. Den Männern waren die Penisse abgeschnitten und in den Mund gestopft worden.

Kurz vor Ende des Krieges wurde Joschi sogar zum Hauptmann befördert. Rosl schrieb ihm einen Brief, in dem sie sich darüber freute, was für eine Karriere ihr Bruder machte und sogar noch machen könnte, wenn der Krieg vorbei war: Major, Oberst, vielleicht sogar General, alles war für ihn mit seinen 36 Jahren noch möglich.

General – sein Ehrgeiz reichte für so etwas nicht. Aber Oberst war realistisch, den Rang würde er im Laufe der Jahre vermutlich automatisch erlangen. Das wäre schon etwas anderes als nur ein abgebrochenes Bauingenieurstudium. Oder Barmann zu sein. Mit dem Armeesold würde er eine Familie ernähren können.

1952–1957

Karstadt. Traum. Ziel. Lösung. Da wollte Waltraut arbeiten, nicht nur stehlen. Sie war fünfzehn, nicht zu jung für eine Lehre als Verkäuferin. Aber sie war wegen des vielen Schwänzens ohne Schulabschluss, und daher erschien es unmöglich, einen Ausbildungsplatz in einem respektablen Geschäft wie Karstadt zu ergattern. So würden für sie, wie für ihren Säcke schleppenden Bruder, dessen Hände schon so rau waren wie die eines alten Mannes, nur Hilfsarbeiten möglich sein. Es gab also nur eine Wahl: Waltraut musste das Unmögliche wahr machen!

Waltraut schminkte sich in ihrem Abteil mit den in den Kaufhäusern zusammengeklauten Sachen. Sie hatte einen unbändigen Wunsch, sich diese einmal selbst leisten zu können – Stehlen war so unwürdig. Am Ende sah sie wie immer perfekt aus. Anschließend zog sie sich ihr geblümtes Kleid an, das nicht ganz so perfekt war. Das andere Kleid, das Waltraut besaß, das blaue, stand ihr zwar besser, aber es hatte einen kleinen Riss, und Mama hatte es noch nicht wieder genäht. Mit einem kaputten Kleid konnte sie nicht zum Vorstellungsgespräch nach Karstadt – in Bremen ging man nach Karstadt, nicht zu, jedenfalls in der Schicht, aus der Waltraut stammte. Irgendwann, das nahm sie sich fest vor, würde sie sich in Kreisen bewegen, in denen man zu Karstadt ging.

Als Waltraut sich in dem geblümten Kleid im Spiegel betrachtete, kam ihre Mutter herein und fragte: «Wo willst du denn hin? Willst du dich etwa mit einem jungen Mann treffen?»

Mutter hoffte, ihre Tochter würde mal einen Tischlergesellen kennenlernen oder einen Klempner. Zu mehr reichte ihre Fantasie nicht. Und das, obwohl sie doch mit ebenjener Fantasie eine eigene adelige Familie ersponnen hatte.

Was sie vorhatte, konnte Waltraut ihr nicht sagen. Mutter hätte versucht, es ihr auszureden: Sie sei doch nach den drei Lungenentzündungen in den letzten Jahren körperlich viel zu schwach für eine Lehre. Doch Waltraut war klar, dass sie niemals richtig gesund werden könnte, wenn sie nicht aus dem Eisenbahnwaggon herauskäme, der im Winter viel zu kalt und im Sommer viel zu heiß war.

«Ich treffe mich mit Hannes», schwindelte Waltraut, «der macht in der Sparkasse eine Ausbildung und will mir seine Bank in der Mittagspause zeigen.»

Sparkassenmann! Das klang sogar noch besser als Handwerker. Es konnte nicht schaden, ein wenig dick aufzutragen. Und wenn Waltraut nach Hause kommen und Mutter nach dem Sparkassenmann fragen sollte, würde sie verkünden, dass sie von nun an bei Karstadt arbeiten könnte. Da würde ihre Mutter staunen und Waltraut zu ihr sagen: Mund zu, Fliegen kommen rein!

Mutter war überglücklich, dass ihre Tochter so eine wunderbare Verabredung hatte, und gab ihr sogar noch das Geld für die Straßenbahn. In der Stadt spazierte Waltraut durch die Sögestraße, vorbei am Café Knigge, betrachtete die gut gekleideten Frauen an den Außentischen und beschloss, auch dort zu sitzen, wenn sie ihr erstes Geld verdiente.

Je näher Waltraut Karstadt kam, desto mehr pochte ihr Herz. Sie bekam Angst vor ihrem eigenen Wagemut – das französische Wort Courage konnte sie nie richtig aussprechen –, hach, wie gerne hätte sie nicht nur besser schreiben, sondern auch noch Fremdsprachen gekonnt. Eins nach dem anderen, dachte sie sich, erst mal nach Karstadt. Nein, zu Karstadt!

Waltraut atmete vor der Eingangstür des Kaufhauses tief ein. Ihre Lungen waren immer noch nicht genesen, daher röchelte sie beim Ausatmen. Sie öffnete die Tür und ging hinein. Gleich vorn war die Abteilung für die Parfüms und die Kosmetik. In ihr war Waltraut oft auf und ab gegangen, hatte sich die Sachen angeschaut und zurückgelegt und manchmal auch etwas mitgehen lassen. Schnurstracks ging sie auf die Verkäuferin zu. Diese war in etwa so alt wie ihre Mutter, sah aber mehr wie eine Adelige aus, als die Mutter es jemals getan hatte. Eine, von der man in der «Quick» lesen konnte, die Waltraut vom Kioskbudenbesitzer immer zum Durchblättern bekam, bevor er sie in die Auslage steckte.

«Guten Tag. Ich möchte Ihren Chef sprechen», sagte Waltraut so bestimmt sie konnte. Freundlich wäre sie gleich abgewimmelt worden.

«Worum geht es denn?», die Verkäuferin schien gleichermaßen überrascht wie misstrauisch zu sein.

«Das weiß Ihr Chef schon.»

Die Verkäuferin wog ab, betrachtete Waltraut, die ihrem Blick standhielt, und entschied sich, auf die Sprechanlage zu drücken: «32 bitte an Kasse 6. 32 bitte an Kasse 6.»

Es dauerte nicht lange, bis 32 an Kasse 6 erschien. So früh am Tag gab es für ihn anscheinend noch nicht viel zu tun. 32 war ein rundlicher Mann mit Glatze. Älter als Waltrauts Vater. In einem grauen Anzug. Gute Ware von der Karstadt-Stange, wie es sich für einen Abteilungsleiter gehörte. Allerdings hatte er zwei Butterflecke auf seiner blauen Krawatte.

«Was gibt es?», fragte 32 die Frau von Kasse 6. Die deutete auf Waltraut und sagte: «Sie meinte, Sie wüssten schon, worum es geht.»

Der Mann schaute Waltraut erstaunt an. Die Frau von Kasse 6 starrte Waltraut erwartungsvoll an. Am liebsten wäre Waltraut weggerannt.

«Ich weiß es nicht», sagte 32 und fragte daher: «Also, worum geht es?»

Waltraut bekam kein Wort heraus.

«Bist du stumm?», 32 klang eher väterlich.

«Eben konnte sie noch sprechen», grinste die Frau von Kasse 6 nicht mehr ganz so freundlich.

Waltraut atmete tief ein, um Mut zu tanken, da musste sie wieder röcheln.

«Alles in Ordnung, Kleine?», fragte 32.

Sie wollte auf keinen Fall schwach erscheinen und sagte: «Ja.»

«Du kannst ja doch sprechen», lachte 32.

«Ja, kann ich.»

«Dann sag mir jetzt bitte, was du von mir möchtest.»

«Eine Ausbildung.»

Kaum hatte Waltraut es ausgesprochen, begann sie zu zittern. Es war das eine, sich so einen Plan auszumalen. Es war etwas völlig anderes, ihn durchzuführen und Gefahr zu laufen, eine Absage zu kassieren. Dann wäre der Traum, das eigene Geld an diesem wunderbaren Ort zu verdienen, ausgeträumt, und wenn sie im Eisenbahnwagen aus dem Fenster sah, würde sie sich nicht mehr daran klammern können.

«Hast du denn dein Schulzeugnis dabei?», fragte 32.

Waltraut schüttelte den Kopf und sah zu Boden.

«Wie ist es denn ausgefallen?»

Sollte sie nun flunkern? Oder besser die Wahrheit sagen? Die würde ja ohnehin herauskommen. Waltraut schaute wieder auf und sagte ganz klar: «Ich bin ohne Abschluss.»

32 staunte.

Die Frau von Kasse 6 verzog die Miene.

«Warum sollte ich jemanden ohne Schulabschluss einstellen?»

Sie hatte schon einmal die Wahrheit gesagt, jetzt konnte sie damit auch gleich weitermachen: «Weil ich es so sehr will, dass ich mir hier den Arsch aufreißen werde wie keine andere!»

Die Frau von Kasse 6 musste lachen. Nicht böse, sondern anerkennend. Und 32 ließ sich davon anstecken: «Also, so etwas habe ich noch in keinem Bewerbungsgespräch gehört.»

Waltraut wusste nicht, ob das gut oder schlecht war, bis 32 sagte: «Ich werde mal schauen, ob ich etwas für dich machen kann.»

Und 32 konnte etwas machen.

Am Monatsende saß Waltraut draußen im Café Knigge und gönnte sich von ihrem ersten Lohn ein Stück Erdbeerkuchen. Mit extra viel Schlagsahne.

«Ich werde für deine Schwester sorgen», sagte Charlie, als er bei Joschi und Dora in deren neuer Wohnung in Haifa zu Besuch war. Der Buchhalter warb bei einem Glas Rotwein am Küchentisch um Joschis Einverständnis für die Ehe mit Rosl, ein halbes Jahr nachdem seine Schwester Dora für würdig erklärt hatte, ihren Bruder zu heiraten. Pakt war Pakt.

Charlie war Anfang 40, wirkte aber älter und auch deutlich seriöser als Joschi. Sicher lag es daran, dass Charlie, in dessen Pass der Geburtsname Wilhelm stand, der Sohn eines hochdekorierten Ersten-Weltkriegs-Offiziers war. Nicht, dass die Orden den Vater davor bewahrt hatten, in der Kristallnacht von den Nazis erschlagen zu werden.

Charlie hatte schon 1934 die Zeichen der Zeit erkannt und war im Alter von 22 Jahren mit dem Rad aus Hamburg erst durch ganz Deutschland, dann nachts über die grüne Grenze nach Österreich und von da weiter durch den Balkan nach Griechenland gefahren, um sich anschließend via Zypern illegal nach Palästina einzuschiffen. «Alle Juden», so sagte er häufig, «hätten 1933 mit dem Fahrrad wegfahren sollen.» Joschis Scherz «Das wäre dann die ‹Tour de Palestine› gewesen» hatte Charlie nicht komisch gefunden. Hamburger Offiziersfamilienhumor schien mit Joschis Wiener Humor noch weniger kompatibel zu sein als mit Doras ungarischem.

Charlie hatte die ersten Jahre in Israel als Kellner gearbeitet, fand dank seiner Kaufmannsausbildung bei der M. M. Warburg-Bank rasch eine Stelle in einer expandierenden Firma, die hauptsächlich Orangen und Mandarinen in alle Welt exportierte, aber auch Grapefruits, Zitronen oder Granatäpfel, und machte dort große Karriere. Ganz bestimmt konnte er finanziell für Rosl sorgen. Und dennoch mochte Joschi diesen Mann nicht. Er fühlte sich ihm unterlegen, weil er sein Leben mehr im Griff zu haben schien als Joschi. Um genau zu sein, Joschi hatte schon seit fast zwei Jahrzehnten das Gefühl, das Leben hatte ihn im Griff. Daher sagte er etwas patzig: «Es geht in der Ehe nicht nur um finanzielle Sicherheit.»

«Aber auch», erklärte Charlie.

Joschi antwortete nicht. Er wusste ja, dass dem nicht nur so war, sondern auch, dass seine Schwester auf eine finanziell abgesicherte Zukunft großen Wert legte.

«Ich werde immer für Rosl da sein. Auch wenn sie irgendwann keine Schönheit mehr sein wird. Kein anderer Mann würde das tun.»

Charlie hatte sich wie so viele in Rosl aufgrund ihres Aussehens verliebt. Nur besaß er, im Gegensatz zu den anderen, keine Erfahrung mit Frauen, denn er war ein zurückhaltender Mann mit Halbglatze und ständig laufender Nase. Aber er hatte Erfahrung mit Transaktionen: Sein Geld und seine Karriereaussichten machten ihn zu einem gleichwertigen Partner, zumal Rosl nicht jünger wurde. Vor Jahren noch hätte sie einen Mann wie ihn nicht einmal angesehen. Jetzt war sie 40 und hatte sich wütend die ersten grauen Haare ausgerissen. Im Hotel bei Mosche drohte sie zu versauern, auch in der Hagana gab es keine Aufgabe mehr, die sie entflammte. Charlie verhieß ihr eine sichere Zukunft.

Wo die Liebe hinfällt, hatte Dora Charlies Faszination für Rosl kommentiert und Joschi damit verunsichert, fragte er sich doch immer wieder, womit ein Kerl wie er, der seine Eltern im Stich gelassen, im Krieg getötet und so viele Männer in von ihm befehligten Einheiten verloren hatte, die Liebe seiner Frau verdiente.

Oder irgendeine Liebe.

Vielleicht damit, dass Dora in seinen Armen mittlerweile nachts kaum noch wimmerte.

Joschi wollte das ganze Gespräch schon beenden und seine Zustimmung erteilen, als sein zukünftiger Schwager plötzlich den Tonfall eines Bankiers anschlug, der eine unangenehme Nachricht zu überbringen hatte. «Bevor du mir deinen Segen gibst, ist da eine Sache, die du wissen solltest.»

«Welche?»

«Ich werde mit Rosl nach Düsseldorf gehen.»

«Düsseldorf?», fragte Joschi ungläubig. Für ihn, wie für

alle, die er kannte, war der Gedanke, nach Deutschland oder Österreich zurückzukehren, unerträglich, selbst wenn man in Israel nie richtig angekommen war. Juden, die wieder ins Land der Täter zogen, galten einigen sogar als Verräter. Auch und vor allem Rosl.

«Ich werde dort die Stelle als Europadirektor meiner Firma antreten.»

«Und Rosl ist damit einverstanden?», fragte er fassungslos.

«Sie weiß, was so eine Position bedeutet.»

Joschi fühlte sich betrogen. Warum hatte seine Schwester es Charlie überlassen, ihm davon zu erzählen? Weil sie sich schämte, eine Verräterin zu sein?

«Und was ist, wenn die Deutschen ...», hob Joschi an.

«Das wird nie wieder geschehen.»

Joschi schüttelte stumm den Kopf.

«Habe ich dennoch deinen Segen?»

«Ist das nicht egal?»

«Rosl nicht, und deswegen auch mir nicht.»

«Beschützt du meine Schwester, wenn etwas geschieht?»

«Es wird nichts geschehen.»

«Das habe ich nicht gefragt.»

«Ich werde immer dafür sorgen, dass wir von einer Sekunde auf die andere das Land verlassen können. Und all mein Geld in die Schweiz schaffen, damit sie keinen Zugriff haben. Ich habe schon das Eigentum meiner Eltern in Hamburg verloren. Glaube mir, ich werde niemals zulassen, dass man mir noch einmal etwas wegnimmt.»

Joschi nickte, dennoch war er nicht so weit, ihm seinen Segen zu geben. Nicht nur weil er seine Schwester vermissen würde – auf keinen Fall würde er sie in Düsseldorf besuchen –, es gab noch etwas, das ihn störte. Er musste an Marjem denken, die mittlerweile vierzehn Jahre alt war, gesprächiger als früher, sogar gut in der Schule und dennoch vom Schatten der Vernichtung umhüllt war wie Dora. Wie er selbst, wenn er ehrlich war, auch wenn seine Schatten nicht ganz so finster waren. Rosl und Charlie waren Erwachsene, aber wie würde es einem jüdischen Kind in Deutschland ergehen?

«Wollt ihr Kinder?»

«Rosl ist alt», stellte Charlie nüchtern fest. Ob er sich Kinder gewünscht hatte, konnte Joschi aus der Antwort nicht heraushören. Aber natürlich hatte er recht, die beiden würden vermutlich keine Kinder mehr bekommen.

«Wenn», lächelte Charlie mit einem Mal, «wir Kinder in unserer Familie haben werden, dann durch Dora und dich. Eure Kinder können mich dann Onkel Charlie nennen.»

Joschi sagte nichts.

«Und ich werde mich auch um sie kümmern. Versprochen.»

Joschi sagte wieder nichts.

«Joschi, ist alles in Ordnung?»

«Jaja», rang sich Joschi ein Lächeln ab.

Seit neun Monaten versuchten er und Dora vergeblich, ein Kind zu zeugen.

«Heidewitzka», rief Zopf-Inge, die schon lange keine Zöpfe mehr trug und mit Waltraut auf dem Waggondach in der Sonne nicht nur eine, sondern so einige rauchte. Die beiden konnten sich sogar Marlboro leisten, denn auch Zopf-Inge machte eine Ausbildung, zur Frisörin. Dank ihrer Freundin hatte Waltraut jetzt nicht nur das schönste Gesicht, die beste Figur, sondern auch noch die modischste Frisur weit und breit.

Obwohl sich mittlerweile auch erwachsene Männer nach ihr umsahen, hatte sie seit Wolle keinen mehr geküsst. Sie wollte sich, ganz romantisch, für ihre erste große Liebe aufsparen. Dabei träumte sie, obwohl sie wusste, dass ihre Mutter über ihre Herkunft Blödsinn erzählt hatte, davon, dass sich ein Adeliger in sie verlieben und sie von hier wegführen würde. Oder zumindest ein reicher Mann. Sonst würde sie wohl auf ewig hier wohnen müssen. Nach dem Ende ihrer Ausbildung hätte sie zwar genug Geld, um ein kleines Zimmer zu mieten, aber sie musste mit ihrem Lohn die Familie unterstützen, da die Mutter ihre Arbeit in der Werftkantine verloren hatte. Sie war dreimal in Ohnmacht gefallen, ohne dass der Hausarzt eine Erklärung dafür fand. Einmal hatte sie sich dabei an der Thekenkante den Kopf aufgeschlagen, die Wunde musste mit vielen Stichen genäht werden. Nun bewirtschaftete ihre Mutter das Gelände rund um den Eisenbahnwagen. Sie hatte Gemüse und Kartoffeln angebaut und sich sogar Hühner angeschafft.

«Schau mal da», sagte Zopf-Inge.

Waltraut sah in Richtung Gleise, ein junger Mann näherte sich, wie der Vater damals, als er aus dem Krieg kam. Nur schien die Sonne. Und es war warm. Und der Mann hatte einen flotteren, aufrechten Gang.

«Das ist», staunte die Freundin, «der größte Kerl, den ich je gesehen habe. Aber was trägt der für einen Hut?»

Als Tochter eines Tischlers erkannte Waltraut es sofort: schwarzer großer Schlapphut, schwarze Hosen, Wanderstock, kleiner Beutel für die nötigsten Sachen – das war ein Zimmermann auf der Walz.

«Hallo Traudel», rief der stattliche Mann mit den breiten Schultern schon von Weitem.

Woher kannte der Kerl sie, fragte sich Waltraut. Zopf-Inge,

die ihre Gedanken erriet, sagte leise grinsend: «Ich hab's dir doch gesagt, halb Walle weiß, wer du bist.»

Das mochte sein, aber der Zimmermannslehrling war nun mal auf der Walz, durfte sich also während seiner Wanderjahre nicht seinem Heimatort nähern und war demnach kein Bremer.

«Der hat ja ... Ohrringe», flüsterte die Freundin, halb angewidert, halb fasziniert.

«Weißt du nicht mehr», rief der Wandervogel, «wer ich bin, Traudel?»

«Du kennst den Tippelbruder?», flüsterte Zopf-Inge noch leiser.

«Nenn ihn nicht so», zischte Waltraut zurück. Sie wollte nicht, dass ihre Freundin den Fremden beleidigte. Hach, manchmal konnte die Inge echt ein Biest sein.

«Ich bin's!», sagte der Mann mit dem Schlapphut und den Ohrringen und baute sich unter ihnen vor dem Waggon auf. Er wirkte von Nahem noch stattlicher und hatte für einen Mann sehr langes blondes Haar. Doch wenn man genau hinsah, war er gerade mal so alt wie Waltraut.

«Komm schon!», lachte er.

Seine Gestalt erkannte Waltraut nicht, aber dennoch fühlte er sich vertraut an, als würde sie ihn schon lange kennen ...

«Friedrich?»

«Du bist echt eine Schnellmerkerin», lachte Friedrich. Und Waltraut fand, er hatte ein wunderbares Lachen.

Friedrich durfte für die sechs Wochen, in denen er an einem Dachstuhl eines neuen Hauses in Walle arbeitete, bei den Behrens' übernachten – auf der Walz war man darauf angewiesen, dass Menschen einem umsonst ein Dach über den Kopf gaben, sonst schlief man bei Wind und Wetter draußen auf der Baustelle. Es hatte etwas gedauert, bis Friedrich den neuen Wohnort der Familie gefunden hatte. Zuerst hatte er die Straße aufgesucht, in der die Familie noch bis 1944 gewohnt hatte. Aber anstelle ihres alten Hauses stand dort ein neues, rot geklinkertes, und die junge Familienmutter, die die Tür öffnete, hatte Friedrich an den Bäcker verwiesen. Dieser wiederum an den Kioskbudenbesitzer, und der verriet ihm dann den neuen Wohnort. Nach Feierabend half Friedrich Waltrauts Vater noch dabei, eine schöne Veranda vor den Wagen zu bauen. Sosehr Waltraut das Leben auf den zerstörten Gleisen hasste, sosehr schien ihr Vater es zu lieben. Ihr Bruder spielte mit dem Gedanken, mit seiner Verlobten Dagmar in eine eigene Wohnung zu ziehen. Und Mama hatte nur noch Augen für ihre Hühner.

Die Nächte hatten Friedrich und Waltraut für sich. Sie rauchten in Waltrauts Abteil, redeten über Gott und die Welt, den Kommunismus und über seine Mutter Brigitte, die sich einen alten Witwer angelacht hatte, so einen Zahlenverdreher vom Finanzamt, mit dem er nichts anfangen konnte, weswegen er sich einen Beruf ausgesucht hatte, mit dem er aus Essen wegkonnte. Die beiden redeten auch über ihre Träume, er wollte am liebsten die ganze Welt bereisen, sie eines Tages in der feinen Bremer Gesellschaft einen Platz finden.

Friedrich lachte sie aus, dass dies nicht sehr kommunistisch klang, aber auf eine freundliche Art und Weise.

Küssen oder, wie einst als Kinder, nebeneinander im Bett oder auch nur im gleichen Abteil zu schlafen, kam für beide nicht infrage. Sie kannten sich zwar schon so lange und nach den sechs gemeinsamen Wochen so viel besser, aber Waltraut vermied jede noch so flüchtige Berührung. Sie wusste, dass Jungs oft alles falsch verstanden, und wollte die Freundschaft zu ihm nicht gefährden. Dass Friedrich gar keine Annäherungsversuche unternahm, verunsicherte sie jedoch: Fand er sie nicht attraktiv? Und wieso störte sie dieser Gedanke, wenn sie doch für ihn nicht mehr als Freundschaft empfand?

Die erste Berührung der beiden fand an einem Sommersonntag statt. Obwohl die Geschäfte geschlossen hatten, zog es sie in die Innenstadt. Erst Erdbeerkuchen mit Sahne im Café Knigge und dann nach Karstadt. Vor das Schaufenster. In dem standen zu einer Pyramide aufgebaute Fernseher, die das Endspiel zur Fußballweltmeisterschaft zeigten.
  Weil die beiden aber erst Kuchen essen waren, anstatt sich schon Stunden vorher vor dem Schaufenster in die erste Reihe zu stellen, standen sie weit hinten im Gedränge. Der große Friedrich konnte von dort den Bildschirm des obersten Apparates gut sehen, aber Waltraut sah nur die Rücken der anderen. Da hob Friedrich sie auf seine starken Schultern.
  Das Fußballspiel hätte sie kaum weniger interessieren können. Aber sie liebte es, von Friedrich getragen zu werden und dabei mit ihren Händen durch seine langen blonden Haare zu wuscheln, seine Ohrringe zu schnipsen und seinen Duft von Holz und gebräunter Haut einzuatmen. Aber am meisten liebte sie es, überschwänglich mit den anderen Menschen zu jubeln, immer wenn die Deutschen ein Tor schossen, und dabei die Arme hochzureißen wie auf der Achterbahn. Immer mit dem Gefühl, dass ihr jemand Sicherheit gab. Halt. Nie zulassen würde, dass sie fallen könnte, egal wie wild sie sich verhielt.

Drei Jahre hatten sie versucht, Kinder zu bekommen, und dann aufgegeben. Weder Joschi noch Dora hatten dem jeweils anderen Vorwürfe gemacht. Sie hatten nicht mal darüber geredet, woran es liegen könnte. An ihrem Alter? An seinem? An dem, was in Auschwitz geschehen war?

Über das Lager hatte Dora immer noch nicht gesprochen. Selbst nicht, wenn sie von ihren Albträumen geweckt wurde. Joschi hatte aus Zeitungen und Erzählungen anderer mehr über das KZ erfahren als von seiner eigenen Frau. Der wiederum hatte ihr nie erzählt, wie er seinen Vater das letzte Mal im Wiener Gefängnis gesehen hatte. Oder wie seine Kommilitonen vor seinen Augen aus dem Fenster der Universität geworfen wurden. Oder wie er die verstümmelten Leichen im Krieg gefunden hatte.

Die Vergangenheit wurde hinter eine große, dicke Tür gesperrt. Eine Zukunft, in der die beiden ein Kind, eine neue Familie haben würden, war verschlossen. Also lebten sie in der Gegenwart. Joschi, der unbedingt am Meer hatte leben wollen, ging am liebsten mit seiner Frau am Strand spazieren. Sie tranken viel Wein, mal zusammen mit ihren Freunden und Nachbarn im Mietshaus, der bildschönen Selma und dem verschlossenen Jakov, viel öfter aber zu zweit, einfach so, um den Abend ausklingen zu lassen, an freien Tagen auch tagsüber. Ansonsten widmeten sie sich der Arbeit. Dora im Krankenhaus, Joschi in der Armee. Obwohl er kurz davorstand, Major zu werden, fühlte Joschi sich in der Armee immer noch wie ein Fremder. Eine Waffe zu halten, stets bereit zu sein, wieder in den Krieg zu ziehen, wenn es nötig war, hatte trotz des Erlebten etwas Unwirkliches. Oder gerade deshalb. Die meiste Zeit fühlte es sich an, als ob ein anderer Mensch die Uniform trug und er selbst von außen auf diesen Menschen blickte.

Nur heute nicht.

Heute hatte er eine angenehme Aufgabe als Offizier. Er sollte für die Sicherheit an einem Filmset sorgen. Kirk Douglas war zu Besuch in Israel. Ein Jude. Amerikaner. Filmstar. Den Streifen ‹Champion› hatte Joschi im Kino in Jerusalem gesehen, darin hatte der in Weißrussland geborene Douglas einen egoistischen Boxer gespielt. Und in ‹Ace in the Hole› einen zynischen Reporter. Der Film war von Billy Wilder. Juden in Hollywood, überall. Vielleicht mochte Joschi deswegen so gerne amerikanische Filme.

Jetzt drehte Douglas einen richtig jüdischen Film: ‹The Juggler›. Er spielte darin einen berühmten Jongleur, dessen Familie von den Nazis in die Gaskammern geschickt wurde, der aber selbst das KZ überlebte und als Flüchtling nach Haifa kam. In den Straßen der Stadt irrte er umher und traf auf einen Waisenjungen, in etwa so alt wie Marjem. Joschi musste deshalb an seine Cousine denken. Mit dem Jungen wanderte der Jongleur durch Israel, geplagt von Schuldgefühlen. Er hätte seine Familie retten können, wenn er früher geflohen wäre. Aber er hatte gedacht, dass er aufgrund seiner Berühmtheit von den Nazis verschont bliebe.

‹Alle Juden hätten 1933 mit dem Rad wegfahren sollen.›

An diesem Tag drehte Douglas in der Wüste. Joschi war, obwohl er schon den dritten Tag das Filmset mit seinen Männern schützte, immer noch erstaunt, wie viel Menschen an so einem Dreh beteiligt waren und wie wenig sie den ganzen Tag machten. Es dauerte ewig, bis ein Schauspieler mal vor die Kamera trat. Gut, dass er zum Zeitvertreib stets Zigaretten und einen Flachmann mit Cognac dabeihatte.

Erst nach zwei Stunden Vorbereitung und nach einer weiteren Stunde warten, bis Regisseur Dmytryk, in kurzen Hosen und verbrannten Beinen, der Ansicht war, die Sonne würde richtig stehen, ging es los: Douglas ging als Jongleur Hans mit dem Jungen durch die Wüste, brachte ihm dabei mit Orangen das Jonglieren bei – vielleicht wäre das auch etwas für Marjem? –, als die beiden plötzlich ein Glockenläuten hörten. Menschen riefen ihnen aufgeregt etwas zu. Der Junge sagte: «Can't hear a word, something about fields.»

Douglas antwortete: «Better get moving, Josh.»

Josh, dachte sich Joschi. Er war auch mal ein Junge gewesen, der von keiner Gefahr auf der Welt etwas ahnte.

Jetzt aber war Joschi, auch ohne das Drehbuch zu kennen, nur zu bewusst, welcher Gefahr der Knabe und Douglas an dieser Stelle des Films ausgesetzt waren.

«They told us to stay here», sagte Josh, «they told us not to move.»

«Come on», antwortete Douglas und zog den Jungen mit sich. Josh verlor dabei eine der Orangen und rannte zurück. Douglas rief: «Come on, Josh!»

«I need it to juggle», erwiderte der Junge und rannte der eine kleine Sanddüne herunterrollenden Orange hinterher, die von Regisseur Dmytryk höchstselbst geworfen worden war. Nach ein paar Schritten gab es hinter dem Jungen eine Explosion, und er stürzte zu Boden.

Eine Mine aus dem Unabhängigkeitskrieg. Wie es sie zu Tausenden in diesem Land gab und von denen eine den 17-jährigen Zvi unter Joschis Kommando im Krieg zerfetzt hatte.

Dmytryk war nicht glücklich mit der Explosion. Der Junge war seiner Meinung nach viel zu weit entfernt gewesen, damit man als Zuschauer glauben konnte, er wäre lebensgefährlich verletzt. Der Regisseur beorderte seinen Sprengstoffmeister, die Ladung für den nächsten «Take» früher zu zünden, gleich nachdem der Junge vorbeigerannt ist.

Joschi mochte sich keine weitere Explosion einer Mine ansehen. Weder die einer falschen am Set noch eine echte in seiner Erinnerung. Er behauptete, dass er in der Kaserne noch Bürokram zu erledigen habe, stieg in seinen Jeep und fuhr ans Meer. Das war das Faszinierende an diesem Land: Binnen einer Dreiviertelstunde konnte man von fast überallher zum Meer gelangen. Oder in arabische Gefangenschaft.

Joschi setzte sich in einer einsamen Bucht an den Strand, trank Cognac aus seinem Flachmann und dachte an den Film: Hans, der Jongleur, war nach Israel aus einem Land gekommen, in dem er seine Familie verloren hatte, und fühlte sich schuldig, überlebt zu haben.

Willkommen im Club, in dem alle Flüchtlingsjuden Mitglieder waren.

Nun war Hans erneut schuldig geworden, weil er mit dem Jungen nicht einfach stehen geblieben war. So wie Joschi im Krieg Schuld auf sich geladen hatte. Und sich neue aufladen würde, sollte er wieder kämpfen müssen.

Joschi sah auf das Meer. Hörte das Rauschen. Roch das Salz.

Es gab keine andere Wahl. Egal ob er Major, Oberst oder gar General werden würde, er würde immer mehr Schuld auf sich laden. Er hatte zwar keine Ahnung, womit er sich und Dora ernähren sollte, aber er wusste nun mit großer Gewissheit, dass er keine Sekunde länger in der Armee bleiben konnte.

❖❖❖

«Weißt du was?», fragte Friedrich, der nach Karstadt in Waltrauts Abteilung gekommen war, um sich zu verabschieden. Für ihn ging es nun weiter ins Emsland. Die Frau von Kasse 6, Frau Siegen, die die fleißige Waltraut, die sogar mit Fieber zur Arbeit erschien, ins Herz geschlossen hatte, gab ihr außerplanmäßig zehn Minuten Pause für diesen feschen Kerl – Friedrich machte mit seinem kernigen Aussehen des Walz-Zimmermanns sogar Eindruck auf die Adenauer-Anhängerin.

«Was soll ich denn wissen?», fragte Waltraut, die sich nicht anmerken lassen wollte, wie traurig sie war, dass die sechs Wochen, die wie im Flug vergangen waren, nun vorbei sein sollten und die beiden sich vielleicht nie wiedersehen würden.

«Warum ich zu euch gekommen bin.»

«Du brauchtest einen Platz zum Übernachten.»

«Da hätte ich was Besseres finden können.»

Waltraut sah ihn verletzt an, und Friedrich fügte hastig hinzu: «Entschuldigung, das meinte ich nicht so.»

«Also, warum bist du dann gekommen?», ging Waltraut auf die Entschuldigung nicht ein.

«Weil du lieb zu mir warst.»

«Lieb?»

«Als wir Kinder waren.»

Waltraut fragte sich, ob sie beide nicht immer noch Kinder waren. Immer sein würden.

«Als ich damals schlecht geträumt hatte, hast du mich in den Arm genommen.»

«Das hast du bemerkt?»

«Ja.»

«Ich dachte, du hättest geschlafen.»

«Du hast mir ein Küsschen auf die Wange gegeben. Davon bin ich aufgewacht.»

«Aber du hattest die Augen zu.»

«Ich wollte nicht, dass du mich loslässt.»

Waltraut lächelte.

«Du bist eine Gute», sagte Friedrich, beugte sich zu ihr runter, gab ihr einen Kuss auf die Wange und nahm sie in den Arm. Lange. Bis er wieder losließ: «Jetzt sind wir quitt.»

Er drehte sich um, verließ Karstadt, und Waltraut sah ihm dabei mit weichen Knien nach. Bis Frau Siegen lachte: «Na, die Stelle wirst du dir nie mehr waschen, was?»

Waltraut lief rot an.

«Was willst du jetzt machen?», fragte Dora, als sie beide auf dem Balkon ihrer kleinen Eigentumswohnung in Haifa saßen. Eine Wohnung im Übrigen, die sie sich nur weiter leisten konnten, wenn Joschi im nächsten Monat die neue Stelle antrat, von der er seiner Frau noch nichts erzählt hatte. Die Sonne ging in der Ferne über dem Meer unter, das man vom Balkon aus leider nicht sehen konnte. Joschi hatte gerade die zweite Flasche Weißwein entkorkt, nachdem sie die Falafel bis auf einen kläglichen Rest aufgegessen hatten. Dora hatte ihm keine Vorwürfe gemacht, dass er den Armeedienst quittiert hatte. Im Gegenteil, sie hatte zu ihm gesagt: «Die Umstände haben dich zum Soldaten gemacht. Jetzt musst du keiner mehr sein.»

Nie hatte er seine Frau mehr geliebt.

Natürlich wollte sie dennoch wissen, was er nun vorhatte. Und Joschi hatte Angst, es ihr zu sagen.

«Ich ...», hob er an, nahm aber lieber einen Schluck Weißwein, statt weiterzureden.

«Du?», lächelte Dora lieb. Wenn sie lächelte, sah sie für

ihn immer noch aus wie ein Engel. Umso schwerer wurde es, mit der Sprache herauszurücken. Er nahm lieber noch einen Schluck.

«Hallo?», lachte sie.

«Ich ...», Joschi brach wieder ab, spießte mit der Gabel einen Krümel Falafel auf.

«So weit waren wir schon», lächelte Dora.

Joschi konnte sich nicht vorstellen, dass sie jemals richtig zornig auf ihn sein könnte, umso schlechter fühlte er sich, dass er ihr nun wehtun würde: «Ich habe mit Charlie gesprochen.»

«Mit Charlie?», staunte Dora.

«Er hat mir mit seinen Kontakten eine Stelle besorgt.»

«Du willst doch nicht etwa mit mir nach Düsseldorf ziehen?», das Entsetzen stand Dora ins Gesicht geschrieben. Sie begann zu zittern.

«Nein, nein, nein!», wiegelte Joschi ab.

«Nach Tel Aviv?» Dort war die Zentrale von Charlies Obstfirma.

«Wir ziehen nicht weg aus Haifa.»

«Ich verstehe nicht ganz.»

«Ich ...», Joschi musste es nun sagen: «Ich gehe auf ein Schiff.»

«Was für ein Schiff?» Dora schluckte.

«Ich habe bei einer Reederei, der Charlie Aufträge gibt, angeheuert. Als Zahlmeister.»

Dora schwieg, sah von ihm weg, in Richtung Wohnzimmer zu den vielen Pflanzen, die sie hegte und pflegte, als ob sie von Beruf Gärtnerin wäre und die Wohnung ein Gewächshaus.

«Das ist das Beste, was ich bekommen konnte, eine echte Chance», sagte Joschi, dabei war dies nur die halbe Wahrheit. Die andere Hälfte der Wahrheit war, dass er das Meer liebte, seitdem er auf dem Deck der ‹Draga II› gestanden und so etwas wie inneren Frieden empfunden hatte. Er hatte eine große Sehnsucht danach, diesen Frieden täglich zu erleben.

Doras Unterlippe begann zu zittern.

«Ich habe doch nichts gelernt», sagte Joschi. «Wer gibt mir sonst eine gut bezahlte Arbeit, mit der wir die Wohnung weiter finanzieren können?»

«Die Wohnung ist mir egal ...» Die Stimme seiner Frau brach, als sie ihn wieder anblickte.

Was sollte er darauf antworten? Dass er wegwollte? Aus diesem Land. Auch von Dora, die sich nicht damit hatte abfinden können, dass sie keine Eltern wurden. Obwohl sie nie über ihren Schmerz redete, war er ständig präsent. Und Joschi empfand diesen Schmerz auch. Und ihrer beider Schmerz war gemeinsam schwerer zu ertragen als allein.

Welchen Sinn hatte ihr Überleben, wenn kein neues Leben entstand? Wenn ihrer beider Familien mit ihnen ausstarben?

«Wie lange wirst du auf Reisen sein?»

«Das weiß ich noch nicht», log Joschi.

Dora ahnte, dass er kaum mehr zu Hause sein würde. Sie sah wieder von ihm weg, diesmal über die Balkonbrüstung ins Weite. Es dauerte etwas, bis sie sich wieder zu ihm wandte und gefasst sagte: «Wenn es dich glücklich macht.» Sie klang dabei nicht vorwurfsvoll, sondern eher, als würde sie sich wünschen, dass Joschis Entscheidung ihn tatsächlich glücklich machte.

Es wäre einfacher gewesen, wenn sie ihm Vorwürfe gemacht hätte.

«Ich habe keine andere Möglichkeit», wollte Joschi den

Eindruck gar nicht erst aufkommen lassen, es könnte ihn erleichtern, nicht mehr ständig bei ihr sein zu müssen, gefangen in der gemeinsamen Trauer.

«Ich liebe dich», sagte sie, beugte sich über den Tisch und gab ihm einen Kuss auf die Wange.

Ja, Vorwürfe wären sehr viel einfacher gewesen.

«Kein Verbot der KPD! Kein Verbot der KPD!», skandierte Waltraut mit etwa dreißig anderen, zum großen Teil jungen Demonstranten auf dem Bremer Marktplatz. Wolle war tags zuvor zu ihr gekommen und hatte von dem Skandal berichtet, dass die einzige echte Arbeiterpartei verboten würde und man dagegen protestieren müsse, sonst sei man kein Mensch.

Zopf-Inge hatte sie nicht begleiten wollen. Auch keine andere Freundin. Waltrauts Bruder und seine frisch angetraute Dagmar, die gemeinsam eine winzige Dachwohnung in Walle bezogen hatten und damit Waltraut umso mehr an den Eisenbahnwagen fesselten, hatten sie erst ausgelacht und dann gewarnt, dass so eine Demonstration gefährlich sein könnte. Ihr Vater wollte ihr gar die Teilnahme verbieten. Aber die Welt war doch so himmelschreiend ungerecht! Links und rechts konnte Waltraut sehen, wie die Menschen reicher wurden, nur sie und ihre Familie nicht. Alle Arbeiter nicht!

Waltraut liebte es zwar, die wohlhabenden Frauen in der Kosmetikabteilung zu beraten, aber sie beneidete sie auch, dass sie beim Einkauf nicht auf Mark und Pfennig achten mussten. Und sie hasste es regelrecht, wenn die ein oder andere sie spüren ließ, dass sie Waltraut für ein niederes, dummes Ding hielt. Dann musste sie sich immer zurückhalten, ihr den Lippenstift nicht absichtlich durch das ganze Gesicht zu ziehen. Außerdem war sie schon neunzehn, also schon in zwei Jahren volljährig, was konnte Vater ihr da noch groß verbieten? So stand Waltraut an der Roland-Statue neben Wolle, der sich mit der einen Hand auf seiner Krücke aufstützte, während er mit der anderen ein Megafon hielt und die Menge aufpeitschte: «Nieder mit dem Kapital! Nieder mit dem Kapital!»

Die Passanten machten einen weiten Bogen um die Demonstranten. Ein alter Mann spuckte sogar vor ihnen aus und deutete anschließend auf die Inschrift am wieder neu aufgebauten Deutschen Haus: ‹Gedenke der Brüder, die das Schicksal unserer Trennung tragen›.

Was das mit der KPD zu tun haben sollte, verstand Waltraut nicht. Woher auch? Wenn Wolle auf seinen Krücken mit ihr zur Mittagspause eine Bratwurst beim Imbiss von Kiefert aß und über den Marxismus schwadronierte, begriff sie höchstens einen halben von zehn Sätzen. Sie wusste ja noch nicht einmal, dass die Worte der Inschrift vom Bremer Bürgermeister Wilhelm Kaisen stammten, den Vater so verehrte. Die SPD war seine Partei und Kommunist Wolle für ihn ein Vollidiot, dem man seine Ansichten aber verzeihen konnte, fehlten ihm doch ein Bein und daher auch ein paar Latten am Zaun.

«Scheiße!», fluchte neben Waltraut ein drahtiger Kerl mit Schiebermütze. Sie blickte in die Richtung, in die er sah. Zehn Polizeiautos fuhren auf den Marktplatz, darunter auch grüne Minnas. Im Gegensatz zu einem Kerl neben ihr, der sich die Schiebermütze ins Gesicht zog und auf die andere Straßenseite eilte, um von da aus Richtung Straßenbahn Linie 3 zu flüchten, war Waltraut nicht klar, was hier passierte.

«Wir werden nicht weichen!», rief Wolle durch das Megafon nicht etwa den Passanten oder den Polizisten zu, die immer näher kamen, sondern den eigenen Leuten, damit sie nicht abhauten. Waltraut blieb standhaft. Nach langer Zeit dachte sie wieder daran, eine Löwin zu sein.

«Ihr seid alle verhaftet!», rief ein Polizist, «leistet keinen Widerstand!»

«Verhaftet?», staunte die Löwin.

«Ja, was glaubst denn du?», keuchte ein schlanker, fast schon ausgehungert wirkender Jüngling neben ihr, «dass die Demonstration hier erlaubt ist?»

Darüber hatte Waltraut nicht nachgedacht. Sie sah zu Wolle, der ihr nicht verraten hatte, auf welches Risiko sie sich hier eingelassen hatte. Ihr Freund humpelte mithilfe seiner Krücke auf den Polizisten zu und rief ihm durch das Megafon ins Gesicht: «Wir werden nicht weichen! Wir werden nicht weichen!»

Der Polizist trat ihm das Standbein weg. Wolle fiel zu Boden. Schrie auf.

Waltraut erstarrte.

Aus der Löwin war plötzlich ein Reh geworden, das wie in Schockstarre dastand und sich nicht mehr bewegen konnte. Und so wurde es gemeinsam mit Wolle festgenommen, wie zehn andere Demonstranten auch, die nicht mehr rechtzeitig fliehen konnten.

Waltraut saß die ganze Nacht in einer Zelle im Polizeipräsidium am Wall. Zusammen mit einer sich immer wieder übergebenden alten Pennerin und einer Taschendiebin, die ihr unter dem Mantel der Verschwiegenheit verriet, dass sie wie die Giftmörderin Gesche Gottfried schon drei Ehemänner um die Ecke gebracht hatte. Ob das stimmte oder nicht, vermochte Waltraut nicht zu beurteilen, aber sie hatte keine Angst vor der Frau. Auch nicht vor der Pennerin und ihren Spuckattacken. All ihre Furcht und ihre Gedanken kreisten darum, dass sie keine drei Wochen vor Ende ihrer Ausbildung stand und nun vermutlich ihre Stelle verlieren würde. Weil sie jetzt eine Verbrecherin war. Die im Gefängnis einsaß.

Sie war keine Löwin. Auch kein Reh. Sie war eine arme Kirchenmaus und würde jetzt auf ewig eine bleiben. Weil sie so, so, so dumm war.

Wie sie sich schämte.

Auch und besonders, weil einer der Polizisten, ein großer Mann, den sie unter anderen Umständen vielleicht sogar ganz attraktiv gefunden hätte, ihr bei der Festnahme an den Busen gefasst hatte. Am meisten aber schämte sie sich, weil sie daraufhin in Tränen ausgebrochen war, anstatt ihm eine zu scheuern.

Am nächsten Morgen wurde Waltraut freigelassen. Der große Polizist sagte zu ihr, sie könne froh sein, dass sie als Minderjährige keine Anzeige bekam. Aber noch bevor sie auch nur den Ansatz von Erleichterung empfinden konnte, fasste er ihr noch mal an die Brüste und lachte laut auf, bevor er sie nach draußen schob. Die Sonne blendete. In zwanzig Minuten würde ihr Dienst beginnen, zu wenig Zeit, um noch nach Hause zu fahren, aber genug, um sich in der Toilette bei Karstadt für die Arbeit frisch zu machen. Als sie dabei in den Spiegel sah, beschloss sie, nie wieder eine Revolutionärin sein zu wollen. Nur noch eine einfache Verkäuferin. Eine, die sich nie wieder so hilflos fühlen wollte wie in dieser Nacht.

Man weiß nicht, ob man das Meer liebt, wenn man es nicht bei rauer See befahren hat. Joschi liebte es. Das Kreuzfahrtschiff ‹Tamar› wogte bei seiner Reise von Dover nach

Göteborg in den Wellen auf und ab, und Joschi stand an der Reling. Er hatte sich über seine schmucke neue Uniform – wenn Uniformen nichts mit Militär zu tun hatten, trug er sie sehr gerne – eine Jacke gezogen und ließ den Regen und die Gischt der Nordsee auf sich niederprasseln. Wenn er die salzige Luft einatmete, war ihm, als wäre er für das Meer geboren: Nicht ein einziges Mal war er auf einer Schiffsreise seekrank geworden, und wenn er in den wachen Augenblicken, in denen er sich nicht um das Zahlenwerk des Schiffes kümmern musste, auf die See blickte, die ihre Stimmung täglich, stündlich, manchmal sogar minütlich wechselte, ließ er seine Gedanken in die weite Ferne schweifen: zur Elfenbeinküste, nach Indien, Argentinien, Australien, zum Kap Hoorn.

Auch verschwand er gerne gedanklich in glücklichere Zeiten, in denen er sich in den Cafés, Heurigen, Theatern und Cabarets der Leopoldstadt vergnügte. Er erinnerte sich daran, wie er die Schule schwänzte, mit seinem Vater die gemeinsamen Geburtstage feierte oder Mama Scheindel ihm vor dem Einschlafen Geschichten aus dem Schtetl erzählte. Sie sprach dabei oft von ihrem Großvater, dem Wunderrabbiner, bei dem die Menschen stundenlang vor der Haustür warteten, um sich dessen Ratschläge anzuhören. Dann überhäuften sie ihn mit Gaben, mit denen er sich, die Familie, seine Religionsschüler und Diener ernährte. Das war bestimmt, sinnierte Joschi schmunzelnd, ein angenehmer Beruf gewesen.

Joschi dachte auch an den Vater seines Vaters. Großvater oder gar Opa mochte er den Vagabunden, der immer nur kurz in Dębica aufschlug, um seine Frau zu schwängern, nicht nennen, er hatte ihn ja nie kennengelernt. Joschi fühlte sich mit diesem fremden Mann, den es nie an einem Ort gehalten hatte, verbunden, war er doch selbst eine Art Vagabund. Ein Vagabund der Meere. Wie sein Vorfahr ließ auch er seine Frau zurück, nur lebte Dora in der Stadt und nicht in einem polnischen Schtetl. Und sie hatten kein gemeinsames Kind.

Ob der Vagabund auch in anderen Städten Frauen und Kinder zurückgelassen hatte? Hatte Joschi also noch mehr unbekannte Verwandte, die von den Nazis umgebracht worden waren? Vermutlich.

Jedes Mal, wenn der Gedanke auf die Toten kam, die er geliebt hatte – Mama Scheindel, Vater Israel, Hedy –, musste Joschi an die letzten Augenblicke denken, die er mit ihnen verbracht hatte: mit Israel im Gefängnis, mit Mama Scheindel an der Wohnungstür, mit Hedy auf den Treppenstufen.

Wie er diese Frau geliebt hatte. Wenn er ehrlich zu sich war – und wenn er nicht hier auf dem Meer, weitab von allem, ehrlich sein konnte, wo dann? –, liebte er Dora heute nicht so sehr wie damals Hedy.

Er steckte sich eine Zigarette an. Wenn etwas besser roch als die Meeresbrise im Regen, dann war es eine Meeresbrise im Regen, deren Duft sich mit dem einer *Camel* vermischte.

Waltraut hatte die Ausbildung bestanden. Im Kaufhaus hatte sie sich Bestnoten verdient, in der Berufsschule hingegen wäre sie beinahe durchgefallen. Rechnen war für sie ein Albtraum, und ihre Rechtschreibung ließ ebenfalls zu wünschen übrig, sagte ihr Lehrer Braun. Aber da der Mann ein guter Freund ihres Vorgesetzten 32 war – die beiden kegelten zusammen im Bremer Kegelverein von 1890 –, hatte 32 ihn mithilfe einiger Malteser bearbeiten können, ein so talentiertes junges Ding wie Waltraut nicht das Leben mit einer Sechs in Mathe zu verbauen.

32 spendierte zur Feier des Tages eine Flasche Sekt und stieß mit Frau Siegen und seiner neuen ausgebildeten Verkäuferin an, sodass Waltraut danach ein, zwei Stunden angeschickert die Kundschaft bediente. Alkohol mied sie normalerweise wie die Pest, sah sie doch, wie sehr das Bier und der Korn zum Leben ihres Vaters und Bruders gehörten.

Es war für Waltraut überraschend angenehm, in diesem Zustand zu arbeiten, denn sie fühlte sich nicht mehr so unsicher. Seit dem Erlebnis mit dem Polizisten im Gefängnis war es um ihr Selbstbewusstsein geschehen. Hatte sie früher eher Zorn empfunden, wenn wohlhabende Kundinnen sie von oben herab behandelten, begann sie nun fahrig zu werden, immer mit dem Bewusstsein, dass sie nichts wert war.

Als die Wirkung des Sekts nachgelassen hatte, bediente Waltraut eine vornehm gekleidete, schlanke Frau um die vierzig, die in jedem zweiten Satz betonte, dass ihr Ehemann Zahnarzt war. Sie war mit ihm zu einem Ball im Park-Hotel eingeladen und müsste dafür picobello aussehen.

«Was bedeutet picobello?», fragte Waltraut.

«Du warst wohl noch nie in Italien?»

«Nein», antwortete Waltraut leise. Sie hatte noch nicht einmal von einer Reise in den Süden geträumt, die sie sich ohnehin nicht hätte leisten können.

«Das hätte ich mir denken können. Wohnst du in Gröpelingen?»

«Walle.»

«In Walle wohnen sie alle», lachte die Frau über ihren eigenen lahmen Scherz, den so gut wie jeder Bewohner des Stadtteils schon tausendmal gehört hatte. «Na denn: Picobello heißt perfekt! Was ist der teuerste rote Lippenstift?»

«Dieser hier», Waltraut deutete auf den teuersten, der jedoch ihrer Meinung nach bei Weitem nicht der Beste war, aber die Kundin war nun mal Königin, auch und erst recht, wenn sie sich wie eine aufspielte.

«Dann nehme ich den.»

Waltraut gab ihn ihr, auch wenn sie sich dachte, dass diese Ziege, wie viele reiche Frauen, das Wort «bitte» anscheinend nicht kannte. Sie stellte ihr einen kleinen, mit falschem Gold umrandeten Spiegel auf die Vitrine, damit sie sich den Lippenstift auftragen konnte. Als sie fertig war, fragte sie Waltraut: «Und, wie sehe ich aus?»

«Er steht Ihnen sehr gut», lächelte Waltraut. Es war nicht ihre Meinung – das Rot war einfach zu dunkel für ihre blasse Haut –, aber es war die Antwort, die Frau Siegen ihr beigebracht hatte, wenn man teure Dinge verkaufen oder unangenehme Kundinnen schnell wieder loswerden wollte. Oder, wie in diesem Fall, beides zugleich.

«Kindchen», sagte die Zahnarztfrau, «du hast aber auch gar keinen Geschmack.»

Waltraut war getroffen. Wenn sie auf eins stolz war, dann war es ihr Geschmack. Jede Kundin, die sich wirklich auf die Beratung von Waltraut einließ und nicht nur in ihrer Eitelkeit bestätigt und umschmeichelt werden wollte, verließ zufrieden das Kaufhaus und kehrte immer wieder gerne zurück. Die 93-jährige Frau Wehrle, die auch im hohen Alter auf ihr Äußeres Wert legte, drückte Waltraut sogar bei jedem Besuch eine Mark extra in die Hand, egal ob sie etwas kaufte oder nicht. Und das, obwohl man doch in Kaufhäusern normalerweise kein Trinkgeld gab.

«Aber du musst auch keinen Geschmack haben», sagte die

Frau, «mit deinen großen Brüsten findest du immer einen Bauarbeiter.»

Waltraut begann zu heulen. Wie ein Wasserfall. Sie versuchte nicht einmal, die Tränen aufzuhalten.

«Was ist denn mit dir los?», fragte die Frau genervt.

Waltraut schluchzte erbärmlich.

«Also, dein Verhalten ist unmöglich.»

«Sie sollten schnell verschwinden», hörte Waltraut eine vertraute Stimme sagen.

«Wer sind Sie denn?», fragte die Zahnarztfrau indigniert.

«Der, der Ihnen sagt, dass Sie auf der Stelle verschwinden sollen», antwortete Friedrich. Er trug nicht mehr seine Walzkleidung, sondern einen alten grauen Anzug und ein leicht schmuddeliges Hemd. Beides wirkte, als ob er es auf dem Flohmarkt gekauft hatte.

Waltraut war von seinem Auftauchen so überrascht, dass sie ihren Weinkrampf unter Kontrolle brachte.

«Das ist unmöglich», zeterte die Zahnarztfrau, «ich werde mich bei der Geschäftsführung über Sie beide beschweren!»

«Wirklich?», fragte Friedrich, baute sich vor ihr auf und schaute auf sie hinab.

Die Frau schüttelte den Kopf und verließ hastig das Kaufhaus.

«Was ... was machst du hier ...?», fragte Waltraut leise.

«Dich in den Arm nehmen», antwortete Friedrich. «Das scheinst du gerade zu brauchen.»

«Ja ...», antwortete Waltraut und ließ sich von ihm drücken.

Als sie sich wieder beruhigt hatte, war ihr Make-up ganz verwischt. Friedrich lächelte sie an. Sie lächelte zurück und fragte erneut, diesmal mit etwas festerer Stimme: «Was machst du hier?»

«Dich im Arm halten, siehst du doch.»

Waltraut musste lachen.

«So gefällst du mir besser.»

Sie gefiel ihm?

Das war schön.

Schöner, als sie je gedacht hätte.

«Ich bin jetzt Zimmermannsgeselle.»

«Wo?»

«Ich suche nach einer Stelle.»

«Etwa in ...», Waltraut wagte kaum, das auszusprechen, «Bremen?»

«Warum eigentlich nicht?»

«Du wolltest doch um die Welt reisen.»

«Wo hübsche Menschen sind, da lass dich nieder», lächelte er charmant.

Waltraut wusste nicht, was sie daraufhin sagen sollte.

«Es sei denn, du hast etwas dagegen?»

«Nein», lachte sie, und nun flossen wieder ein paar kleine Tränen. Aber ganz andere als Minuten zuvor.

«Steht dir, die Uniform», lächelte die schöne Selma, als Joschi mit seinem Seesack die Treppen zu seiner Wohnung hinauflief. Die von der Sonne stets braun gebrannte Nachbarin war vor die Tür getreten, sie trug ein kurzes schwarzes Kleid und knalligen Lippenstift und sah mit ihrem frechen Bobschnitt, von dem sie sagte, er wäre in Paris gerade en vogue, so verführerisch aus, dass sich die Kerle den Kopf nach ihr verdrehten. Es war ein offenes Geheimnis, dass Selma ihren Ehemann Jakov mit anderen Männern betrog, wenn er für seine Import-Export-Firma unterwegs war. Dora mutmaßte, dass es Selmas Art war, sich lebendig zu fühlen und für einige Stunden den Tod zu vergessen, den sie als junge Frau im Warschauer Ghetto hatte erleben müssen. Damals hatten Jakov und sie sich mit wenigen anderen zu den Widerstandskämpfern durchschlagen können. Die gemeinsame Vergangenheit schien das Einzige zu sein, was diese beiden so unterschiedlichen Menschen verband.

«Danke», sagte Joschi, durchaus geschmeichelt, während er seinen Seesack auf den Treppenabsatz stellte.

«Wirklich schick bist du», Selma machte Komplimente wie sonst nur Männer den Frauen. «Ich habe Dora immer gesagt: Du hast dir den hübschesten Mann weit und breit geangelt.»

Joschi wusste, dass Selma übertrieb. Aber es gefiel ihm, dass eine Frau, die nicht seine war, so über ihn sprach.

«Willst du mit mir etwas trinken?»

«Ich komme gerade erst an, und Dora und ich wollen den Abend miteinander verbringen», erwiderte Joschi, der sich gar nicht so sicher war, ob er wirklich den Abend mit Dora verbringen wollte. Er fürchtete sich davor, dass sie beide wieder von der Schwermut eingeholt würden.

«Deine Dora hat Nachtdienst im Krankenhaus», sagte Selma. «Sie kommt erst morgen früh zurück.»

Joschi tadelte sich in Gedanken: Er hätte ein Telegramm mit seiner genauen Ankunftszeit schicken sollen, damit Dora ihren Dienst entsprechend hätte legen können.

«Also, wollen wir was trinken?», lächelte Selma.

«Warum nicht?», antwortete Joschi. Etwas trinken war immer gut.

«Dann komm rein.»

«Ich dachte, du wolltest ausgehen?»

«Das muss ich nicht mehr, ich habe ja jetzt Gesellschaft», lachte Selma.

Joschi zögerte. Dora und er waren schon oft bei den Nachbarn gewesen, er allein allerdings noch nie.

«Jakov hat bei seiner letzten Reise wunderbaren irischen Whiskey eingeschmuggelt. Schmuggeln ist das Einzige, was er wirklich gut kann, hat so schon für sich und seinen kleinen Bruder Essen ins Ghetto gebracht. So ist der Kleine nicht verhungert und hat noch die Gaskammern von Treblinka erleben dürfen.»

So gut wie jeder, den Joschi kannte, hatte im Krieg größeres Leid erfahren als er selbst: Dora, Marjem, Selma, Jakov. Seitdem ihm klar war, dass die Familie Safier mit ihm aussterben würde, wachte er öfter mitten in der Nacht auf, und der Schmerz über das Schicksal seiner Familie übermannte ihn dermaßen, dass er am liebsten nicht mehr weitergelebt hätte. Und sogleich schämte er sich dafür, dass er nicht die Kraft der anderen, noch nicht mal die von seiner kleinen Cousine, besaß, dem Leid zu trotzen. Und weil er sich so schämte, wollte er noch weniger weiterleben. Nach solchen Nächten dauerte es am nächsten Tag lange, manchmal bis zum Abend und dem dritten Glas, bevor er sich wieder ein wenig lebendig fühlen konnte.

«Also, was sagst du?»

Zu einer anderen Frau zu gehen, wenn deren Mann nicht da war, fühlte sich für Joschi ein wenig an, als ob er Dora hintergehen würde. Als Seemann hatte er viele Gelegenheiten zu Seitensprüngen. Die anderen Offiziere nahmen ihn in die entsprechenden Etablissements in den Häfen mit, wo Joschi auch gutes Geld für Drinks ließ, aber seiner Dora treu blieb. Außerdem war es unter seiner männlichen Würde, für Geschlechtsverkehr zu zahlen.

«Du sagst nichts», gab sich Selma die Antwort auf ihre eigene Frage.

Joschi rang sich ein halbherziges Lächeln ab.

«Du hast doch nicht etwa Angst davor, mit mir allein zu sein?», Selma schien amüsiert.

«Nein, natürlich nicht», antwortete Joschi und riss sich zusammen: Mit einer Nachbarin etwas zu trinken, zumal einer, die Dora gut kannte, war kein Hintergehen. Abgesehen davon: Wenn er sich nachher schlafen legte, ohne für eine gewisse Bettschwere gesorgt zu haben, bestand die Gefahr, dass er die ganze Nacht wach liegen würde und schwermütig würde.

«Ich fress dich schon nicht auf. Es sei denn, du willst es», lachte Selma frech. Auf eine lockende Art und Weise.

Joschi wurde bei dem Gedanken rot. Selma war eine bildschöne Frau. Und er hatte schon seit über einem Jahr nicht mehr mit Dora geschlafen. Er wusste, dass er in seine eigene Wohnung gehen sollte und Selma Selma sein zu lassen hatte. Doch bevor Joschi sich regen konnte, legte sie den Arm um seine Schultern und flüsterte ihm ins Ohr: «Komm.»

Dabei bemerkte er, dass ihr Parfüm ihn an jenes von Hedy erinnerte.

Als Joschi vier Monate darauf an der Elfenbeinküste im Hafen von Abidjan ankam, erreichte ihn ein Telegramm von Dora: ‹Herzlichen Glückwunsch zum 42. Geburtstag. Liebe Dich. Vermisse Dich. PS: Selma und Jakov werden Eltern.›

❖❖❖

«Ich dachte, wir sind hier am Meer», sagte Waltraut.

«Sind wir ja auch», antwortete Friedrich.

«Hier ist nur Matsch.»

«Das ist das Watt.»

«Und wo ist das Meer?»

«Das wird mit der Flut kommen. So ist das halt am Wattenmeer.»

Waltraut war das erste Mal seit dem Krieg von Bremen weg. Wie hatte sie sich auf den Ausflug nach Duhnen in Cuxhaven gefreut, und nun war das Wasser nicht da.

«Eis essen?», fragte Friedrich.

«Eis essen ist immer gut», sagte Waltraut.

Die beiden kauften sich an einer Kioskbude jeweils ein Domino – Vanille, oben mit Schoko, unten mit Waffel. Sie gingen damit die Promenade entlang und atmeten die Seeluft ein, die trotz Ebbe so viel reiner war als die in Bremen-Walle. In der Bremer Innenstadt konnte man sogar den fürchterlichen Malzgestank von Beck's riechen, wenn der Wind falsch stand. Noch mehr als die Seeluft genoss Waltraut den Duft des Eau de Toilette, das sie Friedrich zu seinem 20. Geburtstag geschenkt hatte.

Während die beiden so über die Promenade schlenderten und Eis schleckten, berührten sich durch Zufall ihre Hände. Nur ganz kurz. Sie sahen sich an, lächelten verlegen und gingen weiter, ohne allerdings den Abstand zwischen sich zu vergrößern.

Natürlich berührten sich die Hände noch mal.

Diesmal absichtlich. Von Friedrichs Seite aus. Jedenfalls glaubte Waltraut das. So kurz hintereinander, das konnte doch kein Zufall sein. Falls doch, wäre es ein schöner gewesen.

Friedrich berührte sie ein drittes Mal «zufällig». Seine Finger strichen über die ihren. Sanft. Geradezu zärtlich. Einmal. Zweimal. Immer wieder.

Waltrauts Herz pochte. Sie nahm all ihren Mut zusammen, den einer Löwin, und ...

... ergriff Friedrichs Hand.

So gingen Waltraut und Friedrich Händchen haltend die Promenade entlang. Ohne etwas zu sagen. Sie wagten es nicht einmal, sich anzusehen. Aber sie hielten sich fest. Und in der Ferne sah Waltraut das Meer.

Die beiden teilten sich ein Zelt, das Friedrich von seinem Zimmermannsmeister geliehen hatte. Ein zweites aufzutreiben, war ihnen nicht gelungen, und sie dachten, es wäre nichts dabei, zusammen in einem zu schlafen. Als Kinder hatten sie doch auch schon in einem Bett gelegen. Jetzt betteten sie sich unter Decken, und Friedrich erklärte ihr, wie die Gezeiten mit dem Mond zusammenhingen. Waltraut interessierte sich nicht für die Gezeiten, aber sie liebte es, seine Stimme zu hören und seinen Duft einzuatmen, der sie vergessen ließ, dass das Zelt etwas modrig roch. Friedrich hätte noch stundenlang so reden können, es wäre Waltraut nicht langweilig geworden.

Er erzählte jedoch nicht stundenlang. Stattdessen nahm er wieder ihre Hand. Waltraut ließ sich das gerne gefallen. Auch, dass er sich zu ihr rüber beugte und ihr einen vorsichtigen Kuss gab. Und noch einen. Und noch einen. Aber keinen vierten. Beide waren von den drei Küssen so überwältigt, dass sie erneut, ohne zu reden, dalagen und Händchen hielten. Erst nach einer Weile brach Friedrich das Schweigen: «Wollen wir draußen die Sterne betrachten?»

Er hätte Waltraut auch fragen können: «Wollen wir in den Wilden Westen reisen und uns dort den Indianern anschließen?» Sie hätte es getan.

Die beiden legten sich in das trockene Gras unter ihre Decken. Anstatt des muffigen Zelts rochen sie nun den intensiven Duft des Meeres, dessen Wellen gleichmäßig an Land spülten, und betrachteten den Halbmond und die Sterne. Friedrich erklärte, welcher Stern welcher war: Der Große Bär ... die Venus ... Dahinten, da müsste der Mars sein, den man jetzt aber nicht sieht ...

Waltraut kuschelte sich an seine starke Brust. Das erste Mal, seitdem das kleine Haus, in dem die Familie Behrens gewohnt hatte, zerbombt worden war, fühlte sie sich wieder zu Hause.

«Der Kleine ist so hübsch», sagte Dora mit einer Mischung aus Verzückung und Wehmut. Joschi, Dora, Selma und Jakov standen mit Sektgläsern in der Hand im Schlafzimmer der Nachbarn. Neben der Wiege war das mit bunten orientalischen Decken belegte Bett - Selma hatte einen extravaganten Geschmack -, in dem Joschi vor etwas über neun Monaten mit ihr gelegen hatte. Die vier betrachteten den Säugling, der ein kleines Büschel schwarzer Haare auf seinem Köpfchen trug und mit offenen, glasigen Augen ganz ruhig dalag.

Seit Monaten versuchte Joschi sich selbst davon zu überzeugen, dass Selmas Kind in keinem Falle von ihm sein konnte. Zum einem hatte er zwar nur schwache Erinnerungen an die alkoholselige Nacht, meinte aber zu wissen, dass er ein Kondom benutzt hatte, auch wenn er sich nicht ganz sicher war, ob es korrekt angelegt wurde. Zum anderen wäre es ein Fluch Gottes - vielleicht eine Strafe, weil er von ihm nichts hielt? -, wenn er ausgerechnet bei dem ersten und einzigen Mal mit Selma ein Kind gezeugt hätte, obwohl es ihm in all den Jahren mit Dora nicht gelungen war.

Seiner Frau hatte Joschi nie von der Nacht erzählt. Die Gefahr war zu groß, sie zu verlieren und wieder allein auf der Welt zu sein.

Mit Selma hatte er ebenfalls nie über die Nacht gesprochen, und sie hatte ihn bei seinem Heimaturlaub, als sie im sechsten Monat schwanger gewesen war, auch nicht darauf angesprochen. Dass sie es nicht getan hatte, sprach ebenfalls dafür, dass der Kleine nicht sein Sohn war.

«Wie nennt ihr ihn denn nun?», fragte Dora.

«Josef war meine erste Wahl», antwortete Selma.

«Nach Joschi?», staunte Dora.

Joschis Magen zog sich zusammen.

«Nach dem Josef in der Bibel.»

Das ließ Joschi sich nicht besser fühlen.

«Aber das», lächelte Selma ihn direkt an, «ging ja jetzt nicht mehr.»

Warum grinste Selma ihn so an, fragte sich Joschi. Wollte sie mit ihm spielen? Und mit dem Herzen von Dora und dem ihres Mannes? Sie war exzentrisch, aber war ihr so etwas zuzutrauen?

«Warum ging der Name nicht mehr?», fragte Dora arglos. Sie schien nicht zu merken, dass Joschi der beißende Angstschweiß aus den Poren trat, wie bisher nur in dem grünen Heinrich in Wien und während des Unabhängigkeitskriegs.

«Weil Jakov mir gesagt hat, dass er ihn unbedingt nach seinem Vater Abraham nennen will. Stimmt's, Jakov?»

«Ja», bestätigte Jakov knapp. Wäre eine knappere Antwort als ‹Ja› möglich gewesen, hätte der hagere zurückhaltende Mann diese gewählt.

Unter normalen Umständen hätte Joschi seine Ansicht

zum Besten gegeben, dass Abraham kein guter Name für ein Kind war, würde der Kleine doch schon von Anfang an alt wirken. Auch hätte er sich darüber mokiert, dass Abraham aus der Bibel ein Irrer gewesen war. Nur weil der alte Knacker eine Stimme gehört hatte, die ihm sagte, er solle sein Kind opfern, hätte er beinahe seinen Sohn mit einem Messer geschlachtet. Das klang seines Erachtens nicht nach geistiger Gesundheit.

Aber Joschi sagte nichts von alledem. Er sah zu Boden und versuchte sich in Gedanken zu beruhigen: Es ist nicht von mir, es ist nicht von mir, es ist nicht von mir ...

«Hast du was, Joschi?», fragte Selma lachend.

Hatte er seine Gedanken etwa laut gebrabbelt?

«Willst du nicht auf den Kleinen anstoßen?»

Er blickte auf und sah erst jetzt, dass die anderen drei ihr Glas erhoben hatten. Er tat es ihnen gleich.

«Auf Abraham!», sagte Selma.

«Auf Abraham», wiederholte Dora freudig, Jakov knapp und Joschi mit leicht brüchiger Stimme. Die vier stießen an und tranken den Sekt. Joschi sehnte sich nach etwas Härterem.

«Er hat wirklich Ähnlichkeit mit Jakov», sagte Dora.

Joschi erleichterte es ungemein, das zu hören.

«Findest du?», sagte Selma. «Ich finde, er schlägt mehr nach mir.»

Solange der Junge nicht nach ihm geriet, dachte sich Joschi, sollte ihm alles recht sein.

«Die Augen», fand Dora, «erinnern mich aber an Jakov.»

«Nein, da ist gar keine Ähnlichkeit», lachte Selma. «Die sehen dann schon eher aus wie die von Joschi.»

Joschi traf dieser Satz. Weshalb sagte Selma das? Um ihm etwas mitzuteilen? Oder ihn zu ärgern, dass das Kind seines hätte sein können, obwohl es das nicht war? Dieser Frau war alles zuzutrauen.

Er sah sich das Baby genauer an. Die Augen ... Sahen sie nicht aus wie die von Papa Israel? ... Also wie seine? ... Ja? ... Nein? ...

Der Angstschweiß sammelte sich in seinem Nacken.

Dora beugte sich über das Baby.

Joschi hoffte, dass seine Frau wiederholte, die Augen wären wie die von Jakov. Doch sie sagte nur: «Mit ganz viel Fantasie gibt es da eine Ähnlichkeit.» Dora klang dabei, als ob ihr gar nicht der Gedanke kam, das Kind könnte von ihm sein. Dennoch wurde Joschi übel.

«Aber sie sind», fuhr Dora fort, «viel mehr wie Jakovs.»

Sagte sie es, um sich das selbst einzureden? Oder ihr und sein Gesicht zu wahren? Oder hegte sie wirklich keinen Verdacht? Trotz allem, was Dora während des Krieges widerfahren war, war sie kein Mensch, der überall Täuschung und Verrat witterte.

«Nun», sagte Selma und blickte dabei Joschi an, «das ist nun mal auch Jakovs Sohn.»

In Joschis Ohren klang das demonstrativ: Komm bloß auf keinen anderen Gedanken.

Was auch immer die Wahrheit über die gemeinsame Nacht war, dieses Kind würde nie das seine sein. Diese Erkenntnis machte Joschi weder traurig noch erleichterte sie ihn. Mit einem Mal war er sehr erschöpft.

Joschi und Dora lagen bereits seit über einer Stunde mit geschlossenen Augen nebeneinander in ihrem Bett, ohne in den Schlaf zu finden. Joschi war müde und aufgewühlt zugleich. Er konnte das Bild des kleinen Abraham nicht aus seinen Gedanken vertreiben. Und er musste an Hedys und sein Ungeborenes denken. Jenes Kind, das Joschi, wäre es als Junge auf die Welt gekommen, Henoch genannt hätte und als Mädchen Rosl. Es wäre nun schon 17 Jahre alt.

«Alles in Ordnung?», fragte Dora, der Joschi nie von Hedy oder der Schwangerschaft erzählt hatte.

«Ja, ist wohl der Sekt, der in mir rumort», log Joschi. «Warum schläfst du nicht?»

«Es ist so ungerecht.»

«Was ist ungerecht?», fragte Joschi.

«Warum dürfen Selma und Jakov ein Kind haben und wir nicht?»

Einerseits war Joschi erleichtert, da nun gewiss war, dass Dora keinerlei Verdacht schöpfte. Sonst hätte sie ihn spätestens jetzt ausgesprochen oder zumindest angedeutet. Zum anderen tat es ihm weh, seine Frau leiden zu sehen. Aufrichtig sagte er: «Du wärst eine so viel bessere Mutter als Selma.»

«Kunststück», sagte Dora, «selbst du wärst eine bessere Mutter als Selma.»

Joschi musste lachen. Je länger er mit Dora verheiratet war, desto mehr näherte sich ihr Humor seinem an. Er sah, wie sie lächelte. Trotz des Schmerzes. Beschienen vom Licht der Straßenlaterne gegenüber, das durch das Fenster fiel. Sie sah so schön aus wie noch nie. Und er sagte: «Du wärst wirklich eine wunderbare Mutter.»

«Vielleicht.»

«Ganz sicher.»

«Nur hat Selma ein Kind und ich nicht.»

Joschi atmete aus.

Er küsste ihre Stirn.

Danach lagen sie eine Weile da. Schweigend. Bis sie leise fragte: «Wollen wir es noch einmal versuchen?»

«Ja», antwortete Joschi aus tiefstem Herzen.
Und so liebten sie sich das erste Mal seit langer Zeit.
Voller verzweifelter Hoffnung.

«Du bist schwanger», erklärte der alte Frauenarzt mit den kalten Augen. Waltraut saß auf dem schäbigen Stuhl vor seinem nicht minder schäbigen Schreibtisch. Die Praxis war nicht ausgebombt worden, und der Arzt hatte sie nie erneuert, im Gegensatz zu dem jungen HNO-Arzt, zu dem Waltraut immer ging, wenn ihre Nebenhöhlen verstopft waren. Der hatte die von seinem Vater übernommenen Räume modern eingerichtet. Waltraut verstand, warum so viele junge Frauen Arzthelferinnen werden wollten. Sie hofften, so einen feschen Kerl zu heiraten und in der Gesellschaft aufzusteigen. Waltraut aber hatte mit Friedrich ihre Liebe gefunden, für kein Geld der Welt würde sie mit einer Arztfrau tauschen wollen.

«Hast du gehört, was ich gesagt habe?», fragte der Frauenarzt.

In der Nacht am Meer hatten Waltraut und Friedrich nicht miteinander geschlafen. Aber danach in jeder weiteren Nacht, in der sie zusammenlagen. Selbstverständlich blieb dies im Eisenbahnwagen nicht verborgen. Mama hatte zu Waltraut gesagt, sie solle heiraten. Vielleicht wäre dies sogar auf dem Schloss des Großvaters möglich. Waltraut hatte nur abgewunken. Für eine Hochzeit fand sie sich zu jung, für die Geschichten ihrer Mutter schon seit Jahren zu alt. Zu alt sogar, um sich noch über das Gerede von der adeligen Herkunft zu ärgern.

«Du bist schwanger», wiederholte der alte Mann, als ob sie schwerhörig war. Sie war es nicht. Sie wusste nur nicht, was sie fühlen sollte.

«Komm mir nur nicht auf dumme Gedanken.»
Dumme Gedanken? Wovon redete er?
«Ich stehe für so was nicht zur Verfügung.»
Für was?
«Ich mache keine Abtreibungen.»
«Abtreibungen?»
«Ich seh doch, dass du dich nicht freust. Und du bist nicht verheiratet und noch minderjährig. Wie willst du denn für ein Kind sorgen, das in Schande geboren wird?»

Waltraut schluckte.

«Du bist nicht das erste unverheiratete junge Ding, das ungewollt schwanger wird. Aber zu mir musst du nicht kommen. Kinder wegzumachen, ist illegal.»

Waltraut wollte nie wieder etwas Illegales machen. Nie wieder ins Gefängnis gehen.

«Aber ich habe einen Freund, der das macht. Er ist nicht durch die Entnazifizierung gekommen und darf nicht mehr praktizieren. Das hat ihn kaputtgemacht. Er verdient sich Geld mit Diensten an jungen Dingern wie dir. Hier, ich schreibe dir seine Adresse auf.»

Der Arzt nahm seinen Block und kritzelte hastig etwas auf ein Blatt, riss es ab und wollte es Waltraut reichen. Doch sie ließ seinen Arm in der Luft baumeln und dachte stattdessen nach. Nicht über die Prozedur, die wollte sie sich nicht ausmalen, es war schon unangenehm genug gewesen, bei diesem Mann auf dem Frauenarztstuhl zu liegen und sich von ihm anfassen zu lassen. Sie dachte darüber nach, was er da vorschlug: ein ungeborenes Kind zu töten. Ihr Kind.

In Waltraut erwachte der Zorn.

Der Beschützerinstinkt der Löwin.

Und mit einem Male wurde ihr klar: Egal, was auch geschah, sie würde ihr Kind bis an ihr Lebensende verteidigen.

Waltraut stand auf, nahm das Blatt entgegen, zerknüllte es und warf es dem Arzt ins Gesicht. Energisch ging sie, ohne ein Wort zu sagen, aus der Praxis, die viel befahrene Waller Heerstraße entlang, bis sie an einer roten Ampel zum Stehen kam. Beim Warten auf Grün legte sie eine Hand auf den Bauch. In ihm wuchs Leben. Waltraut verspürte mit einem Male das Glück einer werdenden Mutter. Es war so überwältigend, dass sie auch noch stehen blieb und es genoss, als die Ampel schon lange auf Grün umgesprungen war.

Nach dem ersten Glück bekam Waltraut Angst, wie Friedrich auf die Nachricht reagieren würde. Obwohl er bei ihr lebte und, das wusste sie nun, wegen ihr nach Bremen gezogen war, schien es ihr unwahrscheinlich, dass er sich über die Schwangerschaft so freuen würde wie sie. Zum einen würde es eine große Verantwortung bedeuten, mit dem wenigen Geld, das er verdiente, ein Kind großzuziehen. Sie selbst würde für eine Weile keines beisteuern können, müsste sie doch bei Karstadt aufhören, um sich um das Kleine zu kümmern. Und zum anderen würde es für Friedrich bedeuten, dass er seinen Traum, die Welt zu bereisen, aufgeben müsste.

Würde er sie verlassen? Oder bitten, das Kind abzutreiben? Und was von beidem wäre schlimmer?

«Du hast was», stellte Friedrich fest, als er von der Arbeit heimkam und sie auf dem Dach des Eisenbahnwaggons saß.

«Wie kommst du darauf?», versuchte sie mehr schlecht als recht abzuwiegeln.

«Du hast seit Ewigkeiten nicht mehr da oben gesessen.»
«Mir gefällt es hier.»
«Was ist los?», fragte er zu ihr hoch.
«Nichts.»
«Weißt du noch, wie wir vor fünf Wochen im Kino waren?»

«In ‹Sissi, die junge Kaiserin›? Als du eingeschlafen bist?»

«Ich hab den ganzen Tag in der Hitze Holzbalken geschleppt», verteidigte sich Friedrich.

«Und dich beim Film zu Tode gelangweilt.»

«Und mich beim Film zu Tode gelangweilt.»

Waltraut musste lächeln. Es war süß gewesen, wie Friedrich seinen Kopf auf ihre Schulter gelegt und dabei ganz leise geschnarcht hatte. Sie hatte eindeutig den süßeren Kerl abbekommen als Romy Schneider im Film.

«Ich meine ‹Pinocchio›», sagte er.

«‹Pinocchio›?», staunte Waltraut.

«In ‹Sissi› waren wir vor zwei Monaten im Ufa-Kino und vor fünf Wochen in dem Zeichentrickfilm im Europa-Kino.»

«Und?», Waltraut verstand nicht, worauf er hinauswollte, erinnerte sich aber an den Kino-Besuch, bei dem sie zum ersten Mal im Rang auf dem Balkon gesessen hatte.

«Dir wächst vor lauter Lügen gleich eine lange Nase wie Pinocchio.»

Waltraut begann zu zittern.

«Also, was ist los?»

Sie rang mit sich. Irgendwann musste Friedrich ja die Wahrheit erfahren. Besser, es gleich hinter sich zu bringen. Gleich zu hören, dass er sie verlassen würde oder dass sie abtreiben sollte, was sie nicht übers Herz bringen würde. Aber ein Leben ohne ihn konnte sie sich genauso wenig vorstellen.

Friedrich stand vor ihr unten am Waggon und lächelte sie lieb an.

«Ich bin …», hob sie mit zittriger Stimme an, hörte aber gleich wieder auf zu reden.

«Wunderschön?», machte er ihr ein Kompliment.

Waltraut musste trotz des Zitterns lachen.

«Wunderbar?»

Jetzt kamen ihr die Tränen.

«Was bist du?», fragte Friedrich nun so rührend besorgt, dass Waltraut sich vorstellen konnte, er könnte bei ihr bleiben und gemeinsam mit ihr das Kind aufziehen. Leise wagte sie daher zu sagen: «Schwanger.»

«Was?», Friedrich war verblüfft.

«Schwanger», sagte sie noch leiser.

Er hatte es schon beim ersten Mal gehört. Und antwortete nicht. Starrte nur hoch zu ihr.

Waltraut konnte es kaum ertragen, zitterte am ganzen Körper, als habe sie Schüttelfrost.

«Bitte», sagte sie, «sag was.»

Besser, jetzt zu hören, dass alles aus war, als noch eine Sekunde länger darauf zu warten.

Friedrich schaute Waltraut nur an.

«Sag was», flehte sie.

Er schluckte.

«Bitte ...»

«Gut, ich sage etwas.»

Waltraut schloss die Augen, als ob sie so vermeiden könnte, es zu hören.

«Waltraut», sagte Friedrich, «willst du meine Frau werden?»

Sie öffnete die Augen wieder und sah, wie Friedrich vor dem Waggon auf sein rechtes Knie ging und ihr einen Ring entgegenstreckte.

Dora wurde nicht schwanger. Natürlich nicht. Und sie wimmerte wieder im Schlaf. Mit jeder Nacht mehr. Die furchtbaren Träume waren zurück. Mit aller Macht. Und wenn er jetzt versuchte, ihren Schmerz zu lindern, gelang es ihm nicht mehr. Weil die Liebe zwischen ihnen von Tag zu Tag schwächer wurde?

Der schönste Tag im Leben – das sollte die Hochzeit sein, hatte Waltraut immer gehört, ohne eine genaue Vorstellung davon zu haben, was das genau bedeutete. Jetzt bekam sie die.

Im altehrwürdigen Standesamt gegenüber dem Bürgerpark streifte ihr Friedrich jenen blattvergoldeten Ring über, den er schon Wochen vor seinem Antrag gekauft hatte. Waltraut sah wunderschön aus in ihrem weißen, schlichten und den leichten Bauch kaschierenden Kleid, das sie sich bei Karstadt lediglich geliehen hatte. Frau Siegen hatte den Abteilungsleiter der Damenmode beschwatzt, das hochwertige Stück herauszugeben, und dem Mann sogar geschworen, dass sie höchstpersönlich für die Reinigung sorgen und das Kleid dann immer noch wie neu aussehen würde. Niemand würde je etwas von der Leihgabe erfahren. Schon gar nicht der Kaufhausdirektor, der ohnehin nur in die Damenmode-Abteilung kam, wenn er mal wieder einer Frau aus der feinen Bremer Gesellschaft höchstpersönlich die Ehre erwies.

Gemeinsam mit Waltrauts Eltern, den Trauzeugen (Klaus für Friedrich und Zopf-Inge für Waltraut), Klaus' Ehefrau Dagmar, Frau Siegen, 32 sowie Friedrichs Mutter Brigitte und deren neuem Ehemann, einem älteren Finanzbeamten namens Georg – «Ihr könnt mich Schorse nennen» –, wurde anschließend mit Sekt auf den hohen Treppen angestoßen. Die Stimmung war ausgelassen. Papa Hinrich ließ sich sogar dazu hinreißen, seine Tochter zu umarmen. Das verblüffte Waltraut fast so sehr wie die Tatsache, dass sie die Umarmung wohlig fand. Danach nahm Hinrich sie ein wenig zur Seite und erklärte: «Es wird Zeit, dass wir alle in eine Wohnung ziehen. Ein Waggon ist kein Platz für einen Säugling.»

«Ich dachte, dafür fehlt das Geld.»

«Die Gewerkschaften haben gute Lohnerhöhungen rausgeholt, und zusammen mit Friedrichs Geld können wir uns eine schöne Gelegenheit leisten, die sich mir bietet. Mein Meister zieht in der Rüstringer Straße auf der Fläche seines zerbombten Elternhauses ein neues Haus mit sechs Wohnungen hoch. Er würde uns bei der Miete entgegenkommen, wenn Friedrich, Klaus und ich nach Feierabend beim Bau helfen.»

Waltraut strahlte. Endlich würden sie aus dem Waggon rauskommen. Konnte der Tag noch schöner werden?

Er konnte.

Vor dem Wagen grillte Papa die leckersten Würstchen der Welt. Mama machte ihr neues Kofferradio an, es ertönte die Hansawelle von Radio Bremen mit einem schwungvollen Lied von Caterina Valente: ‹O Mama, O Mama, O Mamajo›. Erst tanzten Brigitte und ihr Schorse, der dafür extra seine Anzugsjacke ablegte, die gewiss mehr gekostet hatte als die Anzüge von Friedrich, Papa und Klaus zusammen. Gleich darauf zog Papa seine Henriette vom Stuhl und wog sie in seinen Armen hin und her. So hatte Waltraut ihre Eltern bisher noch nie gesehen. Schließlich tanzten alle – Klaus mit seiner Dagmar, sogar Frau Siegen mit dem ungelenken 32. Nur Friedrich und Waltraut nicht, die auf den Treppenstufen des Waggons saßen und sich das Treiben betrachteten. Die beiden hatten, im Gegensatz zu den anderen, niemals eine Tanzschule von innen gesehen. Selbst Klaus war von Dagmar in die Tanzschule Schipfer-Hausa geschleppt worden, wo man auch feines Benehmen lernte. Nicht, dass bei Klaus viel davon hängen geblieben war. Doch während Caterina Valente die Laute

‹Ole olehehu, ole, olaho› sang, nahm Friedrich seinen Mut zusammen und fragte seine frisch Angetraute: «Tanzt du mit mir?»

«Das haben wir doch noch nie gemacht.»

«Wir haben auch nie geheiratet», lächelte Friedrich, stand auf und zog seine Braut hoch. Anfangs versuchten die beiden, sich nur gegenseitig hin und her zu wiegen. Mit klassischem Tanzen hatte es wenig zu tun, aber nach und nach wurden sie lockerer, beschwingter. Und als eine Stunde später Vico Torriani ‹Ananas aus Caracas› schmetterte, tanzte das Hochzeitspaar beklatscht von den Feiernden ausgelassen auf dem Schotter vor dem Eisenbahnwagen. Waltraut tanzte dabei so elegant, dass Schorse rief: «Menschenskind, du bist ja ein Naturtalent!», und sie davon zu träumen begann, gemeinsam mit Friedrich einen Tanzkurs bei Schipfer-Hausa zu belegen.

Als Freddy Quinn im Radio Vico Torriani mit dem Lied ‹Heimweh› ablöste und melancholisch von ‹brennend heißem Wüstensand› und ‹viele Jahre schwerer Fron›, aber auch von ‹goldenen Sternen› und ‹Liebe in der Ferne› sang, lagen sich Waltraut und Friedrich eng in den Armen. Und als Freddy Quinns Chor ‹So schön, schön war die Zeit› trällerte, sagte Friedrich leise zu Waltraut: «Ich liebe dich.»

Der schönste Tag im Leben.

Nach dem schönsten Tag folgt im Leben die Hochzeitsnacht. Vor der hatte Waltraut gehörigen Bammel. Friedrich und sie hatten sehr oft miteinander geschlafen, er war unersättlich, und sie, bis sie schwanger geworden war, ebenfalls. Doch auf so einer Hochzeitsnacht lag für Waltraut ein ganz besonderer Druck. Musste diese Nacht, in der eine Braut normalerweise entjungfert wird, nicht besonders schön werden?

Waltraut zog sich ihr Kleid aus und krabbelte zu Friedrich,

der bereits in Unterhose in dem gemeinsamen Bett lag. Er wirkte müde. Und er war ... irgendwie ... bleich im Gesicht? Nein, das war nur das Licht. Eine einzelne Wolke hatte sich vor den Mond gezogen. Waltraut kuschelte sich an ihn, in der Erwartung, dass er das Vorspiel beginnen würde, indem er ihr, so wie immer, zuerst den Nacken küsste. Friedrich tat es nicht. Verspürte er etwa auch einen Druck in dieser besonderen Nacht? Das würde doch gar nicht zu ihm passen. Waltraut wartete darauf, dass Friedrich etwas tat oder wenigstens etwas sagte. Er tat nichts. Bis er leicht stöhnte.

«Was ist?», fragte Waltraut besorgt.

«Nichts, nichts.»

«Du hast was», wusste sie, ohne zu wissen, was genau er hatte.

«Kopfweh.»

Seit Friedrich in Bremen war, hatte ihm noch nie etwas wehgetan. Er war nie krank gewesen, hatte nicht mal einen leichten Schnupfen gehabt.

«Ist wohl der Sekt. Oder das viele Bier.»

«Oder die Mischung.»

«Mit dem Korn?», lachte Friedrich, doch da durchzuckte ihn wieder ein Kopfschmerz: «Au.»

Waltraut fühlte seine Stirn: «Kein Fieber.»

«Von Alkohol bekommt man auch keins», lächelte er und fragte dann: «Was dagegen, wenn wir heute einfach nur so daliegen?»

«Nein», erwiderte Waltraut das Lächeln. Dass sie sogar ein wenig erleichtert war, verschwieg sie ihm. Sie schaute aus dem Fenster, während Friedrich die Augen schloss. Er stöhnte noch das ein oder andere Mal leise, bevor er einschlief. Und sie dachte sich: Der arme Kerl wird morgen einen ganz schönen Kater haben.

❖❖❖

Joschi saß im Zug von Hamburg nach Düsseldorf. Erstmals hatte er mit einem Schiff in einem deutschen Hafen angelegt und wollte seine Schwester besuchen. Immer wenn der Zug in eine Stadt ein- oder ausfuhr – Osnabrück, Dortmund, Essen –, sah Joschi, dass wie wild gebaut wurde. Werbetafeln hingen in den wieder aufgebauten Bahnhöfen, Reisende trugen zum großen Teil gute Kleidung, und nichts, rein gar nichts war davon zu sehen oder auch nur zu spüren, dass hier einst Juden abgeschlachtet worden waren. Die Deutschen wurden sogar von der wunderbareren Mai-Sonne beschienen, als hätten sie diese verdient und nicht dauerhaften Sturm, Hagel und Feuerwalzen.

Ob es in Wien auch so aussah?

Wohl nicht. Die Österreicher waren ja fauler als die Deutschen. Nur nicht, als es darum ging, Juden zu töten.

Bei jedem Fahrgast, der sich zu ihm ins Abteil setzte, fragte Joschi sich, ob er Blut an den Händen hatte. Insbesondere bei den Männern, die etwa sein Alter waren. Bei einem war er fest davon überzeugt, dass er ein Vollblutnazi gewesen war, sah der blonde Hüne mit Seitenscheitel doch so aus, wie Hitler sich Arier vorgestellt hatte. Fehlte nur noch, dass der Kerl eine Uniform trug statt eines grauen Anzugs. Aber auch bei älteren Herrschaften galt die Schuldvermutung. Irgendwer musste ja in den Amtsstuben die Transporte organisiert haben. Frauen waren für Joschi potenzielle ehemalige KZ-Wärterinnen. Bei so gut wie jeder, die am Abteil vorbei zur Toilette oder zum Ausgang ging, schossen ihm die Erinnerungen an den Heldenplatz durch den Kopf. Wie die Frauen dort Hitler zugejubelt hatten, entschlossen, auf seinen Befehl hin andere Menschen in Stücke zu reißen …

Zur Ablenkung las Joschi in der ‹Frankfurter Allgemeinen Zeitung›, die er sich am Hamburger Bahnhof gekauft hatte: Adenauer hält in Bonn eine Rede über die Bundeswehr, Herberger verliert mit der Nationalmannschaft in Stuttgart 1:3 gegen Schottland, Gründgens stellt seine Ideen für die Zukunft des Deutschen Schauspielhauses in Hamburg vor. Kein einziger Jude in der Zeitung, und Nazis durften sogar Theater leiten. Wie konnte Rosl nur in diesem Land leben?

❖❖❖

«Gabriele?», fragte Waltraut fassungslos, als sie mit Friedrich auf jenem Gleis stand, auf dem gleich der Zug nach Essen einfahren sollte.

«Das ist ein wunderbarer Name für eine Tochter.»

«Nein, ist es nicht», widersprach Waltraut vehement.

«Ich finde ihn ...», Friedrich hielt kurz inne, machte die Augen zu und sprach dann lächelnd weiter, «einfach großartig.»

In den letzten Wochen hatte er es zur Meisterschaft gebracht, seine immer häufigeren Kopfschmerz-Attacken mit Augenschließen und anschließendem Lächeln zu kaschieren. Mal hielt er die Augen länger geschlossen, mal, wie eben, kürzer. Waltraut hatte sich abgewöhnt, Friedrich zu raten, einen Arzt aufzusuchen. Er hörte doch nicht auf sie. Seiner Meinung nach kamen die Kopfschmerzen daher, dass er schon seit Monaten auf einer unfassbar lauten Großbaustelle arbeitete und anschließend noch mit Hinrich und Klaus an dem Bau des neuen Zuhauses rackerte. Vielleicht war auch irgendetwas in der Farbe für die Außenfassade, die Hinrich von der Werft hatte mitgehen lassen. Und seine Appetitlosigkeit der letzten Wochen führte Friedrich auf die Kanalarbeiten in der

Nähe der Großbaustelle zurück, der Gestank war unerträglich. Waltrauts Mama meinte, der liebe Junge bräuchte nur mal Urlaub. Ihre eigenen Beschwerden waren doch vor einigen Jahren auch vergangen, nachdem sie aufgehört hatte zu arbeiten. Und Waltrauts Vater Hinrich lachte nur: «Du musst besser kochen, Traudel, dann wird er auch wieder zunehmen.»

«Welchen Namen willst du denn?», fragte Friedrich.

«Mama würde sich Karla wünschen», antwortete Waltraut.

«Wir sollen unser Kind nach deiner als Säugling verstorbenen Schwester nennen? Bringt das nicht Unglück?»

Das befürchtete Waltraut auch. Aber Mama wünschte es sich so sehr. Wären nicht alle Fotos von der kleinen Karla im Krieg verbrannt worden, hätte sie sich ihre «große» Schwester wenigstens mal betrachten können, um ein besseres Gefühl dafür zu bekommen, ob sie eine eigene Tochter nach ihr benennen mochte.

«Ich sag dir was», schlug Friedrich vor, laut, weil die Einfahrt des Zuges angesagt wurde, «ich darf mir den Namen aussuchen, wenn es ein Mädchen wird. Dann nennen wir sie Gabriele.»

«Wie kommst du nur auf den Namen?», rief Waltraut.

«Keine Ahnung. Fand ich schon als Kind schön», rief Friedrich noch lauter. Da die Zugdurchsage schon währenddessen zu Ende ging, sahen sich einige Leute auf dem Gleis kurz nach den beiden um.

«Puh», stieß Waltraut aus.

«Und wenn es ein Sohn wird, darfst du dir den Namen aussuchen.»

Der Zug fuhr neben ihnen ein. Gleich würde Friedrich einsteigen, um zu seiner Mutter und Schorse zu fahren. Waltraut reiste nicht mit. Sie hatte schon seit dem sechsten Monat immer wieder mal Unterleibsschmerzen – das lange Stehen am Verkaufstresen tat ihr nicht gut –, und der neue Frauenarzt hatte ihr geraten, sich mehr zu schonen. Zum Abschied wollte Waltraut sich nicht mit ihrem Mann – es erfüllte sie stets mit Stolz, von Friedrich als ‹mein Mann› zu sprechen – über Namen kabbeln, aber sie wollte seinem Vorschlag auch nicht zustimmen.

«Du musst», sagte Friedrich, «mir nur eins versprechen.»
«Und was?»
«Wenn's wirklich ein Junge wird, darfst du ihn nicht Schorse nennen.»

Waltraut musste lachen. Hinter ihnen öffneten sich die Zugtüren, die Passagiere strömten auf den Bahnsteig. Friedrich umarmte sie und gab ihr einen Kuss auf den Mund. Dann sagte er: «Ich bin Dienstag wieder da», und Waltraut freute sich schon jetzt darauf. Er stieg ein. Waltraut sah ihm nach, aber er war sogleich zwischen all den Leuten, die in die Abteile strömten, verschwunden. Kurz darauf fuhr der Zug ab. Waltraut dachte, dass es schön war, Wagen zu sehen, die ihrem ursprünglichen Zweck folgten, anstatt seit 13 Jahren auf Gleisen zu stehen, und machte sich auf den Weg die Treppen herunter, durch den Bahnhof, hinaus in Richtung Haltestelle der Straßenbahn Linie 2 nach Walle. Dabei bemerkte sie, wie einige Passanten ihren kugelrunden Bauch anschauten. Sie schob ihn stolz ein wenig weiter nach vorn. Jeder konnte und sollte sehen, dass sie schwanger war. Sie war so glücklich darüber, trotz der gelegentlichen Schmerzen. In ihrem Bauch wuchs das Kind von ihr und ihrem Mann, da war es doch egal, wie es heißen würde, egal ob Gabriele, Karla oder Schorse.

Als Joschis Schwester die Tür zu der schönen Wohnung mit den hohen Decken öffnete – kein Safier und kein Klapholz hatte bisher so herrschaftlich gewohnt –, sah sie kleiner und älter aus, als er sie in Erinnerung hatte.

«Steht dir, die Uniform», sagte Rosl, und für einen Moment musste Joschi an Selma denken, die ihn an dem Abend, als er Dora betrog, mit den gleichen Worten begrüßt hatte. Er verdrängte das Schuldgefühl mit aller Macht und umarmte seine Schwester, ohne etwas zu sagen. Sie fühlte sich zarter an als früher, zerbrechlicher. Auch ihre Umarmung war nicht so fest wie einst.

«Komm herein», sagte Rosl und löste sich von ihm. Die nächsten zwanzig Minuten führte sie ihn durch die Wohnung, als wäre sie eine Maklerin, und zeigte ihm, wie schön sie die mit modernen Möbeln und alten Bildern eingerichtet hatte. Sogar Silberbesteck besaß sie, das sie neben die Porzellanteller auf den Esstisch aus Eiche legte.

Joschi machte der Anblick traurig. Egal wie sehr sich Rosl anstrengen mochte, in der Wohnung würde es nie auch nur ansatzweise so geschmackvoll aussehen wie in der von Hedys Eltern. Charlie verdiente zwar sehr gutes Geld, aber nicht so viel, wie für eine hochherrschaftliche Einrichtung nötig war. Außerdem würden Leute aus Verhältnissen wie Rosl und Joschi – gemessen an Hedys und Charlies Familien waren die Safiers arme Schlucker gewesen, gemessen an den Juden, die in Bretterbuden am Prater hatten hausen müssen, hingegen Könige mit einem Klo auf dem Gang – nie einen so feinen Geschmack entwickeln wie Menschen, die schon seit Generationen wohlhabend waren.

Noch mehr betrübte ihn, dass Rosl, die Schauspielerin, die Hagana-Offizierin, die Strahlende, sich nur noch Gedanken über Einrichtung machte.

Sie trug Essen auf, Schnitzel mit Salzkartoffeln. Leider konnte Rosl in etwa so gut kochen wie Joschi mit fünfzehn Keulen jonglieren. Das Fleisch war an vielen Stellen verbrannt, die Kartoffeln hingegen noch nicht durch. Wenn er seiner Schwester jetzt sagte, dass sie in Hinblick auf ihre Kochkünste Ähnlichkeit mit ihrer Mutter aufwies, würde sie gewiss beleidigt sein. Das Risiko wollte Joschi nicht eingehen. Er hatte sich fest vorgenommen, die vier Stunden, die er mit ihr in Düsseldorf hatte, bevor er den Nachtzug zurück nach Hamburg nehmen musste, ohne Streit zu verbringen.

«Charlie schafft es nicht heute Abend», sagte Rosl. «Er muss noch länger in Amsterdam bleiben. Er hat da ein Gespräch mit einem wichtigen Kunden.»

Und bestimmt auch besseres Essen, hätte Joschi beinahe ergänzt. Er war froh, dass er mit seiner Schwester allein war. Es wäre ihm zuwider, über das Grab der Eltern, das Rosl in Wien neu angelegt hatte, in Anwesenheit anderer zu sprechen. Die Geschwister waren die Einzigen, die Mama Scheindel und Papa Israel noch gekannt hatten. Die Erinnerungen an sie gehörten nur ihnen, und Joschi wollte sie mit niemandem teilen. Auch nicht mit Charlie, dessen Erinnerungen an seine Eltern wiederum er nicht teilen wollte. Jeder hatte seine eigenen Toten, und so sollte es bleiben.

«Wie war es in Wien?», fragte Joschi.

«Iss erst mal auf», antwortete Rosl und legte ihm zu allem Überfluss noch ihre halbe Portion auf den Teller. Weil er nicht streiten wollte, kämpfte er sich durch, spülte besonders verbrannte Stücke mit ordentlich Rotwein herunter und hörte sich von Rosl Geschichten aus der Jüdischen Gemeinde von Düsseldorf an: Der Herzchirurg aus dem Vorstand hat ihr besonders hübsche Komplimente gemacht, während der Zahnarzt, dessen Ehefrau oft neben ihr im Gottesdienst saß, sie links liegen ließ. Beide Männer waren übrigens in Treblinka gewesen.

So wie der kleine Bruder von Jakov. Hedy und ihre Familie.

Dass Rosl die Gemeinde besuchte, da war sich Joschi sicher, lag nicht daran, dass sie plötzlich religiös geworden war. Wo sonst sollte sie Gesellschaft finden? Etwa unter Deutschen?

Nachdem Joschi tapfer alles aufgegessen und bei der Frage nach Nachschlag beinahe aufgestöhnt hatte, aber gerade noch ein «Es war köstlich, aber ich bin pappsatt» hinbekam, setzten die beiden sich nebeneinander auf das unbequeme, dafür aber gewiss teure Wohnzimmersofa und tranken Sherry. Ein Gesöff, das Rosl in Düsseldorf lieben gelernt hatte.

«Ich habe Mamas Namen auf den Stein von Papa einmeißeln lassen», erklärte sie.

Mama Scheindels Leichnam war im Gegensatz zur Asche von Papa Israel nie nach Wien überführt worden. Wo immer die Gebeine auch waren, sie verrotteten anonym.

«Und ich habe für den Grabstein eine sehr schöne Stelle auf dem Zentralfriedhof gefunden.»

Joschi fragte sich, ob er das Grab je besuchen würde, ob er die Kraft besäße, nach Wien zu fahren, wo ihm doch Düsseldorf schon so auf den Magen schlug.

«Wie», fragte er, «ist es in Wien?»

«Ich habe darüber ein Gedicht geschrieben.»

«Du hast was?», staunte Joschi.

«Ein Gedicht geschrieben.»

Rosl stand auf, holte von einem Sekretär einen Bogen

Papier, auf dem in schwarzer Tinte viele schön geschriebene Zeilen standen, und gab ihn Joschi. Er fand es schön, dass seine Schwester sich neben Kochen, Haushalt und Einrichten noch mit anderen Dingen beschäftigte. Die alte Rosl, die auf der Bühne die Menschen zum Lachen gebracht und verzaubert hatte, lebte also noch in ihr weiter. Er las das Gedicht mit dem Namen *Seitwärts von der Taborstraße* – da lag die Rotensterngasse, in der er einst so gerne gelebt hatte. Mit Rosl. Papa Israel. Mama Scheindel.

> *Ich kehrte nach Jahren nach Wien mal zurück*
> *Und fand auch das Gässchen, doch ich hatte*
> *kein Glück*
> *Im Hause da wohnte kein einziger Kohn*
> *Kein Rappaport, Ginsberg, kein Abrahamson*
> *Die Schilder der Läden, die waren mir fremd ...*
> *Ich hatt' so viel Fragen, doch ich war gehemmt*
> *Man lebt ferner – so-fern man lebt! – ferner,*
> *ferner ...*
> *ferner ...*

Joschi legte das Blatt zur Seite. Ihm war nun klar: Er würde nie wieder nach Wien zurückkehren. Nicht einmal, um das Grab der Eltern, das in Wahrheit nur die Überreste seines Vaters enthielt, zu besuchen. Der Ort, den er so geliebt hatte, war für immer vergangen.

Endlich war es Dienstag. Vier Tage und zweieinhalb Stunden hatte Waltraut ihren Mann schon nicht gesehen. So lange waren die beiden nicht getrennt voneinander gewesen, seitdem er nach Bremen gezogen war. So lange würde Waltraut es nie wieder sein wollen.

Gleich nach der Arbeit machte sie sich mit der Straßenbahn auf nach Walle und dort durch den Schneematsch zur Baustelle in der Rüstringer Straße. Dorthin wollte Friedrich nach seiner Ankunft am Bremer Hauptbahnhof fahren, um Hinrich und Klaus bei den Arbeiten in der neuen Wohnung zu helfen. Waltraut hingegen nahm nicht den schnellsten Weg. Der hätte durch die Straße geführt, in der früher das Haus der Familie Behrens gestanden hatte. An der Stelle vorbeizugehen, wo früher das Haus gestanden hatte, erschien ihr wie ein schlechtes Omen für das neue Heim.

Als Waltraut in der Rüstringer Straße ankam, standen Hinrich und Klaus vor der Tür des eingerüsteten neuen Gebäudes. Trotz der Temperaturen um die null Grad und des kalten Windes trugen sie nur ihre Maleranzüge und tranken Pausenbierchen.

«Was willst du denn hier?», fragte Hinrich.

«Hast du was zu essen dabei?», fragte Klaus.

«Ich wollte Friedrich begrüßen.»

«Der ist nicht hier», antwortete Hinrich.

Waltraut staunte, hatte sie etwas falsch verstanden? Das Ankunftsdatum bestimmt nicht, sie hatte ja die Stunden und manchmal sogar die Minuten bis dahin gezählt. Es gab nur eine Erklärung: «Dann ist er bestimmt erst nach Hause.»

«Willst du die Wohnung sehen?», fragte Hinrich.

Waltraut hätte es gerne getan, aber lieber noch wollte sie in den Armen ihres Mannes liegen. Also antwortete sie: «Nein, ich geh direkt nach Hause.»

«Friedrich soll», sagte Klaus, «herkommen und Papa helfen. In 'ner halben Stunde muss ich zu Dagmars Eltern.» Waltraut konnte ihrem Bruder ansehen, dass er dazu keine Lust hatte.

Doch er hatte von seinen Schwiegereltern Geld für einen fabrikneuen VW-Käfer zugeschossen bekommen, da musste er jetzt besonders nett zu ihnen sein.

«Und sag Mama», fügte Hinrich hinzu, «sie soll Friedrich ein paar Stullen mitgeben. Ein Mensch kann sich nicht von Bier allein ernähren. Auch wenn er das will.»

«In Ordnung», antwortete Waltraut und fragte sich auf dem Nachhauseweg in der Kälte, was Friedrich wohl veranlasst hatte, zuerst zum Wagen zu gehen. Seinen Malerkittel hätte er nicht holen müssen, den ließ er ja immer auf der Baustelle liegen. Vielleicht hatte er sie einfach zuerst begrüßen wollen, weil er sie auch so sehr vermisst hatte. Hach, was für ein schöner Gedanke.

Waltraut spürte, wie ihr Baby von innen gegen den Bauch trat. Das war ein ganz schön lebhafter Kerl, der da in ihr wuchs. Obwohl sie nicht wusste, ob das Kind ein Junge oder ein Mädchen werden würde, hoffte sie, das Geschlecht des Kleinen beeinflussen zu können, wenn sie von ihm ausschließlich als ‹Er› dachte. Männer hatten es im Leben nun mal einfacher als Frauen. Sie konnten Abteilungsleiter werden, durften sich benehmen, wie sie wollten, und wurden nicht an den Busen gegrapscht.

Das Baby kickte noch mal, und Waltraut fragte sich, ob sie den Jungen nicht Fritz nennen sollte, nach Fritz Walter, einen der wenigen Fußballspieler, dessen Name sie kannte. Aber eigentlich wollte sie einen Namen, der mehr nach feiner Gesellschaft klang: Arnim, Burkhard, Konstantin. Alles schöne Namen. Einer aber gefiel ihr am allermeisten: Friedrich Junior. Junior – das klang doch danach, dass aus dem Burschen ein Rechtsanwalt werden könnte. Ja, Friedrich Junior schälte sich immer mehr als der Name heraus, den der Kleine bekommen sollte. Und sein Papa würde sich nicht dagegen wehren können, war er es doch, der vorgeschlagen hatte, sie könne allein entscheiden, wenn es ein Junge wird.

Beschwingt von diesem Gedanken, betrat Waltraut den Wagen und rief: «Friedrich, ich muss dir was sagen!»

«Friedrich ist nicht hier», sagte Henriette, die durch den Gang Holz zum Ofen trug. Bald würde das Geschleppe ein Ende haben, in dem neuen Haus gab es eine Ölheizung. Das Leben dort würde besonders für Mama besser werden, selbst wenn sie auf ihre geliebten Hühner verzichten musste. Schlachten und essen, wie von Hinrich vorgeschlagen, wollte sie die jedoch nicht. Lieber an eine Freundin mit einem Garten geben, da könnte sie sie besuchen.

«Wo ist Friedrich denn?», fragte Waltraut.

«Keine Ahnung. Willst du nachher Eier mit Speck?»

Waltraut war zu verwirrt, um zu antworten. Wenn Friedrich nicht auf der Baustelle war und nicht hier, wo dann? Noch im Zug? Dann hätte er einen Unfall haben müssen. Das mochte sie sich nicht vorstellen. War Friedrich vielleicht in Essen geblieben, weil er seiner Mutter noch bei irgendetwas helfen musste? War sie gar krank? Oder Schorse?

Der kleine Friedrich Junior trat heftig gegen die Bauchwand.

«Au», fuhr es Waltraut leise aus.

«Was hast du?», hielt die Mama inne.

«Schon gut. Ich geh noch mal weg.»

«Wo willst du denn hin?»

«Telefonieren.»

In dem immer heftigeren Wind ging Waltraut frierend zur Telefonzelle an der Hauptstraße. Als sie die betrat, begann es schlagartig zu regnen. Die Tropfen prasselten auf das Dach der Zelle und liefen die Glasscheiben herunter. Die Autos rauschten draußen vorbei und hatten bereits ihre Scheinwerfer an. Waltraut warf Markstücke in den Schlitz – so ein Ferngespräch war teuer –, wählte die Nummer und wartete auf das Freizeichen. Es kam eins. Ein zweites. Ein drittes und ein viertes. Mitten im fünften nahm jemand ab. Schorse meldete sich: «Bracht.» Für Waltraut war es immer noch ungewohnt, den Namen zu hören, Friedrichs Mutter Brigitte hatte vor der Heirat mit dem Finanzbeamten Kampe geheißen, so wie Waltraut jetzt.

«Hier ist Waltraut.»

Auf der anderen Seite konnte man hören, wie Schorse die Luft einzog.

Das Kind im Bauch trat heftig.

Waltraut verkniff sich ein ‹Au› und fragte: «Ist Friedrich bei euch? Er ist nicht in Bremen angekommen.»

«Der Friedrich», sagte Schorse in einem betrübten Ton, der Waltraut die Kehle zuschnürte, «ist im Krankenhaus.»

Das Kind trat noch heftiger.

«Was ist mit ihm?» Waltraut versuchte gefasst zu klingen, doch es gelang ihr nicht.

«Er hatte Sprachaussetzer.»

«Aussetzer?»

«Hat genuschelt, als ob er gelähmt wäre.»

Friedrich war doch viel zu jung für einen Schlaganfall.

«Ich habe ihn gleich ins Städtische Krankenhaus gefahren. Ich kenne da einen Chefarzt. Bei dessen Steuersachen hab ich mal ein Auge zugedrückt. Hab mir dabei gedacht, so einen kann man mal für einen Gefallen brauchen. Der untersucht Friedrich jetzt.»

«Ich komme morgen mit dem ersten Zug», sagte Waltraut.

«Kindchen, du kannst doch nichts machen. Da musst du doch nicht hochschwanger durch die Gegend reisen.»

«Friedrich ist mein Ehemann!»

«Waltraut ...»

«Ich komme morgen!»

«Gut, gut ... Ruf mich vom Bahnhof in Bremen an, wenn du die Fahrkarte hast und weißt, wann du in Essen ankommst. Dann hole ich dich hier ab.»

«Danke ...», sagte Waltraut, und bevor sie ‹dir› hinzufügen konnte, war die letzte Mark durchgelaufen und das Telefonat beendet. Jetzt waren nur noch das Prasseln des Regens, der heulende Wind und die Autos, die durch Pfützen sausten, zu hören.

Friedrich Junior trat wie wild. Um ihn zu beruhigen, legte Waltraut die Hand auf ihren Bauch und sagte: «Papa wird ganz bestimmt gesund.» In Wahrheit sagte sie es mehr zu sich selbst.

Waltraut kam nicht in den Schlaf, obwohl Friedrich Junior ruhig im Bauch lag. Am liebsten wäre sie schon auf dem Weg nach Essen gewesen. Sie hatte Klaus sogar gebeten, sie mit seinem Käfer zu fahren, aber er musste zur Sonderfrühschicht in den Hafen, Kaffeesäcke für Jacobs mussten ausgeladen werden. Waltraut selbst würde morgen bei der Arbeit blaumachen. Ihre Mama sollte nach Karstadt fahren und ihr Fehlen erklären. Frau Siegen würde das verstehen. Die mochte Friedrich, und falls 32 ein Problem haben sollte, würde sie ihn schon zurechtstutzen.

Gegen drei Uhr musste Waltraut aufs Klo. Hoffentlich wachte Friedrich Junior davon nicht auf. Er tat es nicht. Sie warf sich den Mantel über das Nachthemd, schlich sich bibbernd durch den Waggon, hörte das laute Schnarchen ihres Vaters und das leisere ihrer Mutter, öffnete die Tür zur Toilette, und just, als sie sich hinsetzen wollte, bemerkte sie das Blut zwischen ihren Beinen.

Im Krankenhaus konnten sie Waltraut beruhigen: Das Kind war nicht verloren. Aber sie musste nun bis zur Geburt absolute Bettruhe halten. Nur so könnte eine Frühgeburt oder gar ein Abgang vermieden werden.

Jetzt machte Waltraut sich wieder Sorgen um Friedrich. Und verzweifelte schier daran, dass sie nicht zu ihm fahren konnte. Sie war doch seine Frau. Sie musste an seiner Seite sein. Jetzt, wo der Arme nicht in der Lage war, ihr beizustehen.

Nachdem sie am späten Nachmittag aus dem Krankenhaus entlassen und von Klaus in seinem dunkelgrünen VW-Käfer heimgefahren wurde, war Waltraut überrascht, dass ihre Mama ihr ein schönes Lager bereitet hatte: frische Bettwäsche, heißen Kamillentee auf einem kleinen Tischchen daneben, sogar ein Büchlein hatte sie ihr hingelegt: ‹Das doppelte Lottchen› von Erich Kästner. Dazu sagte sie: «Bei der Geschichte regst du dich nicht so auf wie bei den Krimis, die du sonst so liest.»

Waltraut musste trotz allem lachen und legte sich in ihr Bett, obwohl sie am liebsten sofort zur Telefonzelle in der Hauptstraße gerannt wäre. Sie bat die Mama, sich nach Friedrichs Zustand zu erkundigen. Und das tat Henriette auch. Sie telefonierte mit Schorse und brachte Waltraut die neuesten Nachrichten mit, als sie sich zu ihr auf die Bettkante setzte: «Man hat bei Friedrich einen gutartigen Tumor im Hirn festgestellt. Der verursacht die Kopfschmerzen, und weil er so groß ist, hat er gestern so sehr gedrückt, dass Friedrich nicht mehr richtig sprechen konnte.»

«Und was machen sie jetzt mit ihm?», fragte Waltraut voller Sorge.

«Sie werden ihn operieren.»

«Ist das gefährlich?»

«Nein, hat Schorse gesagt», antwortete Henriette und nahm Waltrauts Hand ganz fest in ihre. «Alles wird gut.»

Waltraut sah ihre Mutter ob der Geste erstaunt an. Anfangs hatte sie noch gedacht, die Mama freue sich einfach, dass sie ihre Tochter wieder betüddeln konnte wie einst – wie sonst wäre sie auf die Idee gekommen, ihr ein Kinderbuch hinzulegen –, doch sie wirkte anders als sonst. Stärker. Waltraut hatte sie in den letzten Jahren nur als Hausfrau wahrgenommen, die sich um Kochen, Putzen, Waschen und Hühner kümmerte und von der sie viel zu viel in die Hausarbeit eingespannt wurde – wie Waltraut es hasste, dass sie keine Waschmaschine besaßen. Doch jetzt wirkte Mama wie ausgewechselt. Wie eine Mutter, die ihr Kind, obwohl es schon zwanzig Jahre alt war, behütet und ihm mit ihrem Händedruck Kraft verleihen will.

«Mach dir keine Sorgen», sagte Henriette, «das ist nicht gut für dein Kind.»

«Ich werde es versuchen.» Waltraut glaubte selbst nicht, dass ihr das gelingen könnte.

«Du kannst nichts für Friedrich tun, aber alles für Junior.»

«Junior?», staunte Waltraut, dass ihre Mutter den Namen kannte, dem sie den Jungen geben wollte.

«Ich habe gehört, wie du gestern Nacht zu ihm gesprochen hast», lächelte Henriette und gab Waltraut einen Kuss auf die Stirn. Sie stand von der Bettkante auf und erteilte den mütterlichen Befehl: «Ich verbiete dir, dass du dir Sorgen machst.»

Waltraut nickte. Sie wusste auch, dass es besser für Friedrich Junior war, wenn sie sich so gut wie möglich ablenkte, und nahm, als ihre Mutter gegangen war, tatsächlich ‹Das doppelte Lottchen› zur Hand. Noch bevor sie an die Stelle kam, in der die Zwillinge sich in dem Buch begegneten, schlief Waltraut ein.

Henriette umhegte und pflegte Waltraut die folgenden Wochen und übermittelte ihr auch stets die neuesten Nachrichten über Friedrich:

«Die Operation war ein Erfolg.»

«Friedrich muss noch eine Weile im Krankenhaus bleiben und sich ausruhen.»

«Ich soll dir ausrichten, wie sehr er dich liebt.»

«Nein, Friedrich kann noch nicht nach Hause kommen, haben die Ärzte gesagt.»

«Leider kann er immer noch nicht raus. Die Wunde am Kopf verheilt einfach nicht. War auch ein Riesenschnitt, den sie da gemacht haben.»

«Ich konnte mit ihm sprechen. Er vermisst dich sehr.»

«Ich weiß, dass es jetzt schon drei Wochen sind. Er leidet darunter mehr als du.»

«Dein Mann isst jetzt wieder wie ein Scheunendrescher.»

«Wenn alles gut geht, ist er genau zur Geburt wieder da.»

Auch Waltrauts Vater kam immer wieder mit neuen Nachrichten:

«Klaus und ich streichen nun die Wände in der Wohnung.»

«Heute haben wir die Küche eingebaut.»

«Ich habe eine Wiege für Friedrich Junior gezimmert.»

Bei der letzten Nachricht hatte Hinrich feuchte Augen.

Das Kind kam zu früh, aber nur zwanzig Tage. So schwer die letzten Wochen der Schwangerschaft für Waltraut gewesen waren, so fürchterlich die Geburtswehen und die aufmunternd gemeinten Sprüche des Krankenhausarztes, dass sie doch ein junges, gesundes Mädel sei, da sind doch Wehen ein Klacks, so groß war Waltrauts Glück, als das Mädchen auf ihrem Bauch lag.

«Hallo Gabi», sagte Waltraut zu der Kleinen, während der

Arzt unten noch eine Wunde vernähte. Es war für sie nun selbstverständlich, dass das neue Menschenkind nicht Karla, sondern, wie mit Friedrich besprochen, Gabriele heißen sollte. Aber sie würde es immer nur Gabi nennen.

Nachdem das Baby auf die Säuglingsstation gebracht wurde, fuhr eine Schwester Waltraut im Bett in ein Krankenhauszimmer, in dem außer ihr noch vier weitere Frauen lagen. Waltraut sah aus dem Fenster in den dunklen Abendhimmel in Richtung des leuchtenden Fernsehturms, während die Zimmergenossinnen, allesamt älter als sie, sich über ihre Beschwerden austauschten: Der einen zog die Brust, die nächste leckte unten, die dritte wollte nie wieder zu ihrem Alten nach Hause. Waltraut aber dachte an Friedrich. Wie sehr er sich über die kleine Tochter und ihren Namen freuen würde. Vielleicht könnte sie ihn vom Krankenhaus aus endlich selbst anrufen und wieder seine Stimme hören. Mama hatte ja erzählt, dass er mittlerweile den ganzen Tag in der Wohnung von Brigitte und Schorse auf dem Sofa lag und es genoss, Fernsehen zu schauen. Besonders ‹Die große Galerie der Detektive›.

Die Tür ging auf. Waltraut sah sofort hin. Sie hoffte so sehr, dass es Friedrich war. Aber es war Mama, die ins Zimmer trat. Sie ging zu Waltrauts Bett, setzte sich auf einen Hocker neben sie und sagte ernst: «Waltraut, ich muss dir etwas beichten.»

Waltraut befürchtete, dass sie sich jetzt wieder eine ihrer Geschichten über die adeligen Vorfahren anhören musste, und fragte vorsichtig: «Was denn?»

«Ich habe dich angelogen.»

«Womit?»

«Es war ein bösartiger Tumor.»

Waltraut verstand zuerst nicht, was ihre Mutter da sagte.

«Und es war eine Notoperation.»

«Bei Friedrich?», Waltraut spürte, wie ihr die Angst die Kehle zuschnürte.

«Er ist zwei Tage später gestorben.»

Für Waltraut fühlte es sich an, als ob ihr eigenes Leben endete.

«An einem Blutgerinnsel.»

Henriette ergriff Waltrauts Hand und hielt sie sehr fest: «Hätte ich es dir gesagt, hättest du dein Kind verloren.»

In Houston war die Sommerhitze unerträglich. So sehr, dass Joschi sich nach seinem ersten Besuch bei einer Prostituierten nichts sehnlicher wünschte als eine Klimaanlage. Und wo gab es die besten, die öffentlich zugänglich waren? In Kinos. Er nahm ein Taxi in die Innenstadt, kurbelte bei der Fahrt das Fenster runter, um wenigstens ein wenig kühle Brise abzubekommen. Es half nichts.

Der Taxifahrer setzte ihn an einem Kino ab. Joschi kaufte sich eine Karte für die nächste Vorstellung, der Film war ihm egal. Er erwarb noch zwei Flaschen Bier, ging in den leeren Saal, setzte sich in einen Sessel und freute sich über die Kühle. Hier konnte man es aushalten. Erst als der Vorspann lief, erkannte Joschi, in welchem Film er saß: ‹Vikings›. Er musste schmunzeln, Kirk Douglas, dessen Film ‹The Juggler› er nie angeschaut hatte, spielte darin die Hauptrolle. Er hätte es nicht ertragen, noch mal zu sehen, wie ein junger Mensch auf eine Mine trat, selbst wenn die Explosion aus der Trickkiste stammte.

Joschi musste bei Douglas' Anblick daran denken, wie er damals von dem Filmdreh in der Wüste zum Meer abgehauen war und dort beschlossen hatte, ein neues Leben zu beginnen, fernab des Militärs.

Es hätte ein besseres werden sollen.

Es war nur ein anderes geworden.

Nun war er Mitte 40. Und während der fast gleichaltrige Douglas von Film zu Film eilte, dabei vom Jongleur zum Wikinger wurde und gewiss noch viele weitere großartige Rollen spielen und sich dabei immer und immer wieder verändern durfte, hatte Joschi das Gefühl, er würde immer derselbe bleiben. Nie mehr sein Glück finden. Egal was er auch unternahm: aus der Armee austreten. Heiraten. Die Welt sehen.

Er hatte inzwischen die Welt gesehen. Selbst auf den Falklandinseln war er gewesen. Aber sie waren ihm keine Heimat geworden. Genauso wenig wie seine Ehe.

Wenn er nicht etwas in seinem Leben änderte, würde er bis zu seinem Tod so heimatlos sein wie jetzt.

Nur was sollte er ändern?

Er konnte nun mal schlecht Jongleur, Wikinger oder Filmstar werden.

Er war doch nur Joschi.

Waltraut weinte schon seit über zwei Stunden. Die Zimmergenossinnen stöhnten, weil sie nicht in den Schlaf kamen. Jene Mutter, die nicht zu ihrem Alten nach Hause wollte, beschwerte sich sogar, Waltraut solle endlich die Schnauze halten. Doch sie konnte nicht aufhören. Noch nicht mal, als die Krankenschwester kam, um sie zum Stillen zu holen. Gabi hatte Hunger.

Die Schwester stützte Waltraut beim Gehen durch die

Gänge hin zur Säuglingsstation. Dabei gab es Augenblicke, in denen Waltraut wie ein nasser Sack zu Boden gefallen wäre, hätte die Schwester sie nicht gehalten. Wie erlösend wäre es gewesen, einfach auf dem Boden liegen zu bleiben und zu sterben.

Waltraut wurde in einen Raum geführt, in dem zwei erschöpfte Mütter ihre Säuglinge stillten, und von der Schwester in einen Stuhl gesetzt. Die sagte noch irgendetwas zu ihr, was genau, nahm Waltraut nicht wahr, und ging hinaus. Die Tränensäcke waren nun endgültig leer, Waltraut schluchzte nur noch vor sich hin. Die Schwester kam wieder und legte ihr Gabi in die Arme. Waltraut hörte auf zu schluchzen. Es war wie ein Schock, dass es da noch etwas anderes auf der Welt gab als ihren Schmerz.

Benommen ließ sie geschehen, dass die Schwester ihr half, die Brust freizulegen. Genauso ließ sie zu, dass die Schwester die Kleine an die Brust andockte. Als Gabi anfing zu saugen, beobachtete Waltraut sie dabei. Nach einer Weile begriff sie, dass sie ihrem Töchterchen Leben spendete. Und als die Brust fast leer gesaugt war, sagte sie zu Gabi: «Ich muss weiterleben. Für dich.»

1961–1963

Joschi hätte von Bremen aus nach Düsseldorf fahren können, aber er wollte nicht. Er wollte Rosl gerade nicht sehen. Bestimmt hätte sie ihn gefragt, wie es Dora ging, und wenn er ehrlich gewesen wäre – doch wer war schon ehrlich zu anderen, wenn es um seine Ehe ging? –, hätte er gestehen müssen, dass er die Albträume seiner Frau nicht länger ertrug. Dafür schämte er sich. Als Ehemann war es doch seine Pflicht, ihren Schmerz wenn schon nicht wie früher zu lindern, so doch wenigstens auszuhalten. Hätte er Rosl von seiner Scham erzählt, hätte die nur den Kopf geschüttelt und ihm erklärt, er sei zu weich für diese Welt. Und da er das nicht hören wollte, hätte er seine Schwester angelogen, und ihm wäre dabei noch bewusster gewesen als ohnehin schon, dass er niemanden auf der Welt hatte, zu dem er ganz und gar ehrlich sein konnte.

Hauptsächlich aber hatte Joschi nicht nach Düsseldorf fahren wollen, weil er es hasste zu sehen, wie die Westdeutschen von Jahr zu Jahr reicher wurden. Millionen Verbrecher genossen ungestraft das Leben, während seine Eltern, Onkel, Tanten, Cousins, Cousinen, bis auf eine, für immer ausgelöscht waren.

Joschi zog es daher vor, nicht durch das Wirtschaftswunderland zu reisen. Rosl könnte er zu Chanukka sehen, wenn sie mit Charlie zu ihrem jährlichen Besuch nach Haifa kam und sich gewiss wieder beim gemeinsamen Abendessen mit Nachbarin Selma stritt, weil die frühere Ghettokämpferin es nicht fassen konnte, wie man als Jüdin in Deutschland leben konnte. Letztes Jahr war Rosl so wütend auf Joschi gewesen, weil er sie nicht verteidigt hatte, dass sie anschließend scharf zischte, Selmas Bengel würde seine Augenpartie besitzen. Gut, dass Dora gerade in der Küche gewesen war, um die Kartoffelpuffer zuzubereiten.

An Bord des Schiffes wollte Joschi jedoch auch nicht bleiben. Zu lange dauerte die Reparatur der Schiffsturbine schon, zu schön war das Mai-Wetter. So legte er, wie bei jedem Landgang, seinen Ehering in die Schublade – man wusste nie, ob man nicht überfallen wurde – und ging in Uniformhose und hellem Kurzarmhemd von Bord, um im Hafen spazieren zu gehen. Hier war er, seiner Meinung nach, noch nicht in Deutschland, sahen doch alle Hafenanlagen der Welt ähnlich aus. Er sah einen jungen Hafenarbeiter in einer Pause ein Bier trinken. *Beck's*. Das wurde ja in Bremen gebraut und sollte angeblich sehr gut schmecken, nicht so wie das dünne amerikanische Bier oder das öde holländische oder das furchtbare Gesöff, das sie ihm in Albanien hingestellt hatten. Joschi sehnte sich danach, endlich mal wieder ein gutes Helles zu genießen. Er ging aus dem Hafen heraus, befand sich aber dennoch nicht im wohlhabenden Deutschland. Hafengegenden auf der Welt ähnelten sich eben auch: Sie waren heruntergekommen, und es gab billigen Alkohol, billiges Essen und billige Frauen. Zu solchen ging Joschi nicht mehr. Die wenigen Besuche, die er getätigt hatte, waren trostlos gewesen.

Die Sonne stand hoch, als Joschi die Hauptstraße betrat. In Bremen war es an diesem Tag fast so heiß wie in Haifa. Er erblickte eine Kneipe mit dem Namen ‹Zur rrrascheligen Elke›, mochte aber nicht in der Anwesenheit einer rrrascheligen Elke sein Bier trinken. Nach etwa hundert Metern entdeckte Joschi eine italienische Eisdiele. Er erinnerte sich an das Eis, das er in Neapel gegessen hatte. Es war eine der größten süßen Gaumenfreuden seines Lebens gewesen, übertroffen nur von den Palatschinken, die er in Wien an den gemeinsamen Geburtstagen mit seinem Vater im Café Central gegessen hatte. Wenn das Eis in dieser italienischen Diele nur halb so gut war wie jenes in Neapel, konnte das Beck's-Bier warten. Joschi ging schnurstracks auf die Eisdiele zu und öffnete die Tür. Kühle Luft und der Geruch von italienischem Kaffee schlugen ihm entgegen. Und Gesang. Nicht etwa aus dem Radio. Sondern von zwei jungen Frauen, die einer dritten ein Ständchen sangen: «Zum Geburtstag viel Glück, zum Geburtstag viel Glück, zum Geburtstag, liebe Waltraut, zum Geburtstag viel Glück.»

Glück. Daran dachte Waltraut nicht einmal. Sie staunte, dass sie überhaupt bis zu diesem 25. Geburtstag durchgehalten hatte, ohne sich die Adern aufzuschneiden. Immerhin dachte sie nicht mehr so oft an Friedrich und schlief sogar schon wieder ganze Nächte durch. Vielleicht würde sein Tod irgendwann nicht mehr so schmerzen, dass sie es aushalten könnte, mit Gabi das Grab in Essen zu besuchen. Auch wenn die beiden dabei nicht Friedrichs Mutter Brigitte besuchen könnten. Schorse hatte Waltraut gesagt, dass sie nicht über den Tod des Sohnes hinwegkam, deshalb schwere Medikamente nahm und eine Begegnung mit der Enkeltochter alles nur schlimmer machen würde. Waltraut hatte das verletzt. Und wütend gemacht: Wenn sie so stark war weiterzumachen, hätte es Brigitte auch sein müssen!

Die kleine Gabi fragte nicht nach ihrem Vater. Es war doch

gut, dass sie kein Junge war, dann hätte sie als Vorbild nur Opa Hinrich gehabt, und wo das hinführte, konnte man ja bei Klaus sehen, der die Hafenkneipen genauso gerne aufsuchte wie sein alter Herr. Gut auch, dass die Kleine eine Oma hatte, die sich tagsüber in der gemeinsamen Wohnung um sie kümmerte, während Mama zur Arbeit ‹nach› Karstadt ging.

Waltraut wollte nur überleben, bis ihre Tochter als Erwachsene auf eigenen Füßen stehen konnte. Füße, mit denen die Kleine im Übrigen so viel schneller laufen konnte als jeder Junge auf dem Spielplatz. Opa Hinrich wollte ihr schon den Spitznamen Armin Hary verpassen, nach dem deutschen Hundertmeter-Olympiasieger. Aber Waltraut hatte ihn mit einem «Wehe!» davon abhalten können.

«Glück, Glück, Glück!», rief Zopf-Inge und gab Waltraut einen dicken Schmatzer auf die Wange. Sie sah inzwischen noch weniger nach Zopf aus als früher, denn sie hatte eine freche Kurzhaar-Frisur, die sie in einem französischen Film gesehen hatte. ‹Außer Atem› hieß der, und Zopf-Inge konnte gar nicht mehr aufhören, von ihm zu schwärmen.

«Und noch viel mehr Glück», lachte die dicke Frau, die bei den beiden saß. Sie hieß Barbara, genannt Babsi, und war eine neue Freundin von Waltraut. Die beiden hatten sich auf dem Kinderspielplatz kennengelernt, weil Gabi und Babsis kleine Kerstin miteinander spielten. Die dicke Frau war gutmütig, wenn auch bieder.

«So viel Glück kann ja kein Mensch aushalten», versuchte Waltraut das freundlich zu beenden. Glück war keine Kategorie mehr für ihr Leben, fand sie.

«Du hast es aber verdient», sagte Zopf-Inge.

«Womit?»

«Du bist eine gute Mama.»

Waltraut konnte nur hoffen, dass ihre Freundin recht hatte.

«Und mit deiner Schönheit», sagte eine tiefe, angenehme Stimme. Ganz kurz dachte sie, es müsste ein Schlagersänger hinter ihr stehen. Einer wie dieser Udo Jürgens, dessen Lied ‹Jenny› sie sehr mochte, während Zopf-Inge ja nur Rock 'n' Roll hörte und ihr heimlich anvertraut hatte, dass sie mit einem der schwarzen US-Soldaten, die in Bremerhaven stationiert waren, ins Bett gegangen war. Waltraut verurteilte sie nicht dafür, im Gegensatz zur gesamten Welt, falls die es denn jemals erfahren sollte.

In jenem kurzen Augenblick, in dem sie von einem schönen Sänger fantasierte, ließ Waltraut das erste Mal seit Friedrichs Tod die Hoffnung zu, jemand könnte sie doch wieder ein kleines bisschen glücklich machen.

Neugierig drehte Waltraut sich um. Leider sah sie keinen Udo Jürgens, noch nicht einmal einen Freddy Quinn und schon gar keinen Friedrich. Sie sah einen älteren, braun gebrannten Mann in Uniform mit dunklen, an den Schläfen bereits ergrauten Haaren.

Glück. Es war töricht gewesen, darauf zu hoffen.

Joschi stand am Tisch der drei Frauen: Eine war dick, die zweite hatte kurze Haare wie ein Junge, aber die dritte, die, die Geburtstag hatte, war wunderschön. Eine Erscheinung, die ihn sofort in ihren Bann schlug. Und alle drei so jung, dass sie nichts mit den Verbrechen der Nazis zu tun haben konnten.

Er hatte lange nicht mehr mit einer jungen Frau geflirtet. Ewig lange. Aber jetzt wollte er es mit einem Male wieder, so verzaubert war er von dem Anblick des Geburtstagsfräuleins. Und er wusste noch genau, wie es funktionierte:

Man musste mit den Komplimenten genau im richtigen Maß übertreiben.

Doch wie sollte das bei dieser Frau gehen? Sie war so schön, dass man höchstens mit einem Vergleich mit Aphrodite übertreiben konnte. Was sollte er also sagen? Wie immer einfach das Erste, was ihm in den Sinn kam. Bisher hatte er sich stets auf seine Stimme und sein charmantes Lächeln verlassen können: «Darf ich Sie zu einem Geburtstagsessen einladen?»

Waltraut traute ihren Ohren nicht. Der Fremde wollte sie zum Essen einladen? In ein echtes Restaurant etwa? Der einzige Mann, der das bisher wollte – welcher Kerl will sich schon eine Witwe mit einem vierjährigen Kind ans Bein binden? –, war ein Sackschleppkollege von Klaus gewesen, der sie zu einem Jägerschnitzel in der Niedersachsenklause eingeladen hatte. Sie war nur aus Höflichkeit gegenüber ihrem Bruder mitgegangen. Kaum war das zugegeben leckere Schnitzel verspeist, hatte sie sich aus der langweiligen Verabredung mit dem Hinweis verabschiedet, sie müsste am nächsten Morgen noch vor der Arbeit die Tochter zum Kindergarten bringen.

Also, was sollte sie auf das Angebot eines übermütigen Wildfremden, der sich nicht mal vorgestellt hatte, antworten? Ganz einfach: «Wie wäre es, wenn Sie erst mal unsere Rechnung übernehmen?»

Joschi staunte selbst, dass ihm die Essenseinladung herausgerutscht war. Aber als er die Antwort der jungen Frau hörte, war er froh darüber. Sie hatte Pep! Ein Abendessen mit ihr müsste Spaß machen.

«Sehr, sehr gerne übernehme ich die.»

«Danke. Dann nehmen wir noch jede einen Sekt.»

«Aber sicher doch», reagierte Joschi souverän. «Kann ich mich dazusetzen?»

«Wir feiern hier unter uns», lächelte ihn die schöne Frau an. Charmant. Provozierend. Sodass er ihr auch für diese Frechheit gar nicht böse sein konnte. Statt also zu insistieren, wollte er sich nur die Bestätigung abholen, dass sich seine Investition lohnen würde: «Und wir beide feiern dann heute Abend Geburtstag?»

«Gleich heute Abend?», staunte das Geburtstagsfräulein.

«Man muss die Feste feiern, wie sie fallen», lächelte Joschi.

«Am Wochenende hätte ich mehr Zeit», schien sie Zeit gewinnen zu wollen.

«Mein Schiff läuft aber morgen aus.»

«Schiff? Wohin?», fragte die Frau mit den kurzen Haaren.

«Amerika. Boston», antwortete Joschi. Dass es in Wirklichkeit zurück nach Haifa ging, verheimlichte er lieber. Er wusste nicht, wie die freche Deutsche auf das Land Israel reagieren würde. Außerdem würde das Reiseziel Amerika sie gewiss beeindrucken. Leider jedoch war die Kurzhaarige davon viel mehr angetan: «Amerika!»

«Und von dort aus nach Kolumbien», legte Joschi nach, aber auch das schien das Geburtstagsfräulein nicht ansatzweise so spannend zu finden wie ihre Freundinnen. Eine harte Nuss. Das machte sie umso attraktiver.

«In Ordnung, treffen wir uns heute Abend. Aber ich möchte nur das Beste.»

«Das Beste?», nun war Joschi sich nicht so sicher, ob ihm das Spiel noch gefiel. Aber er hatte nun mal damit begonnen, und so setzte er nach: «Das Beste ist gerade gut genug.»

«Dann will ich in den Ratskeller!»

Die Kurzhaarige prustete los. Die Dicke verschluckte sich vor Schreck an ihrem Schokoladeneis.

«Wo ist dieser Keller?», fragte Joschi.

«Unten im Rathaus. Sagen wir acht Uhr heute Abend.»

«So soll es sein», lächelte Joschi.

«Und nicht vergessen, die Rechnung und die drei Sekt zu zahlen.»

«Aber natürlich nicht», Joschi legte ein paar Dollarscheine auf den Tisch, sagte: «Bis heute Abend», verließ die Eisdiele und suchte vor lauter Freude keine Kneipe mehr auf.

«Halleluja, du magst ja den Kapitän», lachte Zopf-Inge.

«Ich glaube», sagte Babsi, «das war kein Kapitän.»

«Aber ein Offizier ist er auf jeden Fall, der hatte ja eine Uniformhose an.»

«Auch Matrosen können die anhaben.»

«Aber der hat mehr Geld in den Taschen. Und er führt Waltraut in den Ratskeller aus.»

«Tut er nicht», sagte Waltraut.

«Du hast dich doch mit ihm verabredet», staunte Babsi.

«Damit er verschwindet.»

«Ich verstehe nicht ganz.»

«Ich geh doch nicht in den Ratskeller mit dem alten Knacker.»

«Für sein Alter ist er ganz schön fesch», sagte Zopf-Inge. «Und er hat eine unglaubliche Stimme.»

«Das stimmt», musste Waltraut zugeben. Ob er fesch für sein Alter war, konnte sie jedoch nicht beurteilen. Gegen Friedrich konnte vielleicht Udo Jürgens mithalten oder der ein oder andere Filmstar, den man auf der Leinwand und in den Illustrierten sah, aber nie und nimmer dieser Seemann. «Aber er ist alt.»

«O. W. Fischer ist auch alt, und den fandst du in dem Film ‹Peter Voss, der Millionendieb› total schick.»

«Den würde ich auch im Ratskeller sitzen lassen.»

«Würdest du nicht!»

«Vielleicht nicht», lenkte Waltraut ein, sie wusste nicht, was sie machen würde, wenn O. W. Fischer sie zu einem Geburtstagsessen in den Ratskeller einladen würde. Aber eins war klar: «Mit dem Seemann ...»

«Kapitän», korrigierte Zopf-Inge.

«Oder auch nur Offizier», korrigierte Babsi.

«Mit dem Kerl», korrigierte Waltraut beide, «gehe ich jedenfalls nicht essen.»

«Du versetzt ihn?», Babsi konnte es nicht fassen, wie frech ihre neue Bekannte war.

«Ja», machte Waltraut klar. Manchmal nervte sie es, dass Babsi etwas schwer von Begriff war.

«Du kannst im Ratskeller essen!», sagte Zopf-Inge. «Das würde ich mir nicht entgehen lassen!»

«Kann ich auch so», antwortete Waltraut trotzig.

«Der Wein da ist teuer.»

«Den kann ich mir auch allein leisten, wenn ich lange spare.»

«Oder eben heute Abend schon trinken.»

«Heute Abend bringe ich wie immer meine Tochter ins Bett und lese ihr ‹Mecki› vor!» Waltraut sagte dies mit so einer Vehemenz, dass kein ‹Basta› nötig war, um das Thema zu beenden. Nichts war ihr wichtiger als die kleine Gabi. Schon gar nicht der Ratskeller oder ein alter Knacker, an den sie keinen weiteren Gedanken mehr verschwenden würde.

Alle aßen schweigend ihr Eis. Der Kellner brachte die drei Sekt und stellte sie auf den Tisch. Waltraut überlegte sich, ob sie jetzt auf ihre lieben Freundinnen anstoßen sollte, da sagte Babsi leise: «Der Seemann wird aber ganz schön wütend auf dich sein.»

«Kann mir doch egal sein.»

Babsi staunte.

«Du hast doch gehört. Der fährt morgen nach Amerika und dann immer weiter. Den sehe ich nie wieder.»

Bei wunderschönem Abendwetter schlenderte Joschi über den Bremer Marktplatz auf das Rathaus zu, in dessen Keller sich das Restaurant befand, in das er gleich das schöne Geburtstagsfräulein ausführen würde. Er fragte sich, wie sie wohl hieß. Marlene? Lilian? Veronika? Bei Letzterem musste er grinsen, denn es fiel ihm ‹Veronika, der Lenz ist da› von den Comedian Harmonists ein. An das Lied hatte er seit Jahrzehnten nicht mehr gedacht. Und auch nicht, wie er es mit den Jungen aus seiner zehnten Klasse der Zwi-Perez-Chajes-Schule gesungen hatte: «Die Mädchen singen tralala», und wie sie über die darauffolgende Liedzeile «Veronika, der Spargel wächst» gekichert hatten, wie es nur fünfzehnjährige Jungs tun konnten.

Joschi musste lachen.

Er war in Deutschland.

Was für ein verrückter Tag.

Beschwingt ging er die Treppen zum Ratskeller hinunter, öffnete die Tür und sagte zu einem jungen Kellner, der

Pomade im Haar hatte wie Joschi früher in Wien: «Geben Sie mir den besten Platz. Ich führe eine wunderschöne Frau aus!»

Waltraut hatte ‹Mecki› vorgelesen und gab der kleinen Gabi einen Kuss auf die Stirn. Sie wollte das Licht ausmachen und sich zu den Eltern ins Wohnzimmer setzen, um mit ihnen ‹Zum Blauen Bock› zu schauen. Für sie war es immer noch etwas Außergewöhnliches, dass die Familie nicht nur in einer Wohnung lebte, sondern sogar mittlerweile einen Fernseher besaß. Doch Gabi wollte ihre Mami nicht gehen lassen. Sie hielt sie am Arm fest und sagte: «Andreas und Christoph ärgern mich im Kindergarten.»

«Dann musst du dich wehren», antwortete Waltraut, die sich für ihre Tochter wünschte, sie wäre ebenfalls eine Löwin, jedoch ahnte, dass sie eher ein sanftes Lämmchen war.

«Ich habe Christoph geschubst.»

«Sehr gut!»

«Dann hat er mich gehauen», Gabi kamen bei der Erinnerung die Tränen.

Waltraut wollte dem Bengel nun auch eine langen und seinen Eltern gleich mit, dafür, dass sie ihn in die Welt gesetzt, aber nicht erzogen hatten.

«Gegen die Schulter.» Gabi zog ihr Nachthemdchen ein wenig herunter und zeigte einen blauen Fleck.

«Was hat Frau Polle gesagt?», Waltraut hatte die Kindergärtnerin noch nie gemocht.

«Ich soll aufhören, die Jungs zu ärgern. Dann hören die auch auf.»

«Du ärgerst die Jungs?», Waltraut konnte es nicht glauben.

Wenn die schüchterne Gabi mal den Mund aufmachte, dann sagte sie nie etwas Böses.

«Frau Polle sagt, weil ich so schnell laufen kann. Wenn ich die Jungs beim Laufen gewinnen lasse, hauen sie mich nicht.»

In Waltraut kochte die Wut hoch: Gabi konnte nicht gut malen, nicht gut singen, nicht gut lernen, aber sie konnte laufen wie keine Zweite. Und das wollte die Kindergärtnerin ihr nehmen?

«Du wirst so schnell laufen, wie du willst.»

«Aber Frau Polle ...»

«Die wird was von mir zu hören bekommen!»

«Und die Jungs?»

«Du bist mehr wert als die!»

Gabi staunte und fragte dann: «Warum?»

«Weil du etwas Besonderes bist.»

«Warum bin ich das?»

Was sollte Waltraut darauf antworten? Weil das so ist? Weil du meine Tochter bist? Die deines verstorbenen Vaters? Das würde nie und nimmer reichen, um der Kleinen das Selbstbewusstsein zu verleihen, das gegen die Jungs nötig war.

Weil du eine Löwin bist?

Kein Lämmchen könnte so etwas glauben.

«Warum bin ich etwas Besonderes?»

Mit einem Male verstand Waltraut, warum Oma Henriette eine andere Herkunft herbeifantasiert hatte: Wenn man keine Löwin war, brauchte man etwas anderes, das einem Selbstbewusstsein verlieh.

«Warum?», fragte Gabi noch mal, sie dürstete danach, besonders zu sein.

«Weil du aus einer Adelsfamilie stammst.»

❖❖❖

«Na, kommt die schöne Frau noch?», fragte der junge Kellner mit der Pomade im Haar, und Joschi hätte ihm am liebsten eine geschmiert. Er saß in einem holzvertäfelten Separee – der beste Platz im Restaurant – vor seinem zum dritten Mal geleerten Rotweinglas. Er hatte sich wie ein törichter alter Kerl versetzen lassen und musste sich nun auch noch das süffisante Grinsen des Pomaden-Kellners gefallen lassen.

«Bringen Sie mir bitte die Rechnung», sagte Joschi und schwor sich, dem Mann kein Trinkgeld zu geben.

«Sehr wohl, mein Herr», ging der Pomaden-Kellner Richtung Kasse, blieb aber auf halbem Weg stehen, um einem anderen pomadigen Kellner etwas zu erzählen. Die beiden lachten. Gewiss über ihn.

Scheißdeutschland.

Die Pomaden-Kellner blickten zu ihm. Als sie bemerkten, dass auch Joschi sie ansah, schauten sie schnell weg und gingen davon. Bestimmt mit einem Grinsen im Gesicht.

Die blöde Gans konnte von Glück reden, dass sein Schiff morgen auslief!

Das Schiff lief nicht aus.

Die Turbine war immer noch nicht repariert. Joschi tigerte auf Deck auf und ab, rauchte eine Zigarette nach der anderen. Die ganze Nacht war er nicht in den Schlaf gekommen, weil er sich so sehr geärgert hatte. Über die dumme Gans. Und noch mehr über sich selbst. So dumm war er sich bei einer Frau nicht mehr vorgekommen, seitdem er am Prater auf Hedy gewartet hatte. Diese Deutsche war aber nicht mal ansatzweise so bezaubernd wie Hedy! Und er war keine 20 mehr. Er war ein gestandener Mann! Mit einer Ehefrau!

Übers Knie legen müsste man die Gans. Natürlich nicht wirklich. So was taten nur gehörnte Männer in albernen Komödien, die Joschi in Wiener Schmierentheatern gesehen hatte. Aber ihr gehörig die Meinung geigen, das würde er schon gerne. Leider kannte er weder ihre Adresse noch ihren Arbeitsplatz. Auch nicht ihren Namen. Er konnte nur hoffen, dass sie heute wieder Eis essen ging.

Waltraut hatte ihre Mutter gebeten, der kleinen Gabi am Nachmittag alles über ihre adelige Familie zu erzählen. Das hatte die Oma glücklich gemacht. Sie selbst hatte keine Lust, sich das Gerede anzuhören, da lauschte sie doch lieber in der Eisdiele Zopf-Inges verliebten Träumereien: Der schwarze Soldat in Bremerhaven wollte sie mit nach Amerika nehmen. Nach Messetschutsches oder so ähnlich.

«Wir machen da eine Blues-Kneipe auf!»

«Eine was?», fragte Waltraut, während sie ordentlich Milch in ihren Kaffee goss. Die Italiener machten ihn immer so stark.

«Blues ist die Musik der Schwarzen. Du solltest Isiah mal singen hören. Das geht dir durch und durch.»

«Inge, das wird so aussehen: Der singt in der Kneipe, und du kochst, bedienst und putzt.»

Waltraut glaubte nicht mehr an Träume, sah stets nur die Mühsal.

«Nur am Anfang. Wenn die Kneipe läuft, stellen wir ganz viele Leute ein, sagt Isiah.»

«Hmm», murmelte Waltraut, die sich nicht vorstellen konnte, dass ihre Freundin auch nur eine Woche in dem harten Gaststättengewerbe durchhalten würde. Sie klagte doch schon jetzt darüber, wie ihr die Füße vom vielen Stehen im

Frisiersalon wehtaten. Die von Waltraut schmerzten am Verkaufstresen ebenfalls, aber sie hatte sich vorgenommen, nie über ihr Schicksal zu jammern: nicht über schmerzende Füße, nicht über das Los als alleinstehende Mutter und auch nicht über den Tod von Friedrich.

Jammern bedeutete Verlust von Würde. Und nichts, außer Gabi, war Waltraut in den Jahren als Witwe wichtiger geworden als die Würde.

«Du wirst schon sehen!», sagte Zopf-Inge, die sich über die Zweifel ihrer Freundin ärgerte.

«Werde ich?»

«Du besuchst mich in Amerika, und dann suchen wir dir auch einen schönen Schwarzen ...»

«Inge!»

«Schon gut, schon gut.»

Waltraut schüttelte den Kopf und nippte an ihrem Kaffee, der ihr immer noch viel zu stark war.

«Isiah hat noch fünf Monate und drei Tage Dienst, dann geht es los und wir werden ... Mist!»

«Ihr werdet ... Mist?», Waltraut war irritiert.

«Da», deutete Zopf-Inge aus dem Fenster.

Waltraut blickte sich um und sah den Seemann von gestern entschlossen auf die Eisdiele zugehen.

«Mist», sagte sie.

«Hab ich doch gesagt», raunte Zopf-Inge.

Der Seemann schien sehr zornig zu sein.

«Geh aufs Klo», schlug die Freundin vor. «Dahin wird er dir schon nicht folgen. Ich wimmele ihn dann ab.»

«Löwin», sagte Waltraut leise zu sich selbst und blieb sitzen.

«Was?», fragte Zopf-Inge.

«Ich werde schon mit ihm fertig.»

❖❖❖

Joschi sah die blöde Gans schon durch das Fenster. Er öffnete die Tür so energisch, wie er noch nie eine Tür geöffnet hatte, und die Glocke läutete dabei so laut, wie sie vermutlich noch nie geläutet hatte. Wäre er nicht so wütend gewesen, hätte er wahrgenommen, wie erschrocken der Eisverkäufer aussah. Und die beiden alten Damen erst, die in der Ecke saßen. Er bemerkte auch nicht die junge Frau mit der Kurzhaarfrisur, die erschrocken dreinblickte. Er fixierte nur die Gans, die bei seinem Anblick den Rücken durchdrückte und das Kinn leicht anhob.

«Wer glaubst du eigentlich, wer du bist?», ging er sie scharf an.

«Waltraut Kampe», sie betonte ihren Nachnamen, als ob man auf ihn besonders stolz sein könnte.

«Du hast mich versetzt!»

Die Gans drückte den Rücken noch mehr durch.

«Und komm mir jetzt nicht mit irgendwelchen Ausreden!»

«Ich habe gar keine benutzt.»

Das stimmte, dachte Joschi, ließ sich davon aber nur kurz bremsen: «Du wirst dich jetzt bei mir entschuldigen!»

Sie entschuldigte sich nicht.

«Ich höre.»

«Was hören Sie denn?», fragte die Deutsche mit ruhiger, fester Stimme.

«Du entschuldigst dich jetzt auf der Stelle!», Joschis Stimme bebte vor Wut.

«Kennen Sie das HB-Männchen?»

«Aus der Werbung?», fragte Joschi, mitten in seinem Zornesausbruch irritiert.

«Das Männchen geht auch immer so vor Wut in die Luft wie Sie.»

Joschi hielt inne: Machte er sich etwa gerade so lächerlich wie das HB-Männchen?

«Vielleicht sollten Sie eine rauchen, um sich zu beruhigen.»

In der Tat schmachtete Joschi nach einer Zigarette. Er atmete durch. Ganz offensichtlich machte er sich gerade vor der gesamten Eisdiele zum Affen. Das hatte ihm die Gans geschickt klargemacht.

Was für eine ungewöhnliche Frau. Waltraut hieß sie. Klassischer deutscher Name. Aber anscheinend keine typische Deutsche, die Befehlen folgte.

Er atmete ein weiteres Mal durch und antwortete: «Nur, wenn du eine mitrauchst.»

Der Seemann lächelte.

Er hatte ein schönes Lächeln.

Das fiel Waltraut jetzt erst auf.

Und er war ein kleiner Hitzkopf. Aber keiner, vor dem man Angst haben musste. Es wirkte eher süß, wie er sich aufregte. Vielleicht würde es sogar nett sein, mit ihm eine zu rauchen. Jedenfalls netter, als sich weiter Zopf-Inges spinnerte Träume anzuhören, die sie ihr irgendwann austreiben musste, damit sie nicht ins Unglück rannte. Außerdem war eine Zigarette allesamt besser als dieser starke Kaffee. Und dennoch antwortete Waltraut: «Ich möchte nicht.»

Ein wenig hoffte sie, dass der Mann auch jetzt nicht lockerließ. Doch er sagte nur: «Joschi.»

«Was?»

«Joschi. So heiße ich. Eigentlich Josef. Aber alle nennen mich Joschi.»

«Aha.»

«Das sag ich dir, damit du weißt, wen du dir entgehen lassen hast», lächelte er charmant. Danach drehte er sich um und ging.

Waltraut war erst bass erstaunt, dann musste sie lachen. Der Kerl hatte was an sich. Sie schaute ihm nach, und kurz bevor er aus der Tür trat, rief sie: «Heute Abend versetze ich dich nicht!»

Joschi drehte sich um, blickte Waltraut in die Augen und erkannte, dass sie es ernst meinte. Beschwingt verließ er die Eisdiele und ging wieder in Richtung Hafen. Was für ein Tag: Die Sonne schien, er hatte eine Verabredung mit einer jungen Schönen – diesmal wirklich! Er freute sich schon auf die Blicke der beiden Pomaden-Kellner.

Waltraut stieg an der Domsheide aus der Straßenbahn und ging am Dom vorbei in Richtung Rathaus, unsicher, ob das Ganze nicht doch eine Schnapsidee war. Sie trug ihr zweitbestes von fünf Kleidern. Sie wollte gut aussehen, wenn sie in das Restaurant der Reichen ging, sich aber auch nicht auftakeln, damit der Seemann nicht dachte, sie wolle etwas von ihm. Außerdem sollten ihre Eltern nicht auf den Gedanken kommen, sie hätte ein Rendezvous. Waltraut hatte ihnen nichts von Joschi erzählt, als wäre sie immer noch eine Minderjährige und nicht eine Frau, die bereits ein eigenes Kind hatte. Papa würde es missbilligen, dass sie einen Kerl traf, der nur unwesentlich jünger war als er selbst. Und Mama, die Friedrich so sehr gemocht hatte, würde es gewiss als Verrat an ihm empfinden. Waltraut empfand es selbst ja auch als solchen und konnte ihn nur damit entschuldigen, dass diese Verabredung nichts Ernstes war. Nur ein Essen. Um zehn Uhr würde sie wieder zu Hause sein und der Seemann danach übers Meer davonfahren.

Sie ging über den Marktplatz, vorbei an der Roland-Statue, an der sie vor Jahren verhaftet worden war, hin zum Eingang des Ratskellers, wo er schon auf sie wartete. Waltraut setzte ein Lächeln auf wie für ihre Kunden. Er erwiderte das Lächeln. Aber seins schien von Herzen zu kommen. Und plötzlich spürte sie, dass sie sich auf die kommenden Stunden freute.

«Es ist viel schöner, hier zu sein, wenn man nicht versetzt wird», sagte der Seemann und bedeutete ihr mit einer eleganten Handbewegung den Weg zur Treppe des Ratskellers. Sie nahm die ersten Stufen nach unten, da traten zwei leicht angetrunkene Geschäftsleute in feinen Anzügen, wie sie bei Karstadt nicht verkauft wurden, aus der Tür heraus. Sie trugen Rolex-Uhren an der Hand. Waltraut besaß einen Blick für so einen ausgestellten Reichtum, konnte sie doch nicht begreifen, wie Menschen mehr Geld für eine Uhr ausgaben, als sie selbst für Jahre zum Leben brauchte.

Gleich hinter den beiden Männern kamen die Ehefrauen aus dem Restaurant. Ihr Schmuck wirkte sogar noch teurer als die Uhren. Waltraut hasste es, dass es Leute gab, die sich so etwas Teures leisten konnten. Und sie spürte Neid in sich aufkochen. Vor allen Dingen aber fühlte sie sich unterlegen, als die Paare die Treppe hochgingen und sie und den Seemann keines Blickes würdigten. Als ob sie Luft wären. Das schnürte Waltraut die Kehle zu. In dem Keller würden nur solche Menschen sein. Keine fünf Minuten würde sie es darin aushalten.

«Hast du etwas?», fragte Joschi.

«Nein ... wieso?», antwortete Waltraut.

«Du bist mitten auf der Treppe stehen geblieben. Ich wäre beinahe in dich hineingelaufen, wir wären gestürzt und in den Ratskeller gepurzelt wie Stan Laurel und Oliver Hardy.»

Waltraut musste, trotz ihrer zugeschnürten Kehle, ein klein wenig lächeln.

«Du hast doch was», stellte der Seemann fest.

«Hättest du ...», hob sie an, nur um dann mit dem Weiterreden zu zögern.

«Hätte ich was?», fragte Joschi lieb. Sie nannte ihn in ihren Gedanken nicht mehr Seemann oder alten Knacker.

«Was dagegen, wenn wir da nicht reingehen?», sie gehörte einfach nicht in diesen Keller.

«Nein, das habe ich nicht», machte Joschi gute Miene zum merkwürdigen Spiel. Er drehte sich um und ging die Treppe wieder hoch. Waltraut kam sich schäbig vor, erst hatte sie ihn versetzt und nun machte sie wieder einen Rückzieher: «Bitte sei nicht wütend.»

«Bin ich nicht», lächelte Joschi, «in dem Ding ist es eh muffig.»

Waltraut musste wieder lächeln.

«Und die Pomade der Kellner tropft einem in den Wein.»

Und jetzt sogar grinsen.

«Komm, ich bringe dich zur Straßenbahn», Joschi, fand Waltraut, benahm sich wie ein feiner Kerl. Sie wollte daher nicht, dass die Verabredung so zu Ende ging, und fragte: «Magst du noch ein Bier trinken?»

«Wer mag das nicht?», fragte Joschi.

❖❖❖

Joschi ging mit Waltraut an der Weser, die im Abendlicht funkelte, spazieren, beide mit einer Flasche Beck's in der Hand. Seine war die dritte, die er sich an einem der Kioske am Deich geholt hatte, zweimal mit einem Underberg dazu. Waltraut hielt sich noch an ihrem ersten Bier fest. Joschi war wohl ums Herz. Ein Gefühl, das er schon lange nicht mehr verspürt hatte. Waltraut lachte bei all den Geschichten, die er von seinen Reisen erzählte. Besonders über die, wie er in Algier mal betrunken in das Hafenbecken geplumpst war. Neugierig fragte sie nach, wie es in den einzelnen Ländern so zuging: Südafrika, Italien, Frankreich und immer wieder nach Amerika, weil sie sich um ihre kurzhaarige Freundin sorgte, die dorthin ziehen wollte. Joschi begriff, dass seine Begleitung Bremen noch nie verlassen hatte. Erst hatte er Mitgefühl mit ihr, weil ihre Welt so klein war. Dann aber, als Waltraut mit leuchtenden Augen davon erzählte, wie gut es in ihrer Schmink- und Parfümabteilung bei Karstadt roch, freute er sich für sie: Wie wunderbar musste es sein, wenn man für immer an seinem Geburtsort leben durfte. Wie wunderbar wäre es für ihn gewesen, wenn er für immer in Wien hätte bleiben können. Mit Hedy. Und mit einem gemeinsamen Kind.

«Warum auf einmal so traurig?», fragte Waltraut.

«Äh, was?»

«Die ganze Zeit warst du fröhlich, und mit einem Male schaust du so traurig?»

Niemand hatte Joschi in Israel jemals gefragt, warum er traurig aussah. Da kannte man den Schmerz und fragte nie nach.

«Es ist nichts», sagte Joschi und setzte ein Lächeln auf.

«Ui, wie schlecht», sagte Waltraut.

«Schlecht?»

«So ein schlechtes Schauspielerlächeln habe ich noch nie gesehen.»

Joschi sah in Waltrauts freundliches Gesicht. Es lud ihn ein, sich ihr anzuvertrauen. Für ein paar Sekunden dachte er, diese Deutsche könnte der erste Mensch sein, zu dem er uneingeschränkt ehrlich wäre. Aber natürlich war das Quatsch. Sie war so jung. Unbeschwert. So frech und frei! Da könnte er doch nicht von den Toten aus Wien sprechen. Sie würde das nie verstehen. Außerdem würde er den Zauber des Abends damit brechen. So wehrte Joschi ab: «Ein anderes Mal.»

«Ein anderes Mal? Ich dachte, du fährst morgen wieder weg», der Gedanke schien ihr zu missfallen. Und das wiederum gefiel Joschi.

«Ich komme bestimmt mal wieder nach Bremen», lächelte er.

«Wann?»

Woher sollte er das wissen? In einem halben Jahr? In zwei? Seine nächste Reise nach Europa führte ihn in ein paar Monaten nur bis Amsterdam.

«Wann auch immer», sagte er, «wir sollten das Beste aus diesem Abend machen.»

«Ich steige nicht mit dir in die Kiste», wehrte Waltraut ab.

«An so was habe ich überhaupt nicht gedacht», antwortete Joschi und war selbst von sich überrascht. Bei Selma war das anders gewesen, und auch bei anderen Frauen, mit denen er sich im Laufe seines Lebens verabredet hatte. Eigentlich war er bisher nur nicht bei Dora sofort auf solche Gedanken gekommen. Weil sie ihm von Anfang an etwas bedeutete.

Bedeutete ihm diese Deutsche etwa auch ...?

Blödsinn.

Aber er genoss ihre Nähe so sehr, dass er sie jetzt nicht, da der Gedanke von ihr ausgesprochen war, durch irgendein ungestümes Verhalten verprellen wollte: «Ich dachte, wir trinken und gehen vielleicht etwas tanzen. Mehr nicht.»

«Das geht leider nicht.»

Am Tag zuvor versetzt zu werden, hatte Joschi noch wütend gemacht, aber dass dieser wundervolle Abend bereits zu Ende gehen sollte, betrübte ihn: «Wieso?»

«Ich muss zu meiner Tochter.»

Sie hatte eine Tochter? Also auch einen Mann? Er betrachtete ihre Hände. Da war kein Ring. Das musste nichts bedeuten, er trug seinen auch nicht. Und diesmal nicht etwa nur, weil er Angst vor Überfällen hatte, sondern weil Waltraut nicht erfahren musste, dass er verheiratet war. Offensichtlich hatte sie seinen Blick auf ihre Hände bemerkt, denn sie sagte: «Witwe.»

So jung und schon Witwe?

Sie war also doch nicht so unbeschwert.

«Schon gut», sagte Waltraut, «wir kommen gut zurecht.»

Sie wirkte dabei stark. Und älter als ihre 25 Jahre. Und noch faszinierender.

«Du kannst mich aber noch gerne nach Hause bringen», bot sie an. Und Joschi war froh, dass auch sie den Abend nicht sofort beenden wollte.

❖❖❖

Waltraut ging mit Joschi zurück zum Marktplatz, der noch voller Leben war: Menschen flanierten durch die Stadt oder saßen an den Außentischen der Gaststätten. Ein Trio von südländischen Straßenmusikanten – zwei mit Gitarre und einer mit Teufelsgeige – spielte fröhliche Musik.

«Wollen wir tanzen?», fragte Joschi.

«Wie bitte?»

«Wollen wir tanzen?», seine Augen leuchteten bei der Vorstellung.

«Ich ... ich kann nicht tanzen», wehrte Waltraut ab.

«Jeder Mensch kann tanzen. Wenn sogar ich es kann.»

«Ich bin nicht jeder Mensch.»

«Nein, du bist wirklich nicht wie jeder Mensch», lächelte Joschi. Seine Worte machten Waltraut froh. Niemand in ihrer Familie oder bei Karstadt hielt sie für etwas Besonderes, dieser Kerl anscheinend schon.

Joschi ging zu den Musikanten, warf ihnen ein Fünfmarkstück in den Hut – er war nicht nur ein wenig verrückt, sondern auch großzügig – und bat: «Könntet ihr etwas richtig Schwungvolles spielen?»

Die Musikanten legten los. Joschi trat auf Waltraut zu und machte eine elegante Verbeugung: «Darf ich bitten?»

Sie sah sich um, zu all den Passanten, ihr war klar, dass sie sich lächerlich machen würde, wenn sie der Aufforderung nachkam. Und, was noch viel schwerer wog: Es wäre nun wirklich ein Verrat an Friedrich gewesen, dem einzigen Mann, mit dem sie bisher getanzt hatte. Am Tag ihrer Hochzeit. Also antwortete Waltraut freundlich, aber bestimmt: «Nein, das darfst du nicht.»

Joschi lachte, und anstatt sie zum Tanz zu drängen, sagte er zu ihrer großen Verblüffung: «Dann tanze ich eben allein.»

Joschi war beschwipst, aber nicht betrunken. Zudem beseelt von diesem Abend. Das erste Mal in Deutschland hatte er nicht mehr das Gefühl, dass Nazis ihm etwas anhaben konnten. Er war ein freier Jude - ach was - ein freier Mann - mitten auf einem deutschen Marktplatz. Und er wollte vor Freude darüber tanzen! So rief er: «Sirtaki», und tanzte, wie er es mal bei einem Landgang auf Kreta in einer Kneipe gesehen hatte. Na ja, so ähnlich. Genau hatte er sich die Tanzschritte nicht gemerkt. Viele der Passanten blieben stehen. Für sie machte er lustige Bewegungen, als wäre er ein tanzender Charlie Chaplin. Sie begannen zu klatschen. Er blickte zu Waltraut: Sie lachte und klatschte ebenfalls. Und es schien, als ob sie ... ihn mochte? Wirklich, wirklich mochte?

Joschi schloss die Augen. Und fühlte sich unbeschwert, wie zuletzt in der Leopoldstadt.

Der verrückte Kerl hörte erst, zehn Sekunden nachdem das Lied zu Ende war, auf zu tanzen. Die Menge applaudierte, er verbeugte sich, dann deutete er zu den Musikern. Er nahm den Hut, ging herum und kassierte für sie das Geld. Als er es ihnen gab, klopften sie ihm fröhlich auf die Schulter, und er kehrte anschließend zu Waltraut zurück. Dabei strahlte er so glücklich, dass sie ihn am liebsten umarmt hätte, um etwas von seinem Glück abzubekommen.

«Wollen wir?», fragte Joschi.

Meinte er tanzen?

Sie konnte es sich mit einem Male vorstellen.

«Du musst nach Hause. Zu deiner Tochter. Da sind Taxis», deutete er zum Stand. «Ich begleite dich.»

Waltraut schüttelte sich leicht und sagte: «Danke.»

Auf der Fahrt erzählte Joschi noch von Griechenland, wo er den Tanz, wenn man ihn denn so nennen konnte, aufgeschnappt hatte. Er hatte so viel mehr von der Welt gesehen als sie, war spontaner, lebensfroher und schien jenes aufregende Weltenbummler-Leben zu führen, das Friedrich sich gewünscht hatte.

Friedrich hätte ihn gewiss gemocht.

Das Taxi hielt, Joschi zahlte dem Fahrer ein unverschämt gutes Trinkgeld, öffnete ihr galant die Tür und ließ sie aussteigen, als ob sie eine Edelfrau wäre. Dass es ihre erste Taxifahrt war, verschwieg Waltraut ihm. Er sollte sie nicht noch mehr für eine Landpomeranze halten, als er es vermutlich ohnehin schon tat. Ihr war es einerlei, was die Nachbarn denken würden – gewiss würden sie, obwohl es schon elf Uhr und dementsprechend dunkel war, hinter den Gardinen stehen und gaffen, Taxis verirrten sich nicht allzu oft in ihre Straße. Es war Waltraut sogar egal, ob die Eltern sie mit Joschi sahen. Sie war eine erwachsene Frau. Die mit einem älteren Mann aus war. Was war daran verkehrt? Es war doch ihr Leben!

Ihr Leben.

Seit Friedrichs Tod hatte sie gedacht, dass es nicht das ihre, sondern das für Gabi war.

Gabi! Hoffentlich schlief die Kleine schon.

Hoffentlich stärkte es sie, zu denken, eine Adelige zu sein.

«Jetzt siehst du traurig aus», stellte Joschi fest.

«Nein, nein», wehrte Waltraut ab.

«Und bist die schlechte Schauspielerin.»

Waltraut verzog das Gesicht.

«Du bist traurig, weil wir uns verabschieden», sagte Joschi mit einem so charmanten Selbstvertrauen, dass sie lachen musste.

«Etwa nicht?»

«Doch, doch», lachte sie. Sie konnte ihn ruhig in dem Glauben lassen. Besser, als von den Adelsträumereien ihrer Mutter zu reden. Und ein wenig stimmte es sogar: Sie fand es schade, dass der Abend zu Ende ging.

«In Spanien gibt man sich», sagte Joschi, «Wangenküsschen zum Abschied.»

«Wir sind nicht in Spanien.»

«Noch nicht.»

«Wie bitte?»

«Ich würde dir gerne die Welt zeigen und mit dir nach Spanien fahren.»

Waltraut musste schon wieder lachen: «Du bist ein Spinner.»

«Du wirst schon sehen.»

«Was immer du sagst.»

«Und dann werden wir auch tanzen», er sagte es mit einer solchen Gewissheit, dass Waltraut in ihrer Vorstellung mit Joschi über ein Parkett schwebte und dabei eine viel bessere Figur abgab als im richtigen Leben. Um diese Fantasie wieder zu verdrängen, sagte sie: «Auf Wiedersehen.»

«Und Wieder-Bier-Trinken», antwortete Joschi.

Waltraut lachte erneut und ging die Treppen zum Hauseingang hoch. Dabei spürte sie, wie ihr Joschi hinterherblickte. Sie wollte sich nicht mehr umdrehen. Doch kurz bevor sie die Tür hinter sich schloss, sah sie doch zu ihm. Er rief ihr zu: «Wir werden tanzen!»

Sie lächelte und machte die Tür hinter sich zu. Als sie das Treppenhaus hochging, wusste sie nicht, was sie mehr hoffen sollte: dass sie den Seemann wiedersah. Oder dass sie ihn nie wiedersehen würde.

❖❖❖

Was sollte er nur schreiben? Was nur? Joschi hockte in einem Straßencafé am Fischmarkt von Le Havre und starrte umweht von Fischgeruch auf die Postkarte, die er für Waltraut in Rotterdam gekauft hatte und die er ihr bereits dort hatte schicken wollen, Straße und Hausnummer hatte er sich ja gemerkt. Nach vier französischen Cafés und zwei Cognacs war er noch aufgeregter und unsicherer als zuvor. Ein baldiges Wiedersehen konnte er ihr kaum versprechen, fuhr er doch so schnell nicht mehr nach Bremen, vielleicht würde er es gar nicht mehr tun. Ihr lediglich zu schreiben, dass er sich in Rotterdam oder in Le Havre befand, wäre zu simpel gewesen und Letzteres bei einer Karte, die den Hafen von Rotterdam abbildete, auch etwas merkwürdig. Verdammt, er hätte sich eine mit der Kathedrale von Le Havre kaufen sollen!

Schon allein die Anrede fiel Joschi schwer. Sollte er ‹Liebe Waltraut› schreiben oder, etwas aufdringlicher, ‹Liebste Waltraut›? Erst beim dritten Cognac fand er den Kompromiss. Er schrieb zwar ‹Liebste›, ansonsten formulierte er aber fast so sparsam wie in einem Telegramm, dass es ihm gut ginge und sie doch bitte ihre Tochter Gabi grüßen sollte. Auf diese Weise war die Postkarte ebenso herzlich wie unverbindlich.

Joschi bezahlte seine Getränke, ging zum Postamt und warf die Karte ein. Und weil ihm dieser Akt jenem wunderbar wohligen Gefühl, das er mit Waltraut empfunden hatte, wieder näherbrachte, schickte er in den nächsten Wochen auch eine Karte aus Marseille und eine weitere aus Athen.

Als Joschi in Haifa von Bord ging, hätte er am liebsten gleich wieder eine geschrieben, traute sich jedoch nicht. Gegenüber Waltraut hatte er nicht erwähnt, dass er ein

Jude aus Israel war. Er glaubte zwar, dass sie keine Vorurteile haben würde, aber wer wusste das schon so genau? Wer wollte das schon so genau wissen?

«Und wenn ich nächste Woche die Leitungsstelle antrete, werde ich Änderungen durchdrücken», sagte Dora animiert, während den beiden vom Kellner des Hafenrestaurants Fisch serviert wurde. «Besonders wenn es um unser Verhältnis zu den Ärzten geht. Die behandeln uns wie Sklavinnen!»

Joschi staunte, wie viel lebendiger seine Frau wirkte im Vergleich zu seiner Abreise. Dass man ihr die Stationsleitung übertragen hatte, machte sie fast zu einem neuen Menschen.

«Wir Frauen rackern mehr als die Männer. In ganz Israel. Golda Meir ist Außenministerin, und die feinen Herren Ärzte glauben immer noch, wir sind nur kleine dumme Häschen. Aber das sind wir nicht ...»

Joschi nahm einen Schluck Wein, hörte Dora nicht mehr richtig zu und ließ seinen Blick über den Hafen schweifen. Waltraut war auch kein dummes Häschen.

«... Gleichberechtigung. Das ist doch ein genauso zionistischer wie sozialistischer Gedanke.»

Das Meer roch und funkelte genau so, wie Joschi es liebte. Und dennoch wäre er jetzt gerne auf dem Bremer Marktplatz gewesen.

«Ich werde den Laden umkrempeln, Joschi.»

Bei der Erwähnung seines Namens sah er wieder zu Dora. Ihr Gesicht war voller Leben. Da begriff Joschi, dass sich seine Frau gerade ein neues Leben aufbaute, während er zur See fuhr, immer mit einer neuen Fahrtroute, doch stets ohne Ziel.

Als die beiden zu Hause im Bett unter der dünnen Decke lagen, die man in Wien für ein zu dickes Laken gehalten hätte, fragte Dora: «Ich habe jetzt so viel erzählt. Wie war es bei dir? Du hast das letzte Mal aus Göteborg eine Postkarte geschickt.»

«Ganz normal, wie immer.»

«Wirklich nichts geschehen?», fragte sie ohne Argwohn.

«Wirklich nicht. Wir hatten nur die ganze Zeit Ärger mit der Schiffsturbine.» Kaum hatte Joschi es ausgesprochen, ärgerte er sich darüber. Die Reparatur war nun mal in Bremen gewesen, und natürlich war das Letzte, was er seiner Ehefrau erzählen mochte, wie er mit einer anderen, zudem noch jüngeren Frau ausgegangen war und an jenem Abend so etwas wie Glück empfunden hatte.

«Klingt ärgerlich», sagte Dora, machte das Licht aus und kuschelte sich an ihren Mann. «Das habe ich vermisst.»

«Ich auch», antwortete Joschi und merkte erst während er die Worte sprach, dass er es nicht vermisst hatte.

«Ich muss morgen früh raus. Ich habe einen Termin mit dem Direktor.»

Dora schloss die Augen. Joschi tat es ihr gleich. Er dachte nicht mal daran, wie früher, wenn er von Reisen zurückgekehrt war, mit ihr schlafen zu wollen. Stattdessen wanderten seine Gedanken erneut nach Bremen. Zu Waltraut.

«Woran denkst du?», fragte Dora mit einem Male.

Ahnte sie etwas?

«An ... an ...»

«An?»

«Marjem», antwortete Joschi und hoffte, dass es glaubwürdig klang. «Und wie es ihr wohl in Jerusalem ergeht.»

«Du hast sie lange nicht gesehen.»

«Vielleicht sollte ich sie besuchen?»

«Das solltest du», sagte Dora, ohne anzubieten, ihn zu begleiten. Dabei hatte er doch nur zwei Wochen Urlaub, bis es wieder aufs Schiff ging. Wollte sie nicht jeden Tag mit ihm zusammen sein? Anscheinend nicht. Das verletzte Joschi in seinem Stolz. Doch wenn er ehrlich war, hatte er nichts dagegen, ein paar Tage ohne seine Ehefrau in Jerusalem zu verbringen.

Bereits am nächsten Morgen trat Joschi mit einer kleinen Reisetasche aus dem Haus. Vor dem Eingang stand der kleine Abraham ganz allein in der Sonne und schien auf etwas oder jemanden zu warten. Joschi staunte, wie schnell Selmas Junge, von dem er sich selbst verbat, ihn als seinen anzusehen, wuchs. Nicht mehr lange und er würde zur Schule gehen.

«Hallo, kleiner Mann, wie geht's?», sagte Joschi freundlich, als sei er nichts anderes als ein befreundeter Nachbar. Dabei blickte er ihm lieber nicht in die Augen, von denen Rosl meinte, es wären seine.

«Gut», antwortete Abraham und behandelte Joschi dabei nicht wie einen befreundeten Nachbar, sondern wie einen vage bekannten.

Eigentlich wusste Joschi auch nichts über den Jungen. Deshalb fragte er: «Spielst du gerne Fußball?»

«Ja», kam es knapp zurück. Eine Quasselstrippe war der Kleine nicht gerade. Kein Wunder, sein Vater Jakov sagte auch kein Wort zu viel. Joschi überlegte, ob er anbieten sollte, mal mit ihm Fußball zu spielen – er konnte sich nicht vorstellen, dass Jakov so etwas tat. Aber noch bevor er etwas sagen konnte, öffnete sich hinter ihm die Haustür und Selma hastete heraus. Seitdem sie eine Mutter war, hatte sie sehr an Attraktivität eingebüßt. Nicht etwa, weil sich ihr Körper verändert hatte, sondern weil sie mit ihrer neuen Rolle ständig überfordert war. Sie herrschte ihren Sohn an: «Geh schon mal vor!»

Der Kleine tat, wie ihm geheißen, und Selma wandte sich an Joschi: «Wir haben keine Zeit. Wir sind schon zu spät für den Kindergarten.»

Joschi wusste nicht, wie er darauf reagieren sollte.

«Und», zischte sie, «ich habe dir schon tausendmal gesagt: Abraham ist nicht dein Sohn.»

Eigentlich hatte sie ihm das noch nie gesagt. Nur öfter angedeutet. Es nun so deutlich zu tun, sprach dafür, dass es nicht stimmte, sondern ein Geheimnis war, das Selma mit aller Macht bewahren wollte.

«Du wirst ihn nie, nie wieder ansprechen», bestimmte sie.

Sie hastete zu Abraham, nahm seine Hand und eilte mit ihm davon. Wie auf der Flucht. Joschi sah den beiden nach. Selma würde ihm den Kontakt zu diesem Kind niemals erlauben. Nicht mal den als einfachen Nachbar, der ab und an mit dem Jungen Fußball spielt.

«Ich liebe es hier!», sagte Marjem. Seine kleine Cousine, der ihre schwarze Rezeptionistinnen-Uniform mit der weißen Bluse außerordentlich gut stand, führte Joschi durch das King David. Sie war eine hübsche, wenn auch sehr dünne junge Frau geworden, und Joschi war stolz auf sich, dass er ihr dank seiner alten Kontakte eine Lehrstelle in dem Nobelhotel hatte besorgen können.

«Ich darf bereits nachts allein die Rezeption besetzen. In der Nachtschicht ist es am schönsten. Wenig Menschen. Aber die, die da sind, sind die interessantesten.»

Joschi erinnerte sich an die lang vergangenen Zeiten, als

er in dem deutlich weniger glamourösen Hotel Yehuda selbst Nachtschichten an der Rezeption schieben musste. Keine einzige Minute davon hatte er als schön in Erinnerung und so einige der nächtlichen Gäste als ausgesprochen unangenehm.

«Komm Joschi, ich lade dich zu einem Kaffee in der Bar ein!»

Die Bar. Würde Winston dort noch arbeiten? Er wollte den alten Freund an die Brust drücken.

«Komm schon!», Marjem drängelte regelrecht.

«Da ist doch der Kaffee viel zu teuer für dich.»

«Na hör mal, ich kann den zahlen.»

«Ich lad dich ein.»

«Nein, nein, nein! Ich verdiene mein eigenes Geld. Ich lade dich ein!», Marjem strahlte dabei so stolz, dass Joschi nichts anderes tun konnte, als ihr zu folgen. Sie besaß den Dickkopf von Rosl. Mama Scheindel hatte auch einen gehabt. Er schien bei den Klapholz-Frauen vererbbar zu sein.

Als Joschi die Bar betrat, hatte sie sich nur in einer, dafür aber bedeutenden, Hinsicht verändert: Statt der englischen Offiziere wurde sie nun vor allem von Geschäftsleuten und wohlhabenden Touristen frequentiert.

«Arbeitet hier noch ein Winston?», fragte er seine Cousine.

«Nein. Nicht mehr. Man hat mir erzählt, dass er einen wohlhabenden Engländer kennengelernt hat und mit ihm nach London gegangen ist.»

Joschi freute sich für Winston. Nach all den heimlichen, flüchtigen Begegnungen mit Männern hatte er endlich einen fürs Leben gefunden. Dann betrachtete Joschi sich Marjem, wie sie formvollendet Kaffee für sie beide bestellte. Offensichtlich schaute sie sich die guten Manieren der vornehmen Gäste ab. Es war gewiss nur eine Frage der Zeit, bis auch ihr ein wohlhabender Gast einen Antrag machte. Hoffentlich hatte sie vorher keine heimlichen, flüchtigen Begegnungen. Am liebsten hätte er seine Cousine davor bewahrt.

«Du brauchst mir», sagte sie, «kein Geld mehr zu schicken.»

«Ich tue das aber gerne.»

«Ich stehe jetzt auf meinen eigenen Füßen.»

«Ja, das tust du wohl», stellte Joschi fest.

Marjem brauchte ihn nicht mehr. Selma und der kleine Abraham ohnehin nicht. Dora immer weniger. Es war ernüchternd, zugleich jedoch auch befreiend.

Nach dem Kaffee musste Marjem zurück zu ihrer Schicht. Joschi gab ihr zum Abschied ein Wangenküsschen, verließ das Nobelhotel und ging durch die schwülheißen Jerusalemer Straßen, in denen das abendliche Treiben so laut und wild war wie eh und je. Anfangs ließ er sich ziellos umhertreiben, machte sich dann aber auf zum Café Royal. Enttäuscht stellte er fest, dass es nun Café Shneor hieß und rein gar nichts mehr mit dem Einwanderertreff von damals zu tun hatte. Er blieb vor der Tür stehen und dachte an seinen Freund Amos. Das Letzte, was Joschi von ihm gehört hatte, war, dass er doch nicht in Amerika, sondern in Hamburg gelandet war und dort als erfolgreicher Liedtexter arbeitete. Wie konnte Amos in Deutschland leben, hatte er eine anständige Deutsche kennengelernt, so wie es Waltraut in Joschis Vorstellung war?

Joschi hatte plötzlich große Lust, mit seinem Freund zu reden. Er ging zurück in das kleine Hotel, in das er sich eingebucht hatte, und bat um ein Telefon. Auch wenn ein Gespräch nach Deutschland teuer sein würde, ließ er sich mit Amos in Hamburg verbinden. Es klingelte. Einmal. Zweimal. Dreimal. Beim sechsten Mal wollte Joschi schon wieder auflegen, als jemand abhob.

Joschi freute sich, gleich die Stimme seines Freundes zu hören. Doch es war die Stimme einer Frau: «Horstmann.»

War das eine deutsche Freundin von Amos? Jedenfalls war es keine junge Frau, so verlebt, wie ihre Stimme klang.

«Hallo, ich möchte Amos sprechen.»

«Der lebt nicht mehr hier.»

«Oh, können Sie mir vielleicht seine neue Telefonnummer geben?»

«Das kann ich nicht.»

«Warum nicht?»

«Der lebt gar nicht mehr.»

Joschi traf es wie ein Schlag.

«Ich bin die Nachmieterin.»

«Woran», versuchte Joschi sich zu sammeln, «ist Amos gestorben?»

«Hat sich aufgeknüpft.»

Joschis Herz zog sich zu einem kleinen Klumpen zusammen.

«Gott sei Dank auf dem Dachboden und nicht in der Wohnung. Sonst hätte ich hier nicht einziehen können.»

«W... wieso hat er das getan?»

«Die Nachbarin von gegenüber sagt, dass er einen dunklen Herbst in sich trug. Was immer das auch heißen mag.»

Sein fröhlicher Freund war schwermütig gewesen?

«Wollen Sie noch etwas von mir wissen?»

Joschi hätte gerne Antworten gehabt, aber er wusste nicht, welche Fragen er stellen sollte.

«Dann lege ich jetzt auf.»

Es machte Klick. Joschi hielt erschüttert den Hörer in der Hand. Amos hatte das große Morden überlebt und sich letztlich selbst das Leben genommen.

Es dauerte eine Weile, bis Joschi den Hörer auflegte. Er setzte sich auf einen Stuhl am Fenster und starrte auf die belebte Straße. Zwei vorübergehende Männer lachten wie einst Amos und er, wenn sie gemeinsamen unterwegs waren. Joschi fragte sich, ob er um seinen Freund weinen sollte, beschloss aber, lieber einen auf ihn zu trinken.

Er machte sich auf, eine Bar zu suchen. Auf dem Weg schnürte sich seine Brust zu, denn er fürchtete, dass auch er eines Tages so einen dunklen Herbst in sich tragen könnte wie sein Freund. Je weiter Joschi ging, desto größer wurde der Druck auf seiner Brust, bis er drohte, keine Luft mehr zu bekommen.

An einer Kreuzung hielt er inne. Versuchte durchzuatmen. Vergeblich. Er hatte das Gefühl zu ersticken. Er lockerte seinen Schlips. Es half nichts. Ihm wurde schwummerig vor Augen. Er beugte sich nach vorne. Stützte sich mit seinen Händen auf den Knien ab. Atmete durch. Einmal. Zweimal. Dreimal. Es half nicht. Hilfe suchend blickte er zur Seite. Sah einen Kiosk. Wollte sich Wasser kaufen. Sah Postkarten. Dachte an jene, die er Waltraut geschickt hatte. Begann wieder ein bisschen Luft zu bekommen. Etwas klarer zu sehen. Die Panik verflog langsam.

Ungefähr nach zwei Minuten richtete er sich wieder auf, wischte sich mit dem Unterarm den Schweiß von der Stirn, ging auf den Kiosk zu und schaute sich die Postkarten genauer an. Überlegte, ob er Waltraut nicht doch eine aus Israel schicken sollte. Er könnte ja schreiben, dass die Schiffsroute sich geändert habe und er deswegen in Israel sei. Er wählte eine Karte aus, auf der die Grabeskirche abgebildet war – so könnte Waltraut immer noch denken, er sei ein Christ. Joschi kaufte die Karte und eine Flasche Wasser, die er fast vollständig leerte, den Rest schüttete er sich ins Gesicht und trocknete es mit dem Hemd ab. Anschließend legte er die Karte auf einen Stapel Zeitungen und schrieb Waltraut eine Einladung.

Mit jedem Tag dachte Waltraut weniger an Joschi. Bei der Arbeit gab es im Sommer enorm viel zu tun, weil mehr Leute einkauften als sonst. Darunter auch ein etwa 30 Jahre alter, schüchterner, blonder Mann im maßgeschneiderten Anzug. Hätte er statt seiner akkurat gescheitelten Kurzhaarfrisur längere Haare gehabt, wäre er eine Idealbesetzung für Tarzan gewesen. In Waltrauts Anwesenheit stammelte der Anzugtarzan wie der Dschungelheld wenig Zusammenhängendes. Schon den vierten Tag in Folge kaufte er etwas für seine Ehefrau, von der Waltraut der festen Überzeugung war, dass sie gar nicht existierte, denn der Anzugtarzan trug zwar einen edlen Siegel-, aber keinen Ehering. Vermutlich war er schwul, was Waltraut einerlei war. Ob Zopf-Inge was mit Schwarzen hatte, Männer andere Männer liebten, was ging sie das an? Was ging es andere an, dass sie alleinerziehend war? Jeder sollte sich gefälligst um seinen eigenen Kram kümmern!

Waltraut sprach kein überflüssiges Wort mit dem Anzugtarzan, dennoch sagte er zum Abschied: «Sie sind eine sehr gute Verkäuferin.» Und da Waltraut das auch fand, freute sie das Lob so sehr, dass sie dem Blonden hinterhersah, als er das Kaufhaus verließ.

Als Waltraut abends nach Hause kam, empfing sie ihre Mutter schon an der Haustür und sagte: «Geh mal zu Gabi. Die liegt im Bett.»

«Ist sie krank?», fragte Waltraut besorgt. Die Kleine war gesundheitlich eigentlich robust, aber das war Gabis Vater auch gewesen, bis er es nicht mehr war. Daher versetzte Waltraut jedes noch so kleines Wehwehchen ihrer Tochter in Alarmstimmung.

«Nein, sie ist nicht krank.»

«Gut», Waltraut hätte gerne durchgeatmet, aber dafür blickte die Mutter zu besorgt drein.

«Auf eine gewisse Art ist es übler.»

«Was ist geschehen?»

«Geh zu Gabi.» Mama Henriette wandte sich ab, als ob sie ein schlechtes Gewissen hatte. Waltraut ging in das Zimmer, in dem sowohl ihr eigenes schmales Bett als auch das Kinderbettchen von Gabi stand, und sah sofort, was los war: Ihre Tochter hatte ein blaues Auge und ein paar Schrammen an Armen und Beinen.

«Was ist geschehen?»

«Sie haben darüber gelacht, dass ich adelig bin. Und Christoph hat mich geschubst, und da bin ich hingefallen.»

Kein Wunder, dass Mutter Henriette ein schlechtes Gewissen hatte. Waltraut wusste, dass sie auch eins hätte haben müssen – schließlich war sie es gewesen, die wollte, dass ihre Mutter die Lügengeschichte Gabi erzählt –, aber sie verspürte nur Wut auf die Kindergärtnerin.

«Was hat Frau Polle getan?», fragte sie ihre Tochter.

«Sie hat gesagt, ich solle nicht so einen Quatsch erzählen. Und endlich aufhören, die Jungen zu ärgern.»

Waltraut nahm ihr verzweifeltes Kind nicht in den Arm. Stattdessen stürmte sie aus dem Zimmer heraus in den

Flur zu der wackeligen Kommode, die der Vater vom Sperrmüll geholt und deren Beine er immer noch nicht angeglichen hatte. Sie schlug das Telefonbuch auf, fand die Adresse der Kindergärtnerin und machte sich auf den Weg durch Bremen-Walle zu einer Siedlung mit einstöckigen Arbeiterhäuschen. Sie klingelte. Es dauerte ein wenig, bis Frau Polle, eine grauhaarige Frau mit Tränensäcken, die Tür öffnete. Der Geruch von gekochtem Rosenkohl begleitete sie. Genervt fragte die Kindergärtnerin: «Frau Kampe? Was wollen Sie denn hier? Wenn Sie etwas zu bereden haben, ist der Kindergarten dafür der richtige Ort.»

Waltraut bebte vor Wut.

«Zeigen Sie bitte ein wenig Respekt und gehen Sie.»

Waltraut sah keine Person vor sich, die ihren Respekt verdiente. Nur eine Kindergärtnerin, die ihre Tochter nicht beschützte. Auch ein wenig Frau Scharper, jene Lehrerin, die sie in ihrer Schulzeit gequält hatte. Und Waltraut tat, weswegen sie hergekommen war: Sie verpasste Frau Polle eine schallende Ohrfeige.

«Ah!», schrie die Kindergärtnerin auf, taumelte von der Wucht des Schlages und hielt sich am Türrahmen fest. Am liebsten hätte Waltraut ihr noch eine gelangt, drohte aber stattdessen: «Wenn Sie meine Tochter nicht vor den Jungs beschützen, komme ich wieder. Und immer wieder, bis Sie es tun.»

Die Löwenmutter hätte ihr Opfer so gerne jetzt schon gerissen. Aber es hielt ihr den Hals hin: «Ja ... ja ... ich passe auf Ihre Tochter auf ...»

Waltraut ging, ohne sich zu verabschieden. Immer noch vor Zorn bebend. Aber auch mit der Euphorie einer Löwin, die das Blut ihres Opfers an den Lippen schmeckte.

«Ich muss Ihnen etwas gestehen», sagte der Anzugtarzan mit seiner für den imposanten Körper etwas zu hohen Stimme.

«Was denn?», fragte Waltraut, die an der Kasse gerade den fünften Lippenstift innerhalb von zwei Wochen abrechnete und sein etwas zu strenges, dafür aber sehr teures Eau de Toilette roch.

«Ich bin nicht verheiratet.»

«Nicht?» Waltraut gab sich Mühe, erstaunt zu wirken.

«Nein, bin ich nicht», der Hüne und blickte zu Boden und schwieg. Wenn er sich eine Nachfrage von Waltraut erhoffte, konnte er lange warten. Von ihr aus könnte er sich zu Hause so viel Lippenstift auftragen, wie er wollte, und auch in Frauenkleidern rumlaufen, aber sie mochte jetzt nicht die Beichtdame für ihn spielen. Anzugtarzan schaute wieder auf und sagte: «Ich ... ich ...»

«Sie benutzen den Lippenstift gerne selbst», sagte Waltraut verständnisvoll.

«Was? Nein! Nein!», wehrte der Hüne empört ab, «ich komme immer wieder, weil ich Ihre Bekanntschaft machen will.»

«Ach so», lachte Waltraut über ihre etwas peinliche Fehleinschätzung.

«Finden Sie das etwa lustig?», der Mann war von ihrem Verhalten verwirrt.

«Es tut mir leid», sagte Waltraut aufrichtig.

Das schien ihn ein wenig zu erleichtern.

«Sie wollen mich kennenlernen?», Waltraut war verblüfft. Ein Mann, der sich so einen teuren Anzug leisten konnte, wollte die Bekanntschaft einer einfachen Verkäuferin machen?

«Ich habe Sie zufällig in der Obernstraße gesehen, als ich auf den Weg ins Büro war, und dachte sofort, ich muss wissen, wer Sie sind. Da bin ich Ihnen zur Arbeit gefolgt.»

«Machen Sie das öfter?»

«Nein, Sie sind die Erste. Ich schwöre es!»

Es gab viele Männer, denen Waltraut die Meinung gegeigt hätte, dass sie nicht das Recht besäßen, ihr einfach so zu folgen. Aber dieser hier wirkte hilflos. Auf seiner Stirn hatten sich Schweißtropfen gebildet.

«Würden Sie», nahm der Anzugtarzan all seinen Mut zusammen, «mit mir ausgehen, vielleicht in ein Konzert des Bremer Philharmonischen Staatsorchesters?»

Waltraut wusste nicht, was sie darauf antworten sollte. Sie suchte keinen Mann, und nun war der stattliche Hüne nach dem Seemann schon der Zweite innerhalb kürzester Zeit, der sie ausführen wollte. Beide Kerle waren ein wenig verrückt, wenn auch auf sehr unterschiedliche Weise. Anscheinend zog sie solche Irren an. Was sagte das eigentlich über sie aus?

«Sagen Sie nicht sofort Nein», bat der Anzugtarzan hastig.

Waltraut war in Gedanken noch nicht einmal so weit gekommen, über ein Ja oder Nein nachzudenken.

«Hier ist meine Karte, rufen Sie mich bitte an, wenn Sie mögen», der Hüne überreichte ihr eine Visitenkarte, auf der das gleiche Siegel abgebildet war wie auf seinem Ring. Sie las seinen Namen, und ihr wurde klar, dass ihr gut aussehender Verehrer einer der bekanntesten Bremer Unternehmerfamilien angehörte. Er musste so viele Millionen schwer sein wie alle Einwohner von Walle zusammen. Durfte sie einen so reichen Mann überhaupt verprellen? Am Ende beschwerte er sich noch beim Kaufhausdirektor über sie. Aber zusagen mochte Waltraut auch nicht. Deshalb antwortete sie: «Ich werde es mir überlegen.»

«Mehr kann ich nicht wünschen», war der Unternehmersprössling erleichtert, sich keinen Korb geholt zu haben. Waltraut sah ihm ungläubig nach. Ein Mann aus der feinen Bremer

Gesellschaft wollte mit ihr ausgehen. So nahe war sie an dem längst vergessenen Traum ihrer frühen Jugend, dieser Schicht einmal anzugehören, noch nie gewesen.

Aber selbst wenn sie sich auf diese Verabredung einließ: Sie hatte sich ja nicht einmal getraut, mit Joschi in den Ratskeller zu gehen. Wie unangenehm würde erst der Besuch eines klassischen Konzerts sein? Sie hatte doch noch nie eines besucht. Noch nicht mal ein normales, wie von Peter Kraus. Andererseits: Würde sie sich an dem Arm eines Mannes, der die feine Gesellschaft kannte, nicht sicherer fühlen als mit einem Seemann?

Während des ganzen Arbeitstages und auch auf der Nachhausefahrt blickte Waltraut immer wieder unschlüssig auf die Visitenkarte. Und als sie die Wohnungstür öffnete und hörte, wie Gabi mit der Oma über die Hühner sprach, die einst vor dem Eisenbahnwaggon frei herumgelaufen waren, fragte sie sich, ob es für ihre Tochter nicht wunderbar wäre, in einer reichen Familie aufzuwachsen. Frau Polle hatte zwar dafür gesorgt, dass Gabi im Kindergarten nicht mehr von den Jungs geärgert wurde und sie auch endlich so schnell laufen durfte, wie sie wollte, aber wie gut müsste es der Kleinen erst gehen, wenn sie nicht einem erschwindelten Adelsgeschlecht entstammte, sondern einer echten Unternehmerfamilie angehörte?

Waltraut schalt sich selbst, dass die Fantasie mit ihr durchging: Der Mann, der laut Karte mit Vornamen Gerhard hieß, war zwar offensichtlich in sie verschossen, aber dies hieß noch lange nicht, dass er sie auch heiraten würde. Dennoch ging sie zur Kommode, um sich das Telefon zu schnappen und ihn anzurufen, das gebot die Höflichkeit. Als sie den Finger in die Wählscheibe steckte, sah sie neben dem Telefon eine

Postkarte liegen. Gewiss war es wieder eine von Joschi. Sie nahm den Finger aus der Scheibe und griff nach der Karte, die die Grabeskirche Christi abbildete, von deren Existenz sie gar nicht gewusst hatte, und las, was auf deren Rückseite stand: Es war eine Einladung. Nach Amsterdam.

«Das steht dir!», jubelte Babsi, während sich Waltraut im Spiegel einer der Karstadt-Umkleidekabinen betrachtete: Sie trug ein schwarzes Abendkleid. Es wallte bis zum Boden und war für Waltrauts Verhältnisse viel zu teuer. Doch mittlerweile besaß sie in dem Kaufhaus einen so guten Ruf, dass sie nicht mehr Frau Siegens Hilfe benötigte, um sich unter der Hand ein teures Stück Garderobe auszuleihen.

«Wirklich, ganz, ganz toll!»

Waltraut konnte Babsi in Gedanken nur zustimmen. Wenn sie es nicht selbst gewesen wäre, die das Abendkleid und dazu diesen schönen roten Seidenschal trug, sondern eine Freundin, hätte sie zu ihr gesagt: «Du bist für solche Kleider geboren.»

«Nicht schlecht, Frau Specht.» Zopf-Inge steckte den Kopf durch den Vorhang. Mit der dicken Babsi zusammen hätte sie nicht zu Waltraut in die Kabine gepasst. Waltraut betrachtete sich weiterhin stolz im Spiegel: So könnte sie heute Abend bei dem Konzert in der Glocke neben Gerhard bestehen.

«Aber an deiner Stelle», sagte Zopf-Inge, «würde ich dennoch heute den Nachtzug nach Amsterdam nehmen.»

«Inge, jetzt hör doch mal auf damit!»

«Das ist doch ein Zeichen, dass der Seemann ausgerechnet morgen in Amsterdam ist. Und er dir eine Karte für den Nachtzug direkt nach dem Konzert geschickt hat.»

«Das ist ein dummer Zufall.»

«Zeichen.»

«Zufall!»

«Deine Kleine ist noch für eine Woche mit deinen Eltern am Dümmer See. Du hast endlich ein paar Tage für dich. Das ist ein Zeichen.»

Waltraut seufzte. Auch das war ein Zufall. Es waren nun mal Sommerferien. Und mehr als die eine Woche Zelten konnte sich ihre Familie nicht leisten. Aber falls der Unternehmer ihr heute Abend auch nur halb so sehr gefallen würde wie sie offensichtlich ihm, könnte die Kleine vielleicht irgendwann ganz woanders Urlaub machen. Babsi hatte gehört, dass Gerhards Familie ein Haus auf Sylt besaß. Und eins auf Mallorca. Und eins am Comer See, wo immer der auch liegen mochte.

Waltrauts Leben drehte sich nun mal um die eigene Tochter. Ein besseres würde es für die Kleine mit dem Seemann nicht geben, höchstens ein flüchtiges Abenteuer, das Waltraut partout nicht eingehen wollte: «Wie oft denn noch: Ich fahre doch nicht einfach nach Amsterdam, nur weil er es will!»

«Du gehst ja auch in ein Konzert, weil es der Bonze will.»

«Und eben deswegen kann ich doch nicht gleich danach in einen Zug steigen. Wie sieht das denn aus?»

«Nach einer tollen Frau, die endlich mal was von der Welt sieht.»

«Schwachsinn!»

«Weißt du was, ich packe dir eine Reisetasche und bring sie dir zum Bahnhof aufs Gleis.»

«Die Mühe kannst du dir sparen.»

«Werden wir ja sehen», grinste Zopf-Inge.

«Was soll das denn heißen?»

«Du passt nicht zu den feinen Pinkeln.»

«Na, vielen Dank!»

Zopf-Inge zog den Kopf wieder zurück, und die beiden in

der Kabine konnten hören, wie sie davonging. Dabei rief sie so laut, dass es halb Karstadt hören konnte: «Wir sehen uns um 23:09 Uhr auf dem Gleis!»

Klopfenden Herzens betrat Waltraut mit Gerhard das Foyer der Glocke, in dem sich Hunderte Menschen in Abendgarderobe tummelten. Die meisten tranken Sekt. Andere aßen, ganz wie normale Menschen, Brezeln. Vielleicht, so hoffte Waltraut, waren die feinen Pinkel ja nicht halb so angsteinflößend, wie sie dachte.

Sie waren es doch.

Kaum wurden die ersten Leute gewahr, dass Gerhard anwesend war, richteten sich ihre Augenpaare auf die beiden. Noch viel unangenehmer als der Blick der Männer auf Waltrauts Busen und Po war jener der Frauen, die sie von Kopf bis Fuß eingehend musterten.

Ein etwas älterer Freund von Gerhard trat mit seiner Frau zu ihnen, und Gerhard stellte Waltraut als seine Begleitung vor. Der Freund namens Matthias trug eine goldgefasste Brille, während seine Frau Annegret ein dunkelgrünes Kleid anhatte, das gewiss ein Unikat war. Gegen sie kam sich Waltraut sogar mit der von Babsis Mutter geliehenen Perlenkette vor wie eine arme Kirchenmaus.

«Mögen Sie auch so sehr Puccini, Frau Kampe?», fragte Annegret mit einem falschen Lächeln, für das sie bei einer Verkäuferinnenlehre von einer Ausbilderin wie Frau Siegen gescholten worden wäre.

«Sehr», schwindelte Waltraut, die, wenn sie aus Versehen im Radio eine Oper erwischte, schnell weiterdrehte, um den Sender zu wechseln.

«Und was mögen Sie genau an Puccini?», die Frau schien zu wittern, dass Waltraut nicht hierhergehörte.

«Die Musik», ging Waltraut mit einem strahlenden Lachen in die Offensive.

«Ah ja», wusste Annegret nicht ganz, wie sie darauf reagieren sollte. Waltraut sah zu Gerhard, doch der befand sich schon im Gespräch mit seinem Freund über die steigenden Kaffeepreise. Offensichtlich verdiente der Brillenträger sein Geld mit ebenjenen Kaffeesäcken, die Waltrauds Bruder den Rücken ruinierten. Bestimmt lief hier auch irgendwo der Werfteigentümer herum, für den ihr Vater schuftete.

«So», stellte Annegret fest, «Sie wollen sich also unseres Gerhards annehmen.»

Waltraut hätte ihr am liebsten geantwortet, dass nicht sie es war, die sich Gerhard schnappen wollte, sondern er ihr hinterhergelaufen war. Aber das gehörte sich wohl nicht und würde außerdem Gerhard blamieren. Daher antwortete sie mit einer Gegenfrage: «Unseres Gerhards?»

«Gerhard hat viele Freunde», die Frau deutete mit ihrem Sektglas ins Foyer, als ob sie mit einer Armee drohen wollte, «wir wollen, dass es ihm gut geht.»

«Natürlich», antwortete Waltraut.

Eine Glocke läutete.

«Ich glaube, wir müssen in den Saal», sagte der Goldbrillenträger und hakte seine Frau unter. Am liebsten hätte Waltraut ihn dafür geküsst.

«Wir müssen uns unbedingt einmal zum Essen im Park-Hotel treffen», sagte Annegret, die Waltraut anscheinend noch genauer auf den Zahn fühlen wollte.

«Eine wundervolle Idee», fand Gerhard und wandte sich an Waltraut: «Was sagst du dazu?»

«Sehr gerne», lächelte Waltraut die Frau an. Sie konnte sicher sein, dass ihr falsches Lächeln um Längen besser war als das der scheinheiligen Kuh.

Die Glocke läutete erneut, und alle machten sich auf den Weg die Treppen nach oben zum Saal. Und Waltraut dachte, dass es selbst die stärkste Löwin unter so vielen Hyänen nicht leicht haben würde.

Für Waltraut war die Darbietung eine Tortur. Das Orchester spielte zwar schön, aber der Opernsänger und die Sängerin bölkten die ganze Zeit, was Waltraut schrecklich fand. Sie konnte sich gar nicht vorstellen, dass all den feinen Damen und Herren das Gejaule wirklich gefiel. Immer wieder sah sie sich um und stellte fest, dass der ein oder andere ältere Herr bereits eingeschlafen war. Gerhards Freund schien gedanklich abwesend, vermutlich war er immer noch mit den steigenden Kaffeepreisen beschäftigt oder mit der Frage, wie er seine Arbeiter noch besser ausbeuten konnte. Seine Frau saß mit geschlossenen Augen da und lächelte, was wohl den anderen zeigen sollte, wie sehr sie die Musik genoss. Nur Gerhard schien das Konzert aufrichtig zu gefallen.

Was Zopf-Inge wohl zu all dem sagen würde? Dass sie die Musik ihres Schwarzen ehrlicher fand. Und Waltraut den Zug nach Amsterdam nehmen sollte.

«Wie gefiel dir das Konzert?», fragte Gerhard, als sie aus dem Saal traten. Da seine Augen dabei so leuchteten, brachte Waltraut es nicht übers Herz, ihm die Wahrheit zu sagen: «Sehr gut.»

«Das freut mich», sagte er. Er war ein freundlicher Mensch. Wenn auch ein wenig steif. Vielleicht konnte sie ihn ja ein wenig lockerer machen?

«Annegret hat vorgeschlagen», schlug Gerhard vor, «dass wir in den Ratskeller gehen und noch ein Glas Grauburgunder trinken.»

Wir können uns auch, dachte Waltraut, von einer Brücke stürzen.

«Was hältst du davon?»

Waltraut überlegte sich, dass sie mit dem ‹locker machen› gleich mal anfangen konnte: «Wir beide können uns auch ein Bier holen und spazieren gehen. Vielleicht finden wir auch noch irgendwo eine leckere Bratwurst und ein bisschen modernere Musik.»

«Bratwurst ...», Gerhard dachte nach, «nein, nein ... wir gehen lieber in den Ratskeller.»

So viel also zum Lockermachen.

Und dazu, dass dieser Mann auf Wünsche von ihr eingehen würde.

Annegret trat mit ihrem Goldbrillenträger hinzu – er war zwar der reiche Unternehmer, aber sie anscheinend diejenige, die bestimmte, wo es langging – und fragte: «Wie spät ist es?»

«22:39 Uhr», antwortete Gerhard mit Blick auf seine goldene Taschenuhr.

In genau einer halben Stunde, schoss es Waltraut durch den Kopf, fuhr der Nachtzug ab.

«Unsere Kinderfrau kann bis eins», sagte Annegret und lächelte Waltraut an: «Wir haben also genug Zeit, um zu sehen, wie wunderbar du zu Gerhard passt.»

«Wir haben uns doch gar nicht das Du angeboten», hörte Waltraut sich selbst sagen.

«Freunde von Gerhard sind auch unsere Freunde», hielt Annegret entgegen.

«Aber nicht unbedingt meine», rutschte es Waltraut heraus.

«Waltraut», sagte Gerhard tadelnd, «Annegret meint es doch nur gut.»

«Nein, sie will herausfinden, ob ich hinter deinem Geld her bin.» Waltraut sah Annegret direkt an: «Oder etwa nicht?»

Annegret antwortete nicht. Blickte nur pikiert. Das erzürnte Waltraut erst recht: «Ich bin es nicht!»

«Waltraut», versuchte Gerhard zu besänftigen.

«Es könnte ja auch die Frage sein, ob du überhaupt zu mir passt!», redete Waltraut sich in Rage.

«Passe ich nicht zu dir?», fragte Gerhard und wirkte mit einem Male sehr verletzlich.

Das ließ Waltrauts Wut entweichen: «Entschuldige.»

Gerhard wusste nicht, was er sagen sollte.

«Ich ... ich ... brauche etwas Zeit für mich», erklärte Waltraut und ging davon.

«Waltraut!», rief Gerhard hinterher.

«Woher hast du die überhaupt?», hörte Waltraut den Brillenträger noch fragen.

«Ich habe sie bei Karstadt kennengelernt», antwortete Gerhard.

«Habt ihr da beide was gekauft?»

«Nein, sie arbeitet dort als Verkäuferin.»

Da lachte Annegret laut auf.

Kein Gelächter hatte Waltraut so sehr getroffen, seit Frau Scharper am ersten Schultag die Mitschüler dazu gebracht hatte, sie auszulachen.

Waltraut ging in Richtung Bremer Dom und setzte sich auf seine Stufen. Sie steckte sich eine Zigarette an und fragte sich, wie sie nur so dumm hatte sein können, sich auf diesen Albtraumabend einzulassen.

Die Dom-Uhr schlug Viertel vor elf. Wenn sie sich beeilte, könnte sie noch rechtzeitig am Bahnhof sein, um den Nachtzug zu erreichen.

Aber wäre sie nicht noch dümmer, wenn sie jetzt in den Zug springen würde? Der Seemann hatte für das Ticket bezahlt, da war doch klar, dass er mit ihr auch in die Kiste steigen wollte. Andererseits wurde sie zu Hause endlich mal für einige Tage nicht benötigt. Und wenn der Seemann sie anfassen würde, würde sie ihm einfach auf die Hand schlagen und gehen. Ein Rückfahrtticket hatte er ja auch beigelegt.

Waltraut drückte die Zigarette aus, erhob sich und ging, so schnell die hohen Schuhe und das Abendkleid es erlaubten, in Richtung Bahnhof. Dort starrten die wenigen Reisenden in der Halle sie an, aber anders als die feine Gesellschaft zuvor. Waltraut erklomm die Treppen zum Gleis. Dort stand tatsächlich Zopf-Inge mit ihrer Reisetasche und grinste über beide Ohren.

Waltraut ging auf sie zu, nahm die Tasche, öffnete sie und war verwirrt: «Nur Zugticket, Waschzeug, Pass und Unterwäsche?»

«Na, was meinst du wohl, was der Seemann staunen wird, wenn du in dem Kleid aus dem Zug steigst.»

«Inge!»

«Waltraut!», äffte Zopf-Inge sie gut gelaunt nach.

«Du bist unmöglich!»

«Und du in dem Kleid wunderschön.»

Waltraut seufzte.

«Und jetzt ab in den Zug!»

«Und wenn nicht?»

«Hau ich dich!»

Waltraut lachte schallend. Dann drückte sie ihre Freundin, stieg – begleitet vom staunenden Blick des Schaffners – in den Wagen und reiste zum ersten Mal ins Ausland.

❖❖❖

Joschi wartete auf Gleis 1 des Amsterdamer Centraal-Bahnhofs. Ihm kam in den Sinn, dass er noch nie auf einem Bahnsteig gestanden hatte, um jemanden abzuholen. Und auch nur einmal, um jemanden wegfahren zu sehen. Rosl, als sie mit dem Zug der Betar aus Wien floh, verabschiedet von Adolf Eichmann persönlich.

Joschi fühlte bei der Erinnerung wieder einen Druck auf der Brust. Er dachte an den Prozess, der dem Massenmörder gerade in Jerusalem gemacht wurde. Dass man ihn nicht sofort hingerichtet hatte – am besten mit Gas –, hatte Joschi zuerst nicht verstanden. Doch mittlerweile war er dankbar, dass es zu der in Israel überall in den Radios und in den wenigen Fernsehern übertragenen Verhandlung gekommen war. Nicht etwa, weil er mit einem Mal doch fand, Eichmann hätte einen gerechten Prozess verdient. Und schon gar nicht, weil er dessen lächerliche Verteidigung, er wäre nur ein Rädchen im System gewesen, hören wollte. Es waren die Zeugenaussagen, für die Joschi dankbar war. So sprach Ghettokämpferin Zivia Lubetkin über das Leben und den Aufstand im Warschauer Ghetto. Erst dadurch begriff Joschi, was Selma und Jakov durchgemacht hatten. Und er verstand, warum Selma ihren Mann niemals verlassen würde.

Andere Zeugen berichteten über die Lager. Ein Mann schilderte, wie er von seiner Familie an der Rampe von Auschwitz getrennt wurde und seiner kleinen Tochter, die einen roten Mantel trug, nachblickte, bis der immer kleiner werdende rote Punkt in der Menge verschwand.

Am Abend dieses Zeugenberichts kam Dora von der Arbeit im Krankenhaus, in dem während des Prozesses ebenfalls ständig das Radio lief, nach Hause. Sie sagte kein Wort, legte sich, trotz der frühen Abendstunden, sofort ins

Bett und schloss die Augen. Dora war, das hatte sie Joschi gegenüber nur einmal kurz erwähnt und dann nie wieder, auf ebenjener Rampe von ihrer Mutter getrennt worden. Doch erst durch die Aussage des Mannes wurde dieser Fakt für Joschi real.

Dora.

Er hätte sich nicht mit Waltraut verabreden dürfen.

Der Zug fuhr ein.

Sollte er jetzt noch schnell verschwinden?

Der Zug hielt.

Noch war es nicht zu spät.

Aber dann würde er sich gegenüber Waltraut schäbig verhalten.

Dora?

Waltraut?

Wen sollte er verletzen?

Sich selbst?

Er wollte sich gerade zum Gleisabgang wenden, da trat Waltraut aus dem Zug. Im schwarzen Abendkleid und mit rotem Seidenschal. Eine Erscheinung. Als ob in einem Hollywood-Film die Prinzessin von einer royalen Krönung entflohen war, um ihrem Seemannsfreund in die Arme zu fallen. Bei ihrem Anblick dachte Joschi nicht mehr an Dora. Oder Eichmann. Der Druck auf seiner Brust war mit einem Schlag verschwunden.

«Mund zu, Fliegen kommen rein», lachte Waltraut, die sich von der Zugfahrt regelrecht durchgeschüttelt vorkam.

«Du ...», suchte Joschi nach Worten, «du ...»

«Ich?»

«Siehst wunderschön aus.»

Waltraut erkannte, dass dies kein routiniertes Kompliment war, und sagte erfreut: «Danke.»

Eine Weile standen die beiden sich lächelnd gegenüber, bis Joschi die Sprache wiederfand: «Ich bring dich zum Hotel.»

«Ich würde mir erst mal gerne Kleidung zum Wechseln kaufen.»

«Du hast nur dieses Kleid dabei?»

«Lange Geschichte.»

«Bist du von einem royalen Termin geflohen?», lachte Joschi.

«Termin?»

«Wie Audrey Hepburn in ‹Roman Holiday›?»

«Den kenn ich nicht.»

«Du bist ja auch jung.»

Es war ein Moment, in dem Waltraut wieder mal bewusst wurde, dass der Seemann viel älter war als sie. Doch es machte ihr nichts aus. Sie war in Amsterdam. Und sie wollte es genießen!

«Ich bin», erklärte sie, «von einer noch viel langweiligeren Veranstaltung geflohen.»

Joschi nahm ihr die Tasche ab und antwortete: «Mit mir wird es nicht langweilig, versprochen!»

Waltraut fand es aufregend, dass die Menschen auf den Straßen kein Deutsch redeten. Auf der Fahrt noch hatte sie befürchtet, dass ihr das Angst bereiten könnte, doch dafür sprachen die Holländer viel zu lustig. Und noch lustiger war es, wie Joschi sie in einer Fantasiesprache nachmachte. Das tat er auch, als eine alte Frau ihr böse zurief: «Walgelijke Duitse vrouw!»

Joschi ging auf die Alte zu und sagte lächelnd: «Vergibje mir, alte Dame, maar sie stinke.»

Die Alte schaute empört, wandte sich ab und ging fluchend davon. Waltraut war gerührt: Joschi hatte sie verteidigt! Zwar nur gegen eine alte Frau, aber etwas sagte ihr, dass er es auch tun würde, wenn sechs Matrosen sie bedrohen würden. Nicht dass der kleine Mann gegen die Männer bestehen könnte, aber im Stich lassen würde er sie nicht.

Joschi und Waltraut gingen in die nächste Boutique. Er half ihr bei der Verständigung mit der Verkäuferin, indem er auf Englisch mit ihr sprach, und bezahlte trotz Waltrauts Protests den grünen Hosenanzug, den sie sich ausgesucht hatte. Es war der erste, den sie jemals trug, und als sie in ihm durch die Amsterdamer Straßen in Richtung Hotel ging, kam sie sich vor wie eine Frau von Welt.

In dem kleinen süßen Hotel hatte Joschi zu ihrer Überraschung nicht ein, sondern zwei Zimmer reserviert. In ihrem Zimmer hängte Waltraut ihr Abendkleid in den Schrank, öffnete das Fenster und sah direkt auf eine Gracht, deren Wasser in der Sonne funkelte. Wie gut, dass sie auf Zopf-Inge gehört hatte!

Nach dem großartigen Start des Tages legte Joschi sich in seinem Hotelzimmer zwei Pläne für den Abend zurecht. Beide besagten, dass er bis zum frühen Abend die Zeit mit Waltraut genießen würde. Aber nur Plan A sah vor, dass die beiden in die Nacht tanzten. Plan B besagte, dass er sie noch in dieser Nacht zu einem Zug heim nach Bremen begleiten würde. Es hing alles davon ab, ob es ein Fehler gewesen war, eine junge Deutsche gegenüber einer alten Holländerin verteidigt zu haben.

Joschi fuhr mit Waltraut Bötchen in den Grachten, sah sich gemeinsam mit ihr das Rembrandt-Haus an und lud sie zu Poffertjes ein. Bei alldem hatten sie beide sehr viel Spaß. Besonders als eine Taube auf Joschis Schulter machte und er dem Viech hinterherfluchte: «Pass auf! Ich mach das auch mal mit dir!» Da lachte Waltraut so laut, dass Joschi sich über nichts auf der Welt mehr freute als über dieses Lachen.

Am frühen Abend trübte sich seine Laune jedoch. Es galt endlich herauszufinden, ob er Plan A oder Plan B verfolgen würde.

Er setzte sich mit Waltraut in ein Straßencafé an einer besonders schönen Gracht, sie bestellten Kaffee und er sich zusätzlich einen Weinbrand.

«Was hast du?», fragte sie.

«Wie bitte?», antwortete Joschi ertappt.

«Du wirkst mit einem Mal so ernst.»

Der Kellner brachte die Getränke.

«Habe ich etwas falsch gemacht?»

«Nein, nein!», sagte Joschi hastig. Waltraut hatte gar nichts falsch gemacht. Umso härter wäre es, wenn sie es gleich tun würde.

«Was ist es dann?»

Joschi blickte zum Kellner, wollte nichts sagen, solange der noch servierte. So einige Holländer verstanden nun mal Deutsch.

«Ich weiß, was es ist», wirkte Waltraut mit einem Male ganz ernst.

«Ja?», staunte Joschi.

«Du bist ...»

Joschi blickte auf eine Weise zum Kellner, durch die Waltraut begriff, dass er in dessen Anwesenheit nicht weiterreden mochte, und die beiden warteten, bis der Mann endlich gegangen war. Joschi nutzte die Zeit, um den Weinbrand in einem Zug auszutrinken.

«Du bist verheiratet», stellte Waltraut fest.

Sie wusste das?

Joschi blickte in sein Glas, ob noch etwas Weinbrand drin war.

Nicht mal ein kleiner Rest.

«Wo du sonst den Ring trägst», deutete Waltraut auf seine Hand, «ist die Stelle nicht so braun gebrannt.»

Es war nicht das, was Joschi ihr hatte gestehen wollen, aber nun, wo es schon mal raus war, musste er sich dem stellen: «Meine Ehe ...»

«Geht mich nichts an», unterbrach Waltraut.

«Nicht?»

«Ich will hier einfach nur ein wenig Spaß haben. Nicht mehr.»

Joschi prüfte ihren Blick: Sie meinte es ernst.

«Nicht so, wie du denkst», wehrte sie ab. «Ins Bett gehe ich immer noch nicht mit dir!»

Das gehörte weder zu Plan A noch zu Plan B. Zum einen wollte er so etwas wie mit Selma nicht noch einmal erleben. Zum anderen war der Tag bisher viel zu bezaubernd gewesen, um an eine gemeinsame Nacht im Bett überhaupt nur zu denken. Mit Waltraut war es wie bei Dora am Anfang, bei der er auch lange nicht an so etwas gedacht hatte. Anscheinend bedeutete ihm Waltraut tatsächlich etwas.

«Das», sagte Joschi, «wollte ich auch nicht.»

«Lügner», erwiderte Waltraut. Nicht böse, sondern mit einem Lächeln.

«Ich bin kein Lügner.»

«Du hast mir nichts von deiner Frau erzählt.»

«Das ist kein Lügen, sondern nur ein ‹Nicht die ganze Wahrheit sagen›.» Kaum hatte Joschi das ausgesprochen, merkte er selbst, wie albern er klang.

«Gut», lachte Waltraut ihn nun doch ein wenig aus, «nennen wir dich ‹Nicht-die-ganze-Wahrheit-Sager›.»

«Entschuldige», sagte Joschi das einzig noch Mögliche. Er war froh, dass zumindest die Karte mit der Ehe jetzt offen auf dem Tisch lag. Es fehlte jedoch eine weitere, für ihn sogar wichtigere: «Es gibt da noch etwas.»

«Hast du etwa noch eine zweite Ehefrau?», scherzte Waltraut.

«Ich bin Jude.»

«Oh.»

«Oh?», fragte Joschi misstrauisch.

«Das macht mir auch nichts aus.»

«Wirklich nicht?»

«Einen Gott gibt es ohnehin nicht.»

Joschi verstand: Waltraut hatte ihren Mann verloren. Dass sie so dachte wie so viele Juden, war da nur allzu verständlich.

«Und es gibt nur zwei Sorten Menschen auf der Welt: Nette und Arschlöcher.»

Diese junge Deutsche war nicht nur schön, sondern auch lebensklug.

«So», fragte sie, «können wir jetzt wieder ein wenig Spaß haben?»

«Ich muss noch etwas wissen.»

«Gleich nehme ich den Zug nach Hause.»

«Deine Eltern ...»

«Waren keine Nazis.»

Joschi atmete durch.

«Können wir jetzt endlich wieder etwas Spaß haben?»
«Nein», antwortete Joschi.
«Nein?», jetzt wurde Waltraut langsam böse.
«Wir werden unglaublich viel Spaß haben!»
Sie lachte.
Joschi wollte dieses Lachen nie wieder missen.

❖❖❖

Der Verrückte hatte nicht zu viel versprochen. Er hatte ihr gesagt, sie solle wieder das Abendkleid tragen, und sie in ein kleines, gemütliches Restaurant geführt, in dem er alle sieben Tische nur für sie beide reserviert hatte.

«Meine Güte, was kostet das denn?», fragte Waltraut.

«Du bist jeden Gulden wert.»

Joschi schien es aufrichtig zu meinen, so wie sie es aufrichtig gemeint hatte, dass sie kein Problem damit hatte, dass er verheiratet und Jude war. Der einzige Jude, den sie bisher gesehen hatte, war jener, den die Nazis aus dem Kamin im Haus gegenüber gezerrt hatten. Ob es in Bremen überhaupt noch Juden gab? Egal! Dieser hier machte ihr tolle Komplimente. Das gefiel ihr. Und sie wollte noch mehr hören:

«Warum bin ich jeden Gulden wert?»

«Du bist eigentlich unbezahlbar.»

«Hah!», lachte Waltraut.

«Ich will», lachte Joschi, «heute mit dir tanzen.»

«Tanzen?»

«Und vorher essen. Und trinken!»

«Na», lachte Waltraut, «das kann ja was werden!»

Waltraut machte sich über das Steak her, aß die Hälfte der Kartoffeln und trank zwei Gläser von dem großartigen Rotwein. Als das Dessert verspeist war – eine Art göttlicher Schokopudding, der Muus-oh-Schokalah hieß oder so ähnlich –, wollte sie auch selbst gerne tanzen, obwohl sie es gar nicht konnte.

«Wohin gehen wir zum Tanzen?»

«Wir bleiben hier», grinste Joschi, der ein paar Gläser Rotwein mehr getrunken hatte.

«Hier?»

Statt lange Erklärungen abzugeben, gab Joschi den Kellnern ein Zeichen. Sie stellten ein paar der Tische zur Seite und machten Platz für eine Tanzfläche.

«Spielen die», fragte Waltraut verblüfft, «jetzt Radiomusik für uns?»

«Radio? Für wen hältst du mich?», antwortete Joschi und stand vom Tisch auf.

«Für einen Irren.»

«Wir haben natürlich eine Kapelle!», Joschi gab dem Oberkellner noch ein Zeichen. Der öffnete eine Tür am anderen Ende des Raumes, und vier Musikanten, drei davon mit Gitarren, einer ohne Instrument, aber alle mit schmalzigem Lächeln im Gesicht, traten heraus. Sie spielten die ersten Klänge eines langsamen Liedes. Joschi verbeugte sich galant und fragte: «Darf ich bitten, schöne Frau?»

«Du darfst», lachte Waltraut.

Joschi führte sie auf die improvisierte Tanzfläche. Der Musikant ohne Gitarre begann zu singen:

> «*Moon River, wider than a mile*
> *I'm crossing you in style some day*
> *Oh, dream maker, you heart breaker*
> *Wherever you're goin', I'm goin' your way.*»

Waltraut fühlte sich beim langsamen Hin-und-her-Wiegen in Joschis Armen wohl. Nicht so wie an ihrem Hochzeitstag in den Armen von Friedrich, aber es war schön, endlich wieder einem anderen Menschen körperlich nah zu sein.

«Suppe, Suppe, Suppe», sang Joschi lallend zu irgendeiner Fantasiemelodie, als Waltraut ihn auf sein Hotelbett legte. «Suppe, Suppe, Suppe!»

Zu ihrer eigenen Verblüffung fand Waltraut es schade, dass der Seemann zu betrunken war, um sie aufzufordern, sich dazuzulegen. Einen anderen Körper neben sich zu spüren ... Zum ersten Mal, seit sie eine Witwe war, vermisste sie das.

«Suppe, Suppe, Suppe.»

«Ich hol dir Suppe», schwindelte sie.

«Du bist wunderbar», lallte er und machte die Augen zu.

Waltraut gab ihm ein kleines Küsschen auf die Stirn und antwortete: «Und du wirklich durchgedreht.»

Sie hörte noch, wie Joschi weiter «Suppe, Suppe, Suppe» sang, und schloss leise hinter sich die Tür.

Im Dezember 1961 traf Joschi Waltraut am zweiten Adventswochenende in Kopenhagen. Freitagabends war sie es, die ihn mit auf ihr Hotelzimmer nahm. Am Samstagmorgen stornierte er sein Zimmer, damit sie sich für die zweite Nacht eins teilen konnten.

Im Jahr 1962 traf Joschi Waltraut in Ostende, in Paris und ein weiteres Mal in Amsterdam. In der Zwischenzeit schrieb er ihr aus jedem Hafen Postkarten, und Waltraut antwortete ihm auf jede zweite mit einer aus Bremen: dass es ihr gut gehe, Gabi auch, dass das Wetter schön sei und sie sich auf die nächste Begegnung mit ihm freue. Joschi lebte auf die Postkarten hin und viel mehr noch auf die gemeinsamen Treffen. Manchmal an Deck, häufiger aber in Israel, erschrak er sich, weil ihn der Gedanke überkam, sie wären das Einzige, wofür er überhaupt noch lebte.

«Wofür», fragte Dora kurz vor dem Schlafengehen im Bad, «gibst du auf deinen Reisen das viele Geld aus?»

«Geld?», Joschi war von der Frage, die für ihn aus dem Nichts kam, überrascht.

«Ich habe die Bankauszüge gesehen.»

«Ich ... spiele manchmal Karten. Und ich bin nicht gut darin», schwindelte Joschi.

«Eine Sucht reicht dir wohl nicht», sagte Dora und behandelte ihn zum ersten Mal abfällig.

«Sucht?», Joschi verstand nicht.

«Du trinkst zu viel.»

«Das stimmt nicht!»

«Doch, das stimmt», bekräftigte Dora.

«Du musst mal meine Matrosen sehen. Die saufen! Nicht ich!»

Dora sah ihn an, als ob sie ihm erneut widersprechen wollte, doch sie winkte nur müde ab, als hätte sie schon all ihre Kraft damit verbraucht, den Vorwurf überhaupt auszusprechen. Sie verschwand ins Schlafzimmer.

«Ich trinke ganz normal!», rief er ihr hinterher.

Es kam keine Antwort.

Joschi betrachtete sich im Badezimmerspiegel und schüttelte den Kopf: Dora hatte anscheinend den Verstand verloren. Er trank gerne, das ja, wer tat das nicht, aber so was machte ihn ja wohl noch lange nicht zu einem Säufer!

1963 verbrachte Joschi mit Waltraut Tage in Rotterdam, Kiel, wieder Amsterdam, wieder Ostende und schließlich in Hamburg. Dort gingen sie auch zum ersten Mal ins Kino und sahen sich ‹My Fair Lady› an. Als der Abspann lief, sagte Waltraut: «Ich würde mich nie von einem Mann so dressieren lassen wie die Frau im Film.»

«Natürlich nicht», Joschi wusste und schätzte, dass er mit einer stolzen jungen Frau unterwegs war.

«Kein Mann würde mir sagen können, wie ich mich zu verhalten habe!»

Joschi betrachtete Waltraut, wie sie mit ihrem unnachahmlichen Funkeln in den Augen im Kinosessel saß, und fragte: «Wieso sollte man das auch tun? Du bist wundervoll, wie du bist.»

«Viele Männer wollen, dass ihre Frauen gehorchen.»

«Das würde ich nie wollen.»

Er hatte Dora nicht ändern wollen. Hedy ebenfalls nicht. Die Welt war schon so anstrengend genug. Da musste man sich als Mann und Frau nicht auch noch gegenseitig auf die Nerven fallen. So wie Rosl dem armen Charlie. Oder Dora ihm wegen seines völlig akzeptablen Alkoholkonsums.

«Versprichst du mir das?», fragte Waltraut.

«Ich verspreche dir alles», lachte er.

«Irgendwann», lächelte Waltraut frech, «werde ich dich sicher noch mal daran erinnern.»

Am nächsten Vormittag besuchte Joschi das Grab seines Freundes Amos. Waltraut begleitete ihn. Stellte keine Fragen. Nahm ihn nur in den Arm. Danach hätte er ihr, obwohl verheiratet, am liebsten einen Antrag gemacht.

«Jetzt weiß ich, woher Waltraut ihre Schönheit hat», charmierte Joschi gleich zur Begrüßung Waltrauts Mama. Bevor er in Hamburg wieder ablegen musste, machte er einen Abstecher nach Bremen. Henriette war zwar nur unwesentlich älter als er, wirkte aber viel grauer. Dennoch lachte sie herzlich über sein Kompliment.

«Ich hole Gabi», sagte Waltraut und ging durch den recht kargen Flur der kleinen Wohnung in ein Zimmer. Als sie verschwunden war, fragte die Frau namens Henriette ernst: «Was sind Ihre Absichten, Herr Safier?»

«Mit Waltraut und ihrer Tochter ein Eis essen zu gehen», antwortete Joschi, als hätte er nicht verstanden.

«Ihre Absichten mit Waltraut.»

Was sollte er schon für Absichten haben? Weiter wundervolle Tage mit ihr zu verbringen.

«Sie holen sie doch nicht etwa von hier weg?»

«Von hier weg?», staunte Joschi.

«Na, dahin, von wo Sie kommen.»

Mit Waltraut nach Israel?

Joschi zog es in diesem Augenblick zum ersten Mal in Erwägung. Stellte sich vor, wie die beiden in einer Wohnung zusammenlebten. Wegen Dora nicht in Haifa, so viel Anstand musste nach einer Scheidung, die man vorher in so einem Falle durchführen müsste, schon sein, aber vielleicht in Tel Aviv, und da ...

... würde Waltraut als Deutsche auf der Straße beschimpft, bespuckt, womöglich sogar tätlich angegriffen werden. Vielleicht sogar ihr kleines Töchterchen, welches just in diesem Moment mit Waltraut den Flur betrat und ihn vor lauter Schüchternheit nicht mal ansehen mochte.

«Nein, das werde ich nicht tun», antwortete Joschi Henriette. Die atmete erleichtert auf.

«Was wirst du nicht tun?», fragte Waltraut.

«Deiner Tochter verraten, dass wir Eis essen gehen.»

Gabis Augen leuchteten bei der Aussicht.

«Hoppla, da habe ich mich wohl verplappert.»

Gabi kicherte. Die Oma lächelte. Nur Waltraut schaute ihn skeptisch an, schien zu wittern, dass er schwindelte.

«Das hat er wirklich gesagt», bestätigte Henriette, und Waltraut seufzte: «Ich sehe schon, ihr zwei versteht euch.»

«Und wie!», lachte Joschi und gab der alten Frau einen Schmatzer auf die Wange, der sie genauso kichern ließ wie die Enkelin.

Die Oma war eingewickelt. Jetzt musste er nur noch Gabi für sich gewinnen!

«Wir sind Adelige», sagte Gabi stolz, während sie den Rest ihres großen Eisbechers mit drei Kugeln Vanille und ganz, ganz, ganz viel Sahne verputzte.

«Adelige?», staunte Joschi.

Waltraut wäre am liebsten im Erdboden versunken.

«Mein Uropa ist Graf!»

«Das ist ja ein dolles Ding!», Joschi sah zu Waltraut. Leider tat sich kein Erdloch auf. Was sollte sie nun sagen? Sie konnte vor der Kleinen ja schlecht erklären, dass das alles nur Spinnerei war, um Gabis Selbstbewusstsein zu stärken.

«Deine Mama», wechselte Joschi das Thema, «hat mir erzählt, dass du schnell laufen kannst.» Er hatte offensichtlich bemerkt, wie unangenehm ihr das Ganze war, und verhielt sich, wie immer, sehr rücksichtsvoll.

«Ich renne schneller als alle in meiner Schulklasse!», freute sich Gabi.

«Aber nicht als ich», erwiderte Joschi spielerisch.

«Oh doch!»

«Wollen wir wetten?», fragte Joschi.

«Wetten tun nur die Juden», sagte die Kleine empört.

«Gabi!», rief Waltraut aus. «So was sagt man nicht!»

Joschi legte seine Hand beruhigend auf ihre und fragte die Kleine: «Wo hast du das denn gehört?»

«Von Frau Polle, meiner alten Kindergärtnerin.»

«Da irrt sich die Frau Polle», erklärte Joschi.

Waltraut staunte, wie ruhig er blieb, während sie selbst doch vor Wut bebte.

«Mama hat der mal eine Ohrfeige gegeben. Hat Frau Polle mir selbst verraten.»

Joschi sah wieder zu Waltraut: «Stimmt das?»

«Ja. Sie hat Gabi nicht vor den anderen Kindern beschützt. Jetzt schon.»

Jetzt sah er sie an wie noch nie zuvor.

«Was schaust du so?»

«Du bist eine unglaubliche Mutter», antwortete Joschi und wandte sich erneut Gabi zu: «Wollen wir mal rausfinden, wer von uns schneller laufen kann?»

«Ja!»

Die beiden gingen raus. Aber Waltraut blieb sitzen. Was war das für ein Blick gewesen? War Joschi etwa ... in sie verliebt?

Sie mochte ihn. Sogar sehr. Fand die Zeit mit ihm schön. Und wollte sie um keinen Preis der Welt missen. Aber ihn lieben?

Sie hatte Friedrich geliebt. Und das Gefühl war anders gewesen. Völlig anders.

❖❖❖

Als Joschis Schiff in Hamburg ablegte und Waltraut und Gabi, die aus Bremen mitgefahren waren, um sich von ihm zu verabschieden, vom Hafenkai aus zuwinkten, winkte auch er und dachte, dass dieser Besuch ein voller Erfolg gewesen war: Gabi mochte ihn. Henriette liebte seine Komplimente. Selbst mit Waltrauts Vater hatte er trinken können: Als die Frauen im Bett lagen, hatten sich die beiden Männer gegenseitig in der Küche beim Bier versaute Witze erzählt.

Er beobachtete, wie Waltraut beim Winken den Arm um die Schulter der Tochter legte, und dachte, was für eine großartige Mama sie doch war. So wie Dora sicherlich eine geworden wäre, wenn sie beide ein Kind bekommen hätten.

Vielleicht könnte er mit Waltraut ...?

Nein. Auch für ein gemeinsames Kind galt: In Israel würde es leiden müssen.

Aber womöglich ... in Deutschland?

Könnte er in diesem Land leben?

Selbst wenn er sich ein Leben hier vorstellen könnte, womit sollte er eine Familie ernähren?

Joschi hatte gedankenverloren aufgehört zu winken. Die kleine Gabi sprang auf und ab, um auf sich aufmerksam zu machen. Joschi zwang sich zu einem Lächeln und winkte so lange, bis das Schiff ausgelaufen war.

Als Waltraut auf seine Karte aus Indien nicht antwortete, dachte Joschi, sie wäre vielleicht nicht dazu gekommen. Als auf die aus Ägypten ebenfalls keine Antwort kam, hoffte er noch, dass sie in der Post verloren gegangen war. Aber als auch auf die aus Madagaskar nichts kam, schickte Joschi ein Telegramm und fragte besorgt nach. Außerdem schlug er am 23. November ein Treffen in Nizza vor. Das Flugticket würde er spendieren. Aber selbst darauf erhielt er keine Antwort.

War Waltraut etwas zugestoßen? Lag sie vielleicht im Krankenhaus? Oder wollte sie – der Gedanke war auf eine andere Art und Weise genauso unerträglich – keinen Kontakt mehr mit ihm? Sich nicht in Nizza treffen? Nirgendwo? Nie mehr bei ihm liegen?

Er lebte doch nur für diese Treffen!

Wofür sollte er es denn sonst noch tun?

Mit jedem Tag, an dem Joschi nichts von Waltraut hörte, trank er mehr in seiner Kabine. Er verschlief sogar die Ankunft in Kapstadt, die er so herbeigesehnt hatte, um von dort bei Waltraut anzurufen. Als er sich aus der Koje hochrappelte, sah er auf seine Omega-Uhr – der mit Abstand teuerste Gegenstand, den er sich je gekauft hatte – und stellte fest, dass die Postämter bald schließen würden. Er nahm ein Taxi, gab dem schwarzen Fahrer einige Extra-Dollar, damit er ihn schnell zum nächsten Amt bringt. In einer stickigen Telefonkabine ließ er sich nach Bremen verbinden. Nach dreimal Klingeln wurde abgenommen: «Behrens.»

«Hallo Hinrich, hier ist Joschi. Kann ich die Waltraut sprechen?»

«Von mir aus», kam die Antwort, und erst jetzt merkte Joschi, dass Hinrich müde klang. Bestimmt hatte er eine harte Schicht hinter sich. Weiter dachte Joschi nicht über den Mann nach, denn aus seiner Antwort war zu schließen, dass Waltraut in der Wohnung und ansprechbar war. Es war ihr also nichts geschehen! Joschi atmete auf. Bis ihn trotz südafrikanischer Hitze die Angst erzittern ließ, dass Waltraut tatsächlich nicht geantwortet haben könnte, weil sie ihn nicht mehr sehen wollte. Er griff in die Innentasche seiner Uniformjacke, um zu fühlen, ob er seinen Flachmann bei sich hatte, aber den hatte er bereits gestern ausgetrunken.

«Waltraut hier.»

Es war wundervoll, ihre Stimme zu hören!

«Und Joschi hier.»

«Joschi», so, wie sie es sagte, wusste er nicht, ob sie sich freute, ihn zu hören, oder ob es für sie unangenehm war. Es klang wie eine Mischung aus beidem.

«Du hast nicht auf mein Telegramm geantwortet.»

«Nein ...»

«Warum?»

Schweigen.

«Willst du nicht nach Nizza kommen?»

«Um Wollen geht es nicht.»

Sie konnte nicht nach Nizza?

«Ich muss in Bremen bleiben.»

«Warum?»

«Mama hatte einen Schlaganfall.»

«Oh nein. Ist es schlimm?»

«Die linke Körperhälfte ist gelähmt.»

«Die Arme.»

«Sie hatte wohl schon einen vor vielen Jahren, der unerkannt blieb. Danach hatte sie zwar aufgehört zu arbeiten, aber vielleicht hätten wir anders auf sie achten müssen, sie häufiger zum Arzt schicken ...», Waltraut redete nicht weiter.

«Kann ich etwas für euch tun?»

Es kam keine Antwort.

«Waltraut?»

«Du kannst.»

«Was denn?»

«Mich bitte ab jetzt in Ruhe lassen.»

Für Joschi fühlte es sich an, als ob sein Leben zu Ende wäre.

«Ich ... ich hatte viel Spaß mit dir ...»

«Ich auch mit dir!»

«Aber meine Familie braucht mich jetzt. Ich kann nicht mehr wegfahren. Nicht nach Nizza. Nirgendwohin.»

«Aber ich kann dich doch besuchen ...»

«Was soll das bringen?»

«Dass wir uns sehen.»

«Einmal im Jahr?»

«Vielleicht kann ich auch auf andere Routen wechseln und jedes halbe zu dir ...»

«Was für eine Zukunft hätten wir da?»

Zukunft.

Nie zuvor hatte sie ihm gegenüber das Wort ausgesprochen.

«Würdest du denn eine Zukunft wollen?», fragte er leise hoffend.

«Joschi, ich habe dich gerade gebeten, mich in Ruhe zu lassen.»

«Aber ...»

«Meine Mutter ist schwer krank.»

Joschi meinte zu hören, wie Waltraut bei den letzten Worten mit den Tränen kämpfte. Er wollte ihr nicht noch mehr Kummer bereiten: «Verzeih, verzeih ...»

«Schon gut.»

Die beiden schwiegen eine Weile.

«Ich mag dich wirklich sehr», sagte Waltraut.

«Und ich liebe dich.» Joschi hatte das bisher nie ausgesprochen, sich noch nicht einmal selbst eingestanden, doch jetzt fühlte es sich wie die einzig absolute Wahrheit auf Erden an.

Waltraut antwortete nicht.

Stattdessen machte es Klick.

Die Verbindung war unterbrochen worden. Nicht von Waltraut. Vom verdammten Amt! Joschi wollte eine neue Verbindung herstellen lassen. Doch der schwarze Postbeamte sagte ihm, dass sie nun schließen würden. Joschi wedelte mit Dollar-Scheinen. Aber dem Mann war es wichtiger, vor der Dunkelheit zu Hause zu sein, als Geld zu kassieren.

Joschi verließ das Postamt. Er überlegte, zu einem Hotel zu fahren, um von dort aus wieder mit Waltraut zu telefonieren. Doch was sollte er ihr sagen? Er hatte doch nichts, was er ihr bieten konnte. Außer einmal im Jahr zu ihr nach Bremen zu reisen und ihr etwas Geld zu überweisen für die Pflege der Mutter. Keine echte gemeinsame Zukunft, von der er noch nicht mal wusste, ob Waltraut sie überhaupt wollte.

Joschi ließ sich von einem Taxi ans Meer bringen, das im Abendrot schimmerte. An einer Strandbar kaufte er sich eine Flasche Whiskey, ging ein paar Schritte, setzte sich in den Sand und atmete die Seeluft, die hier so anders roch als auf dem Indischen Ozean. Oder auf der Nordsee. Oder auf dem Mittelmeer.

Als er einst in Israel am Strand gesessen und beschlossen hatte, den Militärdienst zu quittieren, dachte er, dass er auf dem Meer frei sein würde. Jetzt wusste er, dass er sein Lebensgefängnis lediglich vergrößert hatte.

Joschi nahm einen tiefen Zug aus der Flasche. Und noch einen. Und noch einen. Von der Strandbar aus hörte er:

I get a kick every time I see you
Standing there before me
I get a kick though it's clear to see
You obviously do not adore me

Das Lied hatte Amos gesungen, an jenem Tag, an dem er ihn kennengelernt hatte. Joschi verstand nun, warum sein Freund sich das Leben genommen hatte. Auch er wollte keinen Tag länger auf dieser Welt sein.

You give me a boot
I get a kick out of you

Joschi stand auf, zog sich Uniformjacke, Schuhe und Socken aus, krempelte sich die Hose hoch, ging zum Wasser, setzte sich auf die Jacke und ließ sich das Wasser im nassen Sand um seine nackten Füße spülen. Er trank. Und trank. Und weinte. Als er keine Tränen mehr hatte, legte er sich in den Sand ...
 Müde.
 So, so müde des Lebens.
 ... und schlief ein.

Meerwasser klatschte in Joschis Gesicht und spritzte in seinen Mund. Er wurde wach, spuckte, krabbelte auf allen vieren in den trockenen Sand und wischte sich mit seinem Hemdsärmel das Gesicht ab, seine Uniformjacke war völlig durchnässt. Er sah nach oben zu dem fast vollen Mond. Den Sternen. Dachte dabei an seine Mutter. An seinen Vater. Sie hatten so viel auf sich genommen, um von ihrem verarmten Schtetl durch die Wirren des Ersten Weltkrieges nach Wien zu gelangen, damit die Kinder ein besseres Leben hätten. Ihr Sohn Abitur machen konnte. Gar studieren. Wie sie sich gefreut hätten, dass er die Nazis überlebt hatte.

Was würden sie sagen, wenn er sich wie Amos das Leben nehmen würde? Mussten sie nicht denken, dass all ihre Opfer umsonst gewesen wären?

Das kalte Wasser hatte seinen Kopf wieder klarer gemacht: Bevor er sich von einer Reling ins Meer stürzen würde, musste er noch einmal alles auf eine Karte setzen. Das war er sich selbst schuldig. Und seinen Eltern.

«Du?», Waltraut traute ihren Augen nicht. Vor drei Tagen hatte sie noch mit Joschi telefoniert, da war er noch in Südafrika gewesen. Jetzt stand er im leichten Schneefall vor ihr, ohne Mantel, nur im Anzug, und trug einen Kasten in der Hand. Was war da drin? Noch viel wichtiger war: «Was machst du hier?»

«Ich wohne ab jetzt bei dir.»

Er sagte das so bestimmt, als ob er eine allgemeine und unverrückbare Wahrheit verkündete: Das Gras ist grün, der Himmel oben und Mücken stechen.

«Du willst was?»

«Bei dir wohnen.»

Es war so verrückt, dass Waltraut lachen musste.

«Das ist nicht zum Lachen.»

«Nein, ist es nicht.»

Sie lachte noch mehr.

«Ich mein es ernst.»

«Das sehe ich», grinste sie, es war ihr immer noch alles viel zu verrückt.

«Ich habe bei der Reederei gekündigt.»

«Gekündigt?», Waltraut hörte auf zu grinsen.

«Gekündigt.»

«Hast du getrunken?»

«Ich bin nüchtern wie noch nie.»

Joschi war offensichtlich tatsächlich endgültig verrückt geworden. Aber sie konnte ihn ja schlecht im Schnee vor der Tür stehen lassen. Daher bedeutete sie ihm einzutreten: «Du kannst so lange hierbleiben, bis du wieder nach Hause fährst. Schlafen würdest du bei mir und Gabi im Zimmer. Papa liegt sowieso im Wohnzimmer auf dem Sofa. Er ekelt sich seit Neuestem davor, mit seiner Frau in einem Bett zu liegen.» Sie bemühte sich gar nicht erst, ihren Zorn über den Vater zu verbergen.

Joschi blieb stehen.

«Was ist?», fragte sie.

«Ich bleibe nicht nur für eine Weile in Bremen.»

Joschi wirkte entschlossen. Bibberte nicht mal ein kleines bisschen in der Kälte.

«Was soll das heißen?»

«Wir können nur ein gemeinsames Leben haben, wenn ich hierbleibe.»

Ein gemeinsames Leben?

Das war für sie nie in Betracht gekommen. Es war ja auch das Wundervolle an der Beziehung, die sie führten. Geführt hatten. Zwei Welten. Voneinander getrennt. Und nun wollte Joschi diese Welten zusammenführen?

Wollte sie das denn?

Einen Mann an ihrer Seite?

So wie Babsi ihren langweiligen Beamtengatten, der sich den ganzen Tag in der Kfz-Zulassung mit Formularen beschäftigte. Oder Zopf-Inge, die ihren Frisörmeister Dieter geheiratet hatte, zwei Jahre nachdem ihr Schwarzer doch ohne sie nach Amerika zurückgegangen war und ein Jahr nachdem die Wunden davon endlich verheilt waren.

Die Freundinnen hatten es mit Mann einfacher als sie, die sich allein um Gabi kümmern musste und nun auch um die Mutter. Weder Vater Hinrich noch Bruder Klaus halfen ihr bei der Pflege. Doch wenn Joschi Geld nach Hause bringen würde ...

... und sie mochte ihn ja nun mal wirklich. Wie er da so entschlossen dastand: Das war wirklich liebenswert.

Liebenswert.

Wert zu lieben.

Ja, das war Joschi.

Jetzt müsste sie es eigentlich nur tun.

«Was ist das für ein Ding da?», deutete sie auf den Kasten.

«Eine Schreibmaschine. Die habe ich der Reederei abgekauft. Die kann ich brauchen, wenn ich mir hier eine neue Existenz aufbaue.»

«Mehr hast du nicht mit?»

«Die Sachen, die ich anhabe. Und meine Uhr. Alles andere soll meine Frau behalten. Das ist das Mindeste, was ich für sie tun kann.»

«Du hast noch nicht mal eine Unterhose zum Wechseln?»

«Eine, im Schreibmaschinenkoffer.»

Da lachte Waltraut.

1964–1966

«Ich habe mit Dora gesprochen», sagte Rosl am anderen Ende der Leitung streng, «wie du es dir gewünscht hast.»

«Danke.»

Rosl redete nicht weiter. Auch ohne sie zu sehen, wusste Joschi, dass seine Schwester wütend dreinblickte. Er hatte sie gebeten, das Gespräch zu übernehmen, weil er dachte, das wäre für Dora schonender. Und auch für ihn. Feige war er. Natürlich. Aber war es nicht vielleicht in Ordnung, feige zu sein, wenn es für alle besser war?

«Und, was hat Dora gesagt?»

«Sie hat geweint.»

Joschi hatte so sehr gehofft, dass Dora erleichtert wäre, ihn, «den Trinker», loszuwerden.

«Und sie hat gesagt, dass sie auf dich wartet.»

«Ich gehe nicht mehr zurück nach Israel. Hast du ihr das gesagt?»

«Nein, das habe ich nicht.»

«Warum nicht? Ich hatte dich doch darum gebeten.»

«Ich hoffe genauso wie sie, dass du wieder zur Besinnung kommst», antwortete Rosl.

«Du lebst doch auch in Deutschland.»

«Darum geht es nicht.»

«Ach, worum denn dann?»

«Es geht darum, dass du hier mit einer Schickse zusammenlebst.»

«Nenn sie nicht Schickse!», rief Joschi empört und war gleich darauf froh, dass er, bis auf die schlafende Henriette, allein in der Wohnung war. Gabi war in der Schule, Hinrich und Waltraut bei der Arbeit. Seine neue Liebe sollte so eine Beleidigung nicht hören.

«Sie ist nun mal keine Jüdin», schimpfte Rosl.

«Nein, das ist sie nicht ...», konnte Joschi dem nun mal nicht widersprechen. Egal, wie sehr er es sich auch wünschte.

«Charlie begreift auch nicht, wie du so eine gute Frau wie Dora verlassen kannst.»

«So gut ist sie gar nicht.»

«Sie ist herzensgut!»

«Sie ist völlig verbiestert. Hält mich für einen Trinker!»

Rosl schwieg.

«Was ist?», fragte Joschi gereizt. Hielt seine Schwester ihn etwa auch für einen?

«Sie macht sich eben Sorgen um dich.»

«Das muss sie nicht. Und du auch nicht.»

Rosl schwieg wieder.

«Ich bin kein Trinker!»

«Verlass die Schickse!»

«Ich habe dir gesagt: Nenn sie nicht so!», es gab immer noch keinen Menschen auf der ganzen Welt, der Joschi so zur Weißglut bringen konnte wie seine Schwester. Die Alliierten, das hatte er schon öfter gedacht, hätten Rosl über Hitlers Haus in Berchtesgaden abwerfen sollen. Sie hätte den cholerischen Führer bestimmt so gereizt, dass er an einem Herzinfarkt gestorben wäre.

«Schickse hat noch eine andere Bedeutung», sagte Rosl mit eisigem Zorn in der Stimme.

«Ich weiß!»

«Leichtlebige Schlampe», sprach Rosl es dennoch aus.

Joschi wäre am liebsten durch den Hörer gekrochen, um sie zu schütteln.

«Du bist 50 ...»

«49!»

«Und sie noch keine 30!»

«Sie ist schon fast 29!»

«Hörst du eigentlich gar nicht, wie lächerlich du klingst?»

«Ich bin ganz und gar nicht lächerlich», hielt Joschi dagegen, obwohl seine Schwester ihn mit dieser Äußerung verunsicherte. Benahm er sich gerade töricht?

«Du musst zu Sinnen kommen. Dora ist wirklich eine gutmütige Frau.»

Joschi konnte sich nicht vorstellen, zu seiner Ehefrau zurückzukehren. Er liebte Waltraut. Und wenn dies töricht sein sollte, sei's drum!

«Dora hat noch nicht mal Verdacht geschöpft, dass Selmas Junge von dir ist.»

Es gab niemanden auf der ganzen Welt, der ihn so treffen konnte wie Rosl...

«Als Einzige von uns allen», legte sie nach.

... mitten ins Herz, wie mit einem Dolch.

«Charlie zahlt dir auch ein Flugticket.»

«Ich brauche kein Geld. Ich habe hier Arbeit gefunden.»

«Arbeit?», der Furor von Rosl war von dieser für sie unerwarteten Information unterbrochen. «Was für eine Arbeit?»

«Ich bin Geschäftsführer.»

«Wer stellt dich denn als Geschäftsführer ein?»

«Sag das nicht so herablassend.»

«Wer?», fragte Rosl noch mal, etwas weniger herablassend, dafür umso ungeduldiger.

«Das Astoria.»

«Astoria?»

«Ein Varieté-Theater hier in Bremen», sagte Joschi nicht

ohne Stolz. «Heinz Erhardt, Bruce Low und Trude Herr sind da schon mal aufgetreten.» Marika Rökk, die einstige Nazi-Favoritin, erwähnte Joschi lieber nicht. Auch nicht Zarah Leander. Die war zwar selbst kein Nazi gewesen, hatte aber für die Deutschen im Tausendjährigen Reich Filme gedreht.

«Vom Astoria habe ich schon mal gehört», sagte Rosl. Ihr Furor verflüchtigte sich ganz.

«Wir beide lieben nun mal das Theater», sagte Joschi und lächelte. Er wusste, dass er damit das Herz seiner Schwester erreichte.

«Oh ja, das tun wir», sagte sie wehmütig.

«Du und Charlie müsst kommen und euch das ansehen.»

«Hmm», murmelte Rosl. Sie zog es anscheinend in Erwägung.

«Dann lernt ihr auch Waltraut kennen.»

Rosl antwortete nicht. Aber sie nannte Waltraut auch nicht mehr Schickse. Das war schon mal ein Fortschritt. Und gewiss würde sie milder werden, wenn sie seine neue Liebe in Bremen kennenlernen würde. Daher sagte Joschi: «Überlege es dir», und legte auf.

Waltraut fütterte ihre Mutter mit Brei. Sie hatte sie im Ehebett der Eltern aufgesetzt, ihr ein Handtuch als Lätzchen um die Schultern gelegt und erzählte: «Gabi gefällt es in der Stephani-Schule so richtig gut. Joschi bringt sie morgens hin und nimmt sie nachmittags mit zu sich ins Astoria.» Nur so konnte Waltraut die Mutter in Walle vor und nach der Arbeit bei Karstadt pflegen. Öfters schaffte sie es sogar, wie jetzt, in den Mittagspausen, die Frau Siegen ihr dafür großzügig verlängerte.

«Uns ist übrigens gestern etwas total Lustiges passiert», Waltraut legte den Löffel zur Seite und wischte ihrer Mutter den Mund ab. «Die alten Herrschaften von gegenüber schauen uns ja immer so pikiert an, weil wir in wilder Ehe wohnen. Gestern hat Joschi zu ihnen im Treppenhaus gesagt: ‹Ach, nur dass Sie sich nicht wundern, nächste Woche zieht meine neue Freundin bei uns beiden ein.› Da hättest du mal ihre Gesichter sehen müssen.» Waltraut lachte, und Mama Henriette reagierte darauf mit einem Grunzen. Sie versuchte immer mitzumachen, wenn Waltraut lachte. Ob sie begriff, worum es ging? Waltraut bezweifelte es. Seit dem dritten Schlaganfall in nur wenigen Monaten war ihr Verstand samt Sprachzentrum offenbar stark beschädigt.

«Und dann hat Joschi noch zu den Nachbarn gesagt: ‹Sie beide können gerne mal abends rüberkommen, und wir schauen, was sich alles so ergibt.›» Waltraut lachte noch lauter. Mama Henriette grunzte wieder. Es war Waltraut nicht wichtig, dass Henriette verstand, was sie erzählte. Sie wollte für sie da sein, sie teilhaben lassen. Sonst war keiner da für sie. Der Bruder kam nicht zu Besuch. Und Vater Hinrich behandelte seine Frau, als sei sie nun wertlos geworden.

«Joschi ist total lustig, und ich glaube, ich lerne ihn langsam zu lieben.»

Henriette grunzte.

Verstand sie das etwa?

«Ich würde es vielleicht ganz tun, aber er trinkt. Mehr als Vater.»

Oma Henriette grunzte traurig.

Sie verstand anscheinend wirklich.

«Und er sagt mir ständig, dass er ein Kind mit mir haben will.»

Henriette reagierte nicht.

Sie verstand also doch nicht.

«So, jetzt sind wir so weit», Waltraut nahm Henriette das Handtuch ab, putzte ihren Mund ein letztes Mal ab und bettete sie. Anschließend betrachtete sie noch einen Moment ihre Mutter, die die Augen schloss und zu schlafen begann.

«Ich kann doch nicht», fragte Waltraut ihre schnarchende Mutter, «ein Kind mit einem Trinker haben, oder?»

Oma Henriette schnarchte laut auf.

«Ich wusste, dass du das auch so siehst», lächelte Waltraut. Sie gab der Mama einen Kuss auf die Stirn und machte sich auf den Weg zurück nach Karstadt.

Nazi. Kein Nazi. Nazi. Nazi. Keiner. Der auch nicht? Nein, sieht doch aus wie einer. Joschi saß auf einem der purpurfarbenen Hocker in der Astoria-Bar und schaute sich die vielen Gäste an, die an den Tischen speisten und tranken und auf den Beginn der Bühnenshow warteten. Er wollte nicht darüber nachdenken, was das genau für Menschen waren, denen er half, sich zu vergnügen. Aber er konnte nicht anders. In Israel trugen so viele unermessliches Leid im Herzen. Hier so viele Schuld, die ihr Herz nie erreicht hatte. In Israel war er einer von vielen. Hier einer unter vielen.

Joschi hatte unvorsichtigerweise dem Bühnenmeister, als dieser ihn auf seinen Nachnamen angesprochen hatte, gesagt, dass er Jude war. Der Kerl war eine Tratschtante vor dem Herrn. Was erzählte der nicht alles: Bruce Low war arrogant, die Zauberin gestern betrunken, die schwarze Sängerin soll mit einem verheirateten Bremer Notar die Nacht im Parkhotel verbracht haben und, und, und. Gewiss wusste dank ihm nun die ganze Belegschaft von Joschis Herkunft. Keiner sprach ihn jemals darauf an. Keiner behandelte ihn anders. Und dennoch hatte Joschi das Gefühl, dass eine unsichtbare Mauer zwischen ihm und den Leuten stand. Wohl fühlte er sich vor allem mit den ausländischen Künstlern: Artisten, Musikern, Tänzern. Volk, das durch die ganze Welt reiste. Wie er einst. Nach den Vorstellungen trank Joschi gerne mit ihnen und mixte dabei, wie einst im King David, hinter der Theke die Drinks.

Das Saallicht wurde dunkel. Schmissige Musik ertönte. Der Vorhang öffnete sich und fünf Tänzerinnen in knapper Kleidung und Federboas traten auf. Verkauft wurden sie dem Publikum als Brasilianerinnen, kamen aber aus Chile. Joschi sah, wie die Männer an den Tischen – Nazi, Nazi, kein Nazi – sie angafften, obwohl ihre Ehefrauen danebensaßen, großenteils bereits ergraute Damen mit Handtäschchen. Auf Joschi besaßen die Tänzerinnen keinerlei Anziehungskraft, selbst wenn er sie hinter der Bühne einmal nackt sah. Seitdem er Waltraut kannte, fand er auf der ganzen Welt nur noch diese eine Frau schön.

Meine Güte, wie sehr er sie liebte.

Für sie hatte er sich von Dora scheiden lassen und Israel verlassen. Für sie würde er es auch aushalten, zwischen Nazis zu leben und ihnen beim Johlen, Lachen und Klatschen zuzusehen.

Joschi gönnte den Künstlern den Applaus, war selbst jedoch von ihren Darbietungen keineswegs begeistert. Da war die mittelmäßige Zauberin mit der blonden Perücke, die eine Taube aus dem Hut und einen Rosenstrauß aus dem Ärmel ziehen konnte, ein Tellerjongleur im Glitzerjackett, der es gerade mal schaffte, fünf Teller auf den Stäben zu wirbeln – der sechste ging in jeder zweiten Vorstellung zu Bruch -, und zum krönenden Abschluss ein begabter schwarzer Stepptänzer, der seinen Zenit allerdings schon vor vielen Jahren überschritten hatte. Vom Niveau der großen Showbühnen in Las Vegas und in Kuba, bevor Fidel Castro kam, war das Bühnenprogramm so weit entfernt wie Bremen von jenen fernen Orten. In Vegas und Kuba hätte man nie so etwas Albernes gesehen wie den Schnellzeichner, der das deutsche Publikum besonders amüsierte. Nur die beiden jungen Kerle Siegfried und Roy, die hier vor zwei Wochen noch aufgetreten waren und sich jetzt auf Tournee befanden, hatten eine passable Figur gemacht.

Überall in Deutschland starben die Varietés, und man schob es auf das Fernsehen. Aber es lag eben auch daran, dass man sich keine Künstler von hohem Niveau leisten konnte. Joschi wusste, wie die Zahlen der Buchhaltung waren: Selbst wenn er Stars hätte engagieren wollen, es war kein Geld für sie da. Und dennoch: Falls das Astoria nicht bald ein anderes Geschäftsmodell fand, würde es in absehbarer Zeit pleitegehen. Aber was könnte das sein? Mehr Humor? Ein Komiker ist nun mal kostengünstiger als eine Band oder eine Tanzgruppe. Aber die Deutschen hatten ja ihre Humoristen in die Gaskammern gejagt. Nun gab es nur noch Schnellzeichner.

Hach, vielleicht sollte er es machen wie damals im Prater: *Wien bei Nacht*. Das würde Kosten sparen. Joschi musste über den Gedanken lachen.

«Na, was ist so amüsant?», fragte die Inhaberin des Theaters, die sich zu ihm an die Bar gesellte, während das Publikum aus dem Saal strömte. Sie war eine resolute und sympathische Frau, die stets schlichte, elegante Kleidung trug, um - wie sie einmal sagte - nicht auffälliger herumzulaufen als die Künstler. Joschi mochte sie, allein schon durch den Umstand, dass sie ihn eingestellt hatte.

«Ach, nichts, nichts», antwortete Joschi.

«Ich möchte auch mal lachen», ließ die Dame nicht locker.

«Wenn Sie es richtig tun wollen ...»

«Ich will.»

«Müssten wir ganz andere Leute engagieren als Schnellzeichner», seufzte Joschi.

«Ja», lachte sie. «Aber die Gäste mögen ihn.»

Joschi antwortete nicht, wollte die Dame nicht mit seinen trüben Gedanken über ermordete jüdische Komiker abschrecken.

«Ich habe mir die Zahlen der fünf Monate angesehen, seitdem Sie bei uns sind.» Die Inhaberin lächelte, und dennoch wusste Joschi, dass es nun ernst wurde. Er war noch in der Probezeit.

«Ja?», fragte er vorsichtig.

«Sie sehen nicht so gut aus.»

Wollte sie ihn nicht übernehmen?

Joschi ging hinter die Theke, um sich zur Beruhigung einen Martini einzuschenken, das Lieblingsgetränk der alten Dame: «Wollen Sie auch einen?»

«Damit ich den Zahlen gegenüber gewogener werde?», lächelte sie, und Joschi sah ihre zwei Goldkronen im roten Licht der Barbeleuchtung aufblitzen. Sie hatte zwar ‹den Zahlen gegenüber› gesagt, meinte aber gewiss ‹Ihnen gegenüber›.

«Ein Drink kann nie schaden», stellte Joschi ihr ein Martiniglas hin und schenkte ein.

«Erst die Arbeit ...», erwiderte sie.

«Macht es Ihnen etwas aus, wenn ich ...»

«Nein, trinken Sie nur.»

Joschi nahm einen Schluck.

«Um ehrlich zu sein», die Inhaberin lächelte, ohne dass das Lächeln ihre Augen erreichte, «ich hatte mir mehr von Ihnen erhofft.»

Sie wollte ihn nicht übernehmen.

Das spürte Joschi genau.

Er würde die Wohnung nicht halten können.

Und Waltraut und Gabi nicht ernähren.

Erst recht kein zweites Kind.

Einen Sohn.

Der ganz bestimmt nicht mehr Henoch, wie der Urgroßvater, heißen sollte, sondern Israel, wie der Vater. Und ein besseres Leben haben sollte als alle Vorfahren.

Joschi trank einen zweiten, größeren Schluck.

«Also», jetzt verschwand das Lächeln, «was haben Sie vorzuschlagen?»

‹Wien bei Nacht›, hätte Joschi beinahe sarkastisch geantwortet. Was anderes fiel ihm nicht ein, wie sollte er ganz allein das große Varieté-Sterben in Deutschland aufhalten? Er konnte der deutschen Bevölkerung nun mal schlecht die neuen liebgewonnenen Fernseher wegnehmen.

«Sie haben keine Ideen?», fragte sie.

Joschi schaute in das Glas, es war nur noch ein Pfützchen darin. Er trank auch das.

«Herr Safier?»

Sollte er jetzt um seine Stelle flehen? Ihr sagen, dass er sich schon etwas einfallen lassen würde, wenn sie ihm nur bitte, bitte, bitte die Gelegenheit dazu gebe?

«Hallo?», winkte sie nun mit der Hand vor seinem Gesicht.

Ja, er würde flehen.

Joschi suchte nach den richtigen Worten, da kam ihm die

Dame zuvor: «Wissen Sie, warum ich Sie auch eingestellt habe?»

Am liebsten wollte er antworten: ‹Weil Sie keinen anderen gefunden haben, der für das kleine Geld so ein Himmelfahrtskommando übernimmt?› Aber er sagte: «Nein, warum?»

«Sie sind doch Jude.»

«Ja», das hatte Joschi in dem Bewerbungsgespräch nicht verheimlicht. Besser bei so etwas gleich Klarheit schaffen, als nachher unangenehm überrascht zu werden. Erst später hatte er vom tratschenden Bühnenmeister erfahren, dass ihr verstorbener Ehemann und Theatergründer in der NSDAP gewesen war.

«Und ich dachte, Juden können mit Geld umgehen.»

Joschi traf es wie ein Schlag.

«Schauen Sie nicht so, das war ein Scherz», lachte die Dame.

Die Wut kochte in ihm hoch.

«Hören Sie nicht? Ich habe gesagt, das war ein Scherz.»

«Ich», seine Stimme bebte vor Zorn. «Ich kündige.»

«Wie bitte?»

Joschi nahm ihr Glas, trank es in einem Zug aus und stürmte aus dem Saal. Die Inhaberin rief ihm noch hinterher: «Es war wirklich nicht so gemeint!»

Doch Joschi wusste: Es war immer so gemeint.

«Dich stellen nur Leute ein, die Probleme haben», sagte Waltraut, halb amüsiert, halb besorgt, am kleinen Küchentisch, nachdem ihr neuer Lebensgefährte auch als Geschäftsführer eines Edelweiß-Restaurants gekündigt hatte. Die deutschlandweite Kette gehörte dem in finanzielle Nöte geratenen Kölner Großgastronom Blatzheim, dem Ehemann von Magda und Stiefvater von Romy Schneider, deren Karriere er managte und die Waltraut gerne mal kennengelernt hätte. Joschi hatte nicht das ganze versprochene Gehalt überwiesen bekommen, aber Waltraut hegte den Verdacht, dass er die Stelle in erster Linie hingeschmissen hatte, weil er als Chef eines Restaurants von Tag eins an überfordert war.

«Ich bin nun mal», klagte Joschi, «ohne Ausbildung im kaufmännischen Bereich. Hier in Deutschland wollen sie überall Bescheinigungen über Schule, Ausbildung, wenn nicht sogar Studium. Ich habe nichts davon.» Seitdem Joschi in Bremen lebte, hatte Waltraut ihn noch nie so bedrückt gesehen. «Ich muss uns doch irgendwie ernähren können.»

«Wir», korrigierte Waltraut. «Wir müssen uns irgendwie ernähren können. Ich trage meinen Teil bei.»

«Ja, das tust du», setzte sich Joschi wieder etwas aufrechter hin. Das gehörte auch zu seinen guten Seiten: Er würde ihr nie verbieten zu arbeiten, wie Männer es ihren Ehefrauen laut Gesetz konnten. Wie es Babsis Ehemann tat.

«Also, wenn mich immer nur die falschen Bosse anstellen ...», Joschi hielt mitten im Gedanken inne.

«Ja?»

«Muss ich wohl mein eigener werden.»

«Dein eigener?»

«Boss. Selbst etwas aufmachen.»

«Hast du so etwas schon mal gemacht?»

Joschi schüttelte den Kopf. Das flößte Waltraut nicht unbedingt Vertrauen ein.

«An was denkst du denn?»

«Restaurant ist schwierig, eine Kneipe vielleicht.»

«Der Bock wird zum Gärtner», rutschte es ihr heraus.

«Was hast du gesagt?»

Waltraut überlegte, ob sie ‹Nichts, nichts› antworten sollte. Doch es musste mal ausgesprochen werden. Jetzt war ein besserer Augenblick als einer in der Zukunft. Und auch dieser hier war vielleicht bereits zu spät.

«Da», deutete sie auf die beiden ausgetrunkenen Bierflaschen, die vor Joschi auf dem Tisch standen.

«Hältst du mich etwa auch für einen Trinker?», fragte Joschi empört.

«Auch?», staunte Waltraut. Bisher hatte noch niemand in ihrer Anwesenheit Joschi als einen Trinker bezeichnet.

«Rosl, Charlie ...», erklärte Joschi bitter.

Waltraut spürte, dass er noch einen Namen sagen wollte, es aber sein ließ. Sie hakte nach: «Dora?»

Joschi nickte.

Waltraut kannte die Frau nicht, würde sie wohl auch niemals kennenlernen, fühlte sich ihr aber gerade sehr verbunden.

«In den ‹Bremer Nachrichten› habe ich eine Anzeige gesehen, in der jemand seine Gaststätte übergeben will», versuchte Joschi das Thema zu wechseln, aber Waltraut ließ es nicht zu: «Man kann keine Kneipe führen, wenn man selbst zu viel trinkt.»

«Lass den Quatsch!», wischte Joschi ärgerlich mit der Hand durch die Luft.

«Du musst damit aufhören», bat Waltraut im ruhigen Ton.

«Ich muss Geld verdienen, sonst können wir doch nicht ...», er hielt erneut mitten im Reden inne.

«Können wir was nicht?»

Joschi wurde mit einem Male leise, der Zorn in den Augen wich einer Hoffnung: «Ich will doch ein Kind mit dir.»

Joschi hatte es oft schon zu ihr gesagt, aber noch nie so verzweifelt.

Er war gut zu Gabi. Und zu ihr. Er liebte sie. Hatte sein altes Leben für sie aufgegeben. Wohl auch seine Schwester, die ihn nie in Bremen besuchen kam, obwohl Joschi sie und ihren Mann schon sechsmal ins Astoria und einmal ins Edelweiß eingeladen hatte.

«Willst du kein Kind mit mir?», Joschi hatte ihr diese Frage noch nie gestellt und zitterte nun vor der Antwort. Er wollte sich eine weitere Flasche Bier öffnen. Waltraut hielt ihn davon ab, indem sie seine Hand nahm: «Ich will nicht mitansehen, wie du dich zerstörst.»

Ihre Mama würde bald sterben. Mit dem Vater redete sie nur noch, um das Nötigste zu besprechen. Die alte Familie war so gut wie am Ende, eine neue wäre schön. Aber Gabi sollte nicht mit einem Mann aufwachsen, der sich zu Tode trank. Und auch kein anderes Kind.

«Ich zerstöre mich doch nicht», sagte Joschi fast flehentlich.

Waltraut schmerzte es, wie er seine Krankheit – nichts anderes war es doch, oder? – leugnete.

«Waltraut, denk nicht so von mir», seine Augen wurden feucht.

Sie wollte ihn retten.

Ihr Zusammenleben.

Dafür musste sie Joschi etwas anbieten, was er sich – so hoffte sie jedenfalls – mehr wünschte als das nächste Glas, die nächste Flasche. Wenn er die Kraft dafür fand, nicht mehr zu trinken, würde sie die Kraft dafür finden, das Angebot auch einzulösen. Denn dann könnte sie ihn gewiss von ganzem Herzen lieben.

«Weißt du noch, was du mir vorletztes Jahr in Hamburg gesagt hast?»

«In Hamburg?»

«Du hast gesagt: Ich verspreche dir alles.»

Joschi schwieg.

«Ich verspreche dir auch etwas, wenn du mir jetzt etwas versprichst.»

«Und was?»

«Ich bekomme mit dir ein Kind, wenn du aufhörst zu trinken.»

Joschi sah sie an und begann zu weinen: «Ich schwöre, ich hör auf.»

Waltraut stand von ihrem Küchenstuhl auf, ging zu ihm und drückte seinen Kopf an ihren Bauch.

«Ich bin ein Trinker», schluchzte er.

«Und das werden wir ändern», antwortete sie und streichelte dem Häuflein Elend über den Kopf.

«Wie?», schluchzte er.

«Ich helfe dir beim Entzug.»

Joschi weinte und weinte und schluchzte dabei ein Wort, das nach Danke klang.

Die beiden fuhren in Joschis rotem, gebraucht gekauftem Opel Rekord in das knapp eine Stunde entfernte Bad Zwischenahn. Dort bezogen sie ein Hotelzimmer mit Blick auf das Zwischenahner Meer. Joschi beklagte, dass es doch nur ein großer See sei und warum die Deutschen es dann Meer nannten, er würde ja auch nicht den Baum vor ihrer Wohnung als Wald bezeichnen. Waltraut wusste, dass Joschi so schimpfte, weil er zwar zum Entzug entschlossen, aber auch unsicher war, ob er ihn durchhalten würde. Sie war ebenfalls unsicher, hatte sogar große Angst vor dem Scheitern. Denn eins war ihr klar: Sollte Joschi weiter an der Flasche hängen, würde sie ihn verlassen. Auch und gerade um Gabis Willen.

Die Kleine war für die nächsten Tage bei Babsi untergekommen. Zopf-Inge hatte sich bereit erklärt, sich um Mama Henriette zu kümmern. Waltraut war erleichtert, dass sie zwei so gute Freundinnen hatte. Wenn sie sich von Joschi trennen müsste und Mama gestorben war und sie anschließend mit ihrem Vater und Bruder brach, weil sie sich einen Dreck um ihre Ehefrau und Mutter gekümmert hatten, wäre sie trotz allem nicht ganz allein auf der Welt.

Das Hotel hatte unten ein Restaurant, aus dem Waltraut Essen nach oben bringen konnte, war aber dankenswerterweise so altmodisch, dass es in den Zimmern keine Minibar mit alkoholischen Getränken besaß. So musste sie keine Flaschen vor ihm verstecken.

Joschi rauchte auf dem Balkon und tigerte auf und ab. Waltraut räumte die Kleidung in den kleinen Eichenschrank und legte ihm einen Kriminalroman auf das Bett – ‹Der rote Kreis› von Edgar Wallace –, damit er zur Ablenkung etwas lesen konnte. Sie schloss die Tür von innen ab, sah zu Joschi, um sicherzugehen, dass er sie nicht beobachtete, und legte den Schlüssel in die Schublade des Nachttisches auf ihrer Bettseite.

Bereits nach vier Stunden zitterten Joschis Hände so sehr, dass Waltraut ihm dabei helfen musste, sich seine Zigaretten anzustecken. Ans Lesen war für ihn nicht zu denken. Beide setzten sich auf die Balkonstühle, deren braune Farbe schon teilweise abgeblättert war, und starrten auf das Gewässer namens Meer, das doch nur ein großer See war.

Joschi zitterte von Minute zu Minute mehr. So schnell, so heftig hatte Waltraut die Entzugsreaktionen nicht erwartet. Sie stand auf und legte die Hand auf seine Schulter. An Joschis Zittern änderte das nichts. Sie holte eine Wolldecke und legte sie ihm um die Schultern.

«Hier soll es lecker Aale geben», versuchte Joschi tapfer ein Gespräch zu führen.

«Klingt ekelhaft», fand Waltraut.

«Ist es auch», grinste Joschi. «Aber auf eine gute Weise.»

«Wenn du willst, essen wir Aal, wenn wir hier wieder raus sind.»

«Dann haben wir uns den auch verdient», sagte Joschi und zitterte so sehr, dass sogar seine Zähne klapperten.

Joschi bekam zusätzlich Kopfschmerzen. Waltraut holte ihm Tabletten aus der kleinen Reiseapotheke, die sie eingepackt hatte, und gab ihm gleich zwei mit einem Glas Wasser. Es half nichts.

«Mein Schädel ... dröhnt ... und ich ... schwitze wie ein Schwein ...»

Tatsächlich rann Joschi der Schweiß nur so herunter. Als ob er hohes Fieber hatte. Waltraut fühlte seine Stirn. Sie war nicht heiß, nur schweißüberströmt. Sie holte ein weiteres Glas Wasser und ein Handtuch, mit dem sie sein Gesicht trocknete.

«Du musst viel trinken.»

«Das will ich auch.»

«Ich meine, keinen Alkohol.»

«Ich weiß ...», artig nahm Joschi das Glas Wasser.

«Lass uns ins Bett gehen», schlug Waltraut vor. Der Mond schien schon. Es wurde kalt auf dem Balkon, sodass auch die Decke, mit der sie Joschi zusätzlich eingehüllt hatte, nicht mehr ausreichen würde. Joschi nickte, stand auf, ihm wurde schwindelig, Waltraut stützte ihn und führte ihn zum Bett.

«Wie ein alter Mann», keuchte er.

«Du bist nicht alt», sagte Waltraut.

«Manchmal», gestand er, während sie ihn aufs Bett setzte und ihm half, sich auszuziehen, «habe ich Angst, dass ich zu alt für dich bin.»

Waltraut sah in seinen Augen diese Angst. Joschi wirkte nun nicht nur alt, sondern auch zerbrechlich.

«Du bist nicht zu alt für mich», lächelte sie.

«Wirklich nicht?»

«Nein. Nur eben oft zu betrunken.»

Joschi lächelte: «Ich schaffe das. Für dich.»

«Für uns», lächelte Waltraut zurück und war gerührt davon, welche Qualen er für eine gemeinsame Zukunft auf sich nahm.

Waltraut las schon seit fast einer Stunde aus dem Edgar-Wallace-Krimi vor. Nicht allzu flüssig. Lautes Lesen war für sie in der Schule fast noch mühsamer gewesen als Rechnen. Würde Joschi das hier bestehen? Bisher hatte er noch kein einziges Mal nach Alkohol verlangt. Aber er zitterte immer mehr und mehr, stöhnte und wälzte sich.

«Ich glaub, ich muss mich übergeben», sagte Joschi, der seinen königsblauen Lieblingsschlafanzug trug. Das Oberteil war falsch geknöpft, weil er es selbst mit zitternden Händen hatte tun wollen, um zu beweisen, dass er kein alter Mann war.

«Ich führe dich zum Klo», sagte Waltraut.

Joschi wollte sich aufrichten. Schaffte es aber nicht. Sie versuchte ihm zu helfen. Vergeblich. Er sackte immer wieder in sich zusammen. Waltraut ging in den Flur, holte den Abfalleimer aus dem Bad und hielt ihn Joschi hin. Er spuckte hinein. Sie stellte den Eimer in der hintersten Ecke des Balkons ab, kehrte wieder ins Zimmer zurück, ließ die Balkontür dabei etwas offen, damit frische Luft hereinwehen konnte. Sie setzte sich zu Joschi aufs Bett. Mühsam scherzte er: «Gut, dass wir vorher nicht Aal essen waren.»

«Soll ich dir weiter vorlesen?»

«Nein ... nein ...»

Waltraut war dankbar dafür. Es war alles schon anstrengend genug, und das Lesen hatte ihr eine solche Mühe bereitet.

«Erzähle mir etwas», bat der erschöpfte Joschi.

Sie hatte Gabi oft Geschichten vorgelesen und erzählt. Aber Joschi konnte doch nicht ernsthaft meinen, dass sie ihm jetzt etwas vom Igel Mecki erzählte. Oder von Hänsel und Gretel, die die Hexe in den Ofen steckten, wie – das fiel ihr jetzt erst auf – die Nazis das wohl mit den Juden getan hatten. Zumindest hatte Joschi diese Gräueltat ihr gegenüber mal erwähnt, nur um gleich zu sagen: «Über so etwas sollten wir niemals reden.» Die beiden hatten es dementsprechend nicht mehr getan, ebenso wie er niemals von seinen Eltern gesprochen hatte und sie nie von Friedrich.

«Was willst du denn hören?», fragte Waltraut.

«Dass du mich liebst.»

«Das weißt du doch.»

«Du sagst immer nur ‹auch›, wenn ich es dir sage.»

«Was?», verstand Waltraut nicht ganz, worauf er hinauswollte.

«Ich sage ‹Ich liebe dich›, dann sagst du ‹Ich dich auch›, aber nie ‹Ich liebe dich›», seine Stimme wurde beim Sprechen etwas fester. Gewiss fand er die Kraft dafür, weil es ihm so wichtig war.

Waltraut überlegte kurz. Er hatte recht. Sie hatte es wirklich noch nie von sich aus gesagt.

Joschi sah sie sehnsüchtig an. Er brauchte ihre Worte zum Durchhalten, das spürte sie genau, und so sagte sie: «Ich liebe dich.»

Er lächelte.

Es war richtig, es auszusprechen.

Auch wenn es nicht der Wahrheit entsprach.

Noch nicht?

Joschi wälzte sich unruhig im Schlaf. Waltraut nahm seine Hand. Er umklammerte sie fest, wurde dadurch ruhiger. Und obwohl ihre Hand in seinem festen Griff schmerzte, ließ Waltraut ihn nicht los.

Gegen zwei Uhr nachts, Waltraut war gerade eingeschlafen, richtete sich Joschi mit einem Mal auf.

«Was ist los?», fragte sie schlaftrunken.

«Ich hol mir jetzt was.»

Waltraut wurde schlagartig wach und knipste das Licht an.

«Ich halt's nicht mehr aus.»

«Joschi ...»

«Ich halt's nicht mehr aus, hab ich gesagt!», brüllte er.

Waltraut hielt abwehrend die Hände hoch.

Joschi rappelte sich auf, merkte nicht, dass er noch im Schlafanzug war, und begriff auch nicht, dass er um diese Zeit nirgendwo etwas bekommen würde, hatte das Hotelrestaurant doch schon lange zu und gewiss auch alle anderen Gaststätten in diesem langweiligen Kurort.

Er ging, halb stolpernd, durch das Zimmer in Richtung Tür. Schaffte es gerade so, sie ohne Sturz zu erreichen. Die Tür ging nicht auf. Er versuchte es noch mal und noch mal und noch mal, fluchte und keuchte, begriff aber nicht, dass die Tür abgeschlossen war, bis Waltraut rief: «Ich habe den Schlüssel.»

«Gib ihn mir!»

«Nein», antwortete sie ruhig.

«Gib ihn mir!» Joschis Kopf lief blutrot an.

«Nein.»

«Gib ihn mir, hab ich gesagt!»

«Nein», sie blieb weiterhin ganz ruhig.

«Du gibt's ihn mir, oder ...»

«Oder was?» Waltraut stand aus dem Bett auf und ging auf ihn zu.

Joschi bebte vor Zorn.

«Oder was?», fragte sie noch mal, als sie vor ihm stand.

Joschis Gesicht wurde nun dunkelrot.

«Willst du mich dann schlagen?»

Joschi sah sie verwirrt an.

«Ich habe gefragt: Willst du mich dann schlagen?»

Das Blut schoss aus seinem Gesicht.

«Das ... das würde ich nie tun.»

«Gut. Dann leg dich wieder hin.»

Joschi nickte.

«Ich ... ich wollte dir keine Angst machen ...»

Sie stützte ihn und ging mit ihm zum Bett. «Du hast mir keine Angst gemacht.»

«Ich ... würde dir wirklich nie etwas tun.»

«Ich weiß, ich weiß ...»

«Nie.»

Sie setzte ihn auf das Bett ...

«Nie.»

... nahm ihn erneut in die Arme. Eine Weile hielten sie sich nur fest. Erst nachdem sie ihn wieder hingelegt hatte, realisierte sie, dass ihre Hände vor Angst zitterten.

Kurz bevor die Sonne aufging, begann Joschi Wahnvorstellungen zu bekommen. Er warf sich im Bett hin und her und rief Sätze, die Waltraut kaum verstand: «Zvi! ... Zvi ... die Araber haben da Minen ... Zvi! Mein Gott, Zvi!»

Wo war Joschi gerade?

Wer war Zvi? Was war mit ihm passiert? War er auf eine Mine getreten? Wie Wolle, der danach verkrüppelt war?

«Zviiiii!»

War es bei Zvi schlimmer gewesen? Waltraut traute sich nicht, Joschi zu fragen, sagte nur: «Du bist hier, bei mir. Bei mir.»

«Mame?»

«Nein, ich bin's, Waltraut.»

«Mame. Mame. Ist Tatte wieder da? Ist Tatte wieder da?»

Tatte? Mame? Papa? Mama? Joschi sprach ein merkwürdiges Gemisch.

«Ja», sagte Waltraut, um ihn zu beruhigen. «Tatte ist wieder da.»

«Sie schießen auf uns, die Araber schießen auf uns!»

«Hier gibt es keine Araber ...»

«Haben sie jetzt Tatte?»

Waltraut wusste nicht mehr, was sie sagen sollte.

«Tatte ...», rief Joschi panisch. Und dann stieß er einen Schrei aus, wie Waltraut ihn noch von keinem Menschen gehört hatte: «Tatteeee!»

Er ging ihr durch Mark und Bein.

Hatte sie etwa auch so geschrien, nachdem ihre Mama ihr von Friedrichs Tod erzählt hatte? Sie wusste nichts mehr von den Stunden danach.

«Tatteeee!»

Sie wollte Joschi nun Alkohol holen. Alles, alles tun, damit seine Qual endete.

«Mame ...», begann er zu wimmern.

«Ja?»

«Mame ...»

«Was ist?»

«Mein Bein, es tut so weh.»

Waltraut nahm die Decke hoch. Joschis Bein war verkrampft. Und nicht nur das. Sein ganzer Körper verkrampfte sich. Er begann zu zucken.

Waltraut bekam Angst. Wie gefährlich war das, was sie hier taten? Würde Joschi das hier überleben?

Sie würde ihm jetzt Alkohol holen. Von irgendwoher. Und wenn sie den Hotelbesitzer aus dem Schlaf klingeln und ihn zwingen müsste, welchen aus seiner Wohnung abzugeben!

Waltraut rannte zur Tür. Drückte die Klinke. Erinnerte sich daran, dass sie die Tür verschlossen hatte. Rannte zum Bett. Zog die Nachttischschublade auf. Holte den Schlüssel raus. Rannte erneut zu Tür. Da röchelte Joschi: «Wo gehst du hin?»

Sollte sie ihm wieder als seine Mama antworten?

Ja, das würde ihn beruhigen.

«Ich seh nach Papa ...», sagte sie.

«Was ist mit Hinrich?», presste Joschi in seinem Leid hervor.

Er war wieder zurück und erkannte sie!

«Ich ... ich hol dir was zum Trinken.»

«Wasser? Das kannst du aus dem Bad holen», röchelte Joschi.

«Bier, Wein, egal!»

«Nein», krächzte Joschi.

«Du hältst das nicht aus.»

«Ich ... ich ... halt das aus.»

Sie sah ihn an. Seine Wahnvorstellungen waren vorbei. Aber seine Schmerzen. Was musste er für Schmerzen erdulden?

«Ich ... will doch ... ein ... Kind mit dir», presste er hervor.

Trotz all dem Schmerz wollte er keinen Alkohol.

Er liebte sie von ganzem Herzen.

Es war unglaublich, dass er überhaupt lieben konnte, obwohl er so viel Leid in seinem Leben ertragen hatte. Mit dem Vater. Der Mutter. Und mit ... wer auch immer Zvi war. Mit Minen, Schüssen, Krieg. Wie konnte sie einen so mutigen Mann nicht lieben?

Waltraut ging zu ihm und sagte ganz aufrichtig: «Ich liebe dich.»

Am nächsten Mittag war das Schlimmste überstanden. Joschi konnte sogar ein wenig essen. Schlafen. Auf dem Balkon sitzen und Edgar Wallace lesen. Natürlich keinen Aal essen. Am Nachmittag, am Abend und auch noch an den folgenden Tagen hatte er Stimmungsschwankungen, fragte aber kein einziges Mal nach Alkohol. Und Waltraut fragte ihn nicht nach Zvi. Oder nach seinen Eltern. Nur, ob er sich noch an seine Wahnvorstellungen erinnern konnte. Er tat es nicht. Waltraut betete in Gedanken, obwohl sie nicht an Gott glaubte, dass Joschi all sein Leid irgendwann vergessen konnte. Und sie irgendwann auch ihres.

Joschi wurde auf dem Standesamt von einem wortkargen Beamten – Nazi? Kein Nazi? – sein deutscher Pass ausgehändigt und anschließend der israelische Pass ungültig gestempelt. Er hatte erwartet, es würde ihn mehr schmerzen, den Staat, für den er gekämpft hatte, hinter sich zu lassen. Aber die Freude überwog: Nun war auch das letzte Hindernis beiseitegeräumt, um ein Leben in Deutschland mit Waltraut zu führen.

Da weder die schwangere Waltraut Wert auf eine kirchliche Trauung legte noch Joschi eine christliche Zeremonie in Erwägung gezogen hatte, bestand ihre Hochzeit aus einer kleinen Zeremonie im Standesamt gegenüber dem Bürgerpark.

«Wie ist Ihre Religionszugehörigkeit, Herr Safier?», fragte der joviale rundliche Beamte, der Waltraut bereits beim Eintreten das Kompliment gemacht hatte, sie wäre die schönste Braut, die ihm diesen Monat untergekommen sei.

«Mosaisch.»

«Aha», die ganze Fröhlichkeit verschwand aus dem Gesicht des Beamten. Er trug die Information ein, schaute wieder auf und sah Waltraut an, als sei sie eine Volksverräterin. Sie hätte ihn gerne behandelt wie die Kindergärtnerin Frau Polle. Aber das war ihre Hochzeit.

Im Amtsraum anwesend waren sonst nur noch Gabi, Hinrich und Klaus samt seiner Frau und ihren beiden kleinen Mädchen. Für eine richtige Feier im Anschluss mit Zopf-Inge, Babsi, deren Ehepartnern, Frau Siegen und 32 fehlte das Geld. Außerdem, wie hätte Waltraut fröhlich feiern können, wenn es ihrer Mutter täglich schlechter ging?

Die Trauung verwandelte der Beamte in einen unterkühlten Verwaltungsakt. Selbst das «Sie dürfen die Braut nun küssen» klang bei ihm eher wie ‹Sie müssen noch das Formular 23B unterschreiben›.

Joschi küsste sie dennoch leidenschaftlich, was Waltraut so überraschte, dass sie lachen musste. Er strahlte, und sie ließ sich von seinem Überschwang anstecken. Fröhlich streckte sie beim Gehen dem Beamten die Zunge raus.

Als Waltraut im Sonnenschein auf die Stufen vor dem Standesamt trat, betrachtete sie ihren neuen, funkelnden Ring. Erst jetzt dachte sie an Friedrich. Sie sah ihn vor sich, wie er ihr damals vor dem Waggon den Antrag gemacht hatte.

Er war tot.

Sie nicht.

❖❖❖

Jeden verdammten Tag sehnte sich Joschi nach einem Schluck. Besonders an jenem, an dem sein Antrag auf Wiedergutmachung vom österreichischen Staat abgelehnt wurde. Er wollte für sein entgangenes Studium und die damit entfallenen Berufschancen entschädigt werden, schließlich brauchte er für seine neue Familie Geld. Die Verwaltung forderte jedoch Beweise dafür, dass Joschi sein Studium aufgrund der Nationalsozialisten hatte abbrechen müssen. Als ob das nicht offensichtlich gewesen wäre. Aber es war eben nun mal Österreich. Da wollte man, wie in Deutschland auch, immer nur Dokumente sehen. Eine schriftliche Entlassung aus dem Studium zum Beispiel. Am besten noch unterschrieben von Adolf Hitler persönlich.

Joschi besaß keinerlei Dokumente aus jener Zeit. Wie auch, er hatte ja noch nicht mal Fotos von seinen Eltern retten können. Ihre Gesichter existierten nur noch in der Erinnerung von Rosl und ihm. Vielleicht noch in der ihrer Mörder. Falls sie noch lebten.

Aber Joschi wusste eben auch an jedem verdammten Tag, warum er keinen Alkohol anrührte.

Und an keinem Tag spürte er es deutlicher als an jenem, an dem sein Sohn geboren wurde.

1967–1976

«Joschi!»

«Rosl!»

«Joschi!»

Joschi stürmte auf seine Schwester in der Kneipe *Zum Kamin* zu, nahm sie in die Arme, und die beiden küssten und herzten sich überschwänglich. Aus dem Augenwinkel sah Joschi, wie Charlie das Spektakel genauso befremdet beobachtete wie die hoffnungslos übermüdete Waltraut, die nervös rauchend hinter dem Tresen stand, besonders schön zurechtgemacht für die erste Begegnung mit der Schwägerin. Gäste waren keine in dem holzvertäfelten Hauptraum der Gaststätte in Bremen-Osterfeuerberg. Am Nachmittag gab es nur Betrieb auf den beiden Kegelbahnen unten im Keller. Die Kegelbrüder waren für Joschi gute Gäste, die ihren Sport weniger bierernst denn bierselig nahmen. Teils waren sie sogar spendierfreudiger als die Kneipenbesucher, die bis spätnachts an der Theke hockten und Joschi und Waltraut ihr Leid über die Ehe und die harte Arbeit in den Fabriken oder Werften klagten, während die beiden sich nach ihrem Bett sehnten, das eine Etage über der Kneipe lag. Der Schlaf war für Joschis arme Frau ohnehin schon viel zu knapp, da der kleine David – Israel hatte Waltraut als Namen für das Kind nicht akzeptiert – frühmorgens immer das Fläschchen bekommen musste und Gabi kurz darauf ihr Frühstück, bevor sie dann zu ihrer neuen Hauptschule ging.

Joschi ließ nach jeder Menge Küsschen von seiner

Schwester ab, ging zu seinem Schwager, schüttelte ihm die Hand hin und sagte: «Schön, dass du da bist.»

«Schön, dass ich hier sein kann», antwortete Charlie, dessen Haupthaar sich schon sehr gelichtet hatte. Kein Wunder, dachte Joschi, wenn ich mit Rosl verheiratet wäre, würde ich mir auch die Haare raufen.

«Wir beide in Deutschland», lachte Rosl.

«Wir beide in Deutschland», lächelte Joschi und herzte seine Schwester gleich noch mal.

«Ihr beide in Deutschland», sagte Charlie, und Joschi fragte sich, ob er damit andeuten wollte, dass sie mit ihm drei Juden in Deutschland waren und ihn bitte schön nicht vergessen sollten.

«Möchte jemand etwas essen?», fragte Waltraut hinter der Theke und drückte dabei ihre Nervositätszigarette im vollen Glasaschenbecher aus.

Alle drei blickten zu ihr.

«Das ist Waltraut!», verkündete Joschi mit enormem Stolz in der Stimme.

«Ich bin Rosl!», ging Rosl ganz verzückt auf ihre neue Schwägerin zu. «Du bist ja noch schöner, als Joschi gesagt hat!»

Joschi war sehr froh, dass seine Schwester so freundlich zu seiner neuen Ehefrau war. Kein Gerede mehr von Schickse. Keine Erwähnung von Dora. Alles weil Waltraut einen neuen Safier geboren hatte.

Waltraut lächelte Rosl an, erleichtert, dass sie sich nicht als Drache erwies.

«Du siehst müde aus», sagte Rosl voller Mitgefühl, «und auch sehr dünn.»

Waltraut waren die Worte sichtlich unangenehm, daher sprang ihr Joschi bei: «Also, ich hätte schon Hunger.»

«Was gibt es denn?», fragte Rosl freundlich.

«Ich kann Ochsenschwanzsuppe machen», antwortete Waltraut und lächelte so strahlend, wie die Erschöpfung es ihr ermöglichte.

«Die Suppe ist immer lecker», sagte Joschi, der sehr wohl bemerkte, dass sich die Begeisterung der beiden Besucher in Grenzen hielt. Aber die Dosensuppe, die sie in ihrer Kneipe servierten, schmeckte gut und besser als alles, was Waltraut hätte kochen können. Sie war nun mal leider eine genauso schlechte Köchin wie Rosl. Und wie Mama Scheindel. *Küche wie bei Muttern*, musste Joschi jedes Mal innerlich lachen, wenn ihm von seiner Frau etwas Missratenes aufgetischt wurde.

«Ich nehme gerne eine Suppe», sagte Charlie freundlich.

«Ich auch», rang sich Rosl ebenfalls ein Lächeln ab.

«Kommt sofort», sagte Waltraut. Kaum dass sie sich auf den Weg machte, wirkte sie wieder todmüde. Kein Wunder, es waren nicht nur die Kinder und die langen Stunden in der Kneipe, die ihr die Kraft raubten, sondern auch ihr Gemütszustand. Waltrauts Mama Henriette war nach langem Leid gestorben. Sieben Tage vor der Geburt des kleinen David. Mit Vater und Bruder hatte Waltraut wie erwartet gebrochen. Für ihre Freundinnen Babsi und Zopf-Inge besaß sie bei der vielen Arbeit keine Zeit mehr. So war nur Joschi da, um Waltraut die Hand zu halten, wenn sie mal wieder um die Mama trauerte. Leider schaffte er es nicht, sie aus ihrem dunklen Loch herauszuholen, obwohl er in seinem 52. Lebensjahr mehr Kraft hatte als mit vierzig. Jeder Augenblick, an dem er seine Frau sah oder seinen Sohn in der Wiege betrachtete, war für ihn ein Geschenk Gottes, den es vielleicht doch gab.

Um Waltraut etwas von der Last zu nehmen, hatte Joschi

mit seiner Schwester über die letzten Wochen hinweg am Telefon eine Idee entwickelt, die auch Rosl und Charlie glücklich machen würde. Eine Idee, die sie Waltraut gleich bei der Ochsenschwanzsuppe vorstellen wollten.

Erschöpft. Waltraut war zutiefst erschöpft, als sie mit Gabi und Joschi auf dem Bahngleis stand. Die Kleine hatte einen schweren Koffer vor sich und einen Wanderrucksack auf dem Rücken. Die ganzen letzten Tage hatte sie kaum gesprochen. Gabi wollte nicht weg von zu Hause, von den neuen Freunden aus der Hauptschule. Und schon gar nicht nach Düsseldorf, zu den alten Leuten, die sie kaum kannte, auch wenn sie ihr immer so teure Geschenke schickten: eine Puppe, einen Haarreif, und letztens erst kam ein Brief mit einem Foto, auf dem ein schönes Fahrrad zu sehen war, das sie in Düsseldorf fahren konnte.

Waltraut sah zu, wie Joschi der Kleinen ein Küsschen gab und ihr ganz, ganz viel Spaß wünschte: Sie würde schon sehen, Rosl und Charlie würden sie unglaublich verwöhnen, wenn sie bei ihnen lebte.

Erschöpft. Zutiefst erschöpft gab Waltraut ihre Tochter in fremde Hände. Für ein Jahr. Zwei, wenn alles gut lief. Wer wusste schon, vielleicht sogar für länger. Joschi, Rosl und selbst der zurückhaltende Charlie hatten sie überzeugt, dass es für alle das Beste war. Und Waltraut wollte es auch glauben. Sie konnte der schlechten Schülerin bei den Hausaufgaben nicht jene Hilfe geben, die Gabi brauchte, nicht nur aus Zeitmangel, sondern auch weil ihre Bildung dafür nicht reichte. Wenn Gabi jemals den Wechsel von der Haupt- auf die Realschule schaffen sollte, dann mit einer so klugen Frau wie Rosl, die noch dazu alle Zeit der Welt hatte, Gabi zu unterstützen.

«Du musst jetzt in den Zug», sagte Joschi zu Gabi.

Die Kleine nickte, wie ein Mädchen, das sich entschlossen hatte, für immer das Sprechen einzustellen. Waltraut drückte sie fest an sich, sagte nichts davon, dass Gabi eine Löwin wäre oder dass sie dem Adel entstammte. Stattdessen blieb sie stumm.

Der Schaffner trillerte seine Pfeife.

Erschöpft. Zutiefst erschöpft ließ Waltraut ihr Kind los. Gabi stieg in den Zug. Joschi reichte den Koffer an. Die Kleine konnte ihn nur wenige Zentimeter über den Boden heben und schleppte ihn in Richtung Abteil. Sie musste ganz allein die vielen Stunden nach Düsseldorf fahren – ihre Eltern konnten Kneipe und Säugling nicht allein lassen. Charlie und Rosl würden sie am Gleis in Düsseldorf in Empfang nehmen.

Erst jetzt, als der Schaffner aus der Tür hängend ein weiteres Mal in seine Trillerpfeife pfiff, um gleich anschließend die Tür zu schließen, fragte sich Waltraut, was das eigentlich für Menschen sind, die sich noch nicht einmal die Mühe machen, Gabi aus Bremen abzuholen. Wohin schickte sie ihre Tochter?

Der Zug fuhr ab.

Waltrauts Herz tat weh.

«Jetzt wird Rosl», sagte Joschi, «staunen, wenn sie mit der Kleinen unterwegs ist.»

Waltraut blickte zu ihm.

«Na ja, die Leute denken, ich wäre ihr Opa, wenn ich mit Gabi irgendwo bin. Jetzt werden sie Rosl fragen, ob sie die Oma ist. Das wird ihr ganz und gar nicht gefallen.» Joschi lachte bei der Vorstellung. Und das erste Mal in all den Jahren, die Waltraut ihn nun kannte, konnte sie sein Lachen nicht ausstehen.

«Wie geht es dir?», fragte Waltraut ihr Tochter am Telefon, das sie auf die Theke gestellt hatte.

«Gut», antwortete Gabi einsilbig wie immer.

«Wie läuft es in der Schule?»

Die Frage stellte Waltraut gerne, da die Noten der Kleinen in Düsseldorf sich so sehr verbessert hatten, dass sie dort nach den Sommerferien auf die Realschule gehen konnte. Das beruhigte Waltrauts geplagtes Gewissen stets ein bisschen.

«Gut.»

«Mehr gibt es nicht zu erzählen?»

«Der Sportlehrer will, dass ich für die Schule bei den Landesmeisterschaften laufe. 100 Meter. 200 Meter. Und 400 Meter.»

«Das ist ja toll.»

Gabi schwieg.

«Da kannst du stolz sein», Waltraut war es jedenfalls.

Gabi schwieg weiter.

«Bist du doch, oder?»

Keine Antwort.

«Ist was mit dem Lehrer?»

Wieder keine Antwort.

«Ist er nicht gut zu dir?»

Die Löwin in ihr wollte allein schon bei dem Gedanken dem Mann das Gesicht zerfetzen.

«Er schon ...», Gabi brach ab, als ob sie zu viel gesagt hat.

«Wer denn nicht?»

Gabi schwieg.

«Gabi, du musst mir sagen, wenn etwas ist. Nur so kann ich dir helfen.»

«Du kannst mir nicht helfen.»

«Doch, natürlich kann ich das.»

«Nein, du bist ja gar nicht hier», Gabi sagte es nicht anklagend, sondern tieftraurig.

«Ich komme sofort nach Düsseldorf!», sagte Waltraut. Die Kraft für eine solche Reise würde sie schon aufbringen. Den kleinen David würde sie mitnehmen. Sollte Joschi sich doch allein um die Kneipe kümmern und selbst mit den Gästen am Tresen schäkern, damit die noch mehr tranken.

«Tante Rosl wird böse sein.»

«Wieso wird sie böse sein?», war Waltraut verwirrt.

«Sie ... sie schimpft immer mit mir, wenn ich was nicht verstehe. Und wenn ich nicht einschlafe. Manchmal auch einfach nur so.»

«Ist sie gemein zu dir?», Waltraut konnte es nicht fassen.

«Die meiste Zeit ist sie lieb, aber ich weiß nie, wann sie böse wird.»

Waltraut bemühte sich, ihren Zorn nicht allzu sehr zu zeigen: «Und was sagt Onkel Charlie dazu?»

«Der ist immer lieb. Und er verteidigt mich. Dann schimpft sie auch mit ihm.»

«Warum hast du mir das nicht früher erzählt?»

Keine Antwort.

«Du warst doch Ostern hier.»

«Ich ... ich wollte euch nicht das Fest verderben.»

Waltraut zerriss es das Herz. Sie feierten doch Ostern und Weihnachten überhaupt nur wegen Gabi.

«Und ihr liebt David doch sowieso mehr als mich.»

«Nein, nein, nein, was sagst du da? Das stimmt doch nicht!»

«Dann hättet ihr ihn doch zu Tante Rosl geben können ...»

«Er ist dafür doch noch viel zu klein», sagte Waltraut verzweifelt.

Wieder keine Antwort.

Waltraut begriff erst jetzt, dass auch Gabi viel zu klein dafür war.

«Ich komme dich holen!»

«Ich will noch die Meisterschaften gewinnen.»

«Wann sind die denn?»

«Ende des Schuljahrs.»

«In dreieinhalb Wochen also», Waltraut wusste immer ganz genau, wann die nächsten Ferien in Nordrhein-Westfalen begannen.

«Kann schon sein.»

«Dann komm ich dich danach holen!»

«Danke, Mama», sagte Gabi.

«Danke, dass du es mir gesagt hast», sagte Waltraut und begann zu weinen.

«Weinst du, Mama?»

«Nein», schwindelte Waltraut.

«Ich wollte dich nicht zum Weinen bringen.»

«Ich weine vor Freude, dass du für immer wieder zu uns kommst», sagte Waltraut und bemühte sich, nicht völlig vergeblich, ein Lächeln in ihre Stimme zu legen.

«Ich muss zum Abendbrot», sagte Gabi.

«Tschüss», sagte Waltraut.

«Tschüss», sagte Gabi und legte auf.

Waltraut wollte weiter weinen, aber eine Stimme rief: «Die Leute von Bahn 3 wollen noch sechs Bier.» Sie gehörte Willi, einem Kellner aus Oberösterreich, der vor wenigen Wochen angeheuert hatte. Willi war ein sympathischer Mann, mit dem Joschi die halbe Nacht blödeln konnte. So jemanden hatte Waltraut nicht in ihrem Leben. Zopf-Inge hatte ihren Ehemann verlassen und war nach St. Peter-Ording gezogen, um dort in einem mondänen Salon für reiche Badegäste anzuheuern – ihre letzte Chance, sich in ihrem Alter einen Millionär zu angeln, wie sie gelacht hatte. Und Babsi hatte vor Monaten zu Waltraut gesagt: «Ich würde nie ein Kind weggeben, so wie du.» Das hatte Waltraut so sehr verletzt, dass sie ihr die Freundschaft aufgekündigt hatte. Babsi hatte sich noch mal telefonisch entschuldigen wollen, aber Waltraut war hart geblieben. Wer es sich einmal mit ihr verscherzt hatte, der hatte es für immer getan. So wie ihr Vater.

So wie ihr Bruder.

So wie Rosl jetzt.

❖❖❖

«Gabi übertreibt sicherlich», versuchte Joschi seine aufgebrachte Frau zu beschwichtigen. Die beiden standen in der kleinen Kochnische der Kneipe, in der Waltraut Erbsensuppe aus der Dose für Joschi und den neuen Kellner aufwärmte. Er machte sich Sorgen um seine Frau, der es zwar etwas besser ging, die aber so gut wie jede Nacht am Rand der Erschöpfung war. Aber auch um Rosl. Sie hatte zwar noch nie gesagt, dass sie sich ein Kind wünschte, nicht in Wien, als sie mit dem Wasserballer verheiratet war, nicht in Israel, als sie für die Unabhängigkeit kämpfte, und auch nicht während ihrer Ehe mit Charlie. Dennoch war Joschi fest davon überzeugt, dass die Anwesenheit der Nichte ihrem Leben einen Sinn verlieh. Rosl klang am Telefon immer glücklich, wenn sie von Gabis Erfolgen in der Schule und beim Laufen erzählte. Und Charlies Augen hatten zu Weihnachten geleuchtet, als er in der kleinen Wohnung der Safiers auf dem Boden mit Gabi stundenlang Rommé spielte. Es wäre das Beste für alle, wenn die Kleine tatsächlich mit ihren Äußerungen über Rosl übertrieben hatte.

«Ich hole Gabi nach Hause, egal was du sagst!»

«Waltraut ...»

«Nichts Waltraut!»

«Ich kann doch noch mal mit Rosl reden.»

«Es ist entschieden!»

«Sie kann das sicherlich aufklären.»

«Ich glaube meiner Tochter!», Waltraut nahm den Topf mit der Erbsensuppe vom Herd und stellte ihn scheppernd auf den kleinen Tisch. Einiges von der Suppe schwappte auf die ohnehin schon etwas dreckige Plastiktischdecke.

«Aber Rosl wird so nicht sein ...»

«Auf welcher Seite stehst du eigentlich? Auf der Seite deiner Schwester oder auf meiner?»

Waltrauts Augen funkelten Joschi mit einem Zorn an, der ihn erschreckte.

«Es geht doch nicht um Seiten ...», versuchte er abzuwiegeln.

«Oh doch, genau darum geht es!»

Hasste Waltraut ihn etwa gerade?

Sie durfte ihn nicht hassen!

«Du hast mich dazu gebracht, meine Tochter wegzugeben.»

Joschi hatte eine solche Furcht, dass die von ihm abgöttisch geliebte Frau ihn tatsächlich hassen könnte, dass er erstmals, seitdem sie sich kannten, ihr gegenüber laut wurde: «Es war unsere gemeinsame Entscheidung!»

«Eure!»

«Du warst doch auch dafür!»

«Ich war so erschöpft, ich konnte gar nicht klar denken!»

«Ganz genau. Deswegen haben wir es doch getan!»

Waltraut wurde unsicher. Gewiss, weil sie wusste, dass er recht hatte. Doch schnell wurden ihre Augen eiskalt: «Entscheide dich. Sie oder ich.»

Wie sollte er sich da entscheiden? Rosl war seine Schwester, seit 54 Jahren. Die letzte Verbindung zu der Familie, die von den Nazis ermordet worden war. Die Einzige, die außer ihm noch wusste, wie die Eltern aussahen. Wer Hedy war. Die dafür gesorgt hatte, dass er nach Israel fliehen konnte, und ihn dann dort aufgenommen hatte. In die Hagana brachte. Wenn man es genau nahm, war sie die Frau seines bisherigen Lebens. Und Waltraut dagegen?

Sie war die Frau, die er liebte.

Die ihn niemals hassen durfte.

Rosl war die Vergangenheit.

Waltraut, David und, ja, auch Gabi, die Zukunft.

Es war also leicht, sich zu entscheiden.

Auch wenn es wehtat.

«Ich bin immer auf deiner Seite», sagte Joschi mit fester Stimme.

Aus Waltraut entwich sämtlicher Zorn. Sie ging auf ihn zu, umarmte ihn und lehnte sich an seine Schulter. Joschi befürchtete, sie würde in seinen Armen zusammensacken, und hörte vor lauter Schreck auf, sich Gedanken um seine Schwester zu machen. Es war eindeutig: Mit der Arbeit in der Kneipe ging es für Waltraut so nicht mehr weiter. Schon gar nicht, wenn Gabi wieder zurück sein würde. Kegelbahnen und saufende Werftarbeiter, die seine Frau nachts an der Theke vollquatschten, konnten nicht ihre Zukunft sein. Er müsste ein Lokal eröffnen, in dem sie nicht mehr so viel arbeiten müsste. Eins, in das die feine Gesellschaft kam. Und in dem, so seine Hoffnung, Rosl und Waltraut sich irgendwann wieder vertragen könnten. Er brauchte doch beide Frauen.

Bei der Eröffnung des Scandia war Joschi höllisch aufgeregt. Das modern eingerichtete Restaurant war seine geniale Idee gewesen: das erste skandinavische Restaurant in Bremen. Ach was, in ganz Deutschland! Lachs, Rentierfleisch, ausgefallene Spezialitäten, zubereitet von einem ehemaligen norwegischen Schiffskoch namens Iver Solheim, der sich, wie Joschi, bei der Anlandung in eine Bremerin verliebt hatte. «Joschi, unser letzter Hafen ist die Ehe», sagte der Riese mit dem lustigen norwegischen Akzent gerne.

Das Restaurant lag mitten in der Innenstadt. Gegenüber vom Hertie-Kaufhaus, in dem Joschi bei seinem ersten Besuch mit Waltraut erstaunt feststellte, dass seine Frau nicht nur den einbeinigen Fahrstuhlführer kannte, sondern dass die beiden offenbar auch eine gemeinsame Protest-Vergangenheit hatten. Waltraut wollte nicht darüber reden, erzählte Joschi aber anschließend beim Aussuchen der Restaurant-Tischdecken, wie Wolle sein Bein im Krieg durch eine Tretmine verloren hatte.

In der folgenden Nacht hatte Joschi Albträume vom Krieg in Israel, von jenem Tag, an dem Zvi zerfetzt worden war.

Joschi hatte im gleichen Haus, in dem sich das Restaurant befand, eine Drei-Zimmer-Wohnung für die Familie gemietet. Aus dem Hinterhof stiegen die Küchengerüche in die Räume hoch. Besonders ins Elternschlafzimmer, in dem David, mittlerweile vier Jahre alt, auch sein Bettchen stehen hatte. Die 13-jährige Gabi verbrachte die meiste Zeit in dem von ihr so sehnlich gewünschten eigenen Zimmer. Waltraut hatte Joschi bei der Heimkehr der Tochter aus Düsseldorf vor zwei Jahren unmissverständlich klargemacht, dass sie sie genauso verwöhnen würde, wie es Rosl und Charlie getan hatten. Joschi hatte daraufhin versprochen, dass eines Tages genug Geld für alle Wünsche da sein würde.

Jetzt war dieser Tag nahe, schließlich würden die wohlhabenden Bremer, die sich in den letzten Jahren schon an italienische, jugoslawische und chinesische Speisen gewöhnt hatten, garantiert begeistert auf das exzellente skandinavische Essen ihres neuen Restaurants reagieren. Statt in den Ratskeller oder ins Parkhotel zu gehen, würde man in Zukunft das Scandia aufsuchen!

Zur Eröffnung lud Joschi, der vor Kurzem der Jüdischen Gemeinde Bremen beigetreten war, deren Vorstandsmitglieder ein. Sie kamen alle, einige begleitet von Freunden aus der Bremer Gesellschaft, die sie von ihren Geschäften oder der Politik kannten. Sogar der Intendant von Radio Bremen war mit seiner Frau da. Journalisten, das waren in Joschis Augen moderne Helden der Gerechtigkeit.

Waltraut bezauberte die Gäste mit ihrer freundlichen Art und ihrem wunderschönen Aussehen. Besonders einen blonden Hünen, der mit seiner ebenfalls großen und blonden Ehefrau beim Schatzmeister der Gemeinde saß. Er starrte Waltraut die ganze Zeit wie hypnotisiert an. Als Joschi sie beiseitenahm und fragte, ob sie ihn kannte, antwortete sie knapp: «Den hast du damals ausgestochen.»

Joschi betrachtete den Mann genauer und freute sich: Er, ein kleiner älterer Jude, hatte den Wettstreit um eine wundervolle Frau gegen einen reichen blonden Deutschen gewonnen. Ohne überhaupt von diesem Wettstreit zu wissen.

Beschwingt ging Joschi von Tisch zu Tisch. Dabei nahm ihn der Gemeindevorsitzende beiseite und fragte, ob er nicht bei den nächsten Vorstandswahlen kandidieren wollte. Und wie er das wollte. Für Joschi Safier ging es spät im Leben endlich aufwärts!

❖❖❖

Waltraut betrachtete am grauen Küchentisch das schlechte Zeugnis von Gabi. Sie war gerade noch so versetzt worden.

«Das ist nicht so gut, junges Fräulein», sagte sie.

«Ich bin kein Fräulein!», kam es patzig zurück.

Nein, das war Gabi nicht, sie war das, was man neudeutsch Teenagerin nannte. Ein Mädchen mit Jeans und ersten, nicht allzu gelungenen Schminkversuchen.

«Du hast auch eine 4 in Sport, du warst doch mal Landesmeisterin über 400 Meter», Waltraut war darauf so stolz gewesen. «Willst du nicht wieder anfangen zu trainieren?»

«Hab keinen Bock mehr drauf.»

«Bock?»

«Lust!»

«Hör mal, deine neuen Freunde ...», hob Waltraut an, um auf die von ihr ausgemachte Wurzel des Übels zu kommen.

«Was ist mit denen?», Gabi schoss sogleich scharf zurück.

«Na ja, ich habe aus dem Fenster gesehen, wie du auf der Straße mit ihnen rauchst.»

«Schau dir die Tapeten an. Schau dir die Tapeten an!», Gabi zeigte mit dem Finger auf die vergilbte Wand. «Ihr pafft so viel, dass wir nach zwei Jahren schon neu streichen lassen müssen, und du willst mir etwas übers Rauchen erzählen?»

«Deine Freunde», lenkte Waltraut lieber wieder vom Rauchen weg, «scheinen dich vom Lernen abzuhalten.»

«Willst du mir etwa meine Freunde verbieten?»

«Vielleicht gibt es ja andere ...»

«Du kannst mich ja wieder nach Düsseldorf schicken!»

Hinter dem Zorn spürte Waltraut den alten Schmerz ihrer Tochter. Und auch ihren eigenen aus jener Zeit. Er machte sie hilflos. Sie wollte Gabi auf keinen Fall erneut wehtun, deshalb knickte sie ein: «Wir reden später über dein Zeugnis», und wusste genau, dass sie nie mehr darüber sprechen würden.

«Gut, kann ich dann jetzt in mein Zimmer?»

«Ja», antwortete Waltraut geschlagen.

Gabi verließ die Küche, und Waltraut war froh, dass sie den Streit nicht hatte eskalieren lassen. Sie wollte ihr Gemüt nicht belasten, ging es ihr doch inzwischen viel besser als noch vor ein paar Monaten. Joschi hatte sein Versprechen gehalten, sie musste nicht mehr die halbe Nacht durcharbeiten. Erstmals seit Jahrzehnten hatte sie nicht das Gefühl, jede Minute ihres Lebens kämpfen zu müssen. Da musste sie es doch auch nicht mit ihrer Tochter tun.

Das darauffolgende Jahr befand sich Israel im Krieg. Ausgerechnet zu Jom Kippur, dem höchsten jüdischen Feiertag, hatten die Araber angegriffen. Joschi machte sich Sorgen um Marjem, Dora und den kleinen Abraham. Aber auch um sein Geschäft. Die arabischen Länder setzten steigende Ölpreise als Druckmittel ein, damit die westlichen Staaten Israel nicht mehr unterstützten. Die Inflation in Deutschland stieg. Das Essen wurde im Einkauf teurer. Heizen und Benzin ebenfalls. Und die Regierung redete davon, autofreie Sonntage einzuführen. Das Schwierigste für ihn war allerdings, dass die Menschen schlagartig begannen zu sparen. Auch die Reichen. Sie kamen kaum noch ins Scandia. Einer von Joschis Vorstandskollegen in der Gemeinde, ein Baumwollimporteur, erklärte ihm: «Die Arbeitslosenquote hat sich von 0,7 auf 1,2 fast verdoppelt, und das wird in den nächsten Jahren vermutlich so weitergehen. Da wollen meine Freunde nicht so gerne von ihren Arbeitern in der Innenstadt beim Geldausgeben gesehen werden. Die fahren jetzt lieber in Sterne-Restaurants nach Hamburg.»

«Na», lachte Joschi, «nach der Logik müssten die reichen Hamburger ja zu mir kommen.»

«Kein Hamburger kommt jemals nach Bremen. Und die wohlhabenden Bauern im Umland wollen lieber Schnitzel. Du solltest umsatteln.»

Aber Joschi wollte nicht umsatteln. Die Ölkrise war gewiss nur vorübergehend. Und dann würde die Inflation auch wieder sinken. Seiner Familie würde – musste – es weiterhin gut gehen!

«Ich habe deinen Vater getroffen», sagte Frau Siegen, als Waltraut und sie im Café Knigge saßen. Mit der frischgebackenen Rentnerin traf Waltraut sich mittlerweile einmal die Woche.

«Ah ja?» Waltrauts Magen zog sich zusammen.

«Ich soll dich grüßen.»

Grüßen?

Wollte er damit etwa Kontakt mit ihr aufnehmen? Sich vielleicht sogar mit ihr treffen? Könnte sie ihm je verzeihen, dass er Mama in ihrer schweren Krankheit komplett alleingelassen hatte?

Jetzt, wo sie nicht mehr erschöpft war, wäre sie vielleicht sogar stark genug für eine Begegnung mit ihm. Den Kindern zuliebe. David hatte seinen Opa noch nicht einmal kennengelernt.

«Er war», berichtete Frau Siegen, «bei Woolworth in der Obernstraße.»

«Hat er Kleidung gekauft?»

«Er hat seine Verlobte besucht.»

«Seine was?»

«Du weißt gar nicht, dass dein Vater verlobt ist?»

«Nein», sagte Waltraut fast tonlos. Sie war zutiefst getroffen. Ihr Vater hatte die Mama endgültig hinter sich gelassen. Und es ihr nicht einmal mitgeteilt.

«Sie ist eine sympathische, wenn auch recht korpulente Frau.»

Vaters Neue hätte auch Mary Poppins sein können, es hätte nichts an ihren Gefühlen geändert.

«Die beiden wirken glücklich», Frau Siegen sagte es so, als ob Waltraut davon milde werden und sich für ihren Vater freuen sollte. Aber es war ihr egal, ob er glücklich war oder nicht. Und es wäre ihr auch gerne egal gewesen, dass er neu heiraten wollte. Doch das war es nicht. Sie empfand es als Verrat an der Mama. Und an sich.

Drei Jahre später war das Wirtschaftswunderland abgebrannt. Ölkrise. Hohe Inflation. Mittlerweile 4,7 Prozent Arbeitslose. Jeden Tag beugte Joschi sich über die Buchhaltung, um anschließend stundenlang durch sein kleines Büro zu tigern, ohne einen Ausweg zu finden. Die tiefroten Zahlen änderten nicht die Richtung. Wie lange könnte er Waltraut die schlimme Lage noch verheimlichen? Wie lange würde er das hier noch durchhalten können, bis er den Offenbarungseid leisten müsste? Dreißig Jahre lang müsste er dann alle Einnahmen an seine Gläubiger abtreten. Dreißig Jahre lang würde er kein eigenes Geld mehr sparen können. Er wäre am Ende dieser Zeit 88 Jahre alt.

Waltraut allein könnte die Familie nicht ernähren. Sie würde nicht mal die Miete aufbringen können. Sie würden das Auto verlieren. Die Möbel. Alles.

Die Zukunft von Gabi.

Von David.

Weil er es nicht schaffte, das Ruder herumzureißen.

Joschi hielt beim Tigern inne. Er spürte Schmerzen am Brustbein, hielt sich die Brust und starrte wieder auf die Zahlen. Irgendwo in ihnen musste es doch Hoffnung geben.

Es gab keine.

Er hatte versagt.

Auch der Arm begann zu schmerzen.

Als Familienvater, völlig versagt.

Wie er sich schämte.

Die Zahlen verschwammen vor seinen Augen.

Die Brust brannte regelrecht.

Der Oberkörper wurde taub.

Joschi brach zusammen.

Waltraut war gerade mit dem Eindecken der Tische beschäftigt, als sie das Poltern aus dem Büro hörte. Sie ließ das Besteck aus ihren Händen gleiten und rannte zu Joschi. Ihr Mann keuchte, konnte nicht sprechen. Er hielt sich das Brustbein, atmete flach. Waltraut kniete sich zu ihm, hob seinen Oberkörper an, in diesem Moment verlor er das Bewusstsein. Sie legte ihn behutsam ab, griff nach dem Hörer des modernen orangenen Tastentelefons und rief den Notarzt. Eine halbe Stunde später lag ihr Mann auf der Intensivstation und rang um sein Leben.

Vom Krankenhaus aus rief Waltraut Gabi an, dass sie sich um David kümmern sollte, aber ihm auf keinen Fall erzählen durfte, wie schlecht es Papa ging. Anschließend telefonierte sie mit dem Koch Iver, um ihm zu erklären, was geschehen war: «Du kannst zu Hause bleiben. Heute lassen wir das Restaurant zu.»

«Nur heute oder schließen wir es ganz?»

«Ganz?», Waltraut verstand nicht, wie Iver darauf kam. «Joschi wird überleben.»

«Ja, selbstverständlich wird er das.»

«Also machen wir es auch wieder auf», sagte Waltraut.

«Wenn du meinst.»

«Natürlich meine ich das! Warum sollte ich es nicht meinen?» Waltraut war krank vor Sorge um ihren Mann, und jetzt redete der Koch so merkwürdige Sachen. Was sollte das?

«Joschi redet nicht mit dir über die Finanzen, oder?»

«Natürlich tut er das!»

Er tat es nicht. Und Waltraut hatten sie auch nie interessiert. Aber sie wollte sich dem Koch gegenüber keine Blöße geben.

«Dann sagt er dir nicht alles.»

«Was sagt er mir nicht?»

«Das solltest du mit ihm besprechen, wenn es ihm besser geht.»

«Sag du es mir!»

«Das steht mir nicht zu. Tut mir leid, Waltraut», Iver legte auf.

Alarmiert machte sich Waltraut auf den Weg ins Restaurant. Sie schloss die Tür auf, eilte ins Büro und sah sich die Unterlagen auf dem Schreibtisch an. Neben der alten Reiseschreibmaschine lag eine Kreditvereinbarung mit dem Baumwollimporteur aus der Gemeinde. Bei der Summe wurde Waltraut schwindelig. Joschi hatte also nicht nur bei der Bank Kredite aufgenommen, sondern auch privat. Bei wem noch? Was bedeutete das alles? Sie musste Wege finden, das Ausmaß des Schlamassels herauszufinden. Und dazu musste sie erst mal mit dem Mann reden, dessen Kreditvereinbarung mit Joschi sie in den zitternden Händen hielt.

❖❖❖

Als Joschi auf der Intensivstation begriff, was geschehen war, bekam er Todesangst. Sein Herz schaffte etwas, was den Nazis und den Arabern nicht gelungen war: ihn fast zu töten. David war doch erst sieben. Joschi wollte sehen, wie er aufwuchs. Vielleicht sogar eines Tages mit ihm zusammen in Wien Palatschinken essen, wie mit seinem Vater früher an den gemeinsamen Geburtstagen. Gab es das Café Central eigentlich noch? Er wollte es noch mal sehen. Auch Israel. Haifa. Das Meer dort. Marjem. Abraham. Vielleicht sogar Dora. Er durfte nicht sterben. Er durfte nicht! Wegen David. Waltraut. Gabi. Rosl - er musste sich wieder mit ihr versöhnen. Vor allem aber durfte sein Leben nicht mit so einem Versagen enden. Nach Jahrzehnten betete Joschi wieder zu Gott und machte ihm einen Vorschlag: Wenn er verschont bliebe und alles wiedergutmachen dürfe, würde er wieder an ihn glauben und seinen Sohn zum jüdischen Glauben bringen.

Der Baumwollimporteur verzichtete auf seine Forderung, nachdem Waltraut ihm das Ausmaß des Schreckens erklärt hatte. Er half ihr sogar bei den Gesprächen mit der Bremer Sparkasse, die signalisierte, ihnen entgegenzukommen. Aber es gab noch einen weiteren privaten Gläubiger, einen nichtjüdischen Spediteur – woher kannte Joschi ihn überhaupt? –, der stur blieb. Sie stand mit dem schmerbäuchigen Mann auf einer Laderampe und sagte zu ihm, so tapfer wie möglich: «Wir können Ihnen ohnehin nichts zahlen.»

«Dann pfände ich eben Ihre Restaurant- und die Wohnungseinrichtung.»

«Das ... das können Sie doch nicht tun.»

«Und wie ich das kann», er holte aus seiner hinteren Hosentasche ein zusammengefaltetes Blatt Papier und überreichte es ihr. Waltraut entfaltete es und konnte kaum glauben, was darauf stand.

«Ihr Mann hat mir die Einrichtung und Ihren ganzen Besitz als Sicherheiten überschrieben.»

Waltraut sah sich und die Kinder nur noch mit den Kleidern, die sie am Leib trugen, und rang mit den Tränen.

«Geheule hilft da auch nicht», der Spediteur nahm das Blatt wieder an sich und ließ sie allein auf der Rampe stehen. Waltraut drückte die Tränen weg. Sie würde nicht weinen. Ihr Mann hatte sie zwar zu einer Bettlerin gemacht, aber einen Rest an Würde wollte sie sich bewahren.

«Wir durften Sie gar nicht sterben lassen», sagte der Chefarzt zu Joschi, als er wieder auf der Normalstation lag, «Ihre Frau hätte uns sonst umgebracht.»

Hinter dem Weißkittel kicherten zwei Diakonissen. Und Joschi kicherte mit. Eigentlich musste er immer ein wenig kichern, wenn er die menschlichen Pinguine sah. Was hätten seine Eltern gestaunt, wenn sie wüssten, dass er von Nonnen gepflegt wurde.

«Ihre Frau hat uns so lange bearbeitet, bis wir Ihnen ein Einzelzimmer gegeben haben.»

Und nicht nur das, dachte Joschi: Waltraut hatte dafür auch die Nonnen mit zweihundert Mark, die die Safiers sich eigentlich nicht mehr leisten konnten, für die Stationskasse bestochen. Ja, ob Rabbis oder Nonnen, Geld nahmen alle Gottesdiener.

Zudem, und viel wichtiger, hatte Waltraut von den Kindern ferngehalten, wie sehr sein Leben auf Messers Schneide gestanden hatte. Nun kämpfte sie wie eine Löwin darum, dass sie beide nicht den Rest ihres Lebens auf Sozialhilfe angewiesen sein würden. Sie hatte sogar die Sparkasse überzeugt, die Hälfte der Schulden zu erlassen, wenn die übrige Summe bezahlt würde. Das jedoch ging nur mit einem neuen Kredit.

«Wenn Sie und Ihre Frau so weitermachen», lachte der Arzt, «dann sind Sie ganz schnell wieder auf den Beinen.»

Und Joschi wusste auch schon, von wem sie den Kredit bekommen könnten, um wieder auf die Beine zu kommen.

«Rosl? Wir sollen von Rosl Geld nehmen?» Waltraut konnte nicht fassen, was ihr Mann da bei einer Tasse Blümchenkaffee im Krankenhaus vorschlug. Sie war so schon wütend auf ihn, in welche Lage er sie gebracht hatte, aber jetzt hätte sie ihm am liebsten den Kaffee ins Gesicht geschüttet.

«Eigentlich von Charlie. Er hat es. Aber Rosl muss ihn überzeugen.»

«Niemals nehme ich Geld von ihr an!»

«Wir haben keine andere Wahl.»

Die hatten sie sehr wohl. Waltraut könnte ihren Verehrer Gerhard fragen, den sie zweimal durch die Scheiben des seit Wochen geschlossenen Restaurants hat blicken sehen, ohne ihm die Tür zu öffnen. Doch wenn sie diesen Vorschlag machte, würde Joschi vermutlich einen zweiten Herzinfarkt kriegen.

«Bitte, ruf Rosl an», bat er inständig.

«Ich? Wieso ich?»

«Du musst ihr verzeihen.»

Waltraut wurde schlagartig müde, wie in den Monaten nach Davids Geburt. So müde, dass sie noch nicht einmal die Energie aufbrachte, zornig zu sein. Und erst recht keine, um diese schreckliche Frau anzurufen.

Waltraut ging mit David durch die Innenstadt spazieren. Sie brauchte frische Luft. Und der Junge auch. Der Stubenhocker sollte nicht ständig im Wohnzimmer vor dem Fernseher mit seinen neuen Playmobil-Figuren spielen. Gabi hatte nicht mitkommen wollen. Anstatt zu lernen, verbrachte sie jede Sekunde mit ihren Freunden, zu denen, wie Waltraut inzwischen mitbekommen hatte, auch Haschischraucher zählten. Irgendwann würde sie den Kontakt verbieten.

«Ist das etwa mein Enkelkind?», hörte Waltraut eine Stimme hinter sich sagen. Es war die ihres Vaters. Waltraut drehte sich um. Neben Hinrich, der einen erstaunlich guten Anzug und sogar eine teure Armbanduhr trug, stand eine dicke Frau, in die Waltraut zweimal hineingepasst hätte. Vielleicht sogar zweieinhalbmal, hatte sie doch in den letzten Wochen bestimmt fünf Kilo verloren.

«Darf ich vorstellen, das ist meine Verlobte, die Gisela.»

«Hallo, Waltraut. Schön, dich endlich kennenzulernen, ich habe schon einiges von dir gehört.»

Die Dicke war wirklich, wie Frau Siegen gesagt hatte, eine freundliche Person. Dennoch hätte Waltraut am liebsten geantwortet: ‹Und ich will nichts von dir hören.› Aber da ihr Sohn neben ihr stand, sagte sie matt: «David, das ist dein Opa Hinrich.»

Der Junge sah Hinrich an, ohne große Regung zu zeigen.

Kein Wunder, er wusste aus eigenem Erleben ja gar nicht, wie man sich gegenüber Großeltern verhielt.

«Wir müssen uns mal näher kennenlernen», sagte Hinrich zu David.

Der nickte fast unmerklich.

Waltraut war von dem Vorschlag nicht begeistert, mochte ihrem Sohn eine Begegnung jedoch nicht verwehren. Ob Gabi ihren Opa auch mal wiedersehen mochte? Würde sie dafür auf einen Nachmittag mit ihren Freunden verzichten?

«Wir können ja mal», schlug Waltraut vor, «alle zusammen zu Knigge gehen. Nächste Woche Montag?»

«Da sind wir beide doch schon auf Weltreise», sagte Gisela.

«Weltreise?», staunte Waltraut. So etwas machte doch kein Tischler, der bald in Rente ging, und erst recht keine Woolworth-Verkäuferin.

«Acht Wochen», Gisela platzte vor Vorfreude.

Waltraut sah Hinrich fragend an. Er lächelte: «Ich hab im Lotto gewonnen. Sechs Richtige.»

Ihr Vater war Millionär?

Er könnte ihnen helfen. Sie müsste Rosl also nicht anrufen!

Aber könnte sie ihm eher verzeihen als der Schwägerin?

Sie musste, damit der Junge an ihrer Hand nicht in Armut aufwachsen würde.

«Papa?»

«Ja?»

Waltraut hielt inne, wandte sich an David und sagte: «Du, hol dir doch eben ein Eis.» Sie gab ihm fünfzig Pfennig und er lief los.

«Was soll dein Sohn nicht hören?», Hinrich nannte ihn nicht ‹mein Enkel›, ihm war das Kind genauso fremd wie er ihm.

«Wir haben Geldsorgen», dies gegenüber dem Vater zu gestehen, war für Waltraut noch erniedrigender, als bei dem Spediteur auf der Rampe zu stehen.

«Acht Jahre lang sprichst du kein Wort mit mir, und jetzt willst du Geld?»

Waltraut hätte ihn am liebsten angeschrien, dass sie aus gutem Grund nicht mit ihm geredet hatte, sagte aber nur leise: «Wir haben Probleme.»

«Über wie viel Geld reden wir?»

«125 000 Mark.»

«125 000?», Hinrich klappte die Kinnlade runter.

«Ja», gestand Waltraut für andere kaum hörbar und sah dabei zu Boden.

Hinrich schüttelte den Kopf. Schwieg. Sagte dann: «Du glaubst nicht, wie viele Schnorrer mich um Geld bitten.»

Waltraut blickte Hilfe suchend zu Gisela. Die verstand und sagte: «Das ist deine Tochter, Hinrich.»

«Ich werde es mir überlegen», lenkte Hinrich ein.

David kam mit dem Eis zurück. Schokolade, wie immer. Hinrich verstand offensichtlich, dass man so ein Thema nicht vor dem Jungen besprechen sollte, hatte aber auch sichtlich keine Lust mehr, sich mit ihm und Waltraut weiter zu beschäftigen. Er sagte: «Ich melde mich die Tage», hakte sich bei Gisela unter und ging davon.

Hinrich meldete sich nicht. Und Waltraut schwor sich, weder zu seiner Hochzeit noch zu seiner Beerdigung zu gehen.

Nach einer Woche griff Waltraut in Joschis Büro zum orangenen Telefonhörer, wählte Rosls Nummer und hoffte, dass sie besetzt sein würde. Das Freizeichen ertönte. Nach dem zweiten Klingeln wollte Waltraut wieder auflegen, da hörte sie Charlies Stimme: «Morris.» Charlie hatte seinen Elternnamen vor dem Umzug nach Düsseldorf abgelegt und sich einen neuen, nicht jüdisch klingenden gegeben. Das war auch schon das Schillerndste an dem Mann.

«Hier ist Waltraut ...», sagte Waltraut tapfer.

«Waltraut?», staunte Charlie.

«Ich müsste mal Rosl sprechen.»

«Ist was mit Joschi?»

«Ja.»

«Und was ist mit ihm?»

«Er hatte einen Herzinfarkt.»

«Du meine Güte.»

«Er ist auf dem Weg der Besserung, keine Sorge, aber es gibt noch ein schlimmes Problem.»

«Welches?»

Sollte sie die Schulden bei der Sparkasse und dem Spediteur nicht lieber gleich mit Charlie besprechen? Es war schließlich sein Geld, um das sie bitten wollte. Nicht das von Rosl.

«Joschi hat gesagt, ich soll mit Rosl darüber reden.»

«Geld?» Charlie war scharfsinnig.

«Ja.» Es machte keinen Sinn, es zu leugnen.

«Und sie soll mich überzeugen, es euch zu geben.»

«Ja.»

«Das Restaurant ist in Schieflage?»

«Pleite.»

«Skandinavisches Essen war ja auch eine Schnapsidee.»

Waltraut hätte am liebsten geantwortet, dass das schon Willi, der Kellner im Kamin, zu ihr gesagt hatte, aber sie wollte nicht illoyal gegenüber ihrem Mann erscheinen.

«Wie viel?», fragte Charlie nüchtern, war nun ganz Geschäftsmann.

«125 000.»

Charlie schwieg. War ihm die Kinnlade heruntergefallen wie Hinrich, der jetzt gerade mit seiner Gisela die Welt bereiste? Waltraut konnte sich das nicht vorstellen. Charlie war gewohnt, mit größeren Summen zu jonglieren. Nach einer Weile sagte er: «Gabi ist mir in dem Jahr bei uns wirklich ans Herz gewachsen.»

Waltraut staunte.

«Ich würde sie gerne wiedersehen.»

Gabi hatte ihr vor Wochen erst erzählt, dass Charlie immer gut zu ihr gewesen ist. Deshalb antwortete Waltraut: «Selbstverständlich.»

«Ich gebe euch das Geld.»

«Danke», Steine fielen von Waltrauts Herzen.

«Aber ihr müsst danach ein Geschäft finden, von dem ihr etwas versteht.»

«Der Kamin ist damals ganz ordentlich gelaufen. Wir sind nicht reich geworden, aber auch nicht arm.»

«Dann macht wieder so eine Kneipe auf. Ich unterstütze euch dabei.»

«Wirklich?»

«Ich mag Gabi.»

Waltraut wusste, wie hart die Arbeit in einer Kneipe war. Wie viele Stunden sie in der Nacht an der Theke stehen müsste. Dennoch antwortete sie: «Ich werde die Anzeigen nach Übernahmemöglichkeiten durchforsten.»

«Und du darfst nie wieder Rosl den Zugang zu Joschi verbieten», jetzt konnte Waltraut eine Bitterkeit in Charlies Stimme hören. «Ich kenne die beiden Geschwister schon lange, schon aus Israel. Sie haben eine Affenliebe zueinander. Rosl liebt Joschi mehr als mich.»

Waltraut hatte Mitgefühl mit dem Schwager: Wie hart musste es sein, so etwas über die eigene Frau sagen zu müssen? Sie konnte Joschi viel vorwerfen und tat es auch mal mehr, mal weniger, aber nicht, dass er sie nicht über alles liebte.

«Diese Verbindung zwischen den beiden», sagte Charlie, «werden wir nie verstehen. Nie. Also sollten wir uns nicht dagegenstellen.»

«Sind sie so, weil sie beide überlebt haben?», fragte Waltraut.

«Sie sind so, weil sie irre sind.»

Waltraut lachte kurz auf. Charlie hatte so recht! Dann sagte sie: «Ich werde Rosl wieder zu uns einladen.»

«Gut.»

«Soll ich mich jetzt gleich bei ihr entschuldigen?»

Charlie überlegte kurz. Dann sagte er: «Ich werde es ihr ausrichten.»

Waltraut verspürte Dankbarkeit. Und Verbundenheit. Ausgerechnet zum drögen Charlie, mit dem sie das Schicksal teilte, jemanden aus der verrückten Safier-Familie geheiratet zu haben.

Die beiden plauderten noch eine Weile über Gabi und dass sie, wie Charlie einst, nach der Schule eine Kaufmannslehre machen würde. Dabei überlegte Waltraut, ob sie ihm auch ihren Kummer wegen Gabis Freunden anvertrauen könnte, ließ es aber bleiben. Bei der Verabschiedung versicherte er ihr, dass sie sich keine Sorgen machen sollte. Waltraut legte den orangenen Telefonhörer auf die Gabel und erlaubte sich endlich zu weinen.

«Ein Nachtclub?», Gabi war entsetzt.

«Das ist kein Nachtclub. Es ist eine Kneipe mit drei Kegelbahnen im Keller. So eine hatten wir schon mal.»

«Willst du mich verarschen? Wir stehen auf einer Tanzfläche!», deutete Gabi erst auf den Tanzboden und dann auf die Diskokugel über ihr. Dass sie mit ihrer Schlaghose, der modischen Halblangfrisur und ihrem nach oben ausgestreckten Finger selbst aussah wie eine Diskogängerin aus der von ihr abonnierten ‹Bravo›, behielt Waltraut für sich. Stattdessen antwortete sie so sachlich wie möglich: «Dank der bleiben die Gäste länger.»

«Und du wirst dann ab nächsten Monat mit den Männern tanzen?» Gabis Verachtung in der Stimme tat Waltraut weh. Natürlich würde sie mit den Männern tanzen. Vor allen Dingen sie zum Trinken animieren. Möglichst teure Drinks. Joschi war zuerst auch skeptisch gewesen, als die beiden sich den Laden in der Hochstraße am Bahnhof zwecks Übernahme ansahen, aber die Zahlen, die ihnen die Vorbesitzer präsentiert hatten, waren sehr überzeugend gewesen. Falls sie vergleichbare Umsätze erwirtschaften konnten, würden sie die Schulden bei der Sparkasse und bei Charlie in fünfzehn bis zwanzig Jahren abbezahlen können. Charlie, der die Bilanzen geprüft hatte, meinte, sie könnten auf dieser Basis zusätzlich sogar einen Kredit für eine Eigentumswohnung aufnehmen, für den er bürgen würde. Eine Eigentumswohnung!

«Du und Inge kümmern sich also wirklich um die Männer.»

Waltraut hatte Zopf-Inge angeheuert. Die Freundin hatte sich in St. Peter-Ording zwar keinen Millionär geangelt, dafür aber eine uneheliche Tochter in die Welt gesetzt und benötigte einen Job, der besser bezahlt wurde als der einer Frisörin.

«Und das macht ihr dann in solchen Ecken!», Gabi deutete zu den mit rotem Samt ausgekleideten Separees am Rande der Tanzfläche. Waltraut hatte die Vorhänge bereits entfernen lassen, damit man die Separees jederzeit einsehen konnte. Dass sie mit einem Gast unbeobachtet allein saß, kam für sie nicht infrage. Und erst recht nicht für Joschi.

«Jetzt hör mal gut zu, junge Dame. Ich mach das auch für dich.»

«Für mich bestimmt nicht!»

«Von deinem Lehrlingsgehalt allein wirst du nicht leben können. Falls du mit deinem schlechten Zeugnis überhaupt eine Lehrstelle kriegst.» Am liebsten hätte Waltraut noch nachgelegt, dass die Noten ein Resultat von Gabis schlechtem Umgang waren – mittlerweile hegte sie sogar den Verdacht, dass ihre Tochter ebenfalls Haschisch rauchte.

«Ich ziehe zu Holger», verkündete Gabi.

«Du tust was?»

«Ich ziehe zu Holger.»

«Wer ist Holger?»

«Wenn du dich auch nur ein kleines bisschen für mich interessieren würdest, wüsstest du, dass er ein Tischler ist.»

Wie Hinrich, der geizige Lottogewinner. Na, wunderbar.

«Ist er dein Freund?»

«Seit acht Wochen.»

«Und dann willst du schon zu ihm ziehen?»

«Willst du mir das etwa verbieten?»

Waltraut wollte es. Hatte aber Angst, dass Gabi antworten würde: ‹Als ich klein war, war es dir auch egal, dass ich woanders wohne.› Diese Art Vorwürfe hatte Waltraut mittlerweile so einige Male von ihrer Tochter zu hören bekommen. Und obwohl sie von Gabi meistens nur eingesetzt wurden, um immer neue Zugeständnisse in Sachen Freiheit zu erlangen, hatten sie ihr jedes Mal das Herz zerrissen.

«Du kümmerst dich», motzte Gabi, «eh nur um Papa und um David. Und jetzt auch noch um das hier», sie deutete wieder zu den Separees.

«Glaubst du, ich habe mir dieses Leben gewünscht?», platzte es aus Waltraut wütend heraus. Das nahm Gabi schlagartig den Wind aus den Segeln.

«Komm mit!», befahl Waltraut der Tochter, ging mit ihr zum

braun gelackten Tresen, auf dem noch ihrer beider Colagläser standen, und setzte sich mit ihr auf die schwarzen Barhocker. Sie nahm Gabis Hand und sagte, etwas ruhiger: «Ich tue das alles für euch Kinder.»

«Ich will das aber nicht.»

«Und wie soll es anders gehen?»

Gabi wusste darauf nichts zu erwidern.

«Weißt du», seufzte Waltraut, «ich habe in der letzten Zeit etwas begriffen.»

Gabi fragte nicht ‹Und was?›, hörte aber weiterhin zu.

«Es gibt kein leichtes Leben. Auf eines zu hoffen, enttäuscht nur.»

Gabi zog ihre Hand weg.

«Glaub mir, je eher du das begreifst, desto besser: Leben heißt leiden.» Waltraut nahm Gabis Hand wieder, hielt sie ganz fest und wiederholte, damit die Tochter auch begriff: «Leben heißt leiden.»

Leben heißt leiden – diesen fürchterlichen Satz hatte Waltraut in Joschis Anwesenheit nun schon ein paarmal gesagt. Es war paradox: Er war dem Schicksal, sogar Gott, dankbar für dieses Leben, diese Familie; seine Frau hingegen schien die Hoffnung auf ein glückliches Leben beerdigt zu haben. Es machte Joschi unendlich traurig, dass sie so dachte. Würde sie so nicht irgendwann verkümmern? Er musste etwas dagegen unternehmen!

Joschi ging zu der Hi-Fi-Anlage des Clubs, den er in *Country Club* umgetauft hatte. Der Name klang edel und würde die in- und ausländischen Kaufleute, die für ihre Geschäfte in Bremen weilten und nach Abwechslung suchten, gewiss anziehen. Und wenn einer von denen seine Frau belästigen sollte, würde er es mit ihm zu tun bekommen. Oder mit dem neuen bulligen Kellner, der nur Schulz genannt werden wollte. Bei der Auswahl hatte Joschi weniger nach Referenzen geschaut, vielmehr danach, wer seiner Frau und Zopf-Inge im Fall der Fälle zur Seite stehen konnte.

Nachts sollten auf der Anlage Musikkassetten laufen, aber jetzt, kurz bevor er den Nachmittagskeglern erstmals die Türen öffnen würde, legte Joschi eine Schallplatte auf. ‹Beautiful Noise› von Neil Diamond. Diese Platte hatte Gabi Tag und Nacht in ihrem Zimmer gespielt, bevor sie zu diesem Holger gezogen war, von dem Waltraut sagte, er sei nicht gut für die Kleine. Joschi mochte den langhaarigen Kerl ebenfalls nicht, er hatte ihm noch nicht einmal ordentlich die Hand gegeben, sondern nur «Hi, Herr Safier» genuschelt. Joschi vermisste Gabi. Und er hatte Angst, dass seine Tochter ihnen entgleiten würde. Wie so viele geliebte Menschen zuvor.

Waltraut lugte hinter der Theke hervor, wo sie noch vor der Eröffnung schnell den Champagner- und Sektvorrat im Kühlschrank prüfen wollte. Sie hatte einen feschen weißen Hosenanzug an – das figurbetonte Abendkleid würde sie erst nachher zu Hause anziehen, nachdem sie David ins Bett gebracht hatte, und anschließend mit einem Taxi in den Club zurückkehren. Waltraut trug dazu eine der Perücken, die sie für die Arbeit angeschafft hatte, nun aber auch privat gerne mochte. Diesmal war es die dunkelbraune, deren gewelltes Haar bis zu den Schultern fiel. Joschi fand sie mit allen Perücken schön. Hellbraun, Schwarz, Dunkelbraun. Kürzer. Länger. Egal. Am liebsten mochte er Waltraut aber mit ihrem natürlichen Haar.

«Wieso spielst du denn Musik?», fragte sie genervt. Sie war immer noch wütend auf ihn wegen des Scandia-Debakels.

«Ich möchte mit dir den ersten Tanz hier.»

«Spinner.»

«Komm schon», lächelte Joschi charmant.

Waltraut kam skeptisch dreinblickend hinter der Theke hervor.

«Von mir altem, dummen Konkurs-Knacker kannst du noch ein paar Tanzschritte lernen.»

«Blödmann», musste sie grinsen.

Joschi freute sich darüber, führte sie galant auf die Tanzfläche und begann mit ihr zu tanzen. Nach einer Weile lächelte Waltraut in seinen Armen. Es war ein klein wenig wie damals in Amsterdam. Nur dass Waltraut inzwischen besser tanzen konnte, hatte sie doch ein paar Stunden bei einem Lehrer der Tanzschule Schipfer-Hausa genommen, um sich auf den Country Club vorzubereiten.

«Siehst du, Leben ist nicht leiden», sagte Joschi.

«Na ja», zuckte Waltraut mit den Schultern.

«Ist es nicht», bekräftigte Joschi.

«Nicht nur», seufzte sie.

«Nicht nur», einigte Joschi sich mit ihr. Mehr würde er ihr erst mal nicht an Zugeständnis abringen können. Aber es würde ihm schon noch gelingen, dass sie die Welt so sehen würde wie er. Und hoffentlich würde ihr Zorn auf ihn ebenfalls bald vergehen.

1977–1984

Joschi und Waltraut staunten, dass den Country Club mehr Männer der feinen Gesellschaft besuchten als das Scandia. Im Laufe der Jahre lernten sie Werftbesitzer, Senatoren, Finanz- und Versicherungsdirektoren genauso kennen wie Rentner und Arbeiter, die ihr mal mehr, mal weniger mühsam Erspartes für ein paar vergnügliche Stunden auf den Kopf hauten. Im Country Club waren alle gleich und aßen Ochsenschwanzsuppe aus der Dose. Waltraut und Zopf-Inge nahmen mit den Männern Drinks zu sich. Die Gäste ahnten nicht, dass in Waltrauts Getränken kein Alkohol war. Joschi hatte nicht mal mehr das Bedürfnis, an ausgeschenkten Bieren, Weinen oder Weinbränden zu schnuppern. Auch nicht an dem Sherry und dem Whiskey, die in Glaskaraffen auf der Wohnzimmerkommode in der neuen Eigentumswohnung standen und Rosl und Charlie zu Ostern und Weihnachten eingeschenkt wurden.

Gabi verließ ihren Holger, weil er sie mit ihrer besten Freundin betrogen hatte – der Kerl hatte sich von Waltraut ganz schön was anhören müssen –, und beendete den Umgang mit ihren zweifelhaften Freunden. Reumütig zog sie wieder zu den Eltern und machte ihre Lehre bei Schulze-Kleidung, die mit dem Slogan «Meine Meinung, Schulze-Kleidung» sogar im Kino warben. Der dicklich gewordene David verbrachte die meisten Nachmittage mit Joschi im Country Club. Er kegelte dort, wenn eine der Bahnen frei war, oder saß einfach nur am Fenster und träumte beim Anblick der vorbeifahrenden Autos vor sich hin. David war jetzt elf Jahre alt, und es war an der Zeit für Joschi, mit Waltraut über seinen Wunsch zu sprechen: «Er soll Jude werden.»

«Spinnst du?», fragte Waltraut. Die zwei saßen, beide im Bademantel, in der Küche der neuen Wohnung und tranken um ein Uhr mittags ihren ersten Kaffee.

«Hör mir bitte erst mal zu», bat Joschi.

Waltraut schnaubte und schaute von ihm weg zu den orangenen Einbauschränken, auf die David gleich am Einzugstag Pril-Blumen geklebt hatte. So was erlaubte Waltraut ihrem Sohn, es waren ja nur Schränke, und Joschi fand es lustig.

«Gerade gehört er gar keiner Religion an.» Eine christliche Taufe hatte David nicht gehabt, Jude war er aber auch nicht, weil man nur von Geburt als einer galt, wenn die Mutter Jüdin war.

«Ist vielleicht auch besser so», meinte Waltraut und steckte sich eine Zigarette an, immer noch, ohne ihn anzublicken.

«Ich möchte aber gerne, dass er in die Jüdische Gemeinde kommt», ließ Joschi nicht locker.

Erst jetzt sah Waltraut wieder zu ihm und sagte: «Du glaubst doch auch nicht an Gott.»

«Manchmal schon, vor allem in letzter Zeit.»

«Wirklich?» Waltraut, die schon seit Jahrzehnten keine Kirche mehr besucht hatte, staunte.

Joschi fragte sich, ob er ihr jetzt von dem Pakt erzählen sollte, den er mit Gott auf der Intensivstation geschlossen hatte, entschloss sich aber zu antworten: «Ich bin dankbar für all das, was wir gemeinsam haben.»

Waltraut sah ihn müde an. Sie hatte lange nicht mehr

‹Leben heißt leiden› in seiner Anwesenheit gesagt, aber ihr Blick drückte es immer mal wieder aus. Wenigstens war ihr Zorn auf ihn wegen des Scandias in den letzten Monaten verblasst. Nur ab und an erzählte sie noch vor Gästen, wie sie die Familie ohne seine Hilfe gerettet hatte, während er im Krankenhaus lag. Das musste er ertragen, es war seine Form der Buße.

«Wir haben», sagte sie, «doch gesagt, dass wir die Kinder von allem Übel fernhalten wollen.»

«Ja», bestätigte Joschi und steckte sich ebenfalls eine Zigarette an. Die beiden hatten Gabi und David nichts vom Schicksal seiner Eltern erzählt und auch nicht, warum es keinen Kontakt zu Waltrauts Familie gab. Sie hatten David noch nicht einmal gesagt, dass seine Schwester nur eine Halbschwester war.

«Und jetzt willst du David zum Juden machen?»

«Er wäre dann in einer Gemeinschaft.»

«Die alle anderen töten wollen.»

«Wollen sie doch nicht mehr», hielt Joschi dagegen. Die NPD schaffte es nicht ins Parlament, für die Judenhasser der RAF gab es keine Mehrheit in der Bevölkerung, so gut wie jeder Deutsche war Demokrat oder tat wenigstens so, und es war schon Jahre her, dass er sich einen vermeintlich lustigen Spruch über Juden und Geld hatte gefallen lassen müssen.

«Das kann sich doch jederzeit wieder drehen», widersprach Waltraut.

«Natürlich kann es das», Joschi war nicht naiv.

«Und du sagst doch selbst immer, 99 Prozent der Menschen sind von Natur aus schlecht.»

Joschi glaubte, dass es eher 80 bis 90 Prozent waren, die 99 Prozent waren eine Übertreibung, zu der er neigte, wenn er mal wieder etwas Fürchterliches in den Nachrichten gehört, gesehen oder gelesen hatte.

«Und dem willst du David aussetzen?»

«Wenn es wieder so weit kommen sollte, ist es den Nazis egal, ob der Junge auf dem Papier ein Jude ist oder nicht. Sie würden ihn allein dafür ermorden, dass er der Sohn eines Juden ist.»

Waltraut schluckte bei dieser Wahrheit und murmelte: «99 Prozent schlecht.»

«Wenn er aber ein Jude wird, hat er einen Vorteil, den Rosl und ich damals nicht hatten.»

«Und welchen?»

«Er kann jederzeit legal in ein anderes Land einwandern und dort Staatsbürger werden.»

«Israel?»

«Israel.»

Waltraut drückte ihre zu etwas mehr als die Hälfte aufgerauchte Zigarette aus, zündete sich eine neue an, sah zu den Pril-Blumen und sagte nach einer Weile: «In Ordnung.»

Am Abend betrachtete sich Joschi seinen Sohn, wie er in seinem Bett mal wieder beim Lesen eingeschlafen war, und nahm sich vor, für den Vorsitz der Gesellschaft für Christlich-Jüdische Zusammenarbeit Bremen zu kandidieren. Er saß zwar schon im Vorstand der Jüdischen Gemeinde, aber er sah es als seine Pflicht, seinen Teil dazu beizutragen, dass David niemals aus Deutschland würde fliehen müssen. Und dafür müssten noch mehr Christen verstehen, dass Juden Menschen waren wie sie.

Joschi saß in seinem beigen Wohnzimmersessel, der einige Aschebrandflecken aufwies, und rauchte zur Tagesschau mit Karl-Heinz Köpcke eine Zigarette, als sein Sohn in das Zimmer stürmte und verkündete: «Ich glaube nicht mehr an Gott.»

Joschi sah David, der erst vor zwei Monaten im Alter von zwölf Jahren jüdisch getauft worden war, erstaunt an und fragte: «Warum?»

«Ich habe eben im Bar-Mizwa-Vorbereitungsunterricht den Rabbi nach dem Holocaust gefragt.»

Seit der Fernsehserie ‹Holocaust› kannte der Junge den Begriff. Und die Deutschen auch. Da mussten erst amerikanische Juden eine Fernsehserie drehen, damit große Teile der deutschen Bevölkerung sich mit dem Morden der NS-Zeit auseinandersetzten. David hatte alle vier Teile der Serie mitansehen dürfen. Ein Jude musste nun mal wissen, was geschehen war. Und Joschi hatte nie den Mut aufgebracht, seinem Sohn davon zu erzählen.

«Was genau wolltest du von dem Rabbi wissen?», fragte Joschi und drückte den Fernseher auf der neuen Fernbedienung leise.

«Ich habe nach dem Unterricht an der Tür auf ihn gewartet und ihn gefragt: Wenn es einen Gott gibt, warum hat er damals nichts gegen den Holocaust getan?»

Kein Jude, dachte sich Joschi, würde diese Frage jemals zufriedenstellend beantworten können. Er war neugierig, welche Antwort der selbstbewusste junge Rabbi, der den Holocaust selbst nicht erlebt hatte, seinem Sohn gegeben hatte. Und er hoffte, dass David eine halbwegs gescheite Antwort von ihm erhalten hatte.

«Er hat mich streng angesehen.»

«Aha ...»

«Und dann hat er gesagt: ‹Woher willst du denn wissen, dass er nichts getan hat?›»

«Mehr nicht?»

«Mehr nicht.»

Man hätte die Antwort des Rabbis so deuten können, dass Gott wenigstens über einige Juden, wie Joschi und Rosl, seine schützende Hand gehalten hatte. Jedoch nur, wenn man sehr wohlwollend gestimmt war. Wohlwollend sowohl dem Rabbi gegenüber, der David mit seiner berechtigten Frage abgespeist hatte, als auch Gott gegenüber: Denn hätte Gott tatsächlich nur einige wenige Juden geschützt, so musste man sich fragen, warum er nicht allen geholfen hatte und er stattdessen so vielen Nazis bis heute ein gutes Leben gestattete. Hatte Gott nicht den Willen gehabt, mehr zu tun? Oder nicht die Macht? Es war ein Dilemma: Entweder war Gott gütig, dann war er nicht allmächtig. Oder er war allmächtig, aber nicht gütig.

«Ich glaube nicht mehr an Gott», wiederholte David, setzte sich auf den Wohnzimmerperserteppich und begann, seine Riesenstapel Superhelden-Comics und MAD-Hefte zu sortieren.

Joschi hätte seinem Sohn am liebsten geantwortet, dass er erst mal nur nicht an den Rabbi glauben sollte. Aber darauf war David sicherlich schon selbst gekommen, und so eine Haltung gegenüber einem Gottesmann durfte man nicht auch noch elterlich verstärken. So schwieg er und hoffte, dass sein Sohn niemals im Leben in eine Situation kommen würde, in dem er einen Rabbiner verprügeln wollte.

Bei der Bar Mizwa war Joschi gerührt. Mit 64 Jahren durfte er so etwas noch erleben! Und als David anschließend im Gottesdienst ungefragt seine Hand nahm, wie Joschi es bei seinem Vater im Leopoldstädter Tempel getan hatte, kamen ihm Tränen. Erst jetzt begriff er, warum es ihm so wichtig gewesen war, dass der Junge zum Juden wurde. Nicht wegen des Paktes, den er mit Gott im Krankenhaus geschlossen hatte, sondern weil die ermordete Familie ansonsten verleugnet worden wäre. So aber wurde sie geehrt. Und lebte in David fort.

Geschlossene Gesellschaft im Country Club: Zopf-Inge, die so gerne blonde Perücken trug, und ein Wirtschaftsprüfer, den sie sich unter den Gästen geangelt hatte, feierten Polterabend. Auf der Tanzfläche wurde wild zu ‹Status Quo›, ‹Sweet› und den ‹Rolling Stones› getanzt. Als mehrere Wirtschaftsprüfer «I can't get no satisfaction» brüllten, musste Joschi lachen. Und Waltraut grinsen, nachdem er den Text für sie übersetzte. Ansonsten war sie jedoch betrübt: Ihre Freundin würde mal wieder ihr Leben verlassen, während sie hier Nacht für Nacht weiterarbeiten würde. Statt mit Zopf-Inge von nun an mit der Jugoslawin Ravija, die Waltraut vorhin in der Küche erklärt hatte, dass Jugoslawien kein Land sei und sie daher nicht aus dem Jugoslawien stammte, sondern aus einem Land namens Serbien, das es nicht mehr gab.

Ravija würde gut fürs Geschäft sein. Denn zum einen würde sie sehr viel weniger verdienen als Zopf-Inge, zum anderen war sie erst knapp über 30 und sehr hübsch. Eine rassige Schönheit, wie schon mehr als nur ein Gast festgestellt hatte. Aber wegen Ravija war Waltraut nicht mehr der Blickfang. Das war ungewohnt und tat weh.

«Warum so trist?», fragte ein gut aussehender Enddreißiger mit neumodischer Männer-Dauerwelle, der sie aufgrund seiner Größe entfernt an ihren Unternehmer-Verehrer Gerhard erinnerte. Was der wohl machte? Hatten er und seine Frau Kinder? Wo hatten sie noch überall Häuser, um Urlaub zu machen – die Safiers machten keinen Urlaub, noch nicht einmal Ausflüge gönnten sie sich. Sylt? Malle? Da war doch noch eins in Italien?

«Antwortest du mir nicht?», hakte der frisch Gelockte nach.

«Ich bin nicht traurig», setzte Waltraut ihr trainiertes Lächeln auf.

«Sah für mich aber so aus», lächelte der Mann, der, wie Waltraut feststellte, niedliche Grübchen hatte.

«Ist aber nicht so», Waltraut verstärkte nun ihr Lächeln.

«Darf ich mich zu dir gesellen?»

«Warum nicht?»

Der Gelockte setzte sich zu Waltraut an den Tisch und stellte fest: «Ich habe dich noch gar nicht tanzen sehen.»

«Heute ist mir nicht danach.» Waltraut hätte auch sagen können, dass sie es diese Nacht nicht tun musste, es war eine Privatfeier, kein normaler Arbeitstag.

«Bist du ganz allein hier?»

«Nein. Das dahinten ist mein Mann», sie deutete zu Joschi, der angeregt mit dem obersten Chef der Prüfer redete.

«Der alte Knacker?», fragte der Gelockte. Waltraut hatte diese Beleidigung schon häufiger von Gästen gehört, und es würde auch nicht das letzte Mal sein. Routiniert antwortete sie: «Er ist rüstig. In jeder Hinsicht.»

«Aha», wusste der Mann nichts Schlaues zu antworten.

Waltraut nahm einen Schluck von ihrem nichtalkoholischen Cocktail. Sie musste aufhören, das süße Zeug zu trinken. Auch wenn sie selten mehr als ein paar Bissen am Tag herunterbekam, legte sie an den Hüften zu, dabei fühlte sie sich gegenüber Ravija ohnehin schon zu dick.

«Ich habe gehört, dein alter Mann ist Jude.»

Der Satz kam für Waltraut aus dem Nichts. Und war wie ein Schlag in die Magengrube.

«Ja, das stimmt.» Sie würde das nie verleugnen. Aber ihre Stimme zitterte dabei noch mehr als ihre Hand am Glas.

«Weißt du, zu was dich das macht?» Der Gelockte hätte kaum abschätziger dreinblicken können.

Waltraut war wie paralysiert. Wie ein Tier im Scheinwerferlicht, das das Auto kommen sieht, aber nichts dagegen tun kann.

«Zu einer Judenschlampe.»

Sie begann am ganzen Leib zu beben.

«Du solltest dich schämen.»

Er spuckte in ihren Drink.

Waltraut konnte nicht anders als aufzujaulen. Nur am Rande nahm sie wahr, dass mit einem Mal alle zu ihr blickten. Sie begann zu schluchzen.

«Was ist?», hörte sie Joschis Stimme. Er stand an ihrem Tisch. Dass er zu ihr gelaufen war, hatte sie gar nicht wahrgenommen.

«Die soll sich nicht so haben», sagte der Gelockte.

«Was hast du Schwein getan?» Joschis Gesicht war hochrot.

«Nichts, nichts, nur die Wahrheit gesagt.»

«Die Wahrheit?»

«Dass sie eine Judenschlampe ist.»

Joschi schlug zu.

Und noch mal.

Und noch mal.

Waltraut hörte auf zu schluchzen. So hatte sie ihren Mann noch nie erlebt.

«Meine Nase», schrie der Mann auf, «der Scheißjude hat mir die Nase gebrochen!» Er war darüber so erschrocken, dass er gar nicht auf den Gedanken kam, aufzustehen und sich zu wehren.

Joschi nahm eine Weinflasche in die Hand und schrie mit dunkelrotem Kopf: «Dich mach ich fertig!»

Bevor er zuschlagen konnte, packte Schulz ihn von hinten: «Beruhig dich, Joschi, beruhig dich.»

«Ich mach das Schwein fertig!»

«Du willst doch nicht wegen so einem ins Gefängnis kommen.» Schulz sprach betont ruhig, aber seinem Gesichtsausdruck konnte man ansehen, dass er dem Gelockten am liebsten selbst die Flasche über den Schädel gezogen hätte. Der Rest der Gäste betrachtete betreten das Spektakel, ohne Partei zu ergreifen. Dass niemand von ihnen zu Hilfe gekommen war, ließ Waltraut klamm ums Herz werden.

«Das Gefängnis ist mir scheißegal!», brüllte Joschi.

«Die Juden sind ja alle irre», sagte der Gelockte und stand auf. «Das ist eine Scheißfeier, ich gehe!»

«Bleib stehen!», brüllte Joschi noch lauter und versuchte vergeblich, sich aus Schulz' starken Armen zu befreien. «Bleib stehen! Und entschuldige dich bei meiner Frau!»

Der Gelockte ging aber Richtung Hinterausgang in die Straße namens Philosophenweg, wo er weiter zu jenen Etablissements torkeln konnte, in denen die Damen noch ganz andere Dinge mit den Herren machten als trinken und tanzen. Dabei brüllte er noch: «Hitler hätte euch alle vergasen müssen!»

«Arrrhhhh!», schrie Joschi, aber Schulz hielt ihn fest wie in einem Schraubstock.

Der Polterabend kam danach nicht mehr in Schwung. Waltraut saß mit Joschi unten im Raum der Kegelbahn 1. Sie hatte ihn dorthin gebracht, damit er sich beruhigen konnte. Aber auch um weitab von all den Menschen zu sein, die ihnen nicht zu Hilfe gekommen waren. 99 Prozent.

Das Licht beleuchtete alle drei Bahnen, und Joschi kühlte schnaufend seine Hand mit Eis. Es war ein Glück, dass seine alten Finger bei den Schlägen nicht verletzt wurden. Er sagte nichts, starrte zu den aufgereihten Kegeln am Ende von Bahn 1, war in einer anderen Welt. Vermutlich bei den Toten. Vielleicht beim Krieg. Bei den Kriegen. Bis eben hatte Waltraut nicht geahnt, welchen Zorn Joschi, ihr und den Kindern zuliebe, tief in sich begraben hatte. Jetzt erst war er aus ihm wie ein Gewitter Gottes hervorgebrochen. Weil er sie verteidigt hatte. Es hatte sich bestätigt, was sie damals bei der Reise nach Amsterdam ahnte, nachdem er sie vor der alten Frau, die sie auf Holländisch als ekelhafte Deutsche beleidigt hatte, in Schutz nahm: Dieser Mann war für sie da. Kämpfte für sie. Selbst wenn er der weit Unterlegene war.

Welcher Mann würde das für seine Frau tun? Keiner der Kerle, die Zopf-Inge jemals hatte. Nicht Vater Hinrich für die Mutter. Wenn Joschi selbst in seinem hohen Alter noch so für sie kämpfte, dann würde sie auch die Kraft finden, den Country Club als alternde Frau durchzustehen!

Das Wasser der Adria umspülte Joschis Füße. Der Country Club lief so gut, dass er, Waltraut und die Kinder sich nach all der harten Arbeit und dem schrecklichen Polterabend eine Woche Urlaub in Italien gönnen konnten. Wie eine ganz normale deutsche Familie lagen die Safiers schon seit fünf Tagen stundenlang am Strand, verschmierten mit sandigen Fingern nach Kokos riechende Sonnenmilch, verbrannten sich dennoch die Haut und aßen in Restaurants auf deutsche Touristen abgestimmte Gerichte wie Pizza con wurstel.

Joschi sah zu Waltraut, die auf dem Handtuch schlief. Wie schön, dass sie sich endlich entspannen konnte und ihr Gesicht, auch im ungeschminkten Zustand, nicht mehr so blass war. Er betrachtete das Mittelmeer bis zum Horizont. Bei dem Anblick überkam ihn jedes Mal eine Sehnsucht, die von Urlaubstag zu Urlaubstag größer wurde. Wer wusste schon, wie viel Zeit er noch haben würde, um diese Sehnsucht zu stillen?

Er ging zurück zu ihren Badetüchern, steckte David ein bisschen Geld zu, damit er sich Bazooka-Kaugummis holen konnte, zog sich seine Schlappen an und ging über die Straße in ihr Betonburghotel. Kurz mussten sich seine Augen an die Dunkelheit im Foyer gewöhnen, dann fuhr er hoch aufs Zimmer, dessen Eingangsbereich voller Sand war, weil David und er jedes Mal vergaßen, ihre Füße vor Betreten des Hotels ordentlich abzuwaschen. Er ging zum Zimmertelefon und wählte die Nummer seiner Schwester.

«Morris», meldete sie sich.

«Ich bin's, Joschi.»

«Ich denke, du bist in Italien.»

«Bin ich auch.»

«Ist was geschehen?»

«Ich brauche Geld.»

«Kannst du den Urlaub nicht bezahlen?»

«Doch, das kann ich», antwortete er halb gereizt, halb stolz darauf.

«Und wofür brauchst du dann Geld?»

«Für eine andere Reise.»

«Wohin?»

«Nach Israel.»
«Ich überweise es dir.»

Jerusalem: Polaroid-Fotos an der Klagemauer mit Waltraut und David. Polaroid-Fotos im Basar mit Waltraut und David. Polaroid-Fotos vor der Grabeskirche mit Waltraut und David.

In der Stadt erschien Joschi das Leben in den lauten Basaren und den engen Gassen genauso zu sein wie damals, als er dort gelebt hatte. Nur war sie jetzt voller Touristen, und die Schicksalsgenossen aus dem alten Europa, die man an ihrer durchgebräunten, ursprünglich jedoch hellen Haut erkannte, waren nicht mehr jung und ausgezehrt, aber zum Überleben entschlossen, sondern alt geworden wie Joschi selbst und zum Teil sehr gebrechlich.

Bereits am späten Nachmittag ging es wieder zurück ins kleine Touristen-Hotel. Einer von Waltrauts Backenzähnen war nach einer Wurzelbehandlung kurz vor Abflug entzündet, und sie hoffte, mit einer Spülung würde es besser gehen. David fand Israel zu heiß und wollte amerikanische Comics lesen, die er am Hotel-Kiosk gekauft hatte. Joschi aber trat noch einmal in die Jerusalemer Abendschwüle, um ein anderes Hotel aufzusuchen: das King David.

Waltraut hatte er von seinem Vorhaben, Marjem zu treffen, nichts erzählt, sondern geflunkert, er wolle nur noch mal die Atmosphäre Jerusalems genießen. Bevor er der Cousine seine neue Familie vorstellte, musste er ihr erst mal gestehen, dass seine neue Ehefrau eine Nichtjüdin war und er mit ihr einen Sohn und eine nichtjüdische Adoptivtochter hatte. Tatsachen, die Joschi in den Postkarten, die er Marjem anfangs noch aus Deutschland geschrieben hatte, geflissentlich verschwiegen hatte, weil er befürchtete, dass sie ihm das nicht verzeihen würde.

Am Empfang erfuhr Joschi von der Rezeptionistin, dass seine Cousine mittlerweile zur Night-Managerin aufgestiegen war. Joschi war furchtbar stolz auf sie. Er ließ Marjem ausrichten, dass er in der Bar auf sie warten würde, und machte sich auf den Weg in den seit seinem letzten Besuch mit teurem Teakholz und goldumrandeten Spiegeln neu ausgestatteten Raum. Es war das erste Mal, dass Joschi sich zwischen all den Geschäftsleuten in feinen Anzügen und gut betuchten Touristinnen in schicken Kleidern in der Bar deplatziert fühlte.

Er bestellte sich beim Barkeeper eine Cola. Der flinke junge Mann schüttete sie schwungvoll ein und wandte sich einer älteren Amerikanerin zu, die er für ein Trinkgeld so charmant becircte, wie es Joschi in den Jahren vor dem Unabhängigkeitskrieg auch getan hatte, nur dass es bei ihm englische Offiziersfrauen waren und er zudem auch noch deren Gatten ausspionierte. Aber vielleicht arbeitete der Barkeeper ja auch für den israelischen Geheimdienst. Wer wusste das schon.

«Joschi», hörte er Marjems Stimme. Er drehte sich um und sah seine immer noch sehr schlanke Cousine, die deutlich jünger wirkte als Mitte 40. Sie war bekleidet mit einem schwarzen Rock, schwarzen Jackett und einer dezent grünen Bluse und trug einen langen, von einer Goldspange zusammengehaltenen Zopf. «Warum hast du dich nicht angekündigt?»

«Die Reise», schwindelte Joschi, «war eine spontane Entscheidung.»

«Eine gute», sagte Marjem. Sie freute sich aufrichtig, ihn

zu sehen, und nahm es ihm anscheinend auch nicht übel, dass er vor so vielen Jahren das Land und damit auch sie verlassen hatte. Als Jüdin wusste sie, dass das Schicksal einen überallhin spülen konnte. Sogar ins Land der Täter.

«Du bist jetzt Night-Managerin!»

«Ja, das bin ich!», sie schien darauf so stolz zu sein wie er.

«Und du siehst großartig aus.»

«Du aber auch.»

«Ach was, ich bin alt.»

«Aber du wirkst wie ein glücklicher Alter», lächelte sie freundlich.

«Das bin ich auch.»

«In Deutschland kann man glücklich sein?»

«Ich habe einen Sohn.»

«Das ist ja fantastisch!», Marjem umarmte und drückte ihn herzlich. Sie nahm ihm offensichtlich auch nicht übel, dass er ihr von David nichts geschrieben hatte. Vielleicht waren seine Ängste unbegründet.

«Es gibt etwas ...», sagte Joschi und löste die Umarmung, «... was du über meine Frau wissen musst.»

«Seid ihr geschieden?»

«Nein.»

«Du bist doch nicht etwa Witwer?»

«Nein. Nein!», allein der Gedanke an so etwas war für Joschi so unerträglich, dass er sofort mit der Wahrheit herausrückte: «Sie ist keine Jüdin.»

«Nicht?» Marjem rückte kaum merklich von ihm ab.

«Und ihre Tochter, die sie in die Ehe gebracht hat, auch nicht.»

«Dann ist dein Sohn auch keiner?» Die Cousine fragte es so nüchtern wie möglich, aber sie witterte offensichtlich kompletten Verrat.

«Doch, doch. Der Junge ist Jude, hat sogar seine Bar Mizwa gemacht.»

«Immerhin», rutschte es Marjem raus.

«Hast du Kinder?», fragte Joschi, um das Thema zu wechseln.

«Nein», sagte sie knapp. Joschi hakte nicht nach. Er hätte sich die Frage auch sparen können: Wer wollte schon neues Leben in die Welt setzen, wenn sie selbst als Waise im Konzentrationslager gewesen war?

«Wenigstens», sagte Marjem nach einer Weile des Schweigens, «setzt sich die Linie der Safiers fort.» Was sie nicht aussprach, aber in der Luft hing: Die Linie der Familie Klapholz, aus der sie stammte, würde mit ihr zu Ende gehen. Joschi, Marjem und Rosl hatten Dutzende von Cousins und Cousinen gehabt und die wiederum Dutzende von Kindern, die ihrerseits welche hätten haben können. Statt zusammen womöglich über hundert Safiers und Klapholzes gab es in der nächsten Generation nur noch David.

«Wie geht es Rosl?», fragte Marjem nach längerem Schweigen. Offensichtlich wollte sie nicht weiter über niemals geborene Kinder reden. Oder über Joschis Familie.

«Sie kann nur noch mit einer sehr dicken Brille sehen.»

«Die Arme.»

Beide schwiegen darauf wieder.

«Charlie», nahm Joschi das Gespräch wieder auf, «ist in Rente.»

«Dann kann er sich um Rosl kümmern.»

«Das tut er.»

Erneutes Schweigen.

«Eine Cola bitte», sagte Joschi dem Kellner.

«Du bist selbstverständlich eingeladen», sagte Marjem.

«Danke.»

Das Gespräch versiegte vollends. Joschi sah dem Kellner zu, wie er die Cola noch schwungvoller einschenkte als die erste. Er litt unter dem Schweigen. Es war fast eine Erlösung, als die Rezeptionistin kam und dezent zu Marjem sagte: «Wir benötigen Ihre Hilfe mit einem Gast in Zimmer 308.»

«Ich werde gebraucht, Joschi. Lass uns doch beide morgen Nachmittag einen Kaffee trinken. Wenn ich keinen Dienst habe, habe ich auch mehr Zeit für dich.»

«Ich bin mit meiner Frau und meinem Sohn da.»

«Vielleicht kannst du dich ja von ihnen lösen?»

Das Kind aus dem Konzentrationslager wollte keine Deutschen sehen. Egal welche. Joschi konnte es ihr trotz aller Liebe zu Frau und Kindern nicht verübeln.

«Ich versuche es», sagte er.

«Melde dich.»

Marjem umarmte ihn. Freundlich. Nicht mehr so herzlich wie zuvor. Für Joschi war klar, dass es ihre letzte gemeinsame Umarmung sein würde.

Betrübt von der Begegnung und aufgeputscht von der Cola, nahm Joschi einen Umweg zum Hotel. Die Gassen waren in der Tat die gleichen wie früher, aber er spürte, dass er nicht mehr hierhergehörte. Rosls Gedicht über Wien kam ihn in den Sinn:

Man lebt ferner – so-fern man lebt!

Wien. Es war Rosl bei ihrem Besuch so fremd gewesen wie ihm mit einem Mal Jerusalem. Würde er sich in Wien auch so fehl am Platz fühlen wie hier zwischen den alten Häusern? Gewiss nicht!

Seine Schritte führten Joschi unbewusst – wie ein Wanderer, der glaubte, umherzuirren, und dabei doch einen direkten Weg nahm – zu jener Synagoge, in der er den jungen Rabbi verprügelt hatte. Der Mann musste mittlerweile schon über 70 Jahre alt sein. Hielt er in der Synagoge, die sich ebenfalls nicht verändert hatte, noch Gottesdienste ab? Sollte er sich bei ihm entschuldigen? Wofür? Eher würde er ihm noch eine scheuern. Dazu war er, wie er im Country Club bewiesen hatte, immer noch in der Lage.

Joschi ging weiter durch die zum Teil schwach beleuchteten Gassen, diesmal mit einem Ziel: Er wollte zum Café Royal, jenem Exilantentreff, das schon bei seinem letzten Besuch Anfang der 60er-Jahre einen neuen Namen hatte und nun Elvis American Diner hieß. Sein Freund Amos, der im Royal gespielt hatte und nach Amerika auswandern wollte, nur um am Ende in Hamburg Selbstmord zu begehen, hätte das neue Etablissement gewiss gemocht. Wie schön wäre es jetzt gewesen, mit ihm hier zu sitzen, etwas zu essen und zu trinken. Keinen Alkohol wie früher, natürlich.

Joschi stand eine Weile vor der Fensterscheibe, bis eine ältere, dralle Kellnerin, die die Kluft einer amerikanischen Diner-Angestellten trug, zu ihm blickte. Er drehte sich sofort um und ging weiter. Dabei wollte er sich von den Gedanken an seinen toten Freund losreißen, schaffte es jedoch nicht. Er meinte, Amos zwischen all den Radios, die aus den Bars heraus arabische, englische und hebräische Pop-Musik plärrten, singen zu hören: *I get a kick out of you.*

Erst als seine Wanderer-Beine Joschi zu jenem Zeitungsstand führten, an dem er vor fast zwanzig Jahren die Einladungskarte für Waltraut nach Amsterdam geschrieben hatte, hörte er den Gesang nicht mehr. Die Life-Magazine lagen an genau der gleichen Stelle wie damals. Nur dass diesmal nicht Brigitte Bardot auf dem Cover prangte, sondern Ajatollah Chomeini. Joschi sah sich den Kartenständer an und wunderte sich: Die schönste Erinnerung, die ihm in Jerusalem kam, war diejenige an die Tage mit Waltraut in Amsterdam.

Sie fuhren weiter nach Tel Aviv. Dabei hätte Joschi gerne noch einmal in seinem Leben Haifa gesehen. Aber es bestand die, wenn auch kleine, Gefahr, dass er mit Waltraut und David irgendwo auf der Straße, in einem Café oder Restaurant Dora begegnen würde. Zu sehen, dass er ein Kind hatte, würde seine Exfrau bestimmt schmerzen. Zudem müsste er David dann erklären, dass er schon einmal verheiratet gewesen und Gabi nur seine Halbschwester war.

Und man stelle sich vor, er würde auf Abraham treffen. Selmas Junge müsste nun 23 Jahre alt sein, und falls er wirklich sein unehelicher Sohn war, hätte er gewiss Ähnlichkeit mit jenem Joschi, der aus Wien hatte fliehen müssen. Doch was würde diese Gewissheit bringen? Außer Schmerz für den jungen Mann und ihn? Und Selma und Jakov. Und Waltraut. Und Gabi und David.

Von Tel Aviv sahen Joschi und Waltraut lediglich aus dem Taxi heraus die Straßen sowie das Hotel und verschiedene Zahnarztpraxen von innen. Erst der dritte Zahnarzt, ein junger, aus dem Iran stammender Jude, kam mithilfe von Röntgenbildern der Ursache von Waltrauts mittlerweile übel eitriger Entzündung auf den Grund: Bei der Behandlung in Bremen war die Nadelspitze einer Betäubungsspritze tief im Fleisch abgebrochen und darin verblieben. Der junge Zahnarzt schaffte es in einer komplizierten Prozedur, sie zu entfernen. David nahmen die Eltern selbstverständlich nicht zu den Terminen mit, sondern gaben ihm

Geld, um seiner neuen Leidenschaft, den Comics, nachzugehen. Er durfte sich so viele Hefte kaufen, wie er wollte. Eines hieß Avengers – übersetzt: die Rächer –, und Joschi erwischte sich bei dem Gedanken, dass er diese Superhelden gerne zu dem Bremer Zahnarzt schicken wollte.

In der Nacht nach der Zahn-OP ging es früh ins Bett, aber Waltraut konnte, da die Betäubung nachließ, nicht einschlafen und Joschi entsprechend auch nicht. Sie lagen im Dunkeln, damit David, der im Zustellbett schlief, nicht aufwachte, und unterhielten sich flüsternd. Waltraut sprach von ihrer Wut und ihrem Schmerz, dass Hinrich ihr in ihrer Not nichts von dem Lottogewinn abgegeben hatte. Und dass er die kranke Mama so im Stich gelassen hatte. Bei der Erinnerung an ihre Eltern sprach Waltraut auch über ihre eigene Kindheit und erzählte, wie sie als kleines Mädchen zusehen musste, als ein Nazi-Trupp einen versteckten Juden im Haus gegenüber gesucht hat ...

«... dann haben sie den armen Mann aus dem Kamin gezerrt», Waltraut vermied es, laut zu schluchzen, damit David nicht aus dem Schlaf schreckte.

Joschi drückte seine Frau an sich und flüsterte: «Du kannst mir alles erzählen, was dich bekümmert, alles.»

Und Waltraut erzählte alles. Wirklich alles. Zuallererst von ihrer Kindheit im Waggon: «Ich war zehn. Ich lag im Eisenbahnwagen in meinem Bett. Ich musste husten. Immer husten. Und dann sprang etwas auf mich. Eine Ratte. Wir lebten unter Ratten, Joschi ...»

Je mehr Waltraut sprach, desto mehr musste sie weinen. Joschi blickte immer mal wieder zu David, ob er auch wirklich schlief. Der Junge sollte das, wie auch sonst alles Schreckliche aus der Vergangenheit der Eltern, nicht mitbekommen.

«Bei der Demonstration auf dem Marktplatz habe ich gar nicht begriffen, um was es geht, und sie haben mich ins Gefängnis gesteckt. Und der Polizist hat meine Brüste begrapscht ... Ich habe mich so geschämt ...»

Joschi war wütend auf diesen Mann. Warum war er da noch nicht in Waltrauts Leben gewesen, um sie zu beschützen?

Aber jetzt war er da. Er hielt sie fest. Ließ sie weinen.

«Ich habe dir nie von Friedrich erzählt ...», flüsterte Waltraut, als sie wieder etwas gefasster war.

«Erzähl mir von ihm», sagte Joschi. Er hatte nie etwas über den ersten Mann hören wollen, aber wenn es Waltraut guttat, dann sollte es so sein.

«Er hat mich verlassen, bevor Gabi kam.»

«Verlassen?»

«Ist zum Sterben gegangen, nach Essen. Und ich war in der Schwangerschaft allein ... völlig allein ...»

Es tat ihr nicht gut.

«... ich habe in die ungeschälte Banane gebissen, woher sollte ich denn wissen ...»

Erinnerungen taten nie gut.

Außer die wenigen guten.

«Schlaf jetzt ein bisschen ...», sagte Joschi.

«Ich will nach Hause ...»

«Ich buche morgen die Flüge um. Sodass wir direkt nach deinem Zahnarzttermin zum Flughafen fahren.»

«Danke», sagte Waltraut und schloss die Augen. Sie hatte sich so müde geweint, dass selbst der Zahnschmerz sie nicht mehr wachhalten konnte.

Joschi aber starrte im Dunkeln an die Decke: Er war nach Israel gefahren, um sich noch einmal an die Vergangenheit zu erinnern. Und nun hatte er Dunkles aus Waltrauts

Vergangenheit erfahren. Er musste sie vor weiterem Leid beschützen, solange er konnte.

«Wie war der Urlaub in Israel?», fragte Rosl in der orangenen Küche der Safiers. Waltraut holte aus dem Ofen den Weihnachtsbraten, von dem sie ahnte, dass die Schwägerin etwas an ihm auszusetzen haben würde, wie bei allem, was Waltraut servierte. Rosl machte keine Anstalten, beim Kochen zu helfen, und lehnte mit einem Glas Sherry in der Hand an der Fensterbank. Es würde ihr reichen, ein paar Teller reinzutragen, um den Männern im Wohnzimmer zu demonstrieren, wie tüchtig sie mithalf. Die anstrengende Schwägerin wurde mit dem Alter immer schmaler, kleiner und kiebiger. Joschi entschuldigte das damit, dass sie unter dem schwächer werdenden Augenlicht litt und ihre dicke Brille hasste, aber Waltraut wusste, dass es eine Charakterfrage war. Nie würde sie der Schwägerin gut genug für ihren Bruder sein, egal wie viel Mühe sie sich auch gab. Wie hatte Charlie noch die Beziehung der Geschwister genannt? Affenliebe!

«Schön war es in Israel», sagte Waltraut, während sie auf den Braten sah und sich ärgerte, dass er oben an einigen Stellen bereits schwarz war. Hoffentlich war das Fleisch innen wenigstens durch. Warum versuchte sie sich immer für den Besuch an den feinsten Mahlzeiten, obwohl sie doch gar nicht kochen konnte? Das nächste Mal würde sie, egal was Joschi sagte, einfach eine Dose Hummersuppe aufmachen.

«Habt ihr auch Marjem getroffen?»

«Joschi hat sie gesehen», er hatte Waltraut von der Begegnung erst erzählt, als sie wieder in Bremen waren.

«Und Abraham habt ihr auch nicht getroffen?»

«Wer ist Abraham?»

«Selmas Sohn.»

«Und wer ist Selma?»

Rosl lächelte süffisant und nahm einen Schluck Sherry. Waltraut begriff, dass sie mit der Nachfrage in eine Falle getappt war, sie wusste nur nicht, in was für eine.

«Er hat dir nichts von ihr erzählt?»

«Sollte er?», fragte Waltraut und begann, den Rotkohl auf die Teller zu verteilen.

«Finde ich schon.»

«Dann wird er das gewiss auch tun.»

Rosl schwieg, allerdings nur für einen Augenblick, dann setzte sie wieder an: «Du hast ein Recht, es zu erfahren, und wenn Joschi es dir nicht sagt ...»

«Er wird es mir schon sagen.»

«Das wird er nicht», hielt Rosl dagegen. Man sollte ihr das Glas wegnehmen. Je mehr sie trank, desto spitzzüngiger wurde sie. «Abraham ist Joschis Sohn.»

Waltraut schaffte es gerade noch, die Kelle Rotkohl nicht neben den Teller zu platzieren.

«Von Selma. Sie war seine Nachbarin. Verheiratet mit Jakov. Beide Freunde von ihm und Dora in Haifa.»

Waltraut stellte den Topf ab, legte die Kelle hinein und sah ihre Schwägerin an. Die tat so, als ob sie Mitgefühl hätte: «Es tut mir leid, irgendwann musstest du das erfahren.»

Sie musste es überhaupt nicht erfahren. Rosl sagte es nur, um ihr wehzutun. Vielleicht log sie auch. Bei ihr konnte man sich nie sicher sein.

«Er hatte auch ein Kind in Wien. Mit einer Jüdin aus bester Gesellschaft. Er hat sie Hedy genannt.»

Waltrauts Beine gaben nach. Sie setzte sich auf einen Küchenstuhl.

«Es tut mir wirklich leid», Rosl legte eine Hand auf ihre Schulter.

«Nimm die Hand da weg», keuchte Waltraut.

«Waltraut.»

«Nimm ... die ... Hand ... da ... weg.»

«Wie du meinst», mit erhobenen Händen trat Rosl ein paar Schritte zur Seite. «Du hast ein Recht, es zu wissen.»

So gerne hätte Waltraut sie angeschrien: ‹Und du hast kein Recht, mich zu verletzen!› Aber sie sagte rein gar nichts. Nicht weil Joschi ihr immer wieder eingebläut hatte, lieb und freundlich zu seiner Schwester zu sein, sondern weil sie doch, trotz ihres Temperaments, ein angeblich feiner Mensch war. Nein, diese Frau sollte nicht über sie triumphieren. Waltraut wollte Contenance bewahren wie die englische Queen. Oder wenigstens wie eine Adelige aus Mama Henriettes Erzählungen.

Waltraut befahl ihren Beinen, sich zusammenzureißen, stand auf, ging zum Herd, goss die Kartoffeln ab und sagte, mit dem Rücken zur Schwägerin: «Wenn du einmal in deinem Leben wirklich für mich da sein willst, dann trag doch bitte den Braten ins Wohnzimmer.»

Waltraut hörte, wie Rosl Luft holte, um zu widersprechen. Sie drehte sich um und erwiderte den beleidigten Blick der Schwägerin mit einem hasserfüllten. Rosl beschloss zu schweigen, nahm die Platte mit dem Braten und verließ die Küche. Waltraut stellte den Topf mit den Kartoffeln neben die Spüle, zündete sich eine Zigarette an und nahm ein paar beruhigende Züge. Dann fasste sie einen Entschluss: Niemals würde sie Joschi nach den beiden unehelichen Kindern fragen. Rosl würde nicht die Genugtuung bekommen, einen solchen Keil in ihre Ehe zu treiben und damit auch noch ihre Kinder zu verletzen. Ihren eigenen Schmerz würde sie schon aushalten, um die Familie zu beschützen. Leben heißt leiden.

Und dann wiederum hieß das Leben doch nicht leiden. Es war fast wie ein Wunder: Eine Kette von Glücksspielautomatenläden wollte die Räumlichkeiten des Country Club übernehmen. Gut, die Safiers konnten sich von dem Geld nicht zur Ruhe setzen – Joschi bezog nun mal gar keine Rente, und Waltraut war dafür noch viel zu jung –, aber die Wohnung konnte weitestgehend abbezahlt werden und Waltraut über ein paar Monate hinweg jeden Tag ausschlafen. Während Joschi immer neue Geschäftsideen auf Notizzettel schrieb, fand sie, dass er sich seit der Israel-Reise verändert hatte. Zwar hatte er sich letztens aufgeregt, weil sein Sohn, wie all dessen Teenagerfreunde, die für diese neuen Grünen waren, ein gefärbtes Palästinensertuch trug. Doch als Waltraut Joschi erläutert hatte, dass der Junge gar nicht umriss, worum es da ging, und er mal mit seinem Israel aufhören sollte, lenkte er schnell ein. Seit dem Besuch in Israel war es Joschi nicht mehr so wichtig. Fast wirkte es so, als habe er seine Vergangenheit gesehen und mit ihr abgeschlossen. Allerdings nicht mit der in Wien. Er redete immer häufiger davon, noch einmal im Leben in die Stadt seiner Geburt zu reisen. Vielleicht war es für sie auch an der Zeit, sich ihrer Vergangenheit zu stellen? Dem, was noch von ihr übrig war?

Klaus sah schmaler aus als früher. Die Haare waren licht. Fast so wie bei ihrem vor einer Weile verstorbenen Vater. Aber er hatte sich für sie einen Anzug angezogen und strahlte, als er auf sie im Café Knigge zuging. Das Strahlen erstaunte Waltraut, weil sie es gewesen war, die vor fast zwanzig Jahren den Kontakt abgebrochen hatte. Sie erhob sich vom Tisch. Der Bruder umarmte sie. Das hatte er noch nie so herzlich getan!

Waltraut hatte bis zuletzt gezweifelt, ob es richtig war, ihn anzurufen und ein kleines Treffen vorzuschlagen. Nun war sie froh, es getan zu haben. Klaus setzte sich, die beiden bestellten jeweils ein Stück Rhabarberkuchen und plapperten sogleich wie Wasserfälle über alles, was in ihrem Leben los war:

«Joschi überlegt, einen Tabakladen aufzumachen, mit teuren Pfeifen und Whiskey und so.»

«Dagmar und ich haben unser Haus abbezahlt. Bald müssen wir auch die Wohnung oben nicht mehr vermieten.»

«Joschi hat viele Ehrenämter.»

«Meine jüngste Tochter wird Krankenschwester.»

«Zu Zopf-Inge habe ich gar keinen Kontakt mehr.»

«Papa liegt in Walle auf dem Friedhof. Er hat das ganze Lotto-Geld durchgebracht. Das hätten wir beide gut gebrauchen können.»

«Gabi arbeitet jetzt in einem Autohaus und hat eine eigene kleine Bude.»

«Ich habe mich nie getraut, dich anzurufen.»

«Joschi und ich haben Frau Siegen im Pflegeheim besucht. Die lagen zu fünft im Zimmer und vegetierten vor sich hin. Eine Frau hatten sie ans Bett fixiert.»

«Du hast Mama dieses Schicksal erspart.»

Anerkennung.

Von ihrem Bruder.

Das kannte Waltraut nicht. Von keinem in ihrer Familie. Oder von ihren Kindern. Eigentlich nur von Joschi, der sie immer über den grünen Klee lobte. Selbst ihr Essen. Liebte sie ihren Mann deswegen noch?

«Ich würde mich freuen», sagte Klaus, «wenn wir uns in Zukunft häufiger sehen könnten als alle zwanzig Jahre.»

Waltraut lächelte ihn an – Klaus war nicht wie Vater Hinrich. Sie war zu hart zu ihm gewesen. Zu lange. Und damit auch zu sich. Sie nahm seine von den Jahrzehnten der harten Arbeit raue Hand und sagte: «Ich mich auch.»

Beim Landeanflug auf den Flughafen Wien-Schwechat musste Joschi erneut an Rosls Gedicht denken:

> *Ich kehrte nach Jahren nach Wien mal zurück*
> *Und fand auch das Gässchen, doch ich hatte kein*
> *Glück ...*

Hoffentlich hatte er Glück. Im Gegensatz zu seiner Schwester hatte er Israel nie geliebt, doch an dem Wien seiner Jugend hing sein Herz. Das Kabarett. Der Prater. Die Mädchen. Selbst ‹Wien bei Nacht›. Wie hart war dagegen Israel, wie langweilig Bremen. Wer brauchte New York, Neu-Delhi oder die Elfenbeinküste, wenn er sich an Wien erinnern durfte?

Im Alter von 23 Jahren hatte Joschi die Leopoldstadt verlassen, nun war er knapp 70, als er mit der Familie – allerdings ohne Gabi, die lieber mit Freunden nach Dänemark fuhr – durch sie spazierte:

> *Die Schilder der Läden, die waren mir fremd ...*
> *Ich hatt' so viel Fragen, doch ich war gehemmt*

In der Rotensterngasse, die so viel sauberer aussah als in seiner Kindheit, betrachtete Joschi mit Waltraut und David, der einen Walkman um den Hals trug, das Haus, in dem er als Kind und junger Mann gelebt hatte und das kaum wiederzuerkennen war: Es war umgebaut und hellgrau gestrichen. Als Joschi sich traute, die Haustür zu öffnen, schlug ihm auch kein feuchter Muff gemischt mit Essensdüften entgegen, sondern der Geruch von Reinigungsmitteln:

Im Hause da wohnte kein einziger Kohn
Kein Rappaport, Ginsberg, kein Abrahamson

Joschi bekam von dem Anblick Beklemmungen und ließ von seinem Vorhaben ab, die Treppen hochzugehen und an die Tür der alten Wohnung zu klopfen, um die jetzigen Bewohner zu bitten, die Zimmer, die einst sein Heim waren, noch einmal ansehen zu dürfen. Stattdessen ging er mit Frau und Sohn zu jenem Ort, an dem einst die Zwi-Perez-Chajes-Schule stand:

Man lebt ferner – so-fern man lebt! – ferner,
ferner ...
ferner ...

Im Gegensatz zu seiner Schwester fühlte Joschi sich mit einem Mal nicht fern. Die Schule war zwar zu einem Wohnhaus umgebaut worden, und dennoch überkamen ihn lauter schöne Erinnerungen an eine unbeschwerte Zeit, in der der Lateinunterricht das größte Problem in seinem Leben darstellte, das man jedoch im Prater oder bei geschwänzten Schulstunden im Schwimmbad herrlich schnell vergessen konnte.

Joschi sah in seinen Gedanken das große dunkelbraune Eichen-Schultor vor sich, das es gar nicht mehr gab: Es ging auf, und alle strömten sie heraus. Die Mitschüler. Die Lehrer. Der Schulleiter. Sie traten zwischen all den modernen geparkten Autos – ein weißer Mercedes, ein blauer Chevrolet, ein klappriger popelgrüner VW-Käfer, und, und, und – auf die Straße und schnatterten und lachten. Einige von ihnen sangen sogar. Aber nicht etwa hebräische Lieder, das hätte den Zionisten unter den Lehrern gefallen, sondern: *Veronika, der Lenz ist da.*

Und als Joschi mit Waltraut und David, der sich seinen Walkman wieder aufgesetzt hatte, zwischen all den Schülern und Lehrern weiterging, sah er auch die anderen Menschen aus der Vergangenheit die Leopoldstadt von heute beleben: die Händler, die gelockten orthodoxen Juden, die Kohns, die Rappaports, die Ginsbergs, die Abrahamsons. Hedy! Er erinnerte sich an all die Gesichter, die zuvor in seinen Gedanken verblasst waren. Welch ein Glück es war, sie wiederzusehen.

Am nächsten Tag besuchte Joschi mit Waltraut und David im strahlenden Sonnenschein das Grab der Eltern auf dem Wiener Zentralfriedhof. Der Stein wirkte fast wie neu, Rosl bezahlte für die Pflege. Auch wenn nur die Asche des Vaters darin lag – die Überreste der Mutter waren irgendwo bei Lodz mit hundert anderen verscharrt –, tat es Joschi gut, vor einem Grab zu stehen. Waltraut und David standen schweigend neben ihm. Weder wollte Joschi sagen, was in ihm vor sich ging, noch seinem Sohn erzählen, wie dessen Großeltern umgekommen waren. Er wollte den Jungen vor der Vergangenheit beschützen. Und nicht vor ihm weinen müssen.

Das Café Central sah fast genauso aus wie früher, als Joschi dort mit seinem Vater an vielen gemeinsamen Geburtstagen Palatschinken gegessen hatte: hohe gewölbte Decken, wunderschöne alte Fenster – wenn das Café, in dem Literaten, Schauspieler und Kabarettisten schon immer ein und aus gingen, kein Café gewesen wäre, hach, es hätte auch eine schöne Kirche sein können, in der man nicht irgendeinem Gott huldigen würde, sondern den vielen Kuchen in der prächtigen Auslage und dem Kaffee mit Schlagobers.

Selbstverständlich bestellte Joschi für alle Palatschinken, auch wenn David lieber etwas mit Schokolade haben wollte und Waltraut nur einen Kaffee ohne Schlagobers. Joschi war auch der Einzige von ihnen, der Palatschinken genoss. Aber nicht, weil sie so außergewöhnlich schmeckten – in der Erinnerung waren sie über die Jahrzehnte immer leckerer geworden, dass die echten nicht mithalten konnten –, sondern weil in seinen Gedanken erneut das alte Wien auflebte: Dahinten saß doch der Hans Moser mit dem Farkas zusammen, Karl Kraus an einem anderen Tisch in lebhaftem Gespräch mit ... War das der Friedrich Hollaender, der für Rosls Kabarett ‹An allem sind die Juden schuld› geschrieben hatte?

Sie lebten.

So wie auch sein Vater, der genüsslich neben Joschi Palatschinken aß und sich dabei wie immer bekleckerte. In Joschis Gedanken saß Vater Israel mit Sohn, Schwiegertochter und Enkel zusammen. Joschi lud auch noch Mama Scheindel an den Tisch. Jetzt speisten sie alle gemeinsam, ganz so, wie es in anderen Familien normal war.

Sofern man lebt.

Solange Joschi sich an die Toten erinnern würde, lebten sie noch.

❖❖❖

Zurück in Bremen, war es an der Zeit, über die Zukunft zu reden. Waltraut und Joschi gingen ins China-Restaurant ‹Nanking› und bestellten sich als Hauptgericht Schweinefleisch süß-sauer, das Joschi so gerne und Waltraut leidlich mochte. Begeistert erzählte er von dem Hillmann-Projekt, das zwischen Bahnhof und Innenstadt gebaut wurde. Oben sollte ein Luxushotel rein und unten eine Passage, in der lauter edle Läden aufmachen würden. Sogar das Delikatessenbistro Grashof, das alle reichen Bremer besuchten, würde aus der Sögestraße dorthin umziehen.

«Und alle Leute, die vom Bahnhof in die Stadt wollen oder zurück, gehen durch die Passage, da man so den Weg abkürzt. Bisher muss man ja beim Europa-Kino um die Ecke.» Joschi schien richtig verliebt in das Projekt zu sein.

«Und du willst da mit einem Tabak-und-Whiskey-Laden rein?»

«Nein, in der Stadt und in Bahnhofsnähe gibt es schon welche. Außerdem sind die Mieten in der Passage so teuer, dass es sich nicht lohnen würde.»

«Also gehen wir woandershin.»

«Nein, wir machen in der Passage etwas anderes», lächelte Joschi, und seine Augen wirkten jung.

«Und was?»

«Rate mal.»

«Wenn du jetzt was von einem Edel-Restaurant erzählst, hast du gleich Gesicht süß-sauer.»

Joschi lachte.

«Ich habe keine Lust zu raten.»

«Schmuck.»

«Schmuck?»

«Ja. Schmuck.»

«Du hast doch keine Ahnung davon.»

«Aber du den besten Geschmack der Welt.»

Waltraut glaubte zwar nicht, dass sie den besten auf der Welt hatte, bildete sich aber ein, Stilgefühl zu besitzen.

«Und woher nehmen wir den Schmuck?»

«Da gibt es Zwischenhändler, von dem wir ihn beziehen. Das ist kein Problem.»

«Aha ...», so einfach waren die Dinge manchmal für Joschi.

«Du siehst nicht begeistert aus.»

Joschi hatte recht. Dabei hatte Waltraut gar nichts gegen den Verkauf von Schmuck. Im Gegenteil, es würde ihr Freude bereiten, Frauen dabei zu helfen, sich aufzuhübschen, wie früher bei Karstadt. Und dennoch nagte etwas an ihr: Wieder einmal fällte Joschi eine Entscheidung, ohne sie zu fragen. Dabei hatte sie es doch nach all dem, was sie getan hatte, um die Familie nach dem Scandia-Konkurs zu retten, und nach den Jahren der Schufterei im Country Club, verdient, stärker einbezogen zu werden.

«Hast du eine bessere Idee?»

Er fragte sie?

«Waltraut?»

Er wollte es wirklich wissen.

Jetzt müsste sie schnell eine Idee haben. Schmuck war gut. Aber gab es nicht etwas Besseres? Schminke? Parfüm? Nein, es müsste etwas Feines sein, mit dem man gutes Geld machen könnte.

«Dessous», sagte sie, noch bevor der Gedanke vollständig geformt war.

«Dessous?», staunte Joschi.

«Ja, ja», antwortete Waltraut und begann ihre Idee großartig zu finden. «So einen Laden mit edlen, teuren Dessous gibt es in Bremen noch nicht.»

«Ich mag Dessous», grinste Joschi. «Besonders an dir.»

«Blödmann!», antwortete sie grinsend.

«Du könntest sie bestimmt gut verkaufen», wurde er etwas ernster.

«Natürlich kann ich das.»

«Aber mit Schmuck kann man mehr Geld machen.»

Das sah Waltraut ein. Und dennoch störte es sie. Ihre Meinung war erstmals wirklich gefragt, und sie wollte, dass sie auch zählte: «Wir könnten doch beides verkaufen.»

«Beides?»

«Wenn eins nicht läuft, stehen wir noch auf einem anderen Bein und fallen nicht um.» Beinahe hätte sie hinzugefügt: ‹Wie schon mal.›

«Das klingt gescheit.»

«Du hast ja auch eine gescheite Frau.»

«Ja, die habe ich», sagte Joschi aufrichtig.

«Ich weiß auch schon, wie wir den Laden nennen», eine Idee folgte schlagartig der anderen.

«Und wie?»

«Dessous und Diamanten.»

Joschi platzte fast vor Stolz: Nur wenige Tage vor der Eröffnung von Dessous und Diamanten wurde ihm in der oberen Rathaushalle das Bundesverdienstkreuz verliehen. Vorgeschlagen hatte ihn der Bremer Bildungssenator, mit dem Joschi sich im Laufe der letzten Jahre angefreundet hatte. Der Politiker war von Joschis Arbeit als Vorsitzender der Gesellschaft für Christlich-Jüdische-Zusammenarbeit Bremen beeindruckt: Es gefiel ihm, wie Joschi sich zusammen mit evangelischen und katholischen Gläubigen dafür einsetzte, dass Christen den jüdischen Glauben besser verstanden und somit Vorurteile gegenüber den Juden abbauten, auch wenn es in Bremen kaum hundert Juden gab und Joschi dieses Ehrenamt nie angetreten hätte, wenn sein eigener Sohn nicht Teil der jüdischen Gemeinde wäre.

Aber Joschi wäre nicht Joschi gewesen, wenn er sich nicht auch ein wenig über den Pomp und vor allem über sich selbst lustig gemacht hätte. Als David ihn in der prachtvollen Rathaushalle kurz vor der Verleihung fragte: «Papa, wofür genau bekommst du eigentlich das Verdienstkreuz?», antwortete er: «Ich habe den Senator besoffen gemacht.»

Doch als ihm der Bildungssenator in Vertretung des Bürgermeisters, der wiederum den Bundespräsidenten vertreten hätte, das Kreuz an die linke Brust heftete, war es für Joschi eine große Ehre: Er, der kleine Wiener Jude, wurde von Deutschland ausgezeichnet.

Danach blickte er zu allen Menschen, die er liebte: Waltraut, die besser gekleidet und viel schöner war als alle anderen Damen im Saal. David, der sogar einen Anzug trug. Und Gabi, die mit schultergepolstertem Jackett, Rock und vor allem mit ihrer neuen Frisur an Prinzessin Diana erinnerte. Er war vor einem Monat 70 Jahre alt geworden. Wenn er heute sterben müsste, würde er es als glücklicher Mann tun.

1987–1992

Waltraut stieg aus dem Taxi, mit dem sie direkt nach der Arbeit zu dem an der Weser gelegenen Einfamilienhaus im niedersächsischen Achim-Baden gefahren war. Zögerlich ging sie auf die Eingangstür aus dunklem Holz und grünem Milchglas zu und überlegte, ob sie nicht doch lieber wieder umdrehen sollte. Aber da hörte sie das Taxi hinter sich schon wieder wegfahren. Waltraut stellte sich vor die Tür und klingelte. Nach einer Weile sah sie durch das Milchglas ihre Tochter. Gabi, bekleidet mit lila Aerobic-Hose, gelbem T-Shirt und pinkem Stirnband, öffnete verschwitzt die Tür und war sofort beunruhigt: «Ist etwas passiert?»

«Es ist nichts.»

«Nichts? Du bist total verheult.»

«Kann ich bitte reinkommen?»

«Klar, klar», Gabi führte ihre Mutter in das schicke Wohnzimmer, das sie mit ihrem neuen Freund Jens vor wenigen Wochen eingerichtet hatte. Der große, massige, immer etwas zu laute Besitzer zweier Apotheken im Ort hatte Gabi zum Einzug einen Heiratsantrag gemacht. Waltraut mochte den Mittvierziger nicht sonderlich, dennoch war sie froh, dass jemand Gabi ein so schönes Zuhause geben konnte. Besonders heute, wo endgültig klar war, dass sie es selbst nie mehr würde tun können.

Waltraut ließ sich in einen der beiden braunen Ledersessel fallen. Gabi bot ihr einen Sherry an, den sie in einem Zug austrank. Waltraut sah durch die Fensterfront auf die unten am Hang fließende Weser. Am liebsten hätte sie noch zwei weitere getrunken, aber dann wäre sie, die Alkohol nicht gewohnt war, nicht mehr so sicher auf den Beinen gewesen und Gabis Apotheker hätte sie, wenn er von der Arbeit nach Hause käme, in diesem Zustand gesehen.

«Also, was ist los?», fragte Gabi und setzte sich in den Sessel gegenüber.

«Wir sind pleite», es fiel Waltraut wirklich schwer, das einzugestehen. Und noch schwerer, es gegenüber der eigenen Tochter zu tun. Doch mit irgendjemandem musste sie reden. Der Kontakt zu der nun endlich wohlhabenden Zopf-Inge war abgebrochen, Frau Siegen im Pflegeheim verstorben, und mit Klaus hatte sie sich, obwohl es sich beide doch anders vorgenommen hatten, schon lange nicht mehr getroffen. Gabi war mit ihren Anfang dreißig der einzige Mensch, dem sie sich noch anvertrauen konnte.

«Pleite?», Gabi war völlig überrascht. Kein Wunder, wie immer hatten Waltraut und Joschi den Kindern Besorgniserregendes verheimlicht. Nur Joschis Hautkrebsentfernungen hatten Sohn und Tochter mitbekommen, es waren einfach zu viele Wundpflaster und Verbände an Joschis Armen, Händen und auf seinem Schädel gewesen. Und zu viele Tage im Krankenhaus. Der Arzt hatte erklärt, dass die Sonneneinstrahlung von all den Reisen auf dem Meer und dem Leben in Israel für die Haut schädlich gewesen war. Was für eine Welt: Jetzt war sogar die Sonne eine Gefahr für Menschen. Wenigstens hatte der Krebs nicht allzu sehr gestreut.

«Kein Mensch geht durch die Hillmann-Passage», erklärte Waltraut, «die Bremer wollen keine Abkürzung und laufen lieber ihre alten Trampelpfade um das Europa-Kino herum. Wir sind nicht der einzige Laden, der aufgeben muss.»

«Und was bedeutet das für euch?»

«Offenbarungseid.»

Gabi verstand nicht recht.

«Wir sind am Ende.»

«Und ... was macht ihr nun?»

«Wir müssen die Wohnung verkaufen, umziehen und hoffen ... hoffen ... dass Rosl ...», Waltrauts Stimme versiegte.

«Und wenn sie euch nicht unterstützt?»

«Dann bleibt uns nur die Sozialhilfe.»

Gabi schnaufte durch. Waltraut erkannte, dass ihre Tochter mit der Situation überfordert war. Sie hätte nicht herkommen sollen. Was war sie nur für eine Mutter, die der Tochter die Ohren volljammerte? Kein Kind sollte sich jemals um die Mutter sorgen. Und keine Mutter dürfte der Tochter jemals Anlass dafür geben.

«Du musst ihn verlassen», sagte Gabi.

«Was?»

«Du musst Papa verlassen.»

«Was redest du da?»

«Er hat dich das zweite Mal ins Elend geführt. Dessous und Schmuck in einem Laden zu verkaufen, das war eine idiotische Idee.»

«Die Dessous haben sich gut verkauft!», wehrte Waltraut ab, schließlich war sie trotz allem stolz darauf, dass ihr Teil der Idee funktioniert hatte, auch wenn es nicht gereicht hatte, um den Laden zu retten.

«Das hätte ich euch gleich sagen können, dass die Menschen nicht durch diese Kack-Passage gehen ...»

«Willst du mir jetzt Vorwürfe machen?»

«Nein, ihm! Du machst alles für ihn, und was tut er? Er reitet euch jedes Mal in die Scheiße!»

Waltraut überraschte die Vehemenz, war sogar von ihr eingeschüchtert, wie von Gabis Anklagen als Teenager, sie als kleines Mädchen zu Tante Rosl weggegeben zu haben.

«Papa ist alt. Krank. Du bist jung. Gerade mal 52. Er hat es nicht verdient, dass du dein ganzes Leben für ihn opferst.»

Waltraut fühlte sich bei dem Gedanken mit einem Mal schwer wie Blei.

«Verlass ihn, pfeif auf Rosl und such dir eine Arbeit als Verkäuferin. Und dann einen neuen Mann. Einen besseren.»

«Und er?»

«Hätte besser für dich sorgen müssen.»

«Ich», schluckte Waltraut, «habe nicht gewusst, dass du ihn so hasst.»

«Ich hasse ihn nicht, überhaupt nicht. Ich mag ihn sogar. Aber ich liebe dich und will nicht, dass du zugrunde gehst!»

Zugrunde gehen.

Wenn es ganz, ganz schnell gehen würde, wäre es ein schöner Ausweg aus allem. Aber so was ging leider nie schnell.

«Und David ...?»

«Ist alt genug, der kann arbeiten gehen und dir was abgeben.»

Es war ungeheuerlich, was Gabi ihr da vorschlug. Aber noch ungeheuerlicher war es, dass ein Teil von ihr der Tochter recht gab: Joschi hatte sie endgültig ins Elend geritten.

Joschi maß sich, in Pyjama und Bademantel, den Blutdruck. Der Arzt hatte gesagt, er solle es dreimal am Tag tun, aber er maß viel häufiger und hoffte jedes Mal vergeblich, dass sich die Werte besserten. Sie machten ihm Angst. Er nahm doch schon hohe Dosen an Blutdrucksenkern.

157 zu 122.

Joschi nahm das Stethoskop aus den Ohren, riss die Lasche vom Arm und warf das Gerät auf den Schreibtisch, von dem Waltraut gesagt hatte, er solle ihn auf den Sperrmüll tun, da er ihn ohnehin nicht mehr brauchen würde. Aber Joschi mochte nicht auf ihn verzichten. So stand der Tisch mit der mittig drapierten Reiseschreibmaschine weiterhin in dem Kabuff der Drei-Zimmer-Wohnung, deren Miete sich Joschi nur leisten konnte, weil Charlie ihn finanziell unterstützte und David das BAföG vollständig zu Hause ablieferte.

Wie er sich schämte. Jeden verdammten Tag, jede wache Minute. Er hatte versagt. Total versagt. Schon wieder und zugleich ein letztes Mal. Nie mehr würde er Geld verdienen können oder dürfen.

Waltraut blickte zu ihm ins Kabuff und sagte: «Ich fahre zu Gabi.»

Sie fuhr immer häufiger zur Tochter. Kein Wunder, dachte sich Joschi, wer wollte schon mit einem solchen Versager den Tag in der kleinen Wohnung verbringen?

«Es tut mir alles so leid», sagte er.

«Hör endlich auf mit den Entschuldigungen», antwortete Waltraut gereizt.

«Es ist alles meine Schuld.»

«Ich kann es wirklich nicht mehr hören», sagte sie und wandte sich zum Gehen. «Und hör endlich auf mit dem verdammten Blutdruckmessen. Du machst dich und mich ganz verrückt damit. Je öfter du das machst, desto höher wird er!»

«Waltraut?», fragte Joschi zaghaft.

«Ja?», drehte sie sich genervt zu ihm um. Er stand von seinem Stuhl auf und hob an: «Du ...», er wagte nicht, den Gedanken auszusprechen, der ihn in den Monaten des Abstiegs zunehmend plagte.

«Ich?», sie wurde immer gereizter.

«Schon gut.»

«Ich?», hakte sie fast schon wütend nach.

«Du ... wirst doch bei mir bleiben?», fragte er leise

Waltraut überlegte kurz, dann antwortete sie: «Natürlich.» Anschließend drehte sie sich um und ging. Dass sie vor der Antwort eine Pause gemacht hatte, bereitete Joschi eine Furcht, die er, trotz Krieg und Vertreibung, nicht kannte.

❖❖❖

«Wie sehe ich aus?», fragte Gabi, als sie in der Achimer Nobelboutique in einer schönen Kombination von weißem Faltenrock, weißem Oberteil und beigem Jäckchen aus der Umkleidekabine heraustrat. Sie und ihr Jens wollten lediglich standesamtlich heiraten, von der Kirche hielten sie genauso wenig wie Waltraut.

«Wie eine Prinzessin», lächelte Waltraut und bemerkte dabei erst, wie selten sie noch lächelte. Dabei war es wunderbar, es zu tun.

«Aber doch nicht wie Diana», fragte Gabi, der ihre Phase des Diana-Kopierens mittlerweile ein wenig unangenehm war, obwohl sie ihren Apotheker ohne die Ähnlichkeit zur Prinzessin gar nicht erst kennengelernt hätte. Nur wegen ihr hatte Jens sie auf dem Bremer Freimarkt angesprochen und sie so lange verfolgt, bis sie seinem bollerigen Charme nachgegeben hatte. Jetzt aber wollte Gabi offensichtlich nicht, dass er Diana heiratete, sondern sie.

«Nein, du siehst aus wie Prinzessin Gabi», sagte Waltraut.

Gabi lächelte froh, betrachtete sich im Spiegel – ihr gefiel, was sie da sah – und fragte dann: «Sag mal, was Oma früher immer erzählt hatte, dass wir von einem Grafen abstammen, das war alles Quatsch, oder?»

«Wer weiß das schon?»

«Du!»

Waltraut überlegte: Sie wusste doch auch nicht zu tausend Prozent, dass das nicht stimmte. Nachgeforscht hatte sie nie. Daher antwortete sie: «Es wäre schon schön.»

«Ja», grinste Gabi und betrachtete sich im Spiegel: «Gräfin Gabi.»

«Klingt ein bisschen nach Graf Koks», lachte Waltraut.

«Du bist doof», lachte Gabi ebenfalls.

Waltraut fand es wunderbar, mit ihrer Tochter zu lachen. Wie mit einer Freundin.

Joschi ging langsam die Treppen herunter. Er wollte sich eine Zeitung kaufen gehen. Waltraut hatte ihn tags zuvor ausgeschimpft, er solle sich endlich mal wieder vernünftig anziehen und die Wohnung verlassen, anstatt sich die ganze Zeit in seinem Kabuff zu verschanzen. Er hatte jedoch unterschätzt, wie schwach sein Körper nach den Hautkrebs-Entfernungen und den Monaten in der neuen Wohnung mittlerweile war.

Ein Schritt nach dem anderen, ein Schritt nach dem anderen.

Joschi fluchte innerlich, warum Waltraut keine Mietswohnung im Erdgeschoss hatte finden können, nur um sich sogleich zu schämen, weil sie erst gar keine hätte suchen müssen, wenn er nicht die hirnverbrannte Idee mit der Hillmann-Passage gehabt hätte.

Ein Schritt nach dem anderen, ein Schritt nach dem anderen.

Als er auf dem Absatz der zweiten Etage angekommen war, verschnaufte er ein wenig und blickte nach oben:

Nachher würde er die ganzen Stufen wieder hochgehen müssen. Sollte er abbrechen?

Nein, was würde Waltraut von ihm denken, wenn er gleich wieder zurückkehrte? Sie würde ihn endgültig für altes Eisen halten und ihn womöglich tatsächlich verlassen. Da draußen gab es doch tausend jüngere Männer, die nur darauf warteten, eine so hübsche Frau zu becircen!

Ein Schritt nach dem anderen, ein Schritt nach dem anderen, ein Schritt ...

Joschi wurde schwindelig. Er hielt sich am Geländer fest. Nur nicht gleich wieder hochgehen. Nur nicht wieder hochgehen. Als sein Blick wieder etwas klarer wurde, machte er den nächsten Schritt und ... vertrat sich. Er purzelte sieben Treppenstufen herunter, schlug sich den Kopf auf und wurde bewusstlos.

Eine Woche später, nachdem die Wundfäden gezogen und die Gehirnerschütterung ausgeheilt war, kehrte Joschi zurück in die Wohnung und traute sich fortan nie wieder, sie zu verlassen.

«Gabi hat mit meinem Jens einen richtig guten Fang gemacht», flötete Jens' Mutter beim Hochzeitsessen im noblen Park-Hotel. Sie war schon 80, aber fit und drahtig, und hatte eisblaue Augen. Waltraut kam die Feier vor wie ein Leichenschmaus. Nicht weil die Stimmung schlecht war, im Gegenteil, alle hatten gute Laune, nur sie selbst nicht, sondern weil eine unbestimmte Furcht um ihre Tochter sie ergriffen hatte.

«Mein Jens baut richtig was auf. Er kauft demnächst eine Apotheke in Verden und eine weitere in Nienburg», gab die alte Schachtel an.

Erfolg – das schien in dieser Familie das Wichtigste zu sein. Dabei hatte die Apothekersgattin während ihrer Ehe garantiert keine einzige Sekunde gearbeitet.

«Die Kinder von Gabi müssen nicht so aufwachsen wie sie.»

Jens' Mutter lächelte, aber in Waltrauts Ohren klang es, als ob es ihre Schuld war, dass Gabi die ersten Jahre in armen Verhältnissen hatte leben müssen.

«Das ist schön», lächelte Waltraut zurück und entschied, die Botschaft, die Jens' Mutter ihr mitteilen wollte, einfach zu ignorieren: Gabi war nicht gut genug für ihren Sohn.

«Und wenn Gabi sich Mühe gibt ...»

«Entschuldigen Sie», unterbrach Waltraut. Sie siezte die Frau konsequent, obwohl die ihr beim Begrüßungssekt das Du angeboten hatte. «Ich muss mal ein bisschen an die frische Luft. Wissen Sie, das ist die Rührung, dass meine Tochter einen so wunderbaren Fang gemacht hat.»

Ihre Worte waren süßlich gesprochen, ätzten aber Jens' Mutter das Lächeln aus dem faltigen Gesicht. Waltraut stand auf und sah sie beim Herausgehen auf die Hotelterrasse nicht mal mehr mit dem Hintern an.

Draußen zündete sie sich, von wunderschöner Septembersonne beschienen, eine Zigarette an, trat an das Terrassengeländer und atmete den Rauch tief ein. Jetzt wusste sie, woher die Furcht kam. Wenn schon die Mutter von Jens so war, wie würde er sich, einmal verheiratet, der Tochter gegenüber benehmen?

«Hallo! Hallo, Waltraut!»

Waltrauts Blick fiel nach unten. Da stand ein großer Mann im feinen Anzug, der ihr zuwinkte. Sie verschluckte sich darauf so sehr, dass sie husten musste. Die Angst durchzuckte sie, dass es sich um den Kerl handelte, der sie im Country Club Judenschlampe genannt hatte. Ihre Beine gaben nach, sie hielt sich am Geländer fest, doch dann rief der Mann: «Waltraut!»

«Gerhard?», erkannte sie ihn nun.

«Du erinnerst dich an mich!»

Es war tatsächlich der stattliche Unternehmer, den sie vor fast dreißig Jahren im Konzerthaus für Joschi hatte sitzen lassen und der ab und an mit seiner großen blonden Frau im Scandia essen war.

«Komm herunter!», rief er.

Waltraut blickte durch die Scheibe zur Hochzeitsgesellschaft, sah, wie Jens' Mutter sich stolz bei ihrem Sohn einhakte, und verspürte keinerlei Lust, wieder zu ihr zurückzukehren. Sie warf die Zigarette zu Boden, trat sie mit der Sohle ihres hochhackigen Schuhs aus und ging die Treppen herunter zu dem freundlich lächelnden Herrn. Sein Haar war etwas schütterer geworden, aber er war braun gebrannt, als ob er gerade wochenlang im Urlaub gewesen war. Waltraut selber hatte seit dem Besuch in Wien an Reisen noch nicht mal mehr gedacht. Und in den letzten Jahren auch nur selten so lang in der Sonne gestanden wie jetzt.

«Was machst du hier?», fragte Gerhard.

«Meine Tochter hat eben auf dem Standesamt geheiratet und wir feiern da drinnen.»

«Oh, dann will ich nicht stören.»

«Schon gut, schon gut, ein bisschen kann ich noch draußen bleiben.»

«Schön.»

Waltraut fand es schön, dass Gerhard es schön fand, und fragte: «Wie geht es dir so?»

«Glücklich geschieden», er hielt die Hand hoch, um zu zeigen, dass er keinen Ehering mehr trug. «Und du?»

«Verheiratet.»

«Glücklich verheiratet?»

«Selbstverständlich», sagte Waltraut. Die Wahrheit war nicht für Fremde bestimmt.

«Oh», sagte Gerhard, «das ist schön.»

Waltraut fand es schön, dass er es ganz offensichtlich nicht schön fand.

«Warst du gerade im Urlaub?», fragte sie.

«Ich habe jetzt immer Urlaub.»

«Wirklich?»

«Mein Bruder aus der zweiten Ehe meines Vaters hat die Geschäfte übernommen.»

«Das ist gut, nehme ich an?»

«Eine Erleichterung», sagte Gerhard, aber irgendetwas schien ihn zu belasten. Waltraut wollte jedoch nicht nachhaken, sie kannten sich ja kaum. Nach etwas Schweigen sagte er: «Du siehst schön aus wie eh und je.»

«Ich bin älter geworden ...»

«Schönheit kennt kein Alter», befand Gerhard.

Waltraut fühlte sich geschmeichelt. Seit dem Konkurs hatte sie von niemandem außer Joschi ein Kompliment für ihr Aussehen bekommen, dabei war es ihr doch so wichtig, trotz all der Sorgen, immer gut gekleidet, frisiert und geschminkt aus dem Haus zu treten, selbst wenn es nur zum Einkauf ging.

«Mama!», hörte Waltraut ihre Tochter rufen. Sie blickte nach oben zur Terrasse. «Wir schneiden die Hochzeitstorte an!»

«Ich muss dann jetzt wohl», sagte sie zu Gerhard, obwohl sie sehr gerne weiter mit ihm geplaudert hätte.

«Wollen wir unser Gespräch irgendwann fortsetzen?», fragte er.

Waltraut war von seinem Ansinnen überrascht.

«Keine Sorge, ich will nicht in ein klassisches Konzert.»

Waltraut musste lachen.

«Also?»

«Dann bin ich einverstanden.»

«Kann ich dich anrufen?»

Joschi war immer zu Hause, da konnte sie nicht mit einem anderen Mann telefonieren. Deshalb sagte sie: «Wir treffen uns nächste Woche Mittwoch um 12 mittags in der Parfümabteilung von Karstadt.»

Nun war es Gerhard, der lachen musste.

Auch wenn Waltrauts ehemalige Abteilung an einem anderen Platz im Erdgeschoss war und schlichtere Verkaufstresen und Vitrinen hatte als zu ihren Zeiten, freute sie sich immer wieder, sie zu betreten. Gerhard stand bereits an der Kasse und ließ ein Parfüm einpacken. Etwa für sie?

«Ich war mir nicht sicher, ob du kommst», sagte er erfreut, als er Waltraut erblickte. Sie war sich zuerst auch nicht sicher gewesen, ob sie in die Stadt fahren sollte, hatte es aber am Morgen beschlossen, nachdem Joschi sich zum tausendsten Mal für sein Versagen entschuldigt hatte. Sie erzählte ihm, dass sie in der Stadt eine kleine Vase für Gabis Wohnzimmertisch besorgen wollte.

«Du warst einkaufen?», deutete Waltraut auf das Parfüm.

«Das ist für dich.»

«Und wenn ich nicht gekommen wäre?»

«Hätte ich es bei irgendeiner Geburtstagseinladung als Geschenk mitgenommen.»

Waltraut lachte. Ihr gefiel die Ehrlichkeit, Gerhard hatte nicht mehr so einen Stock im Hintern wie früher. Er überreichte ihr das hübsch verpackte Parfüm, sie bedankte sich und steckte es in ihre Tasche. Zu Hause würde sie Joschi erzählen, dass sie sich selbst ein Geschenk gegönnt hatte.

«Und was machen wir nun?», fragte Waltraut.

«Wir gehen eine Bratwurst essen.»

«Bratwurst?» Waltraut hatte von ihm etwas Nobleres erwartet, zum Beispiel einen Mittagstisch im Ratskeller.

«Die hattest du dir damals nach dem Konzert gewünscht», erklärte er.

Gerhard erinnerte sich an den Abend besser als sie. Das schmeichelte Waltraut noch mehr als seine Komplimente, und so sagte sie: «Bratwurst soll es sein!»

Im Kiefert Imbiss an der Liebfrauenkirche aßen sie Würste und gönnten sich jeweils ein Bier dazu.

«Wie ist dein Leben so als Rentner?», fragte sie Gerhard beschwingt.

«Ich bevorzuge den Begriff Privatier.»

«Was heißt das?»

«Dass man so viel Geld hat, dass man nicht mehr arbeiten muss.»

«Klingt nach einem tollen Beruf», lächelte Waltraut.

«Ich wollte nie Unternehmer werden.»

Waltraut kannte das von dem ein oder anderen Besucher des Country Club. Männer, die am liebsten Philosophie oder Musik oder Fotografie oder irgendetwas Schöngeistiges studiert hätten und dennoch die Firma übernahmen. Entweder weil der Patriarch früh gestorben war, oder weil sie erkannten, dass es besser war, reich zu sein als kreativ.

«Was hättest du denn gerne gemacht?», fragte sie, während er sich den Mund mit der Papierserviette abputzte.

«Das ist das Schlimmste, ich weiß es nicht.»

«Du weißt es nicht?»

«Es war für meinen Vater und mich immer klar, dass ich in das Unternehmen gehe.»

Waltraut hatte Mitgefühl: Gerhard war ein Mann, der begriffen hatte, dass er nie nach seinen eigenen Bedürfnissen gelebt hatte.

«Und du?», fragte er.

«Wie und ich?»

«Hast du alles so gemacht, wie du wolltest?»

Waltraut musste lachen. So etwas konnten nur Leute fragen, die eine Wahl besaßen.

«Ich habe die Familie über Wasser gehalten.»

«Ja, aber hättest du denn etwas anders machen wollen?»

Waltraut hatte sich diese Frage noch nie gestellt.

«Dann sind wir beide gar nicht so verschieden», stellte Gerhard fest. Das überraschte Waltraut. Noch mehr, dass sie sich ihm in diesem Moment wirklich nahe fühlte. Und es erschrak sie. So sehr, dass sie fieberhaft darüber nachdachte, ob sie nicht doch auch in dieser Hinsicht komplett anders war als Gerhard. Was hätte sie gewollt?

Sie wäre gerne wie Frau Siegen eine Abteilungsleiterin geworden.

So weit hatte sie als junge Frau niemals gedacht.

«Was ist?», fragte Gerhard.

«Was soll sein?»

«Du wirkst betrübt.»

«Schon gut.»

«Was machst du nächste Woche Samstag?»

«Wieso?»

«Ich habe zwei Karten für ein Konzert ...»

«Ach», stöhnte Waltraut auf.

«Nicht so eins. Udo Jürgens ist in der Stadt.»

Waltrauts trübe Gedanken waren mit einem Male verflogen: Sie mochte die Musik von Jürgens immer noch sehr, wenn er im Fernsehen in Shows wie ‹Wetten, dass..?› auftrat.

«Kommst du mit mir?»

«Für wen wäre denn sonst die zweite Karte gewesen?», fragte Waltraut.

«Für meine Schwester.»

«Du willst deine Schwester für mich stehen lassen?»

«Die hat mich auch schon mal für ihre Lebensgefährtin versetzt.»

«Lebensgefährtin?»

«Hättest mal meinen Vater sehen sollen, als er von ihrer Neigung erfuhr.»

Weil Gerhard darüber lächelte, traute Waltraut es sich auch.

«Und du glaubst gar nicht, wie die Bremer Gesellschaft sich über sie das Maul zerreißt.»

«Das kann ich mir gut vorstellen.»

«Aber meiner Schwester ist das beneidenswert egal.»

Diese Frau wollte Waltraut gerne mal kennenlernen.

«Also, kommst du mit?»

«Ich ... ich werde es mir überlegen.»

«Überlege es dir gut», lächelte Gerhard.

Waltraut trank vor lauter Schreck darüber, nicht gleich mit ‹Nein› geantwortet zu haben, den Rest des Biers auf Ex aus.

«Natürlich gehst du da hin!», sagte Gabi, als Waltraut mit ihr auf der Hausterrasse mit Weserblick Tee trank.

«Natürlich tue ich das nicht», erwiderte Waltraut, die sich in den letzten Tagen – Udo Jürgens hin, Gerhard her – dazu entschlossen hatte, ihren Mann nicht mit einem Konzertbesuch zu hintergehen. Es war ihr schon unangenehm genug gewesen, das Bratwurstessen verheimlicht zu haben. Und dass Joschi fand, ihr neues Parfüm dufte großartig.

«Und ob du das tust!», grinste Gabi, die es nicht allzu sehr störte, allein zu Hause zu sein, anstatt auf Hochzeitsreise. Jens hatte sie vertröstet, er müsste erst die Übernahmen der neuen Apotheken durchführen. Über Weihnachten könnten sie dann nach Hawaii fliegen. Je mehr Waltraut von seinem Verhalten mitbekam, desto unsympathischer fand sie ihn.

«Wie stellst du dir das vor? Ich kann Papa doch nicht so lange allein lassen.»

«Du lässt ihn doch auch jetzt allein.»

«Aber er weiß, dass ich bei dir bin.»

«Dann erzählen wir ihm das Gleiche, wenn du aufs Konzert gehst.»

«Und wenn er bei dir anruft?»

Da wusste Gabi auch keine Antwort drauf.

«Siehst du? Und jetzt hör auf mit dem Blödsinn.»

«Ich will doch nur, dass du etwas Spaß hast», antwortete Gabi mitfühlend.

Das Telefon klingelte.

«Vielleicht Jens, der ausnahmsweise mal früher von der Arbeit kommt.» Gabi stand auf, ging ins Wohnzimmer und hob ab. Waltraut wärmte ihre Finger an der Tasse Tee und starrte dabei auf das Wasser im Abendlicht.

Etwas Spaß.

Udo Jürgens.

Schön wäre es ja.

Gabi kehrte wieder auf die Terrasse zurück. Sie war bleich. Waltraut wusste sofort, dass etwas Schlimmes geschehen war.

Warum funktionierte das verdammte Telefon nicht? Er wollte doch die kleine Gabi anrufen. Sie fragen, ob sie Eis essen gehen wollte. Egal, wie Joschi auch tippte und drückte, es gab kein Freizeichen. Oh, er hatte ja gar keinen Hörer in der Hand. Wo war denn das verdammte Ding?

«Was machst du da?», fragte Waltraut.

Joschi sah zu ihr, wie sie ins Zimmer trat. Es war nicht das Wohnzimmer. Da stand ein Bett. Aber es war auch nicht das Schlafzimmer. Was für ein Zimmer war es dann?

«Du sollst nicht im Krankenzimmer herumlaufen», sagte Waltraut.

«Ich kann Gabi nicht anrufen.»

«Gabi?»

«Ich drücke die ganze Zeit auf die Tasten ...»

«Das ist kein Telefon, das ist dein Infusionsbeutel.»

«Infusion?»

«Du hattest letzte Woche einen Infarkt, bis gestern warst du auf der Intensivstation und bist jetzt in deinem Krankenhauszimmer ...», Waltraut war ganz aufgewühlt.

«Infarkt?»

«Du erinnerst dich nicht?»

Das Letzte, woran er sich erinnerte, war ... war ... war ... das Kabarett? Rosl auf der Bühne?

«Gut», sagte Waltraut. «Ich rede sofort mit einem Arzt, der muss klären, was mit dir ist, aber erst mal bringe ich dich wieder ins Bett.»

Sie ging zu ihm und nahm ihn am Arm. Das machte ihn glücklich. Es war so wunderbar, wenn Waltraut ihn hielt.

«So, siehst du, und jetzt legst du dich hin ... Achtung, der Beutel ...»

Das war wirklich kein Telefon?

«... so ist gut ... so ist gut ... und jetzt decke ich dich zu ...»

Es war schön, von ihr zugedeckt zu werden.

«Der Locarno-Pakt», musste Joschi lachen. Er sah Hans Moser vor sich, wie er das sagte. Oder war das Karl Kraus gewesen?

«Locarno-Pakt?», fragte Waltraut.

«Der Locarno packt? Wo will er denn hin?», Joschi musste über diesen alten Witz lachen.

«Herr Doktor!», rief Waltraut.

«Ja?», sagte ein Mann im weißen Kittel, der ins Zimmer trat.

«Mein Mann», sagte Waltraut. «Er ist ganz wirr.»

Joschi schloss die Augen, sah Rosl vor sich mit dem Moser auf der Bühne.

«Das kann ein leichter Schlaganfall sein», sagte der Moser. «Wir bringen ihn sofort wieder auf die Intensivstation.»

Warum hatte der Moser keinen Wiener Singsang?

«Wird er das überleben?», fragte Rosl den Moser.

Was redeten die da? Sollte das etwa lustig sein?

«Ich kann Ihnen das nicht sagen», antwortete der Moser.

Joschi mochte das Stück nicht.

Aber er musste in ihm leben.

Waltraut nahm Joschi zum Sterben nach Hause. Er konnte zwar wieder klar denken, aber er aß schon seit sieben Tagen nicht mehr. Die Ärzte gaben ihm noch eine, maximal zwei Wochen, eine der Nonnen sogar nur wenige Tage. Joschi sollte in seiner gewohnten Umgebung sein. Bei ihr. Bis ans Lebensende. Auch wenn Waltraut das lediglich in einem Standesamt vor einem judenfeindlichen Beamten versprochen hatte, war es für sie selbstverständlich. So wie es für sie keine Frage gewesen war, hochschwanger ihre Mutter bis in den Tod zu pflegen.

Waltraut zog Joschi den Mantel aus, brachte ihn ins Schlafzimmer, half ihm erst in den Pyjama und anschließend ins Ehebett. Als sie ihn zudeckte, sagte er: «Ich habe Hunger.»

«Du hast was?»

«Hunger.»

Im Krankenhaus hatte er die Teller unangerührt stehen lassen, auch die Ersatznahrung aus der Tube verweigert. Daher fragte Waltraut irritiert: «Und was wünschst du dir?»

«Suppe.»

«Suppe?»

«Hühnersuppe, die du immer so gut machst.»

Sie machte sie so gut, weil sie aus der Dose kam. Eine stand noch in einem der Küchenschränke, deren braune Farbe Waltraut sich selbst nie ausgesucht hätte. Der griechische Vermieter, der das Geld aus seinen beiden Restaurants in Häusern anlegte, hatte keinen Geschmack.

«Wenn du willst.»

«Ich will», lächelte Joschi.

Waltraut ging in die Küche in der Gewissheit, dass Joschi höchstens ein, zwei Löffel von der Suppe nehmen würde.

Joschi saß aufrecht im Bett mit einem Tablett auf dem Schoß. Er löffelte die ganze Suppe auf. Waltraut hatte gedacht, sie müsste ihn füttern. Aber er schlürfte sie ganz allein. Sogar ohne die Bettwäsche und die Laken zu bekleckern.

«Die war köstlich. Hast du noch einen Toast für mich?»

«Einen Toast?», staunte Waltraut.

«Ich hab noch Hunger», lächelte Joschi lieb.

«Im Krankenhaus hast du nichts gegessen.»

«Das Essen war auch mies.»

Waltraut konnte es nicht fassen.

«Ich mag nur dein Essen», sagte Joschi und sah sie voller Liebe an. Jetzt erst begriff Waltraut, dass sie eine echte Chance hatte, sein Leben zu retten. Dass es nicht so sein würde wie bei der Mama. Zu ihrer eigenen Überraschung überrollte sie eine Welle des Glücks: Sie würde Joschi nicht verlieren!

Waltraut sah Gerhard nicht wieder.

❖❖❖

«Meine Güte, die Kleine ist vielleicht ein Wirbelwind!», lachte Joschi als Gabis Tochter Annika, ein süßer Lockenkopf, der ihm stets das Herz aufgehen ließ, auf seinem Sessel herumturnte. Annika war so ganz anders als damals die schüchterne Marjem. Die Cousine hatte sich vor Kurzem mit einem Brief bei ihm gemeldet: Sie hatte im Hotel einen amerikanischen Ölmagnaten kennen- und lieben gelernt und war mit ihm in seine Heimat Alaska gezogen. Joschi hatte sich für sie gefreut. Wer hätte es mehr verdient, die letzten Jahrzehnte des Lebens in Reichtum und Liebe zu verbringen, als eine Frau, die als Kind im KZ gewesen war?

«Opa, Opa!», setzte sich Annika jetzt auf die Sessellehne.

«Ja?»

«Du hast schöne Haare», sie begann mit ihren kleinen Händen seine lang gewachsenen Haare – Waltraut müsste sie bald mal wieder schneiden – zu kringeln. Joschi fühlte sich, auch wenn das Kompliment von einer Dreijährigen kam, geschmeichelt. Er war stolz auf sein dichtes, silbernes Haupthaar.

«Du hast einen echten Fan!», lachte Gabi.

Joschi genoss es, wenn Gabi mit Annika oder sein Sohn David zu Besuch kamen. Außer Waltraut sah er sonst niemanden mehr. Die Bekannten aus der Bremer Gesellschaft hatten sich seit dem Konkurs nicht mehr blicken lassen, und die fast blinde Rosl konnte die Reise nach Bremen nicht mehr antreten. In der ersten Zeit nach Joschis Treppensturz hatte er noch jeden Tag mit der Schwester telefoniert und, da sie beide nicht viel erlebten, über Politik geredet – Radio und Fernsehen hören konnte Rosl ja. Die deutsche Wiedervereinigung behagte Joschi nicht, Rosl fand sie sogar furchterregend. Besonders nachdem Charlie in der Düsseldorfer Altstadt einer Horde Fußballfans von Hansa Rostock begegnet war, die johlend durch die Gassen zogen und sangen: «Hängt die Juden an der nächsten Laterne auf!» Rosl erzählte es Joschi und sagte schaudernd: «Die haben damals auch nicht gewusst, was sie da riefen, und am Ende haben alle mitgemacht.»

Fortan wurden die Gespräche mit der Schwester immer düsterer. Als ihr Augenlicht so schlecht wurde, dass sie sich kaum noch traute, allein durch ihre große Altbauwohnung zu gehen, wurde sie depressiv. Aus der Frau, die jüdisch-politisches Kabarett aufgeführt hatte, die mit Chupze und Unerschrockenheit durchs Leben gegangen war, wurde eine, die keine Nachrichten mehr sehen mochte. Und kaum noch reden. Joschis große, starke Schwester hatte der Lebensmut verlassen – und es brach ihm das Herz. Er hatte seine Familie, seit drei Jahren sogar eine Enkeltochter, sie hatte nur Charlie, der sich um sie kümmerte. Aber auch der Schwager machte sich nicht mehr auf den Weg nach Bremen. Er telefonierte nicht mal mehr mit Joschi. Vielleicht weil Rosl ihren Bruder mehr liebte als ihn?

«Opa, ich mach dir jetzt die Haare zu einem Zopf!»

«Einen Zopf? Den tragen doch nur Mädchen!»

«Ach Quatsch», lachte Waltraut, «das ist jetzt auch für Männer voll in!»

«Na, wenn ich dann in bin!», sagte Joschi und ließ sie gewähren.

«Damit kannst du in die Diskothek», lachte Gabi.

«Da werden die Augen machen, wenn ich mit meinem Stock reinkomme!»

Gabi und Waltraut lachten, während Annika voller Konzentration versuchte, die Haare zusammenzubinden. Dass er das alles noch erleben durfte! Er lebte doch schon seit dem ersten Herzinfarkt in den 70ern von geliehener Zeit. Eigentlich schon seit 1938. Und dennoch war er immer noch da und konnte ein neues Kind wachsen sehen.

❖❖❖

Nachdem Joschi sich in die Küche zurückzog, um Radio zu hören, und Annika sich im Wohnzimmer so müde getobt hatte, dass sie auf Joschis Sessel einschlief, unterhielten sich Mutter und Tochter zum wiederholten Mal über deren Probleme: Jens baute eine Apothekenkette auf, um seinem Vater zu beweisen, dass man mit Apotheken so richtig reich werden kann, und kam daher immer später heim. Er trank zu viel und schrie dann oft Gabi an. Mal, weil sie seiner Meinung nach das Haus nicht ordentlich geputzt hatte, mal, weil sie zu fett sei, mal, weil sie angeblich Annika verzog.

«Lass dich scheiden», riet Waltraut ihr, wohl wissend dass Gabi ihr den gleichen Ratschlag vor wenigen Jahren gegeben hatte.

«Das kann ich nicht.»

«Er macht dir das Leben zu Hölle.»

«Nicht zur Hölle ...»

«Seit Monaten ist es doch das Gleiche ...»

«Er steht bei der Arbeit so unter Druck.»

«Das ist kein Grund, dich anzuschreien», es regte Waltraut auf, dass Gabi diesen Mistkerl auch noch verteidigte.

«Er entschuldigt sich doch dafür.»

«Wenn er nüchtern ist.»

«Daran siehst du doch, dass er es nicht so meint. Er ist nur ein anderer Mensch, wenn er getrunken hat.»

«Dann soll er gefälligst damit aufhören!»

«Das will er ja auch.»
«Aber er tut es nicht.»
«Er wird es.»
Waltraut hatte da große Zweifel. Sie dachte an Joschis Entzug zurück. Er war stärker gewesen, als Gabis Jens es jemals sein würde. Ein starker Mann schrie seine Frau nicht an. Und eine starke Frau würde es gar nicht erst zulassen. Gabi war keine Löwin. Waltraut musste aufpassen, dass sie ihre Tochter für deren Schwäche nicht verachtete.

«Wenn Jens endlich einen geeigneten Geschäftsführer gefunden hat, hat er weniger Druck und wird bestimmt auch weniger trinken.»

Waltraut war im Country Club vielen selbstmitleidigen Männern begegnet, die sich vorgenommen hatten, in irgendeiner nahen Zukunft weniger zu trinken. Wie viele von ihnen wohl schon unter der Erde lagen?

Es war sinnlos, Gabi von ihren Zweifeln zu erzählen. Sie würde sie doch nicht hören wollen, solange sie die Hoffnung auf Besserung hatte. Sie könnten sie sogar gegen Waltraut aufbringen. So seufzte sie nur mit Blick auf die schlafende Annika und sagte: «Ich hoffe es. Für dich. Und die Kleine.»

«Mama», sagte Gabi mit zitternder Stimme am anderen Ende der Leitung. Waltraut war die spätabendlichen Anrufe ihrer Tochter mittlerweile gewöhnt. In den letzten Monaten waren die Streitereien mit ihrem Mann auch um das Ehebett gegangen. Gabi hatte öfter Unterleibsschmerzen und entsprechend keine Lust auf Sex. Jens glaubte, dass sie nur markierte. Zum Arzt, wie von Waltraut vorgeschlagen, ging sie aber auch nicht. Gabi schob den Schmerz auf den Stress, den sie in der Ehe hatte, und wenn der Arzt dies bestätigen würde, hätte Jens ja recht damit, dass sie nur markierte, und er würde sie noch mehr dafür ausschimpfen, den Haushalt nicht zu seiner Zufriedenheit zu führen.

«Mama ...», wiederholte Gabi nun ganz leise.

Waltraut begriff erst jetzt, dass diesmal etwas anders war. Die Tochter war zwar schon 35 Jahre alt, klang aber wie das kleine Mädchen, das von Düsseldorf aus angerufen hatte.

«Was ist los?», fragte Waltraut.

Gabi schwieg.

«Was ist los?»

Keine Antwort, nur ein Schluchzen.

«Gabi», Waltraut bekam es mit der Angst zu tun.

«Jens ...», Gabi war kaum hörbar, so leise sprach sie. Weil sie Angst hatte, dass der Ehemann sie hörte? Weil ihr etwas Schreckliches geschehen war? Beides?

«Was ist mit Jens?

«Er ...»

«Er?»

«... hat mich geschlagen.»

Waltrauts Herz stand still.

«Ich bin die Treppen heruntergefallen.»

Und nun schlug es rasend.

«Nur drei Stufen, ich habe mir kaum wehgetan, und die Ohrfeige war auch nur leicht», es klang fast so, als ob sie Jens mildernde Umstände zugestehen wollte. Aber es hätte auch nur eine Stufe sein können, Waltraut wollte ihn töten. Die Löwin in ihr erwachte: «Ich hol Annika und dich da jetzt raus!»

Im Herbstwind, der den Geruch der Weser zu ihr hinübertrug, klingelte Waltraut an der Milchglastür Sturm. Gabi trat verheult und ohne auch nur ein Wort herausbringen zu können, mit Annika auf dem Arm heraus.

«Lauf, lauf, zum Taxi!», deutete Waltraut ihr mit wedelndem

Arm den Weg zum Wagen und machte sich bereit, sich Jens in den Weg zu stellen, würde er versuchen, Gabi aufzuhalten. Sie hatte David zur Verstärkung mitgenommen und sich vorher mit einem Schluck aus der Wohnzimmerkaraffe Mut angetrunken.

Aber Jens kam nicht. Stattdessen hörte sie ihn nur lallend aus dem Haus rufen: «Komm zurück, Gabi, komm zurück!»

«Der ist total besoffen», stellte David an der Tür fest.

Waltraut lugte neben ihm ins Haus. Jens saß in Unterwäsche auf der Treppe. Mit dem fetten Schwein wäre sie auch allein fertiggeworden. Am liebsten hätte sie ihm, wie damals Frau Polle, eine geschallert. Jeder, der ihrer Tochter wehtat ...

Bei dem Gedanken, dass Gabi von ihm geschlagen wurde, kamen ihr die Tränen. David legte den Arm um sie. Sie wollte aber vor ihrem Sohn nicht schwach wirken. Und vor Jens schon gar nicht.

«Komm!», sagte sie und eilte mit David zum Taxi, in dem Gabi und Annika schon warteten. Als sie ins Auto stiegen, sah Waltraut zum Haus: Jens stand an der Tür und rief lallend: «Gabi, das war nicht so gemeint!»

Annika blickte völlig verängstigt drein, deshalb wies Waltraut den Fahrer an loszufahren. Als sich der Wagen in Bewegung setzte, fragte Annika mit dünnem Stimmchen: «Wohin fahren wir?» Und Waltraut antwortete: «Ihr wohnt ab jetzt bei Oma und Opa.»

In jungen Jahren hätte Joschi den Schwiegersohn verprügelt, selbst mit Mitte sechzig ihm noch ein paar auf die Schnauze gehauen, wie dem Judenhasser damals im Country Club. Jetzt tat er nichts, er konnte nichts tun, außer am Fenster stehen und auf das Taxi warten. Er war ein alter Mann. Ein Greis. Er musste über sich selbst lachen: Seit über drei Jahren verließ er nicht das Haus, ging in der Wohnung nur mit Krückstock hin und her, um ein wenig die Muskeln zu trainieren, und dachte dennoch erst jetzt von sich selbst als Greis. Was für ein Narr er doch war. Sogleich verdüsterte sich sein Gemüt wieder: Er war nicht nur ein Greis, sondern ein nutzloser Greis, der nicht einmal seine Tochter beschützen konnte.

«Aber was ist mit Annika, wenn ich arbeite?», fragte Gabi in der Safier-Küche. In den Wochen seit der Flucht hatte Waltraut mit ihrer Tochter hier schon sehr viele Stunden im Gespräch verbracht.

«Wenn du eine Ganztagsstelle findest, hole ich die Kleine vom Kindergarten ab», antwortete Waltraut, während sie wegen Gabis Unterleibsschmerzen eine Wärmflasche machte, «dann habe ich zwei Kinder, die ich betreue: Annika und Joschi.»

Gabi prustete vor Lachen ihren Tee auf den Tisch.

Es war schön, sie mal wieder fröhlich zu sehen.

«Und mach dir nicht so viel Sorgen, dass das Geld nicht reichen wird», sagte Waltraut, während Gabi mit einem Lappen den Tee von der Plastikdecke wischte, «wir werden das Schwein vor Gericht ausziehen. Joschi hat heute mit einem Bekannten telefoniert, der ein sehr guter Scheidungsanwalt ist. Er sagt, du hast sehr gute Chancen. Besonders weil Jens dich das eine Mal geschlagen hat. Das mag kein Richter. Und schon gar keine Richterin.»

«Er hat mich mehr als einmal geohrfeigt.»

«Er hat was?», Waltraut war fassungslos. Beinahe hätte sie sich beim Befüllen der Wärmflasche die Finger verbrüht.

«Er hat das schon zweimal davor gemacht.»

«Warum hast du mir das nicht gesagt?»

«Jens hat sich immer sofort entschuldigt. Und dabei so geweint.»

Bei der Vorstellung hasste Waltraut ihn noch mehr.

«Er hat beide Male gesagt, dass es nicht wieder vorkommt.»

«Warum», platzte es aus Waltraut heraus, «hast du das so lange mitgemacht?»

«Das hast du mir beigebracht.»

«Ich?», staunte Waltraut.

Gabi nahm ihr die Wärmflasche aus der Hand und drückte sie fest an ihren Bauch. «Du bist doch auch bei Papa geblieben, als hier alles den Bach runterging mit dem Scandia.»

«Das ist doch was anderes.»

«Und auch als er gesoffen hatte.»

Waltraut schluckte. Gabi hatte anscheinend viel mehr von der schweren Sucht des Vaters, der damals noch nicht ihr Vater gewesen war, mitbekommen als gedacht. Womöglich konnte man das Übel nicht, egal wie sehr man sich bemühte, von den Kindern fernhalten. Vielleicht konnte man gar nichts von ihnen fernhalten.

«Und ich», sagte Gabi, «habe gedacht, ich muss das auch aushalten. Für Annika. So wie du für uns.»

«So etwas muss kein Mensch durchhalten!»

«Leben heißt doch leiden.»

Das Echo ihrer eigenen Worte erschütterte Waltraut.

«Das hast du mir beigebracht.»

Es stimmte: Waltraut sah das Leben so, aber dass ihre Tochter es auch tat, hatte sie nicht gewollt. Sie selbst war zu alt, um sich zu ändern. Aber für Gabi wäre es noch nicht zu spät. Sie könnte immer noch ein anderes Leben führen. Und Waltraut würde von nun an alles tun, um ihr dabei zu helfen.

«Hier, die Kleine ist pünktlich wieder bei euch», sagte Jens, als er im königsblauen Anzug und braunen Kaschmirmantel vor der Tür der hübschen kleinen Zwei-Zimmer-Dachgeschosswohnung stand, die Waltraut für Gabi nahe der eigenen Mietswohnung gefunden und auch eingerichtet hatte.

«Ich habe nichts anderes erwartet», antwortete Waltraut kühl. Obwohl sie nichts als Verachtung für ihren Schwiegersohn empfand, beherrschte sie sich. Es ging um Gabi und Annika, nicht um ihre Rachegelüste. Die Scheidung war auf dem Weg, Jens war mit ihr sehr einverstanden und würde auch zahlen, solange er seine Tochter regelmäßig sehen konnte. Man konnte einem Kind nicht seinen Vater verwehren, zumindest nicht tagsüber, wenn er nüchtern war.

«Ist Gabi da?», fragte Jens.

«Liegt im Bett.»

«Hat sie wieder Schmerzen?»

Sie glaubte, einen Hauch von Geringschätzung in der Stimme zu hören. Jens glaubte wohl, dass Gabi immer noch markierte. Dabei hatte sie viel durchgemacht. Zu viel. Jetzt, wo der Umzug hinter ihr lag, würde Waltraut sie dazu zwingen, zum Arzt zu gehen. Schon dreimal hatte Gabi einen von ihrer Mutter vereinbarten Termin ausfallen lassen, weil sie meinte, alles wäre schon wieder viel besser.

«Ich muss noch ein paar Dinge erledigen», log Waltraut.

«Ich auch», antwortete Jens, beugte sich zu der Tochter, knuddelte sie demonstrativ, um zu zeigen, was für ein liebevoller Vater er doch war, und sagte: «Wir sehen uns nächste Woche Samstag, Prinzessin.»

«Ja», antwortete Annika.

«Bekomm ich noch ein Küsschen?»

Einen Arschtritt könnte er bekommen.

«Ja», sagte Annika und gab ihm ein Küsschen auf die Wange.

«Und du bekommst ein Küsschen von mir», Jens gab ihr einen Knutscher auf dem Mund, sagte zu Waltraut «Tschüss» und ging endlich die Treppe hinunter. Waltraut machte die Tür zu und fragte die Kleine: «Willst du baden?»

«Ja!», rief Annika freudig.

«Ich mache auch wieder ganz viel Schaum.»

«Ganz, ganz viel!», rief Annika.

«Und danach gibt es Sesamstraße.»

Oma und Enkelin bogen aus dem kleinen Flur direkt ins winzige Badezimmer ein.

«Und, wie war es bei Oma Lose?» Der Geburtstag von Jens' Mutter war im Kreise der Familie, zu dem Gabi dankenswerterweise nicht mehr gehörte, in einem edlen Restaurant am Verdener Dom gefeiert worden.

«Doof», antwortete Annika. Sie wirkte dabei bedrückt. Nicht wie ein Kind, das sich einfach nur gelangweilt hatte.

«Ist etwas passiert?», fragte Waltraut alarmiert.

Annika schaute zu Boden.

«Du kannst es mir ruhig sagen.»

«Oma Lose hat mir was über Mama verraten.»

Die Wut kochte in Waltraut hoch: Die Frau hetzte die Kleine gegen Gabi auf!

«Was hat Oma Lose denn gesagt?»

«Sie hat gesagt: Deine Mutter ist bald tot.»

Waltraut fühlte sich, als würde der Boden unter ihr weggerissen.

«Wird Mama sterben?»

«Nein, nein, natürlich nicht», sagte Waltraut und drückte die Kleine fest an sich.

1993

Gabi hatte Unterleibskrebs.

Er wurde spät erkannt.

Zu spät?

Im Krankenhauszimmer wartete Waltraut nach der bereits zweiten OP auf die Ergebnisse. In Gedanken hörte sie dabei Oma Lose immer wieder sagen: ‹Deine Mutter ist bald tot.›

Als der behandelnde Arzt eintrat, sprang Waltraut auf und bedeutete ihm mit dem Zeigefinger an ihren Lippen, die schlafende Tochter nicht zu wecken. Sie zog den jungen Mann auf den Gang und befahl ihm mehr, als dass sie ihn bat: «Bevor Sie meiner Tochter die Diagnose sagen, erzählen Sie sie bitte mir.»

«Ohne Einverständnis der Patientin darf ich das nicht», antwortete der junge Arzt bestimmt und schob sich mit der Hand seine blonde Haartolle nach hinten.

«Ich bin die Mutter.»

«Auch dann nicht.»

«Verstehen Sie nicht? Meine Tochter muss es von mir hören, sie könnte sonst einen Schock bekommen. Sie ist gerade frisch getrennt, hat ein kleines Kind ...»

«Ich darf es nicht.»

Waltraut wollte den jungen Mann schütteln, doch dann überlegte sie es sich anders. Sie wühlte in ihrer Handtasche nach Geld und nahm alles heraus, was sie finden konnte: 64 Mark und 30 Pfennige. Das hielt sie dem Arzt hin.

«Das darf ich nicht annehmen.»

«Kaufen Sie Ihrer Frau etwas davon.»

«Ich habe noch nicht mal eine Freundin.»

«Nehmen Sie das!», Waltraut packte seine Hand, legte die Scheine und Münzen rein und drückte sie zu. Jetzt erst schien er ihre pure Verzweiflung zu realisieren. Er steckte das Geld in seine Kitteltasche, sein Gesicht wurde ernst. Es sah mit einem Mal viel älter aus. Waltraut wusste, dass sie nun eine fürchterliche Wahrheit erfahren würde. In ihren Ohren hallte es schrill: ‹Deine Mutter ist bald tot.›

«Der Krebs», sagte der Arzt, bemüht, sachlich zu wirken, «ist breit gestreut.»

«Wie lange hat meine Tochter noch?»

«Höchstens drei bis sechs Monate.»

«Man kann gar nichts machen?»

«Chemotherapie und Bestrahlung helfen da nicht mehr.»

Waltraut blickte sich nach einem Stuhl um, auf den sie sich setzen konnte, fand jedoch keinen. Sie stützte sich an der Wand ab und bat: «Bitte erzählen Sie meiner Tochter nicht, dass sie nur noch so wenig Zeit hat.»

«Wir machen das nur, wenn die Patienten uns direkt danach fragen. Von uns aus sagen wir nicht, dass sie sterben werden.»

Ärzte, dachte sie sich, waren Feiglinge.

«Es tut mir leid», sagte der Arzt.

Waltraut antwortete nicht. Der Arzt nickte kurz zur Verabschiedung und ging mit den 64 Mark und 30 Pfennigen in der Kitteltasche davon. Sie hoffte, dass Gabi ihn nicht nach der verbleibenden Lebenszeit fragen würde. Es wäre nicht zu ertragen, ihren Zusammenbruch mitzuerleben. Und ihre Angst um Annika.

‹Deine Mutter ist bald tot.›

❖❖❖

«Du willst es ihr nicht sagen?», fragte Joschi in die Dunkelheit. Die beiden lagen schlaflos im Bett.

«Nein.»

Waltraut hatte bisher keine Träne vergossen. Sie beide hatten bisher noch keine Träne vergossen: Die Nachricht lähmte sie.

«Bist du sicher, Waltraut?»

«Ich bin sicher.»

Hatte ein Mensch nicht das Recht zu wissen, wenn er stirbt? Sich zu verabschieden von allen? Er würde es wissen wollen. Am liebsten sogar selbst den Zeitpunkt bestimmen.

«Ahnt Gabi es nicht?»

«Sie hat den Arzt nicht gefragt.»

Das war keine Antwort.

«Was denkt sie denn, was kommen wird?», versuchte Joschi es auf andere Art.

«Ich mache ihr Mut, dass sie es schon schaffen wird.»

«Du lügst sie an?»

«Sie soll noch ein wenig unbeschwerte Zeit haben.»

«Und mit falscher Hoffnung leben?»

«Mit irgendeiner Hoffnung leben.»

Es machte keinen Sinn, Waltraut zu widersprechen. In der Krise war Gabi ihre Tochter. Er nur der Adoptivvater. Und zudem ein nutzloser Greis.

Die beiden schwiegen. Waltraut schloss die Augen. Nach einer Weile sagte sie leise: «Ich werde die Hexe töten.»

«Oma Lose?»

«Sie hat Gabi verflucht.»

Er wollte Waltrauts Hand nehmen.

«Nicht», sagte sie.

Joschi zog die Hand wieder weg, bevor er die ihre auch nur berühren könnte.

Sie lagen noch lange wach, ohne ein Wort zu sagen.

❖❖❖

Ein Mini-Stück Erdbeerkuchen bei Knigge.
Eine schöne Vase kaufen für die neue Wohnung.
Mit Annika auf dem Schoß Sandmännchen schauen.
Kleines Glück.
Alles, was es davon noch gab für die Tochter.

Die Qualen wurden immer größer. Gabi musste im Krankenhaus die Schmerzmittel intravenös bekommen. Waltraut half ihr beim Ankleiden, beim Waschen, versuchte ihr ein wenig Nahrung einzuflößen. Und als Gabi nicht mehr aufstehen konnte, wechselte sie auch die Bettpfannen.

❖❖❖

Joschi stand am Fenster und blickte auf die schneebedeckte Straße. Der Himmel war grau. Kein Wind wehte in den Ästen der fast vollständig entlaubten Bäume. Er hatte immer gedacht, er wäre der Erste, der sterben würde. Und wenn nicht er, dann Rosl. Oder Charlie. Und nun war es Gabi, die bald gehen würde. Gott gab es also doch nicht. Weder den gütigen, der nicht genug Macht besaß, noch den mächtigen, der nicht gütig war. Kein Gott hatte ihm ein Leben mit Frau und Kindern geschenkt. Das war Waltraut. Gabi würde nicht mehr aus dem Krankenhaus kommen. In ihm sterben. Und er würde sie nie wiedersehen.

❖❖❖

«Wie war Papa?», fragte Gabi leise.

«Papa?», fragte Waltraut.

«Mein echter», Gabis Stimme krächzte.

«Papa ist dein echter Papa.»

«Die Krankheit habe ich von dem anderen.»

Friedrich hatte einen Hirntumor gehabt, Gabi jetzt Krebs. Das war wohl das Erbe, das er ihr hinterlassen hatte. Gabi hatte bisher nie auch nur ein einziges Mal nach ihm gefragt. Und Waltraut ihr nie etwas von ihm erzählt.

Wie war Friedrich gewesen?

Waltraut versuchte, sich an ihn zu erinnern. Es gelang ihr: «Ein schüchternes Kind und ein kräftiger großer Mann.»

Gabi lächelte.

«Wart ihr glücklich zusammen?», wollte sie wissen.

«Ja, das waren wir.»

«Wenn er dich glücklich gemacht hat», lächelte Gabi noch ein wenig mehr, «dann mag ich ihn.»

Waltraut spürte ihre Liebe. Tränen stiegen ihr in die Augen. Sie sagte: «Ich hole mir einen Kaffee», verließ das Zimmer, machte hinter sich die Tür zu, hielt mit aller Macht und schließlich erfolgreich die Tränen zurück. Anschließend ging sie zur Toilette, frischte ihr Make-up auf, um wieder gefasst vor ihre Tochter treten zu können.

Gabis mit Morphium vollgepumpter Körper war wie ausgehungert. Der Mund ihres skelettartigen Schädels war beständig offen, zu einer Grimasse verzerrt und atmete nur noch unregelmäßig ein und aus.

«Wie lange hat sie noch?», fragte David im Krankenzimmer. Er war der Einzige, dem Waltraut noch erlaubte, Gabi zu besuchen. In diesem Zustand sollte Annika ihre Mutter nicht sehen. Jens war vor einer Woche einmal aufgetaucht und war von dem Anblick so schockiert gewesen, dass er gleich wieder heulend weglief. Waltraut hingegen hatte seit der Diagnose keiner einzigen Träne gestattet zu fließen.

Waltraut hatte eine Ahnung, wie die Antwort auf Davids Frage lautete. Aber sie behielt sie für sich und sagte: «Lass uns ein Stück Kuchen in der Cafeteria essen gehen.»

«Und ab nächster Woche moderiere ich den ‹Bremer Kaffeepott›», erzählte David in der Cafeteria von seiner neuen Arbeit, «dann könnt ihr mich zweimal die Woche von sechs bis neun auf der ‹Hansawelle› hören.»

«Schön», sagte Waltraut. Sie wusste, dass David so viel von seinem Beruf erzählte, weil er sie ablenken wollte. Aber sie war mit ihren Gedanken im Krankenzimmer. Sie wusste, was dort geschah. Solange jemand bei Gabi saß, würde sie nicht loslassen können. Dafür musste sie allein sein.

«Ich habe übrigens eine Tontechnikerin kennengelernt, sie heißt Marion ...» David erzählte weiter und weiter, aber sie hörte gar nicht mehr hin. Sie war mit Gabi verbunden.

Als der Kaffee ausgetrunken und David sein Stück Kuchen und mehr als die Hälfte von ihrem verspeist hatte, war Waltraut sich sicher, dass ihre Tochter es endlich geschafft hatte.

Waltraut und David traten ins Zimmer. Das Leben war aus Gabis Körper entwichen. Jetzt durfte Waltraut endlich weinen, ohne die Tochter mit ihrer Trauer zu belasten.

David nahm sie in die Arme. Als sie sich beruhigt hatte, betrachtete sie ihren Sohn: Er lebte noch. Wenn Joschi starb, wäre er als Einziger übrig. Sie sagte zu ihm: «Jetzt kann ich nur noch für dich leben.»

«Nein, Mama», antwortete David leise, «du musst endlich für dich leben.»

Für sich leben?

Wie sollte das gehen?

Als Joschi hörte, wie der Schlüssel in der Eingangstür umgedreht wurde, wischte er sich mit dem Ärmel seines Bademantels die Tränen aus dem Gesicht, strich sich durch sein kürzlich geschnittenes Haar und ging mit dem Stock vom Wohnzimmerfenster in den Flur. Waltraut trat ein. Sagte nichts. Sie zog ihren Mantel aus und hängte ihn an die Garderobe. Dann erst blickte sie in Joschis Richtung. Joschi sah in ihre Augen und erkannte: Nicht nur seine Tochter war gestorben, seine Frau war ebenfalls verloschen.

Am Tag nach Gabis Tod klingelte nachmittags das Telefon. Waltraut machte den Fehler ranzugehen.

«Safier», meldete sie sich matt.

«Jens hier», kam es von der anderen Seite. Er war besoffen.

Sie wollte wieder auflegen, aber selbst dafür war sie zu kraftlos.

«Ich bin ja jetzt der alleinige Erziehungsberechtigte von Annika», sagte er.

Waltraut schaute ins Leere. Seine Stimme schien ihr wie aus einer weit entfernten Welt, die mit der ihres Schmerzes nichts zu tun hatte.

«Ich verbiete euch ab jetzt den Umgang mit ihr.»

Die Worte erreichten sie zuerst nicht.

Jens legte auf, ohne sich zu verabschieden.

Waltraut wollte zurück ins Bett. Aber auch dafür fehlte es an Kraft. Sie legte sich einfach auf den grauen Teppichboden im Flur und rollte sich zusammen.

Waltraut ging durch den Schneematsch hinter David, der die Urne zum Grab trug. Hinter ihr heulte Jens, der Annika an der Hand hielt, wie ein Schlosshund. Wie sie ihn dafür verachtete.

Am Grab angekommen, überreichte David dem Friedhofsgärtner die Urne. Sie nahm kaum wahr, dass ein Kranz von ‹Tante Rosl und Onkel Charlie› dalag.

Die Urne wurde an Seilen ins Grab gelassen. Jeder warf eine Rose auf sie. Am zweitlautesten weinte dabei Jens, am lautesten die Hexe. Warum lag Gabi im Grab und nicht die beiden? Oder sie selbst?

Das Taxi hielt vor dem Eingang zum Friedhof. Waltraut wollte nur noch schlafen. David öffnete ihr die Tür, da rief Annika: «Oma!»

Waltraut drehte sich um. Ihre Enkelin stand nur wenige Meter entfernt von ihr und sah sie verwirrt an.

«Wo willst du hin?», fragte die Kleine.

In den Tod.

Zu Gabi.

«Nimmst du mich mit?»

Es war Waltraut verboten, Annika zu sich nach Hause zu nehmen. Sie hätte es auch gar nicht geschafft. Was sollte sie dem Kind sagen?

Es ging nicht.

Sie flüchtete ins Taxi, David folgte ihr als hilfloser Bodyguard auf die Hinterbank. Er sagte zu dem Fahrer: «Lortzingstraße 9, bitte.»

Der Wagen fuhr los.
Ihr Blick fiel in den Rückspiegel.
Sie sah, wie Annika ihr nachblickte.
Winkte.
Immer kleiner wurde, bis der Fahrer auf die Hauptstraße bog und sie nicht mehr zu sehen war.
Waltraut jaulte auf wie ein Tier.

1994–1996

Noch viele Wochen nach der Beerdigung lagen Joschi und Waltraut die meiste Zeit im Bett und dämmerten vor sich hin. Sie standen nur selten auf. Er, um in der Küche seinen Sohn im Radio zu hören, und sie, um Lebensmittel zu holen. Sie versuchte nicht mal mehr, sich für den Einkauf hübsch zu machen.

Von sich aus sprach Waltraut nicht über Gabis Tod, bis sie es eines Nachts, als die beiden mal nicht schlafen konnten, doch tat: «Ich bin schuld, dass sie gestorben ist.»

«Du bist nicht schuld», antwortete Joschi im Dunkeln.

«Ich hätte sie früher zwingen müssen, zum Arzt zu gehen.»

«Sie wollte nicht.»

«Wegen dem Wahnsinn mit Jens.»

«Eben!»

«Aus dem hätte ich sie viel früher rausholen sollen.»

«Wie hättest du das denn machen sollen?»

«Ich hätte bereits die Hochzeit verhindern müssen.»

«Die Hochzeit verhindern?»

«Dann wäre Gabi gar nicht erst krank geworden.»

Joschi wusste nicht, was er dazu sagen sollte.

«Sie wäre dann noch bei mir.»

Er wollte nicht, dass seine Frau sich zusätzlich zu ihrem Leid auch noch mit Selbstvorwürfen quälte: «Ich schwöre dir, dich trifft keine Schuld.»

Aber es war, als ob Waltraut ihn gar nicht mehr hörte. Statt ihm zu antworten, verlor sie sich in ihren quälenden

Gedanken: «Ich hätte sie nie nach Düsseldorf geben dürfen.»

Und er hätte es nie vorschlagen dürfen.

An Gabis erstem Todestag betrachtete sich Joschi die drei fast leeren Alkoholkaraffen auf dem Sideboard im Wohnzimmer. In immer schnelleren Rhythmen wurden sie geleert und wieder aufgefüllt: Anfangs zog sich der Prozess über viele Wochen, jetzt nur noch über zwei. Waltraut trank zu viel. Joschi hatte es zuerst übersehen, dann wollte er es übersehen, dann konnte er es nicht mehr. Aber er traute sich nicht, seine Frau auf ihre Sucht anzusprechen. Was würde aus ihm werden, wenn ein Arzt sie in eine Klinik einweisen würde? Wer würde sich dann um ihn kümmern? Ihm beim Einstieg in die Badewanne helfen? Er musste häufiger hinein, weil er sich manchmal ein wenig einnässte. Seinem Sohn wollte er nicht zumuten, ihm im Bad unter die Arme zu greifen und seine gelben Unterhosen zu waschen. Das wäre entwürdigend. Ebenso wie jemand Fremdes an sich ranzulassen. Sich hilflos Menschen auszuliefern, die nicht seine Frau waren. Die Deutsche waren.

Waltraut kam vom Schlafzimmer her und ging an eine der Karaffen. Es war noch nicht mal drei Uhr nachmittags. Es wurde immer früher.

Sie schenkte sich ein Glas ein und trank freudlos.

Joschi erkannte sich selbst in ihr, wie er vor fast dreißig Jahren einmal gewesen war. Sie hatte ihm damals geholfen. Er musste es jetzt bei ihr tun.

Waltraut setzte sich mit dem Glas aufs Sofa und stellte einen der Privatsender an, es lief irgendeine krawallige Talkshow.

Er musste mit ihr auch einen Entzug machen.

Sie zündete sich eine Zigarette an.

Joschi malte sich aus, wie er sie zu Hause einsperrte, so wie Waltraut ihn einst im Hotel. Wann war noch mal der erste Schüttelfrost gekommen? Nach vier Stunden oder sechs? Er wusste es nicht mehr, dafür aber noch genau, wie er in den darauffolgenden Stunden litt.

Waltraut aschte aus Versehen neben den Aschenbecher auf die Glasplatte.

Wollte er sie so leiden sehen?

Konnte er sie so leiden sehen?

Er erinnerte sich daran, wie sie ihm im Hotelbett aus dem Edgar-Wallace-Krimi vorgelesen hatte. Und dann nur noch daran, wie er am nächsten Morgen aufgewacht war. In der Nacht, so hatte sie ihm erzählt, hatte er vor sich hin fantasiert und sie angebrüllt.

Waltraut legte die Zigarette ab und wischte die Asche von der Glasplatte in ihren Handteller.

Sie war so stark gewesen.

Und ihm war es beim Entzug nicht nur um sein eigenes Leben gegangen, sondern vor allem darum, ein neues in die Welt zu setzen.

Waltraut schüttete die Asche aus ihrer Hand in den Aschenbecher und rieb sich anschließend die Hände, sodass die Reste hineinrieselten.

Sie hatte nur ihr Leben, um das es ging, und das war ihr nichts mehr wert.

Und er war nicht so stark wie sie.

Nie gewesen.

Sie nahm die Zigarette und rauchte weiter.

Joschi steckte sich ebenfalls eine an, setzte sich in seinen Sessel und schaute den Streithähnen im Privatfernsehen zu.

❖❖❖

Waltraut hatte sich für den Besuch der neuen Freundin von David extra schick gemacht. Die fröhliche Tontechnikerin namens Marion lachte herzlich über Joschi, der über den Tibetanischen Tempelhund der Nachbarin lästerte: «Die Tibeter sind bestimmt ganz schön erleichtert, dass sie das Viech los sind.»

Marion lachte wieder. Und das ließ Waltraut, die den Witz schon tausendmal gehört hatte, mitlachen. Die junge Frau hatte etwas Frisches.

«Jetzt macht er ihnen keine Häufchen mehr in den Tempel», scherzte Joschi weiter. Waltraut hatte ihm extra für Marions ersten Besuch die Haare gewaschen und gekämmt, den blauroten Seidenhausmantel hinausgelegt und ihren festen Vorsatz eingehalten, erst zu trinken, wenn alle wieder weg waren.

«Sie sind», sagte Marion und tätschelte vom Sofa aus Joschis Hand, «echt witzig.»

Er strahlte und sagte zu David: «Das ist die Netteste bisher.»

Waltraut wusste, dass dies ein großes Kompliment war. Joschi hatte alle Mädchen, die der Sohn jemals mit nach Hause gebracht hatte, kommentiert. Oft so, dass David es hörte, manchmal sogar die jungen Frauen selbst. Er hatte Urteile gefällt wie «Das ist die Langweiligste bisher», «Das ist die Gemeinste bisher», einmal sogar «Das ist die Hässlichste bisher.» Bei Letzterem hatte das Mädchen ganz schön gestaunt. Das Wörtchen bisher hatte Joschi dabei stets betont, als ob David, wie er, erst mit Mitte 40 die richtige Frau treffen würde und man alle anderen nicht ernst nehmen müsste. Waltraut hatte jedoch das Gefühl, dass ihr Sohn dieses Mädchen heiraten würde. Sie sah ihn ständig so verliebt an. Und er sie.

Sie betrachtete ihren David, wie er über Joschis Bemerkung

grinste. Er hatte sich gut gemacht. Es war, als ob er das untergehende Safier-Schiff gerade noch rechtzeitig mit einem Rettungsboot verlassen hatte. Dafür war sie dankbar: Wenigstens einer in der Familie hatte noch die Chance auf ein Leben.

David gab seiner neuen Freundin, die offensichtlich nicht ganz wusste, wie sie Joschis Lob auffassen sollte, einen Kuss auf die Wange.

Sollte er das Mädchen doch heiraten, wenn er wollte. Nur durfte er keine Kinder mit ihr bekommen. Einen solchen Schmerz sollte er niemals erfahren.

An Gabis zweitem Todestag ließ Joschi sich mal wieder von Waltraut in die Badewanne helfen. Er hatte sich im Schlaf völlig eingenässt. Das war ihm in den letzten Wochen schon zweimal passiert. Das warme Wasser tat ihm gut. Es ließ ihn die Scham über seinen schwachen Körper für eine Weile vergessen.

«Wäschst du mir den Rücken?», bat er Waltraut.

«Habe ich das schon mal nicht gemacht?»

Sie nahm den Waschlappen und tat viel von der Seife auf, die so gut nach künstlichem Apfel roch. Joschi mochte die starken Düfte, deswegen kippte Waltraut auch immer viel *Lenor* in die Wäsche. Seine Bademäntel und Schlafanzüge rochen daher wundervoll intensiv und waren besonders weich.

«Waltraut?», hob er an. Er hatte zwei große Sorgen. Eine könnte sie ihm nehmen.

«Joschi?», lächelte sie, während sie damit begann, seinen Rücken einzuseifen.

«Ich muss etwas mit dir besprechen.»

«Du hast eine andere?», lachte Waltraut auf.

Joschi fand es nur halb amüsant, auch weil ihr Bier-Atem ihn umwehte und er somit daran erinnert wurde, dass ihre Fröhlichkeit dem Alkohol geschuldet war.

«Wie heißt sie?», lachte sie weiter.

«Ich habe keine andere.»

«Das erstaunt mich.»

Waltraut hatte viel zu viel Spaß daran, ihn zu veräppeln.

«Ich bin ein alter Mann.»

«Das ist mir ja ganz neu», grinste sie.

«Ein sehr alter Mann.»

«Immer mehr Neuigkeiten», grinste sie noch mehr.

«Und du pflegst mich so gut.»

«Ja, das tue ich», sie wusch zur Bekräftigung der Worte noch intensiver seinen Rücken.

«Versprichst du mir etwas?»

«Kommt darauf an.»

«Wirst du mich immer pflegen?»

«Selbstverständlich.»

«Du wirst mich also nie weggeben?», fragte Joschi und hoffte, dass er dabei nicht wie ein kleiner Junge klang.

«Natürlich nicht», antwortete Waltraut gelassen.

«Versprich es mir.»

«Ich verspreche dir, ich werde dich bis zu deinem Tod pflegen.» Waltraut schüttete mit der Hand Wasser über seinen Rücken. «Und jetzt kommen die Haare dran.»

Sie nahm den Duschkopf, hielt ihn über Joschis Kopf und drehte den Hahn auf. Joschi lehnte den Kopf nach hinten und schloss die Augen. Während das warme Wasser über seine Haare floss, atmete er durch. Waltraut hatte ihr Versprechen gegeben. Er bräuchte noch eins von David, um wieder halbwegs gut schlafen zu können.

«Nimm ihn in die Arme, Papa, nimm ihn in die Arme!» David und Marion waren mit ihrem Neugeborenen gekommen, und jetzt hielt sein Sohn ihm das Enkelkind hin.

«Wieso habt ihr ihn Ben genannt?», fragte Joschi, auch um ein wenig Zeit zu gewinnen. Er hatte Angst, so ein kleines zerbrechliches Wesen auf den Arm zu nehmen. Obwohl er in seinem Lieblingssessel saß, den Waltraut neu polstern lassen hatte und in den er bereits wieder zwei neue Ascheflecken gemacht hatte, könnte er das Baby fallen lassen.

«Weil es ein schöner Name ist», antwortete David.

«Aber Ben heißt auf Hebräisch ‹Sohn›. Soll er wirklich ‹Sohn Safier› heißen?»

«Er heißt», erklärte Marion, «Ben-Alexander. David wollte Ben, ich wollte Alexander als Vornamen, da haben wir uns so geeinigt.»

«Das ist ja noch alberner. Dann heißt er Sohn von Alexander. Er müsste also, wenn schon, Sohn von David heißen.»

«Er muss nicht so heißen wie ich», fand David.

«Aber auch nicht Sohn von Alexander.»

«Papa, du nimmst ihn jetzt!»

Joschi hatte keine andere Wahl mehr, David legte ihm den Säugling in die Arme. Es roch so gut am Köpfchen. Ein wenig wie ... warme Milch mit Vanille? ... Nein, man konnte den Duft nicht beschreiben. Nur, dass David als Säugling so ähnlich gerochen hatte.

Er hatte einen Enkel. Einen leiblichen Enkel. Mit 82. So unverschämt viel Zeit war ihm geliehen worden. So wenig Gabi.

«Steht dir», lachte David.

«Ja», antwortete Joschi. Er war gerührt und hielt seinen Enkelsohn vorsichtig in seinen Armen, als wäre es der größte Schatz, den die Welt je gesehen hatte.

«Marion», fragte Waltraut, «hilfst du mir, die Schnittchen aus der Küche zu holen?»

«Klar.»

Joschi wartete, bis die beiden Frauen in der Küche verschwunden waren und die drei Generationen von Safier-Männern unter sich waren. Erst dann sagte er zu David: «Du musst mir etwas schwören.»

«Dass der Junge Jude wird?», fragte David skeptisch. Er schien das nicht zu wollen. Er war ja auch schon vor Jahren aus der Jüdischen Gemeinde ausgetreten, und seine Marion war eine Christin. Aber darum ging es Joschi gar nicht. Vor lauter Sorgen hatte er sich noch nicht mal Gedanken gemacht, ob das kleine Bündel Mensch, das in seinen Armen schlief, ein Jude werden sollte. Hauptsache, der kleine Ben und die kleine Annika müssten nie erleben, wie Nazis an die Tür klopften, nur weil ihr Großvater ein Jude war.

Joschi schüttelte den Gedanken ab. Die Zeit drängte: «Du musst mir schwören, dass du dich um Mama kümmerst, wenn ich nicht mehr da bin.»

Bevor David reagieren konnte, plapperte Joschi weiter: «Sie hat kaum eigene Rente, sie wird zwar noch eine kleine Witwenpension aus Österreich bekommen, aber auch das sind zusammen mit ihrer Rente nur 610 Mark. Das wird nicht reichen. Charlie wird gewiss auch nicht zahlen, sobald Rosl gestorben ist. Etwas Geld haben wir nach dem Offenbarungseid zurücklegen können, aber das ist dann auch schnell weg ...»

«Papa.»

«... Mama kann immer schlechter mit Geld umgehen», Joschi wollte seinem Sohn nicht sagen, wie schwer ihre Sucht mittlerweile war, Waltraut trank mittlerweile schon Dosenbier, «und sie ...»

«Papa!»

«Ja?»

«Ich schwöre es», lächelte David.

Joschi war unsicher. Nahm der Junge das alles ernst genug? Er wollte ihn noch mal schwören lassen, doch da kamen die beiden Frauen schon mit den Schnittchen ins Wohnzimmer zurück. Daher sagte er: «Gut, und jetzt nimm mir bitte das Kind ab.»

David lachte. Waltraut und Marion ebenfalls. Und der fast beruhigte Joschi lachte ein wenig mit.

Es stank.

Waltraut wachte davon auf. Sie kannte den Geruch. Und sie kannte es, von ihm geweckt zu werden. Es war die dritte Nacht in Folge.

«Es tut mir leid», sagte Joschi leise.

Waltraut rappelte sich auf. Auch auf ihre Seite des Bettes war etwas geflossen. Warum war sie davon nicht aufgewacht? Weil sie am Ende war.

«Steh auf», sagte sie zu ihm.

«Ja», antwortete Joschi und stand auf.

Waltraut machte das Licht an und betrachtete ihren Mann. Er war wieder eingenässt.

«Nimm das Handtuch und mach dich trocken», sie legte ihm schon stets welche vor dem Zubettgehen bereit.

«Ja.»

Joschi sah aus wie ein Häufchen Elend. Er schämte sich so sehr. Die ersten Male hatte sie noch Mitgefühl, aber nun war sie dafür zu erschöpft.

«Wirst du jetzt endlich Windeln anziehen?»

«Ja.»

Immerhin etwas. Vor Wochen hätte sie das noch erleichtert. Jetzt ärgerte sie sich, dass Joschi sich so lange dagegen gewehrt hatte, weil er meinte, er sei doch kein Säugling. Dieser starrsinnige alte Idiot!

Waltraut begann, das Bett abzuziehen. Die Wäsche und die Unterlagen, die sie Joschi auf seine Seite gelegt hatte, warf sie in einen Sack, den sie ebenfalls vorsorglich hingestellt hatte. Die letzten Male hatte sie den Sack sofort in den Keller heruntergetragen, um die Waschmaschine anzuwerfen. Aber allein der Gedanke daran, all die Stufen hoch- und runterzugehen, ließ ihre Beine müde werden. Wenn sie das Bett neu bezogen hatte, würde sie den Sack in den Flur stellen und sich ein Dosenbier nehmen. Bier war preiswerter als das, was an Alkohol in den Karaffen stand. Man konnte auch mehr davon trinken. Und es erinnerte sie an Walle.

«Wäschst du mich?», fragte Joschi, der sich umständlich abtrocknete.

Waltraut wusste nicht mal, ob sie es schaffen würde, sich selbst zu waschen.

«Ich habe die ganzen Beine voll ...»

«Ich kann nicht mehr», rutschte es ihr raus.

Joschi schluckte.

«Ich kann nicht mehr.»

Sie hörte auf, das Bett abzuziehen, und setzte sich auf ihre Seite.

Joschi schwieg verunsichert.

«Ich kann nicht mehr», begann Waltraut zu heulen, «ich kann nicht mehr, ich kann nicht mehr!» Sie schlug mit der Faust auf die Matratze. Wieder und immer wieder. Bis sie nur noch schluchzte.

«Ich ziehe ab jetzt die Windeln an», sagte Joschi vorsichtig.

Das war es nicht allein. Es war das Kochen, das Putzen, das Baden, das Haareschneiden, das Fingernagelschneiden, bald würde es auch das Windelwechseln sein. Es war ihre Mutter, es war Gabi und jetzt Joschi.

«Ich brauche Hilfe ...», sie hatte es schon so oft gedacht, aber nie ausgesprochen, weil sie wusste, wie Joschi reagieren würde.

«Hilfe?», fragte er fassungslos.

«Ich kann das nicht mehr allein.»

«David ...?»

In einem anderen Zustand hätte sie den Gedanken lustig gefunden.

«Ich lass mich nicht von meinem Sohn baden, das ist entwürdigend.»

«Nicht David.»

«Sondern ...?», Joschis Stimme klang halb vorsichtig, halb drohend, er wusste anscheinend, was sie sagen würde. Und Waltraut wusste, dass es nun zum Streit kommen würde, und dennoch sprach sie es aus: «Eine Pflegerin.»

«Ich lasse keine Pflegerin an mich ran!», Joschi wurde nun laut.

Sie schüttelte nur den Kopf: Der Sturkopf würde nie jemand anderes in seine Nähe lassen.

«Mir kommt keine in die Wohnung!», wiederholte er.

«Dann gehst du halt», sagte sie leise, kaum hörbar, «ins Heim.»

Joschi war mit einem Mal still.

Waltraut sagte nichts, hoffte, dass die Drohung ihn zur Vernunft bringen würde.

«Was hast du gesagt?»

«Wenn du», wiederholte sie tapfer, «keine Pflegerin in die Wohnung lässt, musst du ins Heim.»

«Ich geh nicht in ein Heim! Weißt du, was die da mit einem machen? Die schlagen einen ...»

«Die schlagen einen da nicht.»

«Und sie binden einen fest.»

«Joschi ...»

«Du hast es selbst gesehen, als wir Frau Siegen besucht haben. Die haben sie da vor sich hin vegetieren lassen. Und eine andere Frau im Zimmer hatten sie angebunden!»

Waltraut wollte nicht, dass Joschi festgebunden wurde.

«Du hast mir versprochen, dass du mich niemals wegschickst», Joschis Zorn schlug in Verzweiflung um. «Dass du mich immer pflegst.»

«Ja, das habe ich», antwortete Waltraut und schämte sich.

«Dann mach das bitte auch», jetzt flehte Joschi regelrecht, «steck mich nicht in ein Heim.»

«Das werde ich nicht tun», sagte Waltraut. Sie riss sich mit dem Rest ihres verbliebenen Willens zusammen und seufzte: «Komm, ich wasch dich.»

An Gabis drittem Todestag kam Waltraut vom Grab nach Hause und nahm sich in der Küche ein Dosenbier. Sie trank viel zu viel und bekam fast täglich Heulkrämpfe. Für beides gab Joschi sich die Schuld. Und weil er an seinem schwachen, inkontinenten Körper, der ihn zwang, wie ein Kleinkind in Windeln zu schlafen, nichts ändern konnte, hatte er sich vorgenommen, endlich dafür zu sorgen, dass sie weniger trank. Daher machte er den Fehler, Waltraut das Dosenbier wegzunehmen.

«Was soll das?», fragte sie wütend.

«Du trinkst zu viel», er kippte das Bier in der Spüle aus.

«Und du pisst zu viel!», schoss sie zurück.

Joschi war getroffen, hörte auf zu schütten und stellte die noch halb gefüllte Dose in der Spüle ab.

«Lass dich endlich von einer anderen waschen!»

«Mir kommt keine ins Haus!», brauste auch Joschi auf.

«Dann musst du ins Heim!»

«Ich geh in kein Heim!»

«Geh endlich ins verdammte Heim!»

«Ich geh in kein Heim!», wiederholte er noch lauter.

Waltraut winkte ab, nahm sich eine neue Dose und öffnete sie.

«Ich geh in kein Heim», brüllte Joschi voller Angst, dass er kaum wahrnahm, wie sie aus der Dose trank. Alles in ihm verengte sich darauf, dass seine Frau ihn nicht erlöste, ihm nicht wie so viele Male zuvor versicherte: ‹Ich schicke dich nicht weg.›

«Ich geh in kein Heim», Joschis Wut wurde verzweifelter.

Waltraut setzte sich an den Tisch und trank weiter.

Und eben weil Joschis Wut immer verzweifelter wurde, brüllte er: «Bevor ich in ein Heim geh, bring ich mich um!»

Waltraut setzte die Dose vom Mund ab und starrte ins Leere.

«Hast du mich gehört?»

Sie reagierte nicht.

«Bevor ich in ein Heim gehe, bringe ich mich um!»

Jetzt erst sah Waltraut zu ihm und brüllte zurück: «Dann tu es doch!»

Joschi traf Waltrauts Reaktion bis ins Mark.

«Dann tu es doch!», schrie Waltraut hysterisch. «Tu es doch! Tu es doch! Tu es doch!»

Sie zerstörte ihn fast.

«Tu es endlich!»
Mit letzter Kraft verließ Joschi die Küche.

Sie hatte es nicht so gemeint.

Sie hatte es nicht so gemeint, das wusste er.

Ihr war klar, dass er in einem Heim in nicht einmal zwei Wochen sterben würde. Er wäre doch schon vor Jahren im Krankenhaus fast verhungert, wenn sie ihn nicht mit nach Hause genommen hätte. Er wollte nun mal nur bei ihr sein. Nur bei ihr würde er weiterleben. Bei niemand anderem.

Seine Frau würde sterben, wenn er noch länger von geliehener Zeit lebte.

Es gab keine andere Wahl, als immer weiterzumachen, bis es nicht mehr ging. Leben hieß leiden.

Waltraut hatte sein Leben mehr als einmal gerettet. Zum ersten Mal, als sie seine Liebe erwidert hatte. Jetzt war es an ihm, das ihre zu retten.

«Waltraut, warte», sagte Joschi, als Waltraut am nächsten Vormittag die Wohnungstür öffnete, um ‹nach› Karstadt zu fahren, wo sie Windeln und einen neuen Schlafanzug besorgen wollte.

«Was ist?»

Joschi ging mit seinem Stock auf sie zu, stellte ihn an der Wand ab und gab ihr einen Kuss auf die Wange.

«Deswegen hast du mich aufgehalten?»

«Du bist die beste Frau, die sich ein Mann wünschen kann», sagte er.

«Danke», lächelte sie und machte sich auf den Weg. Der Hauch von Dosenbier, den sie beim Sprechen ausgeatmet hatte, hing noch in der Luft, als Joschi die Tür hinter ihr schloss. Er nahm sich seinen Stock und machte sich auf den Weg zum Wohnzimmerfenster. Für den kleinen Weg brauchte er fast so lange wie Waltraut für die drei Stockwerke. Joschi zog die Gardine zur Seite und sah seine Frau aus dem Haus treten. Er blickte ihr nach, wie sie in der strahlenden Wintersonne die Straße in Richtung Hauptstraße ging.

Das war also das Letzte, was er von Waltraut sehen würde.

Und ‹Du bist die beste Frau, die sich ein Mann nur wünschen kann› das Letzte, was er zu ihr gesagt hatte. Jenen Satz, auf den er sich mit sich selbst gestern Nacht in seinen Gedanken geeinigt hatte. Den Kuss auf die Wange hatte er sich ebenfalls genau so vorgenommen.

Als Waltraut aus seinem Sichtfeld war, zog Joschi die Gardine wieder zu und ging ins Schlafzimmer. Dort öffnete er die Schrankschublade mit den vielen Medikamenten: Schlaftabletten, Blutdrucktabletten, Cholesterintabletten, Schmerzmittel, und, und, und. Er nahm die mit in die Küche, von denen er glaubte, dass sie das Werk vollbringen würden. Die Packungen legte er auf dem Küchentisch ab. Gefrühstückt hatte er nicht. Er wollte nicht, dass er sich, falls etwas schiefging, übergab und Waltraut sein Erbrochenes wegmachen musste.

Joschi füllte ein Wasserglas mit Leitungswasser, stellte es auf den Tisch neben die Packungen. Er hatte keine Ahnung, welche Dosierung reichen würde. Aber ihm war klar, dass er viele Tabletten benötigte, damit er nachher nicht als sabberndes Etwas überleben müsste und sich nicht mehr dagegen wehren könnte, ins Heim zu gehen.

Als Joschi über ein Dutzend Tabletten neben das Glas gelegt hatte, fand er, das müsse ausreichen, legte zur Sicherheit zwei weitere dazu. Und dann noch drei. Er würde sie alle schlucken. Aber was wäre, wenn er nach den ersten keine mehr herunterbekommen würde?

So weit hatte er nicht gedacht.

Joschi überlegte, dann nahm er einen Esslöffel aus der Küchentischschublade. Er warf die Tabletten in das Wasserglas. Alle. Sie bildeten auf dem Boden ein kleines Häuflein. Er zerstampfte sie mit dem Löffel. Minutenlang. Bis sie sich zum guten Teil aufgelöst hatten. Er betrachte das Glas: Das Wasser war dunkelgrün und auf dem Boden nur ein klein wenig Sediment. Wenn er das Gemisch zügig trank, würde er alle Tabletten auf einmal herunterbekommen.

Joschi wischte sich die Schweißtropfen von der Stirn. Er hatte sich den schönen blauroten Bademantel aus Seide angezogen. Wenn Waltraut ihn fand, sollte er halbwegs angemessen aussehen. Er stand auf und ging in sein Kabuff, um den Abschiedsbrief zu schreiben. Den Text hatte er sich in der Nacht ebenfalls gut überlegt. Er würde ihn kurz und knapp halten. Ein langer Brief würde ihn beim Schreiben womöglich noch von seinem Vorhaben abhalten.

Als Joschi vor seinem Schreibtisch stand, nahm er den Kofferdeckel der alten Schreibmaschine ab. Er erinnerte sich daran, wie er mit ihr vor Waltrauts Tür gestanden hatte. Im Nachhinein war es ein Wunder, dass sie ihn reingelassen hatte.

Ihn überkamen Zweifel, ob er die Worte wirklich auf dem alten Ding verfassen sollte. Ein getippter Brief erschien ihm mit einem Mal zu unpersönlich. Auch wenn er knapp sein würde und es nur um das Wesentliche für die Zukunft gehen sollte, handelte es sich dabei ja nicht um ein Arbeitszeugnis. Joschi musste schmunzeln bei dem Gedanken an sein nicht mieses Zeugnis aus dem *Astoria*. Meine Güte, wie schlecht der Tellerjongleur dort gewesen war.

Er setzte sich an den Tisch und nahm ein DIN-A4-Blatt und einen schwarzen Kugelschreiber. Er würde mit der Hand schreiben. Seine Handschrift, die er für seine eigenen Notizen benutzte, konnte er selbst allerdings am nächsten Tag kaum noch entziffern, wie sollte das dann anderen gelingen? Es wäre nicht schön, wenn David und Waltraut seine letzten Worte nicht würden lesen können. Daher schrieb Joschi in Blockbuchstaben:

> Lieber David!
> Du hast mir seinerzeit geschworen, dass Du, wenn ich tot bin, Dich um Mama kümmern wirst.
> Hoffentlich hältst Du das ein.
> Die Mama ist die beste Mutter gewesen.
> Sie hat immer für die Familie gesorgt.

Unserer Tochter Gabi und ihrer Tochter Annika
hat nichts gefehlt. Und Du, lieber David, warst
immer hervorragend versorgt. Sie hat euch erzogen, wie es nur eine Mutter wie Mama kann.
Nun zu mir. Ich wollte keinen Selbstmord begehen,
da Mama mich bis zum Tod pflegen wollte. Aber mein
Zustand wurde unerträglich für alle Beteiligten.
Gebt kein Geld für einen Grabstein aus. Mir
ist es egal, wie ich verscharrt werde.
Ich habe Euch immer geliebt!
Euer Vater und Ehemann

Joschi las den Brief noch einmal durch. David würde den Auftrag verstehen. Und auch, dass er sie alle liebte. Und Waltraut würde, dank des Satzes, dass der Zustand für alle unerträglich geworden war, sich hoffentlich nicht schuldig fühlen für ihre harschen Worte gestern.

Er faltete das Blatt und steckte es in einen Briefumschlag. Mit ihm ging er wieder in die Küche, legte ihn auf den Tisch und setzte sich vor das Glas. Der Brei der Tabletten hatte sich zum großen Teil wieder gesetzt und in der oberen Hälfte war das Wasser wieder klarer. Joschi nahm den Löffel, rührte mehrmals um, sodass das Wasser wieder ganz grün war. Er legte den Löffel auf den Tisch, nahm das Glas und trank.

Als Waltraut an der Haltestelle Schüsselkorb aus der Bahn stieg, wusste sie es. So wie sie in der Krankenhaus-Cafeteria gewusst hatte, dass Gabis Lebenslicht erlischt. Joschi hatte es getan. Aus Starrsinn. Aus Liebe. Er starb für sie.

Waltraut stieg nicht wieder in die Bahn nach Hause. Sie gab Joschi die Zeit, die er brauchte.

In letzter Sekunde fiel Joschi ein, dass er vom Stuhl stürzen und sich das Gesicht aufschlagen könnte. Waltraut sollte ihn doch in einem ordentlichen Zustand finden! Für den Weg zum Bett reichte die Kraft nicht mehr. So legte er sich auf den kalten Küchenboden und schloss die Augen. Er dachte, man würde sich in einem solchen Moment an sein Leben zurückerinnern, also tat er es. Die ersten Bilder waren schrecklich: der Vater im Gefängnis. Zvi, von der Mine zerfetzt. Der Abschied von Mama Scheindel, die sagt: ‹Leb a git leben› ... Das durfte doch nicht sein Leben ausgemacht haben!

Joschi bemühte sich, an die schönen Augenblicke des Lebens zu denken: an die Palatschinken mit dem Vater im Café Central ... Rosl im Kabarett ... mit Hedy im Prater ... Mama Scheindel, die auf Jiddisch flucht ... mit den Mitschülern beim Singen: ‹Veronika, der Spargel wächst› ... Dora und die Katze ... David wird geboren ... an Deck auf dem Weg nach Palästina ... Isaak Berg, der Berg von einem Freund ... mit Gabi in der Eisdiele ... Davids Bar Mizwa ... das Bundesverdienstkreuz ... Er hätte nach der Verleihung sterben sollen, dann hätte er allen viel Leid erspart ... besonders Waltraut ... Waltraut in der Eisdiele ... Waltraut, die aus dem Zug in Amsterdam steigt ... Waltraut tanzt mit ihm ... im Restaurant ... im Country Club ... Waltraut kocht ihm Suppe ... Waltraut ...

2005
EPILOG

Ich betrat das Pflegezimmer meiner Mutter. Es lag in einem schönen, neu erbauten Heim, in dem es, im Gegensatz zu allen anderen, die ich mir bei der Suche nach einem Platz für sie angesehen hatte, nicht nach einer Mischung aus alten Menschen und Desinfektionsmittel roch.

Ich ging durch den kleinen Flur, vorbei an der Küchenzeile, hin zu ihrem Bett, in dem ihr Leichnam lag. Wie Gabis vom Krebs gezeichneter Körper sah man ihm nicht an, dass kurz zuvor noch eine Seele in ihm gewohnt hatte. Sobald die Seele einen Körper verlässt, ist er nur noch eine verlassene Hülle.

Für ein paar Jahre hatte meine Mutter trotz halbseitiger Lähmung noch ein gutes Leben gehabt. In vielerlei Hinsicht war der erste Schlaganfall, soweit man das bei so einem fürchterlichen Ereignis sagen darf, ein Segen gewesen: Die Monate nach dem Tod meines Vaters hatte meine Mutter es kaum geschafft, allein zu wohnen. Ihre Rente reichte selbst mit meiner Unterstützung - auch Rosl war zwischenzeitlich verstorben, und Charlie hatte daraufhin sämtliche Gelder gestrichen - nicht aus, weil sie in ihrem Zustand ihre Ausgaben nicht unter Kontrolle hatte. Hätte sie auch nur einen Monat so weitergemacht, wären sämtliche Ersparnisse aufgebraucht gewesen und sie hätte die Miete nicht mehr zahlen können.

Der Schlaganfall war auch in anderer Hinsicht ein Segen gewesen: Auf der Intensivstation machte meine Mutter unfreiwillig einen kalten Entzug. Als sie entlassen wurde, war sie trocken und nahm nie wieder einen Tropfen Alkohol zu sich.

Im Pflegeheim genoss sie, dass der 85-jährige Herr Blohme aus dem Nachbarzimmer sie umwarb, mit ihr Fernsehen schaute und sie im Rollstuhl spazieren fuhr. Vielleicht hatten die beiden sogar eine Beziehung?

Ich hätte nichts dagegen gehabt, er war lieb zu ihr und hatte bei unseren Besuchen für unsere beiden Söhne immer eine Süßigkeit parat.

Am allerschönsten war es für meine Mama jedoch, dass man sich um sie kümmerte. Endlich waren andere für sie da, und sie musste für niemanden mehr leben und leiden. Sie legte Wert auf gute Kleidung und schminkte sich selbst mit der gelähmten Hand noch geschickt. Dreimal die Woche besuchte sie den heimeigenen Frisörsalon. Sie war die einzige Bewohnerin unter siebzig und genoss es in vollen Zügen, der junge Hüpfer im Heim zu sein! Überall erzählte sie herum, ich wäre ein berühmter Regisseur in Amerika, sie war ja auch die Enkelin eines Grafen. Von Gabi sprach sie nicht mehr und auch nicht von Papa. Das änderte sich nie: Über den Schmerz redete man nicht. Ich sprach meine Mutter auch nicht darauf an.

Sechs Jahre lebte meine Mutter in dem Heim, die letzten zwei davon gefangen in ihrem Körper. Zwei weitere Schlaganfälle kurz hintereinander führten zu einer Ganzkörperlähmung, bei der jedoch die Seite des Gehirns, die für den Verstand zuständig war, nicht vollständig betroffen war. Marion und ich konnten nur ihre Hand halten und ihr das Neueste aus unserem Leben berichten.

Was sie in jenen letzten, bewegungslosen Jahren dachte oder empfand, wenn wir nicht da waren, kann ich noch nicht einmal erahnen. Ob sie noch viel an Gabi und Papa dachte? Oder nur dem Fernseher lauschte, der ständig lief?

Nach all dem, was sie erlebt hatte, hatte das Schicksal meiner Mutter einen finalen Hieb versetzt. Es war, als ob es ihr Feind gewesen war und auch der meines Vaters.

Hatte das Schicksal ihre Liebe besiegen können?

Die meines Vaters nicht.

Die meiner Mutter zu ihm am Ende?

Was wusste ich schon über das Leben meiner Eltern?

Außer dass es oft grausam war?

Und manchmal wundervoll?

Und dass sie sich liebten?

Eine Weile blieb ich am Bett meiner verstorbenen Mutter stehen. Ich sagte ihr, dass ihre Qual endlich vorbei war, und gab ihr zum Abschied einen Kuss. Dabei spürte ich die Kälte des Körpers. Anschließend verließ ich das Zimmer.

Was war noch übrig, jetzt, da alle tot waren?

Wenn man in Geschichten denkt – und das tun wir Menschen gerne, denn sie verleihen allem, was im Leben geschieht, nachträglich einen Sinn –, ist mein Leben mit Frau, zwei Kindern und einem wunderbaren Beruf in einem friedlichen Deutschland das Happy End der Geschichte meiner Eltern.

Solange man an jemanden denkt, ist er nicht ganz tot.

Ich denke an meine Eltern jeden Tag.

Danke an Marion, Ben und Daniel. Ich liebe Euch.

Danke an Wolfgang Lamsa für die Recherche, Markus Roth fürs historische Gegenlesen, Sven Kröger für das Cover, Josef Bamberger für die Sätze in Jiddisch und Martina Kropsch für die «eingewienerten» Sätze.

Danke an Ulrike, Michael und den ganzen Verlag, dass Ihr mein Schreiben möglich macht.

QUELLENVERZEICHNIS

S. 15-16   Aus: An allem sind die Juden schuld – Text: Friedrich Hollaender, 1931

S. 93 + S. 281 + S. 368   Aus: I Get a Kick Out of You – Text: Cole Porter, 1936, Movie Version

S. 122-123   Aus: Cheek to Cheek – Text: Irving Berlin, 1935

S. 186-187   Aus: O Mama, o Mama, o Mamajo – Text: Kurt Feltz, 1954

S. 269   Aus: Moon River – Text: John H. Mercer, 1961

S. 357   Aus: (I Can't Get No) Satisfaction – Text: Keith Richards, Mick Jagger

Weitere Titel

28 Tage lang

Aufgetaut

Der kleine Ritter Kackebart

Die Ballade von Max und Amelie

Happy Family

Jesus liebt mich

Mieses Karma

Mieses Karma hoch 2

MUH!

Plötzlich Shakespeare

Solange wir leben

Traumprinz

Merkel Krimi

Miss Merkel: Mord in der Uckermark

Miss Merkel: Mord auf dem Friedhof

Miss Merkel: Mord auf hoher See